Die verlorene Welt

Der britische Autor Sir Arthur Ignatius Conan Doyle war Arzt. Seine Praxis in Southsea/Portsmouth ließ ihm aber genügend Zeit noch Romane zu schreiben. Bekannt sind seine Sherlock-Holmes-Geschichten. Neben Kriminalgeschichten schrieb er auch Abenteuerromane.

In der Buchreihe „Historical Diamond" werden die Juwelen bedeutender klassischer Autoren in einer qualitativ hochwertigen, aber preiswerten Buchausgabe in ungekürzter Fassung neu herausgegeben. Das Themenspektrum umfasst spannende Romane, u. a. historische Romane, Krimis, Fiktion, Abenteuer und Entdeckungsreisen.

HISTORICAL DIAMOND

Conan Doyle

Die verlorene Welt

Abenteuerroman

Herausgeber
Klaus-Dieter Sedlacek

Band 9

Bibliografische Information Der Deutschen Bibliothek:
Die Deutsche Bibliothek verzeichnet diese Publikation
in der Deutschen Nationalbibliografie; detaillierte
bibliografische Daten sind im Internet über
http://dnb.ddb.de
abrufbar.

Herstellung und Verlag: BoD – Books on Demand, Norderstedt.
ISBN: 9783752887495

Erstes Kapitel

Es gibt überall Gelegenheit zu Heldentaten

Mister Hungerton, ihr Vater, war der taktloseste Mensch auf der Welt – ein flaumiger, fedriger, schmuddeliger Kakadu von einem Menschen, durchaus gutmütig, aber restlos eingestellt auf sein eigenes lächerliches Selbst. Wenn irgend etwas mich von Gladys hätte wegtreiben können, so wäre es der Gedanke an solch einen Schwiegervater gewesen. Ich bin überzeugt, daß er in der Tiefe seines Herzens glaubte, ich käme dreimal in der Woche zu den alten Kastanienbäumen herum, um das Vergnügen seiner Gesellschaft zu genießen, insbesondere aber um seine Ansichten über Bimetallismus – eine Materie, in der er eine Art von Autorität war – zu hören.

Länger als eine Stunde schon ließ ich an diesem Abend sein eintöniges Geschwätz über Verschlechterung des Geldes, über den angenommenen Wert des Silbers, die Entwertung der Rupie und die wahren Normen der Wechselkurse über mich ergehen.

»Stellen Sie sich vor,« rief er in einem Anfall von Heftigkeit aus, »daß alle Schulden in der Welt zu gleicher Zeit und sofort bezahlt werden müßten! Was würde unter den gegenwärtigen Verhältnissen geschehen?«

Ich gab die selbstverständliche Antwort, daß ich dann ein ruinierter Mann sein würde, worauf er von seinem Stuhl auffuhr, mir meinen gewohnten Leichtsinn, der es ihm unmöglich mache, irgendeinen ernsthaften Gegenstand in meiner Gegenwart zu diskutieren, vorwarf, wütend aus dem Zimmer stampfte und die Tür heftig ins Schloß warf, um sich für die Loge umzuziehen.

Ich war also endlich allein mit Gladys, und der Augenblick, der mein Schicksal entscheiden sollte, war gekommen! Den ganzen Abend hatte ich das Gefühl eines Soldaten, der das Signal erwartet, das ihn auf einen verlorenen Posten schickt, ein Gefühl, in dem die Hoffnung auf den Sieg mit der Furcht vor der Niederlage abwechselt.

Sie saß vor mir, ihr stolzes und zartes Profil hob sich klar gegen den roten Vorhang ab. Wie schön sie war! Und doch wie fern! Wir waren bisher gute Freunde gewesen, recht gute Freunde, niemals aber war es mir gelungen, über jenen Grad von Kameradschaftlichkeit hinauszukommen, wie er etwa zwischen mir und einem Kollegen von der Zeitung hätte bestehen können, – ganz aufrichtig, sehr liebenswürdig und völlig platonisch. Meine innersten Gefühle sind immer gegen ein weibliches Wesen eingenommen, das mir gegenüber frei und unbefangen ist. Diese Haltung ist kein Kompliment für einen Mann. Sobald der Gegensatz der Geschlechter erwacht, regen sich Furcht und Mißtrauen, diese Erbschaft aus roheren Zeiten, als Liebe und Gewalt noch Hand in Hand gingen. Das gesenkte Haupt, die abgewendeten Augen, die stockende Stimme, die bebende Gestalt – all dies und nicht der freie Blick und die ungezwungene Antwort sind der wahre Ausdruck der Leidenschaft. Soviel hatte ich sogar schon während meines kurzen Lebens erfahren – oder lebte doch als Instinkt, wie wir das Rassengedächtnis nennen, in mir.

Gladys besaß alle echt weiblichen Eigenschaften. Einige hielten sie für kalt und gefühllos, aber dies Urteil war nicht zutreffend. Der zarte Bronzeton ihrer Haut, fast orientalisch in der Färbung, das rabenschwarze Haar, die großen sanften Augen, die vollen, aber entzückend geformten Lippen, – alle diese Zeichen der Leidenschaft waren vorhanden. Aber ich war mir schmerzlich bewußt, daß ich bis jetzt das Geheimnis, diese Leidenschaft zu entflammen, nicht entdeckt hatte. Indessen, mochte kommen was da wollte, ich mußte der Ungewißheit ein Ende machen und meine Sache heute abend noch zur Entscheidung bringen. Mochte sie mich abweisen; besser ein zurückgestoßener Liebhaber als ein geduldeter Bruder.

Soweit war ich in meinen Gedanken gekommen und im Begriff, das lange und peinliche Schweigen zu brechen, als zwei kritische, dunkle Augen sich auf mich richteten und Gladys, vorwurfsvoll lächelnd, das stolze Haupt schüttelte.

»Ich habe das Gefühl, daß Sie im Begriff sind, mir einen Heiratsantrag zu machen, Ned. Ich möchte nicht, daß Sie es tun, es ist viel hübscher so, wie es jetzt ist.«

Ich zog meinen Stuhl etwas näher heran.

»So, woher wissen Sie denn, daß ich die Absicht habe, Ihnen einen Heiratsantrag zu machen?« fragte ich ehrlich erstaunt.

»Wissen Frauen nicht immer alles? Glauben Sie, daß es irgend ein Weib auf der Welt gibt, das es nicht merkt, wenn sich jemand für sie interessiert? Nein, Ned, unsere Freundschaft war so schön und so reizvoll! Wie schade wäre es, sie zu zerstören! Fühlen Sie nicht, wie herrlich es ist, wenn ein junger Mann und ein junges Mädchen so freimütig miteinander sprechen, wie wir es getan haben?«

»Ich weiß nicht, Gladys. Freimütig sprechen kann ich auch mit – dem Stationsvorsteher.« Ich habe keine Ahnung, wie dieser Beamte in unsere Unterhaltung hineingeriet, aber er geriet hinein, und wir mußten beide lachen.

»Das genügt mir auf die Dauer nicht. Ich möchte meinen Arm um Sie legen und Ihren Kopf an meine Brust drücken, und, ach Gladys, ich möchte – – –«

Sie sprang vom Stuhle auf, da ihr klar wurde, daß ich die Absicht hatte, meine weiteren Wünsche in die Tat umzusetzen.

»Sie haben alles zerstört, Ned,« sagte sie, »es ist alles so schön und natürlich, bis eine gewisse Grenze überschritten wird. Es ist so schade. Warum können Sie sich nicht besser beherrschen?«

»Das ist keine Erfindung von mir,« verteidigte ich mich, »das ist Natur, das ist Liebe.«

»Es mag wohl anders sein, wenn beide lieben. Ich habe noch niemals geliebt.«

»Aber Sie müssen – – – Sie mit Ihrer Schönheit, mit Ihrer Seele! O Gladys, Sie sind ja geschaffen für die Liebe. Sie müssen lieben!«

»Man muß warten, bis die Liebe kommt.«

»Aber warum können Sie mich nicht lieben, Gladys? Ist es mein Äußeres oder was sonst?«

Ihr Gesicht hellte sich auf. Sie streckte eine Hand aus – ihre ganze Haltung war so gütig und so herablassend – und bog meinen Kopf zurück. Dann sah sie mir mit einem gedankenvollen Lächeln in das aufwärts gerichtete Gesicht.

»Nein, das ist es nicht,« sagte sie schließlich, »Sie sind nicht gerade ein häßlicher Mann, und darum kann ich wohl sagen, daß es das nicht ist. Es liegt tiefer.«

»Mein Charakter?«

Sie nickte ernst.

»Was kann ich tun, um ihn zu verbessern? Setzen Sie sich doch und sagen Sie mir etwas darüber. Nein, bitte, ich möchte, daß Sie sich setzen.«

Sie sah mich mit einem erstaunten Mißtrauen an, das mir viel besser gefiel als ihr Vertrauen bei unbewegtem Herzen.

Wie primitiv und dumm das alles aussieht, wenn man es schwarz auf weiß niederschreibt! Aber schließlich ist es vielleicht eine Empfindung, die nur mir selbst verständlich ist. Genug, sie setzte sich.

»Nun sagen Sie mir, woran es mir fehlt.«

»Ich liebe jemand anders«, sagte sie.

Jetzt war die Reihe an mir, vom Stuhle aufzuspringen.

»Es ist niemand im besonderen,« fuhr sie, über meinen Gesichtsausdruck lachend, fort, »es ist nur ein Ideal. Ich bin einem solchen Mann, wie er mir vorschwebt, niemals begegnet.«

»Erzählen Sie mir etwas über ihn. Wie sieht er aus?«

»Oh, er könnte Ihnen sehr ähnlich sein.«

»Wie entzückend von Ihnen, das zu sagen! Gut, und was tut er, was ich nicht täte? Sagen Sie es mir gerade heraus! Abstinenzler, Vegetarier, Luftschiffer, Theosoph, Übermensch – ich werde alles versuchen, Gladys, wenn Sie mir nur eine Vorstellung davon geben wollen, was Ihnen gefallen könnte.«

Sie lachte über die Elastizität meines Wesens.

»Gut, zunächst einmal glaube ich, mein Ideal würde nicht so reden«, sagte sie. »Er würde ein kühner, energischer Mann sein, der nicht so leicht bereit wäre, der Laune eines törichten Mädchens zu entsprechen. Auf jeden Fall aber müßte er ein Mann der Tat sein, der dem Tode ohne Furcht ins Auge blickt – ein Mann von großen Taten und außerordentlichen Erlebnissen. Es ist niemals der Mann, den ich lieben würde, sondern immer der Ruhm, mit dem er sich bedeckt. Denn davon würde ein Abglanz auf mich fallen. Denken Sie an Richard Burton! Als ich die Biographie seiner Frau über ihn las, konnte ich ihre Liebe verstehen. Und Lady Stanley! Haben Sie das wundervolle letzte Kapitel über ihren Mann jemals gelesen? Das ist die Art von Männern, die eine Frau von ganzer Seele anbetet, die dabei doch und nicht zum wenigsten durch ihre Liebe die größere sein kann, die von aller Welt geehrt wird als die Urheberin edler Taten.«

Sie sah so schön aus in ihrem Enthusiasmus, daß ich fast das Ziel unserer Unterhaltung aus dem Auge verlor. Ich riß mich zusammen, um in meiner Beweisführung fortzufahren.

»Wir können nicht alle Stanleys und Burtons sein«, sagte ich. »Übrigens trifft der Glücksfall nicht jeden – mir jedenfalls hat immer die richtige Gelegenheit gefehlt. Sollte der Zufall mir günstig sein, so würde ich ihn nutzen.«

»Aber Gelegenheit zu Heldentaten gibt es doch überall. Es ist das Zeichen dieser Art von Männern, die ich meine, daß sie ihres eigenen Glückes Schmied sind. Solch ein Mann läßt sich nicht zurückhalten. Ich habe ihn niemals getroffen, und doch ist mir, als kenne ich ihn ganz genau. Es gibt so viele heroische Taten rings um uns herum, die nur darauf warten, getan zu werden. Es ist die Aufgabe der Männer, sie zu tun, und die Aufgabe der Frauen, ihre Liebe als Geschenk für solche Männer aufzuheben. Sehen Sie diesen jungen Franzosen, der in der vorigen Woche mit einem Ballon aufstieg. Es wehte eine steife Brise, aber da die Ballonfahrt einmal angezeigt war, bestand er darauf, aufzusteigen. Der Wind trieb ihn 1500 Meilen weit in 24 Stunden, und er kam mitten in Rußland zu Boden. Das ist die Art von Mann, die ich meine. Denken Sie an die Frau, die er liebte, und wie die anderen Frauen sie beneidet haben müssen! Das ist es, was ich liebe – beneidet werden meines Mannes wegen.«

»Ich würde es getan haben, um Ihnen zu gefallen.«

»Aber Sie sollen es nicht tun, nur um mir zu gefallen, Sie sollen es tun, weil Sie nicht anders können, weil es Ihre Natur ist, – weil alles in Ihnen schreit nach einer heroischen Tat. Warum konnten

Sie nicht, als Sie neulich von der Kohlenstaub-Explosion in Wigan berichteten, in den Schacht hinuntersteigen, um trotz der giftigen Gase den Bergleuten zu helfen?«

»Ich tat es.«

»Aber Sie haben niemals davon gesprochen.«

»Das war nichts, was der Rede wert gewesen wäre.«

»Das wußte ich nicht.«

Ihre Augen ruhten mit stärkerem Interesse auf mir. »Das war brav von Ihnen.«

»Ich mußte das doch tun. Wenn man einen guten Bericht schreiben will, muß man doch da sein, wo etwas passiert.«

»Was für eine prosaische Begründung. Damit nehmen Sie Ihrer Handlungsweise alles Romantische. Aber immerhin, was auch Ihr Grund gewesen sein mag, ich freue mich, daß Sie in den Schacht hinuntergestiegen sind.«

Sie reichte mir ihre Hand, aber mit solcher Anmut und Würde, daß ich mich nur darüber beugen und sie küssen konnte.

»Ich möchte sagen, ich bin ja nur ein törichtes Weib mit den Phantasien eines jungen Mädchens im Kopfe; und doch ist meine Empfindung so. Sie ist so völlig ein Ausdruck meines inneren Wesens, daß ich nicht anders handeln kann. Wenn ich jemanden heirate, so muß er ein berühmter Mann sein.«

»Na, und warum denn nicht?« rief ich aus. »Gerade ein Weib wie Sie macht den Mann stark. Geben Sie mir eine Gelegenheit, und Sie werden sehen, daß ich sie ausnutze. Übrigens, wie Sie sagen, soll der richtige Mann sich die Gelegenheit selber schaffen und nicht warten, bis sie ihm gegeben wird. Sehen Sie Clive – nur ein kleiner Schreiber, und doch eroberte er Indien. Beim heiligen Sankt Georg! Ich werde schon noch etwas unternehmen in der Welt!«

Sie lachte über mein plötzliches irisches Feuer.

»Warum nicht«, sagte sie. »Sie haben alles, was ein Mann haben kann – Jugend, Gesundheit, Kraft, Bildung, Energie. Ich war so traurig, daß Sie gesprochen haben, und jetzt bin ich froh – so froh, wenn unser Gespräch solche Gedanken in Ihnen erweckt hat.«

»Und wenn ich es tue – – –?«

Ihre Hand legte sich wie warmer Samt auf meine Lippen.

»Kein Wort mehr, mein Herr! Sie sollten schon vor einer halben Stunde in der Abendredaktion sein. Ich konnte es nur nicht übers Herz bringen, Sie daran zu erinnern. Wenn Sie eines Tages vielleicht sich Ihren Platz in der Welt erobert haben werden, dann wollen wir von neuem darüber reden.«

Und so entdeckte ich mich selbst an diesem nebligen November, abend, als ich hinter der Trambahn, die nach Camberwall fährt, herlief, mit glühendem Herzen in der Brust und fest entschlossen, keinen Tag vergehen zu lassen, bevor ich die Tat ausfindig gemacht hätte, die mich meiner Herzensdame würdig machte.

Aber wer in aller Welt hätte sich eine Vorstellung machen können von der unglaublichen Gestalt, die diese Tat annahm, oder von den seltsamen Wegen, die ich zu gehen hatte, um sie auszuführen?

Und am Ende wird es dem Leser noch scheinen, als ob dies Einleitungskapitel gar nichts mit meiner Erzählung zu tun hat. Und doch würde diese Erzählung ohne dieses Kapitel nicht zustande gekommen sein, denn nur, wenn ein Mann mit dem Gedanken in die Welt hinausgeht, daß überall heroische Taten möglich sind, und mit dem immer lebendigen Wunsche im Herzen, eine solche auszuführen, sobald sie sich ihm darbietet, wird er mit seinem Leben brechen, wie ich es getan habe, und sich hinauswagen in das zauberhaft mystische Dämmerland, wo die großen Abenteuer und die großen Erfolge ihm winken. Schaut mich an denn, ihr in der Redaktion der Daily Gazette, deren höchst unbedeutendes Mitglied ich bisher war, wie ich fest entschlossen bin, wenn möglich noch in dieser Nacht das Abenteuer zu suchen, das mich meiner Gladys würdig macht.

War es Hartherzigkeit, war es Eigennutz, wenn sie mich aufgefordert hat, mein Leben für ihre Ruhmsucht zu wagen? Solche Gedanken mögen einem Manne reiferen Alters kommen, niemals aber einem kühnen dreiundzwanzigjährigen Jüngling im Feuer seiner ersten Liebe.

Zweites Kapitel

Versuchen Sie Ihr Glück mit Professor Challenger

Ich hatte McArdle immer gern, diesen alten, mürrischen, rundbäckigen Verlagsdirektor mit dem roten Gesicht, und glaubte zu fühlen, daß er auch mich gern mochte. Natürlich war Beaumont der eigentliche Prinzipal, aber der lebte in der verdünnten Atmosphäre irgendeiner olympischen Höhe, von wo aus er kleinere Dinge als eine internationale Krisis oder eine Spaltung im Kabinett nicht mehr unterscheiden konnte. Wir sahen ihn zuweilen in einsamer Majestät in das innere Heiligtum schreiten, mit einem unbestimmten Ausdruck in den Augen und im Geiste über dem Balkan oder dem Persischen Meerbusen schwebend. Er war für uns unerreichbar. Aber McArdle war seine rechte Hand, und ihn kannten wir. Der alte Mann nickte mit dem Kopf, als ich sein Zimmer betrat, und schob die Brillengläser weit hinauf auf die kahle Stirn.

»Nun, Herr Malone, nach allem, was ich höre, scheint es Ihnen recht gut zu gehen«, sagte er mit seinem freundlichen schottischen Akzent.

Ich verbeugte mich dankend.

»Die Bergwerksexplosion war ausgezeichnet. Auch das Feuer in Southwark. Sie haben das richtige Gefühl für Beschreibung. Was führt Sie denn heut zu mir?«

»Ich möchte Sie um eine Gunst bitten.«

In seinem Gesicht malte sich Erschrecken, und er vermied es, mich anzusehen.

»Na nu, na nu, um was handelt es sich denn?«

»Glauben Sie, Herr McArdle, daß es möglich wäre, mir irgendeinen besonderen Auftrag für die Zeitung zu geben? Ich würde versuchen, das Bestmögliche zu leisten, die Sache ordentlich durchzuführen, und Ihnen gute Berichte liefern.«

»An welche Art von Aufträgen dachten Sie, Herr Malone?«

»An irgend etwas, das mit Abenteuern und Gefahren verbunden ist, Herr McArdle. Ich würde mir die allergrößte Mühe geben. Je schwieriger die Aufgabe wäre, desto mehr würde sie mir zusagen.«

»Sie scheinen ja sehr begierig zu sein, Ihr Leben zu verlieren.«

»Mein Leben zu rechtfertigen, Herr McArdle.«

»Ach, du lieber Gott, Herr Malone, das klingt ja sehr sehr erhaben. Ich fürchte, die Zeiten für derartige Dinge sind gewesen. Die Ausgaben für einen Spezialauftrag werden kaum durch den Erfolg gerechtfertigt, und man würde einen solchen Auftrag natürlich auch nur an einen erfahrenen Mann mit bekanntem Namen geben, der das öffentliche Vertrauen genießt. Die großen weißen Stellen auf der Landkarte sind heute ziemlich verschwunden, und es gibt da kaum noch irgendeine Stelle für romantische Erlebnisse. Warten Sie mal, doch,« fügte er hinzu, während ein plötzliches Lächeln über sein Gesicht huschte, »die weißen Stellen auf der Landkarte bringen mich auf eine Idee. Wie wäre es damit, wenn Sie einen Schwindler, – einen modernen Münchhausen – bloßstellen und ihn lächerlich machen könnten. Sie könnten ihn als einen Lügner, der er sicherlich ist, festnageln. Mann, das wäre eine feine Sache! Wie gefällt Ihnen das?«

»Irgend etwas – irgendwo – mir ganz gleichgültig.«

McArdle versank für einige Minuten in Gedanken. »Ich wäre doch neugierig, ob es Ihnen gelingt, eine nähere oder wenigstens doch eine oberflächliche Bekanntschaft mit dem Burschen zu schließen«, sagte er schließlich. »Sie scheinen eine Art Talent zur Anknüpfung guter Beziehungen zu haben – Sympathie, nehme ich an, oder tierischer Magnetismus oder jugendliche Lebenskraft – oder sonst etwas. Ich fühle das an mir selbst.«

»Sie sind sehr liebenswürdig, Herr McArdle.«

»Warum sollten Sie nicht Ihr Glück versuchen bei Professor Challenger in Enmore Park?«

Ich muß gestehen, ich sah ihn etwas überrascht an.

»Challenger,« rief ich aus, »Professor Challenger, der berühmte Zoologe? War das nicht der Mann, der dem Blundell vom ›Telegraph‹ einen Schädelbruch beibrachte?«

Der Verlagsdirektor lächelte grimmig.

»Erinnern Sie sich daran? Sagten Sie nicht, Sie wären auf Abenteuer aus?«

»Soweit der Beruf sie mit sich bringt«, antwortete ich.

»Ganz recht. Ich glaube ja nicht, daß er immer so gewalttätig ist. Ich nehme an, Blundell ist zu einem ungünstigen Zeitpunkt bei ihm erschienen. Vielleicht war er auch ungeschickt. Sie können ja mehr Glück haben oder mehr Takt in der Art, ihn zu nehmen. Ich bin überzeugt, das ist eine Sache, die Ihnen liegen müßte. Das sollten wir zusammen machen!«

»Ich weiß tatsächlich gar nichts von ihm«, sagte ich. »Ich erinnere mich seines Namens nur in Verbindung mit den Vorgängen beim Polizeigericht wegen des Schlages, den er Blundell versetzt hat.«

»Hier sind ein paar Notizen zu Ihrer Information, Herr Malone. Ich habe den Professor seit einiger Zeit im Auge.« Er nahm ein Stück Papier aus einem Schubfach. »Dies ist eine kleine Übersicht über seinen Lebenslauf. Da heißt es kurz:

Challenger, George Edward, geb. Largs N. B. 1863. Ausbildung: Gymnasium in Largs; Universität Edinburg. Assistent am Britischen Museum, 1892. Kustos der Abteilung für vergleichende Anthropologie, 1893. Zurückgetreten nach einem heftigen wissenschaftlichen Streit im selben Jahre. Verleihung der Crayston-Medaille für zoologische Untersuchungen. Auswärtiges Mitglied von – hm, das ist ja eine ganze Masse auf zwei Zoll in kleiner Schrift – Belgische Gesellschaft, Amerikanische Akademie der Wissenschaften, La Plata usw. usw., Expräsident der Paläontologischen Gesellschaft, Sektion H., Britische Gesellschaft usw. usw. – Veröffentlichungen: Einige Untersuchungen über eine Reihe von Kalmückenschädeln; Abriß der Entwicklung der Wirbeltiere und zahlreiche Zeitungsartikel, darunter, ›Der dem Weismannismus zugrunde liegende Irrtum‹, der eine erbitterte Diskussion auf dem zoologischen Kongreß in Wien hervorrief. Lieblingsbeschäftigung: Wandern, Bergsteigen. Adresse: Enmore Park, Kensington, W.

Hier, nehmen Sie das an sich. Das ist alles, was ich heute für Sie habe.«

Ich steckte das Stück Papier in die Tasche.

»Einen Augenblick, Herr McArdle«, sagte ich, als ich eine löchrige kahle Platte statt eines roten Gesichts vor mir sah. »Ich bin mir noch nicht ganz klar darüber, warum ich diesen Gentleman besuchen soll. Was hat er getan?« Das rötliche Gesicht leuchtete von neuem auf.

»Er ging vor zwei Jahren nach Südamerika, um eine geheimnisvolle Expedition auszuführen. Kam im vergangenen Jahr zurück. Ist zweifellos in Südamerika gewesen, lehnt ab, genau anzugeben, wo. Erzählt in unbestimmten Ausdrücken von seinen Erlebnissen; aber als jemand näheres aus ihm herausholen wollte, wurde er verschlossen wie eine Auster. Da ist entweder irgend etwas Wunderbares passiert – oder der Mann ist ein kolossaler Lügner. Das letztere ist das Wahrscheinlichere. Hatte einige beschädigte Photographien, die man aber für Schwindel hält. Wurde so reizbar, daß er jeden angriff, der etwas von ihm wissen wollte, und warf Reporter die Treppe hinunter. Meiner Meinung nach ist er nur ein verbrecherischer Größenwahnsinniger mit einem Dreh ins Wissenschaftliche. Das ist der richtige Mann für Sie, Herr Malone. So, nun sausen Sie los und sehen Sie zu, was Sie mit ihm machen können. Sie sind groß genug, um auf sich selbst achtgeben zu können. Passieren kann Ihnen nichts. Übrigens sind wir, wie Sie wissen, in der Haftpflichtversicherung.«

Ein grinsendes rotes Gesicht verwandelte sich aufs neue in ein löcheriges, von den Fransen eines ingwerfarbenen Flaums umgebenes Oval. Die Unterredung war zu Ende.

Ich ging hinüber zum Savage-Club, aber, statt hineinzugehen, lehnte ich mich an das Gitter der Adelphi-Terrasse und blickte lange gedankenvoll in das braune, ölige Wasser des Flusses hinunter. Ich kann in frischer Luft immer viel richtiger und klarer denken. Ich zog die Liste von Professor Challengers Taten aus der Tasche und las sie von neuem unter der elektrischen Bogenlampe. Und dann überkam mich etwas, das ich nur für eine Eingebung halten konnte.

Als Mann der Presse fühlte ich mit Sicherheit, daß ich nach allem, was ich gehört hatte, niemals hoffen konnte, mit diesem streitsüchtigen Professor in Verbindung zu kommen. Aber die zweimal in seiner biographischen Übersicht wiederholten Gegenbeschuldigungen konnten doch nur bedeuten, daß er ein Fanatiker der Wissenschaft war. Ob das nicht die schwache Stelle war, durch die man an ihn herankommen könnte? Das mußte ich versuchen.

Ich betrat den Klub. Es war kurz nach 11 Uhr, und der große Raum war ziemlich voll, obgleich der Ansturm noch nicht begonnen hatte. In einem Armstuhl am Kamin sah ich einen langen, dünnen, eckigen Menschen sitzen. Er wandte sich zu mir, als ich mit meinem Stuhl in seine Nähe rückte. Das war gerade derjenige in der ganzen Menge, der mir in diesem Augenblick am willkommensten war – Tarp Henry von der Redaktion der »Natur«, ein dürres, trockenes, lederartiges Wesen, das sich durch große Menschenfreundlichkeit allen seinen Bekannten gegenüber auszeichnete. Ich ging direkt auf mein Ziel los.

»Was wissen Sie von Professor Challenger?«

»Challenger?« Er zog die Brauen in wissenschaftlicher Mißbilligung zusammen. »Challenger war der Mann, der mit einigen Ammenmärchen aus Südamerika zurückkam.«

»Was für Märchen denn?«

»Ach, das war ein üppiger Blödsinn über einige seltsame Tiere, die er entdeckt haben wollte. Ich glaube, er hat später widerrufen. Irgendwie hat er alles unterdrückt. Er gab Reuter ein Interview, und darauf erhob sich ein derartiges Geheul, daß ihm klar wurde, er würde mit seinen Ansichten nicht durchdringen. Es war eine blamable Angelegenheit. Es gab einen oder den anderen, der geneigt war, ihn ernst zu nehmen. Aber er brachte sie bald zum Schweigen.«

»Wie denn?«

»Na, durch seine unerträgliche Grobheit und sein unmögliches Benehmen. Da war der arme alte Watley vom Zoologischen Institut. Watley schrieb ihm: ›Der Präsident des Zoologischen Instituts empfiehlt sich Professor Challenger und würde es als eine persönliche Auszeichnung empfinden, wenn er ihm die Ehre erweisen würde, zu ihrer nächsten Sitzung zu kommen.‹ Die Antwort war nicht druckfähig.«

»Können Sie sie mir sagen?«

»Ja, da läuft eine verballhornte Lesart um: ›Professor Challenger läßt sich dem Präsidenten des Zoologischen Instituts empfehlen und würde es als eine persönliche Auszeichnung empfinden, wenn er sich zum Teufel scheren würde.‹

»Um Gottes willen!«

»Ja, ich nehme an, daß das auch der alte Watley gesagt hat. Ich erinnere mich seiner Wehklagen in der Sitzung. Sie begann: Eine fünfzigjährige Erfahrung in wissenschaftlichem Umgang – – – Der alte Mann war ganz gebrochen.«

»Wissen Sie sonst noch etwas von Challenger?«

»Nun, ich bin Bakteriologe, wie Sie wissen. Ich lebe in einem 900-Diameter-Mikroskop. Ich kann kaum den Anspruch erheben, ein ernsthafter Kenner von irgendeiner Sache zu sein, die ich mit bloßen Augen sehen kann. Ich bin ein Pionier vom äußersten Rande des Wissens, und ich fühle mich gar nicht auf meinem richtigen Platze, wenn ich mein Studierzimmer verlasse und in Berührung mit euch allen, euch großen, rohen und plumpen Geschöpfen, trete. Ich bin zu isoliert, um mich für Skandalgeschichten zu interessieren. Aber ich habe doch bei wissenschaftlichen Unterhaltungen einiges über Challenger gehört; denn er ist einer von diesen Menschen, an denen man nicht vorbeigehen kann. Er ist tatsächlich so verwegen, wie sie ihn schildern. Er gleicht einer scharf geladenen Batterie von Kraft und Lebensenergie, aber er ist ein streitsüchtiger, boshafter, skrupelloser Sonderling mit seltsamen Liebhabereien. Er ist so weit gegangen, einige schwindelhafte Photographien von der südamerikanischen Expedition vorzulegen.«

»Sie sagen, er hat Liebhabereien. Was ist denn sein besonderes Steckenpferd?«

»Er hat tausend. Aber das letzte ist etwas über Weismann und Evolution. Er hatte einen fürchterlichen Streit darüber in Wien, glaube ich.«

»Können Sie mir den Grundgedanken davon angeben?«

»Im Augenblick nicht. Aber es existiert eine Übersetzung dieser Verhandlungen. Wir haben sie in unserem Archiv. Würden Sie sich die Mühe machen, mitzukommen?«

»Das ist gerade das, was ich brauche. Ich soll den Burschen nämlich interviewen, und ich, brauche irgend etwas zur Anknüpfung. Es ist wirklich riesig nett von Ihnen, daß Sie mir helfen wollen. Ich würde gern jetzt mitgehen, wenn es noch nicht zu spät ist.«

Eine halbe Stunde später saß ich in seinem Redaktionszimmer mit einer mächtigen Aktenmappe vor mir, die bei dem Artikel »Weismann gegen Darwin« aufgeschlagen war. Der Artikel trug die Überschrift: »Lebhafter Protest in Wien. Temperamentvolle Verhandlungen.« Da ich meine wissenschaftliche Ausbildung etwas vernachlässigt hatte, war es mir nicht möglich, der ganzen Beweisführung zu folgen, aber es war klar, daß der englische Professor seinen Gegenstand in einer sehr aggressiven Form behandelt und seine Kollegen vom Kontinent vollständig verärgert hatte. »Protest«, »Lärm«, »Anrufung des Vorsitzenden« waren drei der ersten eingeklammerten Ausdrücke, die mir ins Auge fielen. Vom Inhalt des Artikels verstand ich gerade soviel, als ob er chinesisch geschrieben wäre.

»Es wäre mir lieb, wenn Sie das für mich ins Englische übersetzen könnten«, sagte ich pathetisch zu meinem hilfsbereiten Kollegen.

»Aber es ist doch eine Übersetzung.«

»Dann tue ich vielleicht besser, mein Glück beim Originalartikel zu versuchen.«

»Es ist sicherlich ziemlich schwierig für einen Laien.«

»Wenn ich nur einen einzigen guten, sinnvollen Satz, der geeignet wäre, mir eine Art von klarer menschlicher Idee zu vermitteln, herausfinden könnte, würde mir das genügen. Ah, ja, dies hier wird gehen. Es scheint mir fast, als ob ich das verstehe. Das werde ich abschreiben. Das wird das Bindeglied sein zwischen mir und dem fürchterlichen Professor.«

»Kann ich Ihnen sonst noch irgendwie helfen?«

»Ja, freilich, ich denke, ich schreibe ihm. Wenn ich den Brief hier aufsetzen und Ihre Adresse benutzen könnte, so würde mir das ein gewisses Relief geben.«

»Der Bursche wird hierher kommen, uns einen Krach machen und unsere Möbel zusammenschlagen.«

»Nein, nein, Sie sollen den Brief sehen – nichts Kampflustiges, verlassen Sie sich darauf.«

»Also bitte, da ist mein Stuhl und mein Schreibtisch. Papier finden Sie dort. Ich möchte den Brief ganz gern durchsehen, bevor er abgeht.«

Die Arbeit machte mir einige Mühe. Als der Brief fertig war, schmeichelte ich mir aber, daß er mir gar nicht so schlecht gelungen sei. Mit einem gewissen Stolz auf mein Handwerk las ich ihn laut dem kritischen Bakteriologen vor:

Sehr geehrter Herr Professor!

Als bescheidener Student der Naturwissenschaften habe ich immer das größte Interesse an Ihren Theorien über den Unterschied zwischen Darwin und Weismann genommen. Eine erneute Lektüre –

»Sie infernalischer Lügner«, murmelte Tarp Henry.

– – eine erneute Lektüre Ihrer meisterhaften Wiener Denkschrift hat mir die Angelegenheit wieder ins Gedächtnis zurückgerufen. Diese überaus klaren und bewundernswerten Darlegungen scheinen das letzte Wort in der Materie zu sein. Indessen finde ich darin folgenden Satz: ›Ich protestiere energisch gegen die unerträgliche und völlig dogmatische Behauptung, daß jedes Einzelwesen einen Mikrokosmos mit einem historisch entwickelten inneren Aufbau, der langsam in der Folge der Generationen herausgebildet ist, darstellt.‹ Sollten Sie nicht mit Rücksicht auf spätere Untersuchungen den Wunsch haben, diese Behauptung zu modifizieren? Glauben Sie nicht, daß sie etwas reichlich zugespitzt ist? Mit Ihrer gütigen Erlaubnis bitte ich Sie, mir eine Unterredung zu gewähren, da ich an dieser Sache stark interessiert bin und Ihnen gewisse Vorschläge machen möchte, die ich Ihnen nur in einer persönlichen Unterredung entwickeln könnte. Mit Ihrer Zustimmung hoffe ich die Ehre zu haben, Ihnen übermorgen (Freitag) um 11 Uhr meine Aufwartung machen zu dürfen.

Ich bin mit der Versicherung allergrößter Hochachtung

Ihr ganz ergebener
Eduard M. Malone.

»Nun, was sagen Sie dazu?« fragte ich triumphierend.

»Gut, wenn Sie es mit Ihrem Gewissen vereinbaren können.«

»Das hat mich noch nie im Stich gelassen.«

»Aber was gedenken Sie jetzt zu tun?«

»Hinzugehen. Wenn ich erst in seinem Zimmer sitze, werde ich schon irgendwie weiterkommen. Unter Umständen werde ich ihm ein offenes Bekenntnis machen. Wenn er Sportsmann ist, wird ihn das kitzeln.«

»Kitzeln ist gut. Er scheint mir der Mann zu sein, Sie zu kitzeln! Ein Panzerhemd oder eine amerikanische Fußballerausrüstung ist das, was Sie jetzt gebrauchen.« »Auf Wiedersehen also!« »Ich werde die Antwort am Freitag morgen hier für Sie bereit halten – wenn er überhaupt geruht, Ihnen zu antworten. Er ist ein gewalttätiger, gefährlicher und streitsüchtiger Charakter. Gehaßt von jedem, der ihm in die Quere kommt, und die Zielscheibe des Spotts für die Studenten, soweit sie es überhaupt wagen, sich ihm gegenüber eine Freiheit herauszunehmen. Es wäre vielleicht das beste für Sie, wenn Sie überhaupt nichts mehr von dem Burschen hörten.«

Drittes Kapitel

Er ist ein ganz unmöglicher Mensch

Meines Freundes Befürchtung oder Hoffnung sollte sich nicht verwirklichen. Als ich am Freitagmorgen bei ihm vorsprach, lag da ein Schreiben mit der West-Kensington-Briefmarke bei ihm, auf dessen Umschlag mein Name in einer Handschrift, die wie ein Stacheldrahtzaun aussah, gekritzelt war. Der Inhalt lautete wie folgt:

Enmore Park W.

Mein Herr!

Ich habe Ihr Schreiben erhalten, in dem Sie mir bekanntgeben, daß Sie meine Anschauungen bestätigen, obgleich ich nicht wüßte, daß sie von irgendeiner Bestätigung von diesem oder von jenem abhängig wären. Sie haben es gewagt, das Wort »Theorien« hinsichtlich mei-

*ner Darlegungen über die Frage des Darwinis-
mus zu gebrauchen. Ich möchte Sie darauf aufmerksam machen, daß ein solches Wort in dieser Verbindung bis zu einem gewissen Grade
beleidigend ist. Der weitere Text Ihres Briefes
zeigt mir indessen, daß Sie mehr aus Dummheit
oder Taktlosigkeit als aus Bosheit gefehlt haben,
und ich bin daher bereit, diese Angelegenheit
auf sich beruhen zu lassen. Sie reißen einen einzelnen Satz aus dem Zusammenhang meiner
Darlegung heraus, und es scheint, daß Ihnen einige Schwierigkeiten, ihn zu verstehen, begegnet sind. Ich sollte meinen, daß nur eine recht
gering entwickelte Intelligenz am Kernpunkt der
Sache vorbeigehen könnte. Wenn Sie aber eine
weitere Erörterung als notwendig empfinden,
bin ich bereit, Sie zu der von Ihnen angegebenen Stunde zu empfangen, obgleich ich Besuche
und Besucher jeder Art aufs äußerste verab-
scheue. Bezüglich Ihrer Aufforderung, meine
Meinung zu ändern, möchte ich Ihnen sagen,
daß das nicht meine Gewohnheit ist, nachdem
ich meinen gereiften Anschauungen einen klaren Ausdruck gegeben habe. Sie wollen freundlichst, wenn Sie bei mir vorsprechen, den Umschlag dieses Briefes meinem Diener Austin
vorzeigen, da er den Auftrag hat, mir sorgfäl-
tigst alle aufdringlichen Schufte, die sich »Journalisten« nennen, vom Leibe zu halten.*

 Ihr ergebener
George Edward Challenger.

Das war der Brief, den ich laut Tarp Henry vorlas,
der sogleich heruntergekommen war, um das Resultat meines Wagnisses zu erfahren. Er bemerkte nur
dazu: »Es gibt da eine neue Art Seife, Cuticura oder
so ähnlich, die für Wundbehandlung besser ist als
Arnica.« Manche Leute haben einen seltsamen Begriff von Humor.

Es war fast ½11 Uhr, als ich das Schreiben erhalten hatte. Aber ein Taxameter brachte mich in kurz-
er Zeit an den Ort meiner Bestimmung. Wir hielten
vor einem imposanten, mit einem Portikus versehe-
nen Hause. Die schweren Vorhänge an den Fenstern
ließen deutlich erkennen, daß dieser schreckliche
Professor ein vermögender Mann war. Die Tür wurde geöffnet von einem wunderlichen, dunkelfarbi-
gen, vertrockneten Menschen unbestimmten Alters,
der eine schwarze Steuermannsjacke und braune
Ledergamaschen trug. Ich erfuhr hinterher, daß es
der Chauffeur war, der den infolge beständigen
Wechselns leeren Platz des ersten Dieners einnahm.
Er sah mich mit seinen hellen blauen Augen for-
schend von unten bis oben an.

»Erwartet?« fragte er.

»Eine Verabredung.«

»Haben Sie einen Brief erhalten?«

Ich zog den Umschlag hervor.

»Richtig.«

Er schien ein Mensch von wenig Worten zu sein.
Als ich hinter ihm den Vorraum betrat, wurde ich
plötzlich von einer kleinen Frau, die aus einer offenbar in einen Speiseraum führenden Tür hervortrat,
zurückgehalten. Es war eine kluge, lebhafte, dunkel-
äugige Dame, mehr französisch als englisch im Typus.

»Einen Augenblick«, sagte sie. »Sie können warten, Austin. Wollen Sie bitte hereinkommen, mein
Herr. Darf ich fragen, ob Sie bereits früher mit meinem Mann zusammenkamen?«

»Nein, gnädige Frau, ich hatte noch nicht die
Ehre.«

»Dann bitte ich Sie im voraus um Entschuldigung. Ich muß Ihnen nämlich sagen, daß er ein ganz
unmöglicher Mensch ist – absolut unmöglich. Wenn
Sie vorher gewarnt worden sind, werden Sie gewiß
bereit sein, Nachsicht zu üben.«

»Das ist sehr rücksichtsvoll von Ihnen, gnädige
Frau.«

»Verlassen Sie schnell den Raum, wenn er den
Eindruck macht, gewalttätig zu werden. Erwarten
Sie nicht, mit ihm diskutieren zu können. Verschiedene Leute haben sich Beleidigungen zugezogen,
weil sie es versucht haben. Hinterher gibt es einen
öffentlichen Skandal, und das fällt dann auf mich
und auf uns alle. Ich hoffe, daß Sie nicht wegen
Südamerika zu ihm kommen.«

Ich konnte einer Dame nichts vorlügen.

»Um Gottes willen! Das ist sein gefährlichstes
Thema. Sie werden kein Wort von dem, was er sagt,
glauben – ich würde mich darüber nicht wundern.
Aber sagen Sie ihm das nicht; denn das macht ihn
rasend. Tun Sie so, als ob Sie ihm glauben, dann

werden Sie mit ihm zurecht kommen. Denken Sie immer daran, daß er es selber glaubt. Davon können Sie überzeugt sein. Es gibt keinen ehrenhafteren Mann auf der Welt. Bleiben Sie nicht zu lange. Sonst schöpft er Verdacht. Wenn Sie den Eindruck haben, daß er gefährlich wird – wirklich gefährlich – dann läuten Sie und halten Sie ihn sich vom Leibe, bis ich komme. Selbst in seinem schlimmsten Zustand bin ich meist in der Lage, ihn zu beruhigen.«

Mit diesen ermutigenden Worten übergab mich die Dame des Hauses dem schweigsamen Austin, der während unserer kurzen Unterredung wie eine Bronzestatue der Verschwiegenheit gewartet hatte, und ich wurde von ihm an das Ende eines Korridors geführt. Ein Schlag gegen die Tür, eine Stierstimme von drinnen, und ich stand vor dem Professor.

Er saß in einem Drehstuhl hinter einem breiten Tisch, der mit Büchern, Karten und Zeichnungen bedeckt war. Als ich eintrat, flog sein Stuhl herum, und er faßte mich ins Auge. Sein Äußeres versetzte mir den Atem. Ich war darauf vorbereitet, etwas sehr Seltsames zu sehen, aber eine so überwältigende Persönlichkeit wie diese hatte ich nicht erwartet. Es war seine Gestalt, die einem den Atem stocken machte, seine Gestalt und sein imponierendes Wesen. Sein Kopf war enorm. Der größte, den ich je bei einem menschlichen Wesen gesehen habe. Ich glaube bestimmt, daß sein Hut, wenn ich gewagt hätte, ihn aufzusetzen, mir über die Ohren gerutscht wäre und auf meinen Schultern hätte stehen können. Sein Gesicht und sein Bart erinnerten mich an einen assyrischen Stier. Das erstere war von blühender Farbe, der letztere schwarz, mit einem Stich ins Bläuliche, dessen gekräuselte Strähnen sich wie ein Spaten auf seine Brust legten. Das Haar war merkwürdig, glatt nach vorn heruntergestrichen und lief in einen langen, kühnen Schwung über die massige Stirn aus. Die Augen waren blaugrau unter großen, schwarzen Haarbüscheln; sehr klar, sehr kritisch und sehr herrisch. Gewaltig breite Schultern und eine Brust wie eine Tonne bildeten den übrigen Körper, soweit er oberhalb der Tischplatte sichtbar war, außer zwei enormen, mit langen, schwarzen Haaren bedeckten Händen. Dies alles und eine brüllende, dröhnende Stimme war mein erster Eindruck von dem berühmten Professor Challenger.

»Nun?« sagte er, indem er mich unverschämt anstarrte, »was denn?«

Ich mußte die Täuschung noch eine kurze Zeit aufrecht erhalten, sonst wäre ich zweifellos bereits am Ende meiner Unterhaltung gewesen.

»Sie waren so liebenswürdig, mir eine Zusammenkunft zu gewähren«, sagte ich bescheiden, den Briefumschlag hervorziehend.

Er nahm meinen Brief vom Schreibtisch und breitete ihn vor sich aus.

»Ah, Sie sind der junge Mensch, der kein klares Englisch versteht, nicht wahr? Meine allgemeinen Behauptungen sind Sie so liebenswürdig, zu billigen, wenn ich Sie recht verstehe?«

»Vollkommen – Herr Professor – vollkommen!«

Ich sagte das mit großer Emphase.

»Ach du lieber Gott! Das stärkt ja meine Position sehr, oder etwa nicht? Ihr Alter und Ihre Erscheinung machen mir Ihre Unterstützung doppelt wertvoll. Und, schließlich sind Sie besser als diese Schweineherde in Wien, deren Gegrunze sicherlich nicht mehr zu bedeuten hat als die vereinzelte Bemühung eines englischen Bullkalbes.« Dabei funkelte er mich an als den gewissermaßen anwesenden Vertreter dieser Tiergattung.

»Ihre Gegner scheinen sich abscheulich benommen zu haben«, sagte ich.

»Ich gebe Ihnen die Versicherung, daß ich noch in der Lage bin, meine eigenen Kämpfe auszufechten, und daß ich Ihre Sympathie nicht brauche. Lassen Sie mich nur allein, Herr, mit dem Rücken an der Wand. G. E. C. fühlt sich dann am wohlsten. Wir wollen uns bemühen, Herr, diesen Besuch abzukürzen, der für Sie kaum etwas Angenehmes haben kann und mir außerordentlich lästig ist. Sie haben, wie es scheint, einige Anmerkungen zum Inhalt meiner Denkschrift zu machen.«

Diese brutale Unmittelbarkeit in der Behandlung unseres Gegenstandes machte ein Ausweichen schwierig. Ich mußte also das Spiel weiter treiben, um eine bessere Gelegenheit für meine Absichten zu erspähen. Aus der Entfernung hatte das viel einfacher ausgesehen. O, mein irischer Witz, konntest du mir denn nicht helfen, wo ich deiner Hilfe so bitter bedurfte? Er durchbohrte mich mit seinen scharfen, stahlharten Augen. »Also bitte, Herr, legen Sie los«, tobte er.

»Ich bin natürlich nur ein Student,« sagte ich mit einem einfältigen Lächeln, »kaum mehr, möchte ich sagen, als ein ernst strebender Mensch, und ich muß gestehen, es scheint mir, als ob Sie in dieser Frage ein wenig zu streng über Weismann urteilen. Hat nicht das allgemeine Beweismaterial seit dieser Zeit die Tendenz gehabt, seine Behauptungen zu bestätigen?«

»Was für Beweismaterial?« Er sprach mit unheimlicher Ruhe.

»Nun, ich weiß natürlich, daß es da nichts gibt, was man einen definitiven Beweis nennen könnte. Ich spreche nur von der Richtung des modernen Denkens und von der allgemeinwissenschaftlichen Anschauungsweise, wenn ich mich so ausdrücken darf.«

Er beugte sich mit tiefem Ernst vornüber.

»Ich nehme an, Sie wissen,« sagte er, indem er an den Fingern herzählte, »daß der Schädelindex ein konstanter Faktor ist?«

»Natürlich«, sagte ich.

»Und daß die Telegonie noch sub judice ist?«

»Zweifellos.«

»Und daß das Keimplasma verschieden ist vom parthenogenetischen Ei?«

»Ei, sicherlich«, rief ich und freute mich über meine eigene Kühnheit.

»Aber was beweist das?« fragte er mit sanfter, überzeugender Stimme.

»Ja, tatsächlich, was beweist das?« murmelte ich.

»Soll ich es Ihnen sagen?« girrte er wie eine Taube.

»Ja bitte.«

»Es beweist,« brüllte er in einem plötzlichen Wutausbruch, »daß Sie der schmutzigste Betrüger in London sind – ein nichtswürdiger, schleichender Journalist, der ebenso wenig wissenschaftliche Kenntnisse als Anstand in seinem Schüleraufsatz bewiesen hat.«

Mit rasender Wut in den Augen sprang er auf. Selbst in diesem Augenblick höchster Spannung fand ich Zeit, über die Entdeckung in Erstaunen zu

geraten, daß er ein ziemlich kleiner Mann war. Sein Kopf reichte nicht über meine Schulter hinaus – ein zu klein geratener Herkules, dessen gesamte ungeheure Lebenskraft sich nach unten, in die Breite und im Gehirn auswirkte.

»Kauderwelsch«, schrie er, sich vornüber neigend, die gespreizten Hände auf die Tischplatte gestützt, und das Gesicht vorschiebend. »Wissenschaftliches Kauderwelsch war das, Herr, was ich Ihnen hier vorgeredet habe! Dachten Sie, Sie könnten sich mit meiner Erfahrung messen – Sie mit Ihrem Walnußgehirn? Ihr denkt, ihr seid allmächtig, ihr infernalischen Schmierer, oder etwa nicht? Daß euer Lob einen Mann berühmt machen und euer Tadel ihn zerschmettern kann! Wir müssen uns alle beugen vor euch und versuchen, ein günstiges Urteil von euch zu erlangen. Diesem helft Ihr auf die Beine, und jenen stürzt ihr in den Abgrund! Kriechendes Gewürm, ich kenne Sie! Sie haben sich über Ihren Stand hinausgewagt. Es wird Zeit, daß man Ihnen die Ohren stutzt. Sie haben den Sinn für Proportion verloren. Geschwollene Gasblase! Ich werde Sie in Ihre Schranken zurückweisen. Ja, Herr, es ist Ihnen nicht gelungen, G. E. C. zu überlisten. Das ist doch noch ein Mann, der Ihnen überlegen ist. Er hat Sie gewarnt, aber wenn Sie kommen wollen, beim Himmel, so tun Sie das auf Ihre eigene Gefahr. Sie sind unterlegen, mein verehrter Herr Malone, geben Sie es zu! Sie haben ein ziemlich gefährliches Spiel gespielt, und es macht einen gewissen Eindruck auf mich, daß Sie es verloren haben.«

»Sehen Sie, Herr«, sagte ich, in der Richtung zur Tür zurückweichend und sie öffnend, »Sie können mich beleidigen, so viel Sie wollen. Aber es gibt eine Grenze. Sie werden es nicht zu Tätlichkeiten kommen lassen.«

»Ich werde es nicht tun?« Er kam langsam in einer seltsamen Art auf mich zu, blieb dann plötzlich stehen und steckte seine großen Hände in die Seitentaschen seiner ziemlich kindlichen kurzen Jacke. »Ich habe verschiedene von Ihnen zum Hause hinausgeworfen. Sie werden der vierte oder fünfte sein. 75 Mark für jeden – das ist etwa der Durchschnitt. Kostspielig, aber sehr notwendig. Nun, Herr, warum sollten Sie Ihren Brüdern nicht folgen? Ich sollte meinen, ja«, worauf er unvermerkt seinen unangenehmen Vormarsch auf mich fortsetzte.

Ich hätte mit einem Sprung die Vorplatztür erreichen können, aber das wäre schimpflich gewesen. Außerdem fühlte ich einen leisen Zorn in mir aufsteigen. Ich war vorher hoffnungslos im Unrecht gewesen, aber die Drohungen des Mannes brachten das Recht auf meine Seite.

»Ich werde Sie schon daran hindern, Hand an mich zu legen. Herr, das lass' ich mir nicht gefallen.«

»Ach, du lieber Gott!« Sein schwarzer Schnurrbart zuckte in die Höhe, und er fletschte höhnisch lächelnd die Zähne. »Sie lassen sich das nicht gefallen, he?«

»Seien Sie kein Narr, Herr Professor«, schrie ich. »Was denken Sie ausrichten zu können. Ich wiege zwei Zentner, habe Muskeln von Stahl und spiele jeden Sonnabend als Mittelstürmer im Irischen Fußballklub. Ich bin nicht der Mann — —«

Das war der Moment, in dem er sich auf mich warf. Es war mein Glück, daß ich die Tür bereits geöffnet hatte, sonst wären wir durch die Füllung gegangen. Wir schwirrten wie ein Feuerwerkskörper miteinander den Vorplatz entlang, bekamen auf unserem Wege irgendwie einen Stuhl zwischen die Beine und kollerten mit ihm die nach der Straße führende Treppe hinunter. Sein Bart geriet mir in den Mund, wir hatten uns mit den Armen umschlungen, die Gliedmaßen unserer Körper waren miteinander verflochten, und die Beine des teuflischen Stuhles umwirbelten uns wie ein Strahlenbündel. Der wachsame Austin hatte die Entreetür aufgerissen, mit einem Purzelbaum nach hinten flogen wir auf die Straße.

Der Stuhl fiel zerschmettert zu Boden, und wir rollten beide nebeneinander in die Gosse. Er sprang auf, schwang die Fäuste und keuchte wie ein Asthmatiker.

»Haben Sie genug?« schnaufte er.

»Infernalische Bulldogge!« schrie ich, indem ich mich aufraffte. Die Sache wäre irgendwie noch zum Austrag gekommen, denn er stürzte sich in erneuter Kampfeslust auf mich, aber glücklicherweise wurde ich aus dieser üblen Situation befreit. Ein Schutzmann stand neben uns, das Notizbuch in der Hand.

»Was ist denn das? Sie sollten sich was schämen!« sagte er. Das war die erste vernünftige Bemerkung, die ich in Enmore Park gehört hatte. »Nun,« sagte er, sich an mich wendend, »was bedeutet das hier?«

»Dieser Mann hat mich angegriffen.«

»Haben Sie ihn angegriffen?« fragte der Schutzmann.

Der Professor atmete schwer und gab keine Antwort.

»Das ist ja nicht das erste Mal«, sagte der Schutzmann ernst, indem er den Kopf schüttelte. »Sie haben sich im letzten Monat bereits mit einer ähnlichen Sache in Ungelegenheiten gebracht. Sie haben ja dem Mann das Auge blau geschlagen. — Wollen Sie Anzeige machen?«

Ich beruhigte mich inzwischen.

»Nein,« sagte ich, »das werde ich nicht tun.«

»Na, wieso denn nicht?« fragte der Schutzmann.

»Ich muß mir selbst Vorwürfe machen. Ich habe ihn belästigt. Er hat mich anständigerweise gewarnt.«

Der Schutzmann klappte sein Notizbuch zu.

»Also lassen Sie doch bloß solche Sachen!« sagte er. »Nun los, nicht stehenbleiben, gehen Sie weiter.« Dies sagte er zu einem Schlächterjungen, einem kleinen Mädchen und einem oder zwei Passanten, die sich angesammelt hatten. Und die kleine Schar vor sich hertreibend, stampfte er schwerfällig die Straße hinunter. Der Professor blickte mich an mit Augen, in denen ein leichter Anflug von Humor spürbar wurde.

»Kommen Sie herein,« sagte er »ich bin noch nicht fertig mit Ihnen.« Seine Worte hatten einen bösartigen Klang, aber ich folgte ihm nichtsdestoweniger ins Haus. Der Diener Austin, der einem hölzernen Standbild glich, schloß die Tür hinter uns.

Viertes Kapitel

Das ist die erstaunlichste Sache, von der ich je gehört habe

Kaum war sie geschlossen, als Frau Challenger aus dem Speisezimmer herausstürzte. Die kleine Frau war in einer furchtbaren Erregung. Sie pflanzte sich vor ihrem Gatten auf wie ein wütendes Huhn, das einer Bulldogge gegenübersteht. Es war klar, daß sie meinen »Abgang« mit angesehen, meine Rückkehr aber nicht bemerkt hatte.

»Du bist ein Rohling, George«, kreischte sie. »Du hast diesem netten jungen Mann eine Verletzung beigebracht.«

Er zeigte mit dem Daumen über die Schulter.

»Da ist er, hinter mir, heil und gesund.«

Sie wurde etwas verwirrt.

»O bitte, ich hatte Sie nicht gesehen.«

»Ich versichere Sie, gnädige Frau, es ist alles in Ordnung.«

»Er hat Ihr armes Gesicht entstellt. O, George, was bist du für ein brutaler Mensch! Nichts als Skandal von einem Ende der Woche bis zum andern. Jeder Mensch haßt und verulkt dich. Meine Geduld ist erschöpft. Dies ist das Ende.«

»Sauberes Leinen!« brüllte er.

»Es ist kein Geheimnis«, schrie sie. »Weißt du, daß die ganze Straße – ganz London sogar – – gehen Sie, Austin, wir brauchen Sie hier nicht – –, weißt du, daß alle Welt von dir spricht? Wo bleibt deine Würde? Du, ein Mann, der königlicher Professor an einer großen Universität, wo tausend Studenten dich verehren würden, sein sollte, wo bleibt deine Würde, George?«

»Und wo die deinige, meine Teure?«

»Du quälst mich zu sehr. Ein Raufbold – ein wüster Raufbold – ist das, was du geworden bist.«

»Sei gut, Jessie!«

»Ein tobender, rasender Eisenfresser!«

»Jetzt ist es genug! Buß-Schemel!« sagte er.

Und zu meinem Erstaunen bückte er sich, hob sie auf und setzte sie auf ein hohes Piedestal von schwarzem Marmor in der Ecke der Vorhalle. Es war mindestens sieben Fuß hoch und so schmal, daß sie kaum das Gleichgewicht darauf halten konnte. Ein lächerlicheres Bild, als sie bot mit dem ängstlich verzogenen Gesicht, den baumelnden Füßen und dem vor Angst starren Körper, war nicht denkbar.

»Laß mich herunter«, jammerte sie.

»Sage bitte.«

»O du Rohling, im Augenblick läßt du mich herunter!«

»Kommen Sie in mein Studierzimmer, Mister Malone.«

»Aber wirklich, Herr Professor – –«, sagte ich mit einem Blick auf seine Frau.

»Herr Malone bittet für dich, Jessie. Sage bitte, und du kommst sofort herunter.«

»O du brutaler Mensch! Bitte! Bitte!«

Er hob sie herunter, als wäre sie ein Kanarienvogel.

»Du mußt dich selbst gut benehmen, Liebling. Herr Malone ist ein Mann von der Presse. Er wird das alles morgen in seiner Zeitung bringen und ein Extradutzend Exemplare in unserer Nachbarschaft verkaufen: ›Seltsame Vorgänge in der höheren Gesellschaft‹ Du hattest doch einen höheren Platz auf dem Piedestal, nicht wahr? Dann ein Untertitel: ›Blick in eine merkwürdige Ehe.‹ Dieser Herr Malone ist ein Mann, der im Schmutz wühlt, ein Aasfresser wie alle seiner Art – porcus ex grege diaboli – ein Schwein aus des Teufels Herde. So ist es, Malone – was denn?«

»Sie sind tatsächlich unerträglich«, sagte ich heftig.

Er brach in ein gellendes Lachen aus. »Wir werden jetzt ein Bündnis schließen«, brummte er, indem er den Blick von seiner Frau zu mir herüberwandte und den enormen Brustkasten vorwölbte. Dann plötzlich in verändertem Tonfall: »Entschuldigen Sie diesen frivolen Familienscherz, Herr Malone. Ich habe Sie aus einem etwas ernsthafteren Grunde, als Ihnen unsere kleinen häuslichen Schäkereien vorzuführen, zurückgerufen. – Lauf nur, kleine Frau, und sei nicht mehr verdrießlich.« Dabei legte er ihr seine riesigen Hände auf die Schulter.

»Alles, was du sagst, ist ja vollkommen richtig. Ich würde ja ein besserer Mann sein, wenn ich täte, was du mir rätst. Aber der ganze George Edward Challenger würde ich dann nicht mehr sein. Es gibt so viel bessere Männer, meine Teure. Aber nur einen G. E. C. Du mußt schon versuchen, mit mir auszukommen.« Und darauf gab er ihr plötzlich einen schallenden Kuß, der mich noch mehr in Erstaunen versetzte als seine vorher bewiesene Gewalttätigkeit. »Nun, Herr Malone,« fuhr er plötzlich mit großer Würde fort, »darf ich bitten, hier durch den Korridor.«

Wir betraten aufs neue das Zimmer, das wir zehn Minuten vorher so tumultuarisch verlassen hatten. Der Professor schloß die Tür sorgfältig hinter uns, drückte mich in einen Armstuhl und hielt mir eine Zigarrenkiste unter die Nase. »Echte San Juan Colorado«, sagte er. »Reizbare Leute wie Sie brauchen Narkotika. Himmel, beißen Sie sie nicht ab! Abschneiden! – und mit Ehrfurcht abschneiden! So, jetzt legen Sie sich zurück und hören Sie aufmerksam an, was ich mich herbeilasse, Ihnen zu erzählen. Sollten Sie das Bedürfnis zu irgendeiner Bemerkung haben, so können Sie sie sich für eine bessere Gelegenheit aufsparen.

Zunächst zu Ihrer Rückkehr in mein Haus nach dem völlig gerechtfertigten Hinauswurf« – er schob den Bart vor und funkelte mich an wie einer, der einen Widerspruch herausfordert und erwartet –, »nach Ihrem, sage ich, wohlverdienten Hinauswurf. Der Grund lag in Ihrer dem höchst dienstfertigen Schutzmann gegebenen Antwort, in der ich glaubte eine Spur von schicklichem Empfinden Ihrerseits zu entdecken – mehr jedenfalls als ich gewöhnt bin mit einem Menschen Ihrer Berufsart zu verbinden. Indem Sie zugestanden, daß die Schuld zu diesem Zwischenfall auf Ihrer Seite lag, haben Sie den Beweis einer gewissen geistigen Selbständigkeit und weiter Lebensauffassung gegeben, der meine wohlwollende Aufmerksamkeit erregte. Die Untergattung der menschlichen Rasse, der Sie unglücklicherweise angehören, befand sich immer unterhalb meines geistigen Horizonts. Ihre Antwort hat Sie plötzlich oberhalb desselben erscheinen lassen. Sie sind aufgetaucht als ein Gegenstand meiner ernsthaften Beobachtung. Aus diesem Grunde habe ich Sie aufgefordert, mit mir zurückzugehen, da ich gesonnen war, Ihre weitere Bekanntschaft zu machen. – Bitte,

wollen Sie die kleine japanische Schale auf dem Bambustisch, den Sie mit dem linken Ellbogen berühren, als Aschenbecher benutzen.«

All dies brummte er vor sich hin wie ein Professor, der zu seinen Studenten redet. Er hatte seinen Drehstuhl herumgeschwungen, um mir gerade ins Gesicht sehen zu können, und saß, eine mächtige Rauchwolke ausstoßend, vor mir wie ein riesiger Ochsenfrosch, das Haupt zurückgelegt und die Augen mit einem hochmütigen Ausdruck halb geschlossen. Plötzlich drehte er sich zur Seite, und ich sah von ihm nichts mehr als sein wirres Haupthaar und ein rotes, abstehendes Ohr. Er wühlte in einem Haufen von Papieren, die auf seinem Schreibtisch lagen, worauf er sich mir wieder zuwandte und etwas in der Hand hielt, was wie ein zerfetztes Skizzenbuch aussah.

»Ich werde Ihnen jetzt etwas über Südamerika erzählen«, sagte er. »Machen Sie keine Bemerkungen, wenn ich bitten darf. Zunächst einmal möchte ich Ihnen sagen, daß nichts von dem, was ich Ihnen jetzt mitteile, irgendwie veröffentlicht werden darf, soweit Sie dazu keine ausdrückliche Erlaubnis erhalten. Diese Erlaubnis werde ich aller menschlichen Wahrscheinlichkeit nach niemals geben. Ist das klar?«

»Das ist sehr hart«, sagte ich. »Ein verständiger Bericht würde sicherlich – – –«

Er legte das Buch wieder auf den Tisch.

»Die Sache ist erledigt«, sagte er. »Guten Morgen, mein Herr.«

»Nein, nein,« rief ich, »ich unterwerfe mich jeder Bedingung. Soweit ich sehe, bleibt mir nichts anderes übrig.«

»Unter keinen Umständen«, sagte er.

»Gut, ich verspreche Ihnen alles.«

»Ehrenwort?«

»Ehrenwort.«

Er sah mich zweifelnd mit seinen anmaßenden Augen an.

»Was weiß ich denn schließlich von Ihrer Ehre?« sagte er.

»Ich muß sehr bitten, Herr Professor«, brauste ich auf. »Jetzt sind Sie sehr unhöflich. In meinem ganzen Leben hat man mich noch nicht so beleidigt.«

Meine Heftigkeit schien ihn mehr zu interessieren als zu langweilen.

»Rundköpfig«, murmelte er. »Brachycephalisch. Graue Augen, schwarze Haare mit negroidem Einschlag. Keltisch vermute ich.«

»Ich bin Ire, Herr Professor.«

»Irländischer Ire?«

»Ja, Herr Professor.«

»Das klärt die Sache natürlich. Na also, Sie haben mir Ihr Versprechen gegeben, daß mein Vertrauen respektiert werden soll. Dieses Vertrauen ist, möchte ich sagen, keineswegs ein vollständiges, doch bin ich bereit, Ihnen einige Mitteilungen, die nicht ohne Interesse sind, zu machen. Sie wissen wahrscheinlich, daß ich vor zwei Jahren eine Reise nach Südamerika gemacht habe – eine Reise, die man als klassisch in der Geschichte der Wissenschaften bezeichnen wird. Der Zweck meiner Reise war, den Wahrheitsbeweis für einige Behauptungen von Wallace und Bates zu erbringen, was nur geschehen konnte durch Beobachtung der von ihnen berichteten Fakta unter denselben Bedingungen, unter denen sie sie niedergeschrieben hatten. Hätte meine Expedition keine anderen Resultate als diese gehabt, so würde sie immer noch bemerkenswert gewesen sein; aber ein seltsamer Zwischenfall, den ich dort erlebte, hat die Forschung vor völlig neue Aufgaben gestellt.

Sie wissen vielleicht – oder in diesem halbgebildeten Zeitalter wissen Sie es vielleicht auch nicht –, daß gewisse Landabschnitte im Gebiet des Amazonenstroms erst zum Teil erforscht sind und daß der Hauptstrom eine große Zahl von Nebenflüssen hat, von denen einige noch nicht einmal kartographisch genau aufgenommen sind. Es war meine Aufgabe, in dieses wenig bekannte Hinterland vorzudringen und seine Fauna zu erforschen, die mir das Material für mehrere Kapitel des großen und monumentalen zoologischen Werkes, das meine Lebensarbeit darstellt, geliefert hat. Ich befand mich nach Beendigung meiner Arbeit auf dem Rückwege und mußte eine Nacht in einem kleinen Indianerdorf zubringen, das an einer Stelle lag, wo ein gewisser Nebenfluß – dessen Namen und Lage ich verschweige – in den Hauptstrom mündet. Die Eingeborenen waren Cucama-Indianer, ein friedfertiger, aber heruntergekommener Stamm, dessen geistige Fähigkeiten

kaum diejenigen eines Durchschnitts-Londoners übertreffen. Ich hatte auf meinem früheren Weg den Fluß hinauf einige von ihren Leuten kuriert und ihnen einen starken Eindruck meiner Persönlichkeit hinterlassen, so daß ich nicht überrascht war, daß sie mich bei meiner Rückkehr lebhaft erwarteten. Ich entnahm ihren Gesten, daß irgend jemand dringend meiner medizinischen Hilfe bedurfte, und folgte dem Häuptling in eine seiner Hütten. Als ich sie betrat, stellte sich heraus, daß der Leidende, zu dessen Hilfe man mich gerufen hatte, gerade gestorben war. Es war zu meiner Überraschung kein Indianer, sondern ein Weißer, und zwar ein Weißer in besonderem Sinne. Denn er hatte flachsfarbene Haare und wies Zeichen von Albinismus auf. Seine Kleidung bestand in Lumpen, sein Körper war sehr abgemagert und trug alle Spuren langdauernder Entbehrung. Nach allem, was ich aus dem Bericht der Eingeborenen entnehmen konnte, handelte es sich hier um einen ihnen völlig fremden Mann, der allein und im Zustande höchster Erschöpfung quer durch den Urwald zu ihnen gekommen war. Der Tornister des Mannes lag neben dem Lager, und ich untersuchte seinen Inhalt. Sein Name war auf einen Lederstreifen geschrieben – Maple White, Lake Avenue, Detroit, Michigan. Das ist ein Name, vor dem ich immer meinen Hut ziehen werde. Es ist nicht zu viel gesagt, daß er neben dem meinen stehen wird, wenn einst die Wissenschaft das Verdienst in dieser Angelegenheit gerecht verteilen wird. Aus dem Inhalt des Tornisters ging klar hervor, daß der Mann ein Künstler und Dichter war, der Motive gesucht hatte. Auch eine Menge von Versen fanden sich. Ich halte mich für keinen kundigen Beurteiler dieser Dinge, aber ich hatte den Eindruck, daß sie nicht eben bedeutend waren. Weiter fanden sich noch einige minderwertige Bilder von Fluß-Szenerien, ein Malkasten, eine Schachtel mit bunter Kreide, einige Pinsel, dieser gebogene Knochen, der da auf meinem Schreibtisch liegt, ein Band von Bacsters Werk über Falter und Schmetterlinge, ein billiger Revolver und einige Patronen. Persönliche Ausrüstungsgegenstände hatte er entweder nicht, oder sie waren während seiner Reise verloren gegangen. Das war der ganze Besitz dieses merkwürdigen amerikanischen Zigeuners.

Im Begriff, die Hütte zu verlassen, bemerkte ich noch einen Gegenstand, der vorn aus seiner zerrissenen Jacke herausragte. Es war dies Skizzenbuch, in dem zerrissenen Zustande, in dem Sie es hier vor sich sehen. Ich kann wohl sagen, daß ein einziges aufgefundenes Blatt von Shakespeare nicht mit einer größeren Ehrfurcht behandelt werden könnte, als wie es mit dieser Hinterlassenschaft geschah, seit sie in meinem Besitz ist. Ich gebe Ihnen das Buch in die Hand und bitte Sie, es Seite für Seite durchzusehen und seinen Inhalt zu prüfen.«

Er steckte sich eine neue Zigarre an, legte sich mit stolzen, kritischen Augen in seinen Stuhl zurück und beobachtete die Wirkung, die dieses Dokument auf mich haben würde.

Ich hatte das Buch mit einer gewissen Erwartung auf Enthüllungen, obgleich ich noch keine Vorstellung hatte, welcher Art diese sein könnten, geöffnet. Die erste Seite enttäuschte mich allerdings. Denn sie enthielt nichts als das Bildnis eines sehr dicken Mannes in einer blauen Tuchjacke mit der Unterschrift »Jimmy Colver auf dem Postboot«. Dann folgten mehrere Seiten mit kleinen Skizzen aus dem Leben der Indianer. Dann kam das Bild eines freundlichen und korpulenten Geistlichen mit einem flachen, breitkrempigen Hut, der einem dünnen Europäer gegenübersaß, mit der Unterschrift »Frühstück mit Fra Christofero in Rosario«. Studien von Frauen und Kindern füllten einige weitere Seiten, und dann folgte eine ununterbrochene Reihe von Tierzeichnungen mit Unterschriften, wie »Seekuh auf einer Sandbank«, »Schildkröten mit ihren Eiern«, »Schwarzes Ajuti unter einer Miriti-Palme« – – auf dem letzten davon erblickte ich ein schweinähnliches Tier, und schließlich kam eine Doppelseite von Studien von einem langschnäuzigen und höchst widerwärtigen Saurier. Ich konnte nichts anfangen damit und sagte das dem Professor.

»Das sind doch sicher Krokodile?«

»Alligatoren! Alligatoren! Wirkliche Krokodile gibt es ja gar nicht in Südamerika. Der Unterschied zwischen diesen – –«

»Ich wollte sagen, ich sehe nichts Ungewöhnliches – nichts, was Ihre Worte bestätigen könnte.«

Er lächelte gelassen. »Sehen Sie sich die nächste Seite an«, sagte er. Auch diese bot nichts Besonderes. Es war eine ganzseitige Zeichnung einer roh in Farben angelegten Landschaft – eine Art von Farbenskizze, wie sie ein Freilichtmaler als Grundlage für ein später genauer auszuführendes Bild benutzt. Man erkannte einen blaßgrünen Vordergrund mit geringem Pflanzenwuchs, der nach hinten zu anstieg und in eine dunkelrote Felswand mit eigenartigen senkrechten Streifen auslief, wie ich es auf Basaltformationen gesehen hatte. Diese Felsen bildeten einen ununterbrochenen Wall quer über den Hintergrund. An einer Stelle erblickte man einen einzigen pyramidenförmigen, von einem großen Baum gekrönten Felsen, der durch eine Kluft von dem Hauptmassiv getrennt schien. Über allem ein tropisch blauer Himmel. Eine dünne grüne Linie von Pflanzen bekränzte den oberen Rand der roten Klippen. Auf der nächsten Seite fand sich eine Tuschzeichnung derselben Örtlichkeit, aber aus größerer Nähe gesehen, so daß man die Einzelheiten klar unterscheiden konnte.

»Nun?« fragte er.

»Das ist zweifellos eine merkwürdige Formation«, sagte ich. »Aber ich bin nicht Geologe genug, um zu sagen, daß sie erstaunlich ist.«

»Erstaunlich!« wiederholte er. »Sie ist einzig! Sie ist unglaublich! Kein Mensch auf der ganzen Welt hätte sich je eine solche Möglichkeit träumen lassen. – Nun der Text.«

Ich schlug um und stieß einen Schrei der Überraschung aus. Ich erblickte ein ganzseitiges Bild des merkwürdigsten Tieres, das ich je gesehen hatte. Das war der wilde Traum eines Opiumrauchers, die Vision eines Deliriumkranken – der Kopf glich dem eines Vogels, der Körper dem einer aufgedunsenen Eidechse, der lange schleppende Schwanz war gespickt mit aufwärts gerichteten Stacheln und der gekrümmte Rücken eingefaßt von sägeartigen Fransen, die aussahen wie ein Dutzend hintereinander angeordneter Hahnenkämme. Vor dem Tier stand ein lächerliches Männchen oder ein Zwerg in Menschengestalt, der das Ungetüm anstarrte.

»Nun, was denken Sie darüber?« rief der Professor aus, triumphierend die Hände reibend.

»Das ist furchtbar – grotesk!«

»Aber wie kommt er dazu, solch ein Tier zu zeichnen?«

»Schnaps, sollte ich denken.«

»Oh, das ist die beste Erklärung, die Sie geben können?«

»Ja, Herr Professor. Und was ist Ihre Meinung?«

»Die nächstliegende, nämlich, daß dieses Tier existiert. Daß es wirklich nach dem Leben gezeichnet ist.«

Ich hätte lachen mögen, wenn nicht die Vision eines erneuten Rundtanzes den Korridor hinunter vor mir aufgetaucht wäre.

»Zweifellos,« sagte ich, »zweifellos,« wie man einem Geistesschwachen nachgibt. »Ich muß indessen gestehen,« fügte ich hinzu, »daß dieses kleine menschliche Wesen mir zu denken gibt. Wenn es ein Indianer wäre, könnte man ihn als Beweis für das Vorhandensein einer Zwergrasse in Amerika halten, aber es scheint mir ein Europäer mit einem Sonnenhut zu sein.«

Der Professor schnaubte wie ein wütender Büffelochs. »Sie gehen wirklich bis zum äußersten«, sagte er. »Sie vertiefen meine Einsicht ganz außerordentlich. Gehirnerweichung! Geistesträgheit! Wirklich erstaunlich!«

Er wirkte zu lächerlich, als daß ich mich darüber hätte ärgern können. Es wäre tatsächlich eine Energievergeudung gewesen; denn wenn man sich über diesen Mann hätte ärgern wollen, so hätte man dazu fortwährend Anlaß gehabt. Ich beschränkte mich darauf, müde zu lächeln. »Ich stieß mich daran, daß der Mann so klein ist«, sagte ich.

»Sehen Sie hier«, rief er aus, sich vorn überneigend und den großen haarigen Wurstfinger auf das Bild setzend. »Sie sehen diese Pflanze hinter dem Tier. Ich vermute, Sie halten sie für einen Löwenzahn oder Rosenkohl – wie? Nun, das ist eine Elfenbeinnuß-Palme, die 50 bis 60 Fuß hoch wird. Sehen Sie nicht, daß der Mann zu einem bestimmten Zweck in das Bild gesetzt ist? Der Maler selbst konnte nicht vor der Bestie stehen und sie zeichnen, ohne sein Leben zu riskieren. Er brachte sich daher selbst später in der Skizze an, um einen Größenmaßstab zu geben. Seine Größe betrug, wollen wir sagen, über fünf Fuß. Der Baum ist zehnmal so hoch, was durchaus anzunehmen ist.«

»Herr Gott im Himmel!« rief ich aus. »Sie denken also, diese Bestie war – aber dann würde die Bahnhofshalle von Charing Croß ja kaum eine Höhle für so ein Riesenvieh abgeben!«

»Ohne jede Übertreibung, das ist sicherlich ein voll ausgewachsenes Exemplar«, sagte der Professor friedlich.

»Aber man kann wohl nicht sämtliche Erfahrungen des Menschengeschlechts über den Haufen werfen lassen durch eine einzige Skizze – –«, ich hatte die nächsten Blätter umgeschlagen und festgestellt, daß das Buch nichts weiter enthielt –, »eine einzige Skizze von einem auf der Wanderschaft befindlichen amerikanischen Künstler, der sie vielleicht unter der Wirkung von Haschisch, oder im Fieberzustand, oder einfach zur Befriedigung einer wunderlichen Einbildungskraft angefertigt hat. Sie können doch als Mann der Wissenschaft eine solche Behauptung nicht verteidigen.«

Statt einer Antwort holte der Professor ein Buch vom Regal herunter.

»Dies ist eine ausgezeichnete Monographie meines begabten Freundes Ray Lankester«, sagte er. »Darin befindet sich eine Illustration, die Sie interessieren dürfte. Ah, ja, hier ist sie. Die Unterschrift lautet: ›Wahrscheinliches Aussehen eines Stegosaurus aus der Juraperiode.‹ Das Hinterbein allein ist zweimal so lang als ein ausgewachsener Mann. Nun, was sagen Sie dazu?«

Er reichte mir das geöffnete Buch. Ich stutzte, als mein Blick auf das Bild fiel. Dieses rekonstruierte Tier aus einer verflossenen Welt zeigte sicherlich eine große Ähnlichkeit mit der Skizze des unbekannten Künstlers.

»Das ist in der Tat bemerkenswert«, sagte ich.

»Aber Sie wollen nicht zugeben, daß das entscheidend ist?«

»Sicherlich liegt hier eine Übereinstimmung vor, oder der Amerikaner hat ein derartiges Bild gesehen und im Gedächtnis aufbewahrt. Das könnte einem Mann im Delirium sehr gut passieren.«

»Na, schön«, sagte der Professor milde. »Wir wollen das auf sich beruhen lassen. Ich möchte Sie jetzt bitten, sich diesen Knochen anzusehen.« Er gab mir denselben, den er schon vorher als zum Besitztum des toten Mannes gehörig erwähnt hatte, in die Hand. Der Knochen war ungefähr 6 Zoll lang und dicker als mein Daumen, mit den Anzeichen von vertrocknetem Knorpel an dem einen Ende.

»Zu welchem der uns bekannten Tiere gehört dieser Knochen?« fragte der Professor.

Ich prüfte ihn sorgfältig und suchte mir einige halbvergessene Kenntnisse ins Gedächtnis zurückzurufen.

»Das ist vielleicht ein sehr dickes menschliches Schlüsselbein.«

Eine Handbewegung des Professors drückte tiefste Geringschätzung aus.

»Das menschliche Schlüsselbein ist gebogen. Dieser Knochen ist gerade. Auf seiner Oberfläche findet sich eine Einsenkung, die beweist, daß dort eine starke Sehne lag, was nicht der Fall sein könnte, wenn es ein Schlüsselbein wäre.«

»Dann muß ich bekennen, ich weiß nicht, was es ist.«

»Sie brauchen nicht beschämt zu sein, wenn sich Ihre Unwissenheit enthüllt, denn ich nehme an, daß der ganze Gelehrtenstab des Kensington-Museums auch nicht in der Lage wäre, den Knochen unterzubringen.« Er nahm darauf einen kleinen Knochen von der Größe einer Bohne aus einer Pillenschachtel. »Soweit ich sehe, bildet dieser menschliche Knochen eine Analogie zu dem in Ihrer Hand befindlichen. Das kann Ihnen eine Idee von der Größe des Tieres geben. An dem Knorpel können Sie erkennen, daß es sich hierbei nicht um ein versteinertes, sondern um ein Exemplar aus der Jetztzeit handelt. Was sagen Sie dazu?«

»Sicherlich bei einem Elefanten – –«

Er wand sich wie unter Schmerzen.

»Nicht so etwas, sprechen Sie nicht von Elefanten in Südamerika. Selbst beim heutigen Stande unserer Volksschulen – –«

»Gut,« unterbrach ich ihn, »irgendein großes südamerikanisches Tier – ein Tapir zum Beispiel.«

»Sie können überzeugt sein, junger Mann, daß ich in den Elementen meiner Wissenschaft einigermaßen zu Hause bin. Dies ist weder ein Knochen von einem Tapir, noch von irgendeinem anderen uns in der Zoologie bekannten Geschöpf. Es gehört zu einem sehr großen, sehr starken und, aller Analogie nach, sehr wilden Tier, das noch jetzt auf der Erde lebt, aber bisher der Wissenschaft nicht bekannt geworden ist. Sie sind noch nicht überzeugt?«

»Mein Interesse ist jedenfalls aufs tiefste erregt.«

»Dann ist Ihr Fall nicht hoffnungslos. Ich fühle, daß irgendwo etwas Verstand in Ihnen schlummert. Wir wollen ihn also geduldig ans Tageslicht befördern. – Wir wollen jetzt den toten Amerikaner verlassen und in unserer Erzählung fortfahren. Sie werden begreifen, daß ich mich nur schwer vom Amazonenstrom trennen konnte, ohne diese Angelegenheit tiefer erforscht zu haben. Es fanden sich nämlich Andeutungen, die einen Schluß auf die Richtung, aus der der tote Wanderer gekommen war, zuließen. Indianische Legenden allein schon hätten mir als Führer dienen können, denn ich fand Gerüchte über ein seltsames Land unter den am Ufer wohnenden Stämmen allgemein verbreitet. Sie haben zweifellos schon vom Curipuri gehört?«

»Niemals.«

»Curipuri ist der Geist des Urwaldes. Etwas Furchtbares, etwas Bösartiges, etwas, dem man aus dem Wege geht. Niemand kann sein Aussehen oder sein Wesen beschreiben. Aber es ist ein Schreckenswort an den Ufern des Amazonenstromes. Über die Richtung, in der Curipuri lebt, sind sich alle Stämme einig. Es war dieselbe Gegend, aus der der Amerikaner gekommen war. Irgend etwas Schreckliches lag auf diesem Wege. Meine Aufgabe bestand darin, zu erforschen, was das war.«

»Und was taten Sie dann?« Meine Lust zum vorlauten Schwätzen war verschwunden. Dieser energische Mann zwang einen zur Aufmerksamkeit und Achtung.

»Ich überwand das starke Widerstreben der Eingeborenen – ein Widerstreben, das soweit ging, daß sie über diesen Gegenstand nicht einmal sprechen wollten –, und durch kluges Zureden, Geschenke und auch, wie ich zugeben muß, durch Androhung von Zwang, sie meinen Wünschen gefügig zu machen, gelang es mir, zwei von ihnen als Führer zu gewinnen. Nach mancherlei Abenteuern, die ich nicht zu beschreiben brauche, und nach Zurücklegung einer gewissen Entfernung, die ich nicht angeben möchte, in einer Richtung, die ich gleichfalls verschweige, kamen wir zuletzt in eine Gegend, die bisher nicht beschrieben und auch mit Ausnahme meines unglücklichen Vorgängers von niemand besucht worden ist. Wollen Sie sich das bitte ansehen?«

Er reichte mir eine Photographie – Größe 9×12 Zentimeter.

»Der schlechte Zustand der Platte rührt von der Tatsache her,« sagte er, »daß unser Boot auf der Talfahrt kenterte und die Kiste mit den unentwickelten Platten zerbrach. Die unangenehme Folge dieses Vorfalls war, daß die Platten fast alle ruiniert waren – ein unersetzlicher Verlust. Das ist eine von den wenigen, die teilweise gerettet werden konnten. Diese Erklärung ihrer Mängel oder Fehler muß Ihnen genügen. Man hat von Schwindel gesprochen, aber ich bin nicht in der Stimmung, eine derartige Behauptung zu diskutieren.«

Die Photographie war sicherlich sehr undeutlich. Ein unfreundlicher Kritiker hätte das nebelhafte Bild leicht falsch auslegen können. Es war eine einfache graue Landschaft, und als ich langsam Einzelheiten darauf unterschied, stellte ich fest, daß sie eine lange und außerordentlich hohe Felswand, die aus der Entfernung den täuschenden Eindruck eines riesigen Wasserfalls machte, darstellte. Der Vordergrund war ausgefüllt durch eine geneigte, baumbestandene Ebene.

»Ich glaube, das ist dieselbe Gegend wie auf der Tuschzeichnung«, sagte ich.

»Es ist dieselbe Gegend«, antwortete der Professor. »Ich habe Spuren von dem Lager des Amerikaners gefunden. Jetzt sehen Sie dies hier!«

Es war dieselbe Szene, aus größerer Nähe gesehen, obgleich die Photographie außerordentlich mangelhaft war. Ich konnte deutlich die isolierte, von einem Baum gekrönte Felsspitze, die abseits der Felswände stand, erkennen.

»Jetzt habe ich keinen Zweifel mehr«, sagte ich.

»Gut, da hätten wir also schon etwas gewonnen«, sagte er. »Wir machen Fortschritte, nicht wahr? Wollen Sie jetzt, bitte, die Spitze dieses einzelnen Felsens ins Auge fassen. Bemerken Sie dort etwas?«

»Einen riesigen Baum.«

»Und auf dem Baum?«

»Einen großen Vogel«, sagte ich.

Er reichte mir ein Vergrößerungsglas.

»Ja,« sagte ich, hindurchsehend, »ein großer Vogel steht auf dem Baum. Wie es scheint, hat er einen riesigen Schnabel. Ich möchte sagen, er sieht aus wie ein Pelikan.«

»Zu der Schärfe Ihrer Augen kann ich Ihnen nicht gratulieren«, sagte der Professor. »Es ist weder ein Pelikan, noch überhaupt ein Vogel. Es wird Sie interessieren zu erfahren, daß es mir gelungen ist, dieses einzelne Exemplar zu schießen. Es war das einzige absolute Beweisstück über meine Entdeckungen, das ich in der Lage gewesen bin, mitzubringen.«

»Sie haben das Tier wirklich?« Hier war endlich eine greifbare Bestätigung.

»Ich hatte es. Es ging unglücklicherweise mit so vielem anderen bei demselben Bootsunfall, der mir meine Photographien ruiniert hat, verloren. Ich griff danach, als es in den Wirbeln der Stromschnellen verschwand und behielt nur einen Teil seines Flügels in der Hand. Ich wurde bewußtlos an das Ufer gespült, aber das elende Überbleibsel meines kostbaren Beweisexemplars war noch vorhanden. Ich werde es Ihnen jetzt zeigen.«

Er entnahm einer Schublade etwas, was mir vorkam wie der obere Teil des Flügels einer Fledermaus. Es war höchstens zwei Fuß lang, ein gebogener Knochen, von dem eine größere Hautfläche herabhing.

»Eine enorme Fledermaus«, flüsterte ich.

»Nichts dergleichen«, sagte der Professor ernst. »Mir, der ich in einer gebildeten und wissenschaftlichen Atmosphäre lebe, fällt es wirklich schwer, sich vorzustellen, daß die Grundprinzipien der Zoologie so wenig bekannt sind. Ist es möglich, daß Sie nicht einmal die elementaren Tatsachen der vergleichenden Anatomie kennen, daß nämlich der Flügel eines Vogels nichts anderes ist als sein Unterarm, während der Flügel einer Fledermaus aus drei verlängerten und durch eine Haut verbundenen Fingern besteht? In diesem Fall ist der Knochen sicherlich nicht der Unterarm, und Sie können selbst sehen, daß dies eine einseitig befestigte Haut ist, die an einem einzelnen Knochen hängt, und deswegen kann er nicht von einer Fledermaus stammen. Aber wenn es weder ein Vogel noch eine Fledermaus ist, was ist es denn?«

Mein kleiner Wissensvorrat war erschöpft.

»Ich weiß es tatsächlich nicht«, sagte ich.

Er öffnete das Standard-Werk, auf das er mich schon einmal verwiesen hatte.

»Hier,« sagte er, auf das Bild eines außergewöhnlichen fliegenden Ungeheuers hinweisend, »es ist eine ausgezeichnete Reproduktion des Dimorphodons oder Pterodactylus, eines fliegenden Reptils aus der Jurazeit. Auf der nächsten Seite befindet sich eine Zeichnung vom Bau seines Flügels. Vergleichen Sie diese, bitte, mit dem Stück in Ihrer Hand.«

Ich wurde von Erstaunen gepackt, als ich näher hinsah. Ich war überzeugt. Daran war nicht zu rütteln. Das angehäufte Beweismaterial wirkte überwältigend. Die Skizze, die Photographie und dazu ein wirkliches Beweisstück – das war unwiderleglich. Ich sagte dem Professor das mit warmem Herzen; denn ich fühlte, daß man ihn ungerecht behandelt hatte. Er saß zurückgelehnt in seinem Stuhl, mit gesenkten Lidern und einem milden Lächeln, wie von plötzlichem Sonnenschein überstrahlt.

»Das ist die erstaunlichste Sache, von der ich je gehört habe«, sagte ich, obgleich mehr meine journalistische als meine wissenschaftliche Begeisterung erweckt war. »Das ist kolossal. Sie sind der Kolumbus der Wissenschaft, der eine verlorene Welt entdeckt hat. Es tut mir furchtbar leid, daß es erst schien, als ob ich zweifelte. Es ist ja alles so unglaublich. Aber ich verschließe mich einem Beweise nicht, wenn ich selber prüfen kann. Und dies hier sollte eigentlich jeden überzeugen.«

Der Professor schnurrte wie eine Katze vor Befriedigung.

»Und was taten Sie darauf, Herr Professor?«

»Die Regenzeit trat ein, Herr Malone, und meine Vorräte waren erschöpft. Ich erforschte einen Teil dieser riesigen Felswände, aber es war mir nicht möglich, irgendeinen nach oben führenden Pfad ausfindig zu machen. Der pyramidenförmige Fels, auf dem ich den Pterodactylus sah und schoß, bot die Möglichkeit eines Aufstiegs, und da ich mich etwas aufs Kraxeln verstehe, gelang es mir, bis zur halben Höhe desselben emporzuklimmen. Von hier aus konnte ich mir eine bessere Vorstellung von dem Felsplateau machen. Es kam mir sehr ausgedehnt vor. Weder nach Osten noch nach Westen vermochte ich das Ende der grün bewachsenen Höhe zu erblicken. Unten breitete sich ein sumpfiges, dschungelartiges Gebiet aus voll von Schlangen, Insekten und Fieber. Es bildet einen natürlichen Schutz des seltsamen Plateaus.«

»Bemerkten Sie irgendwelche weiteren Anzeichen von Leben?«

»Nein, Herr Malone, das nicht, aber wir vernahmen im Laufe der Woche, die wir am Fuße der Felsen zubrachten, sehr merkwürdige Geräusche von oben.«

»Aber das Tier, das der Amerikaner zeichnete? Wie erklären Sie sich das?«

»Wir können nur annehmen, daß er einen auf das Plateau hinaufführenden Weg gefunden und es dort gesehen hat. Wir wissen also, daß es einen Weg dort hinauf gibt. Wir wissen gleichfalls, daß es ein sehr schwieriger Weg sein muß, denn sonst würden diese Geschöpfe heruntergekommen sein und die Umgebung verheert haben. Daran ist kein Zweifel.«

»Aber wie sind sie denn da hinaufgekommen?«

»Ich glaube nicht, daß dies Problem so schwer zu lösen ist«, sagte der Professor. »Dafür kann es nur eine einzige Erklärung geben. Der südamerikanische Kontinent besteht, wie Sie gehört haben werden, aus Granit. An diesem einzelnen Punkt in seinem Innern hat in weit zurückliegender Zeit eine große, plötzliche vulkanische Erhebung stattgefunden. Diese Felsen, darf ich bemerken, bestehen aus Basalt, sie sind also plutonisch. Ein Gebiet etwa von dem Umfange von Sussex ist im ganzen mit all seinem lebenden Inhalt gehoben und durch seine senkrechten Wände, deren Steilheit jeder Erosion trotzt, vom übrigen Kontinent abgeschlossen worden. Was ist das Resultat? Nun, die allgemeinen Naturgesetze sind aufgehoben. Die verschiedenen Bedingungen, die in der übrigen Welt den Kampf ums Dasein beeinflussen, sind neutralisiert oder verändert worden. Es sind Geschöpfe am Leben geblieben, die unter anderen Umständen verschwunden wären. Sie werden wissen, daß sowohl der Pterodactylus als auch der Stegosaurus der Juraperiode angehören, also entwicklungsgeschichtlich sehr alt sind. Sie sind auf Grund dieser eigenartigen und zufälligen Verhältnisse erhalten geblieben.«

»Dieser Beweis ist sicherlich bündig. Sie brauchen ihn doch nur den in Frage kommenden Autoritäten zu unterbreiten.«

»So hatte ich in meiner Naivität auch gedacht«, sagte der Professor bitter. »Ich kann Ihnen nur sagen, daß ich mich darin getäuscht habe und daß ich bei jedem Versuch einer großen, teils aus Dummheit und teils aus Eifersucht herrührenden Ungläubigkeit begegnet bin. Es ist nicht meine Art, Herr Malone, mich vor irgendjemand zu beugen, oder den Beweis für eine Sache anzutreten, wenn man meine Worte anzweifelt. Ich habe mich nicht einmal herabgelassen, die Beweisstücke, die ich in Händen habe, vorzuzeigen. Die ganze Sache wurde mir zuwider – ich mochte nicht mehr davon sprechen. Wenn Leute wie Sie, alberne Vertreter öffentlicher Neugierde, die Ruhe meiner Privatwohnung störten, war ich nicht imstande, ihnen mit würdiger Haltung zu begegnen. Ich gebe zu, daß ich von Natur etwas heftig bin, und wenn man mich herausfordert, neige ich zu Gewalttätigkeit. Ich fürchte, daß Sie das auch bemerkt haben.«

Ich schlug die Augen nieder und schwieg.

»Meine Frau hat mir öfters Vorwürfe in dieser Hinsicht gemacht, und doch glaube ich, daß jeder Mann von Ehre ebenso gehandelt hätte. Heute abend allerdings habe ich vor, ein außerordentliches Beispiel von Selbstbeherrschung zu geben. Ich lade Sie ein zu einer öffentlichen Diskussion.« Er überreichte mir eine auf dem Schreibtisch liegende Karte. »Wie Sie sehen, wird Professor Percival Waldron, ein Naturwissenschaftler von einigem Ruf, um 8 Uhr 30 im Saal des Zoologischen Instituts einen Vortrag über Entwicklungsperioden halten. Ich bin eigens aufgefordert worden, auf der Rednerbühne anwesend zu sein, um dem Vortragenden den Dank der Versammlung auszusprechen. Ich will diese Gelegenheit benutzen, um sehr vorsichtig und mit Takt einige Bemerkungen fallen zu lassen, die vielleicht das Interesse des Auditoriums erwecken und bei einigen vielleicht den Wunsch entstehen lassen, etwas tiefer in die Materie einzudringen. Nichts Kampflustiges, Sie verstehen, sondern nur eine Andeutung, daß es noch tiefere Probleme gibt. Ich werde mich fest im Zaum halten und sehen, ob es mir bei dieser Selbstbeschränkung gelingt, ein günstigeres Resultat zu erzielen.«

»Und ich darf kommen?« fragte ich eifrig.

»Aber natürlich«, antwortete er herzlich. Er sagte das in einer so außerordentlich freundlichen Art, die fast noch überwältigender war als seine Heftigkeit. Wundervoll wirkte sein wohlwollendes Lächeln, wenn seine beiden Wangen sich zwischen halbgeschlossenen Augen und dem großen Bart zu zwei roten Äpfeln aufblähten. »Kommen Sie auf jeden Fall. Es wird mir eine Erleichterung sein, wenn ich weiß, daß ich einen Bundesgenossen, wenn auch in dieser Sache nur einen schwachen und unwissenden, im Saal habe. Ich vermute, daß die Zuhörerschaft sehr groß sein wird, denn Waldron, obgleich er ein absoluter Scharlatan ist, hat eine bedeutende Gefolgschaft. Nun, Herr Malone, ich habe Ihnen viel mehr Zeit gewidmet, als ich beabsichtigte. Das Individuum soll niemals für sich allein in Anspruch nehmen, was der ganzen Welt zukommt. Ich würde mich freuen, Sie heute abend beim Vortrag zu sehen. Inzwischen dürfen Sie natürlich keinen öffentlichen Gebrauch machen von dem Material, das ich Ihnen gegeben habe.«

»Aber McArdle – mein Verlagsdirektor, Sie verstehen – wird doch wohl wissen wollen, was ich gemacht habe.«

»Erzählen Sie ihm, was Sie wollen, Sie können ihm neben anderem sagen, wenn er noch irgendeinen anderen aufdringlichen Menschen zu mir schickt, so würde ich ihm einen Besuch mit der Reitpeitsche machen. Aber ich verlasse mich darauf, daß nichts von all diesem in der Zeitung erscheint. Schön. Also heute abend ½9 Uhr im Zoologischen Institut.«

Mein letzter Eindruck bestand in roten Wangen, einem blauschwarzen gekräuselten Bart und herrischen Augen, als er mich mit einer Handbewegung entließ.

Fünftes Kapitel

Das ist die Frage!

Es war teilweise den körperlichen Erschütterungen bei meinem ersten Besuch, teilweise den seelischen Erregungen, die den zweiten begleiteten, zuzuschreiben, daß ich mich wie ein etwas heruntergekommener Journalist fühlte, als ich wieder auf der Straße stand. Mein schmerzender Schädel hatte nur einen Gedanken, und zwar den, daß es tatsächlich etwas Wahres in der Erzählung dieses Mannes gab, dessen Konsequenzen ungeheuerlich waren, und daß sich darüber ein unfaßbar schöner Artikel für die Zeitung machen lassen würde, sobald ich nur die Erlaubnis bekäme, das Material zu benutzen. Ich warf mich in einen am Ende der Straße stehenden Taxameter und fuhr zur Redaktion. McArdle saß wie gewöhnlich an seinem Schreibtisch.

»Nun,« rief er erwartungsvoll, »wie ist die Sache ausgelaufen? Sie sehen aus, als ob Sie im Kriege gewesen sind, junger Mann, Sie brauchen mir nicht erst zu erzählen, daß er Sie angegriffen hat.«

»Wir hatten zuerst eine kleine Differenz.«

»Was ist das bloß für ein Mensch! Und was taten Sie dann?«

»Nun, er wurde dann etwas vernünftiger, und wir kamen in ein Gespräch. Aber ich habe nichts aus ihm herausholen können – nichts, was für eine Veröffentlichung in Frage käme.«

»Das ist mir noch gar nicht so ganz sicher. Sie haben jedenfalls ein blaues Auge mitgebracht, und das läßt sich doch veröffentlichen. Wir können diese Schreckensregierung nicht mehr dulden, Herr Malone. Wir müssen diesem Menschen einmal Anstand beibringen. Ich möchte morgen einen kleinen Leitartikel bringen, der Blasen ziehen wird. Geben Sie mir also gleich das Material, und ich mache mich anheischig, den Burschen für immer zu brandmarken. Professor Münchhausen. Wie wäre das als fette Überschrift? Sir John Mandeville redivivus – Cagliostro – alle diese Betrüger und Scharlatane in der Geschichte. Ich werde ihn als Schwindler, der er ist, entlarven.«

»Ich würde das nicht tun, Herr McArdle.«

»Warum nicht?«

»Weil er gar kein Schwindler ist.«

»Was?« brüllte McArdle. »Sie wollen doch wohl nicht sagen, daß Sie tatsächlich an seinen Unsinn über Mammuts und Mastodons und große Seeschlangen glauben?«

»Nein, davon weiß ich gar nichts. Ich wüßte auch nicht daß er derartige Ansprüche erhebt, aber ich glaube, er hat wirklich etwas Neues gefunden.«

»Dann, um des Himmels willen, Mann, schreiben Sie das nieder.«

»Ich möchte das wohl gern, aber alles, was ich weiß, hat er mir im Vertrauen mitgeteilt und unter der Bedingung, daß ich nicht darüber schreibe.« Ich faßte des Professors Mitteilungen in einige wenige Sätze zusammen. »So steht die Sache.«

McArdle machte ein sehr ungläubiges Gesicht.

»Gut, Herr Malone«, sagte er schließlich. »Diese wissenschaftliche Versammlung heute abend berührt in keiner Weise Ihr privates Versprechen. Ich nehme nicht an, daß irgendeine Zeitung darüber berichten wird, denn über Waldron ist schon ein dutzendmal etwas gebracht worden, und niemand weiß, daß Challenger sprechen wird. Das wird einen Schlager geben, wenn wir Glück haben. Sie werden auf jeden Fall hingehen und uns einen ziemlich vollständigen Bericht bringen. Ich werde bis Mitternacht einen entsprechenden Raum frei lassen.«

Da ich noch viel zu tun hatte an diesem Tage, aß ich früh zu mittag im Savage-Club mit Tarp Henry, dem ich einen kurzen Bericht über meine Erlebnisse gab. Er hörte mir mit einem skeptischen Lächeln auf seinem dürren Gesicht zu und brach in ein schallendes Gelächter aus, als ich ihm sagte, daß der Professor mich überzeugt habe.

»Mein lieber Junge, so etwas gibt es im wirklichen Leben nicht. Man macht nicht zufälligerweise eine riesige Entdeckung und verliert dann das Beweismaterial. Überlassen Sie das den Romanschreibern. Der Bursche ist so voll von Tricks wie ein Affenhaus im Zoo. Das ist alles absoluter Schwindel.«

»Aber der amerikanische Poet?«

»Hat niemals existiert.«

»Ich habe sein Skizzenbuch gesehen.«

»Challengers Skizzenbuch.«

»Sie glauben, daß er das Tier gezeichnet hat?«

»Aber natürlich, wer denn sonst?«

»Und die Photographien?«

»Die Photographien enthalten ja nichts. Sie geben doch selber zu, daß Sie nur einen Vogel gesehen haben.«

»Einen Pterodactylus.«

»So sagt er. Den Pterodactylus hat er Ihnen in den Kopf gesetzt.«

»Gut, aber wie steht's mit den Knochen?«

»Der erste davon stammt aus einem Irish stew und der zweite ist eigens zum Zwecke der Beweisführung hergerichtet. Wenn Sie geschickt sind und Ihr Geschäft verstehen, können Sie mit einem Knochen ebensogut schwindeln wie mit einer Photographie.«

Ich fing an, mich etwas unbehaglich zu fühlen. Vielleicht hatte ich mich doch etwas vorschnell einfangen lassen. Dann kam mir plötzlich ein glücklicher Gedanke.

»Wollen Sie zum Vortrag gehen?«

Tarp Henry blickte gedankenvoll vor sich hin.

»Er erfreut sich nicht gerade allgemeiner Beliebtheit, dieser geniale Challenger«, sagte er. »Es gibt eine Reihe von Leuten, die mit ihm abzurechnen haben. Ich kann wohl sagen, er ist einer der bestgehaßten Menschen in London. Wenn die Studenten der Medizin auf der Bildfläche erscheinen, gibt es einen heillosen Krach. Ich habe keine Lust, einen Bierabend mitzumachen.«

»Aber Sie könnten ihm schließlich soviel Gerechtigkeit erweisen, die Darlegung seines Falles anzuhören.«

»Ja, das könnte ich wohl. Das wäre nicht mehr wie anständig. Schön, ich werde also mitgehen.«

Als wir beim Institut ankamen, bemerkten wir, daß der Andrang noch größer war, als wir erwartet hatten. Eine Reihe von Autos, denen weißbärtige Professoren entstiegen, hielten vor dem Portal, während ein dunkler Strom von bescheidenen Fußgängern, der sich durch den überwölbten Torweg wälzte, bewies, daß die Zuhörerschaft sich nicht nur aus Wissenschaftlern, sondern auch aus dem allgemeinen Publikum rekrutierte. Und tatsächlich wurde uns, sobald wir Platz genommen hatten, klar, daß ein jugendlicher und sogar knabenhafter Geist sich auf der Galerie und im Hintergrund des Saales bemerkbar machte. Hinter mir erblickte ich eine Reihe von Gesichtern des bekannten Typus der Medizinstudenten. Offenbar hatte jedes große Krankenhaus eine Gruppe von ihnen hergesandt. Das Benehmen der Zuhörerschaft war zunächst noch etwas mutwillig. Man sang Strophen von Gassenhauern im Chor,

und zwar mit einer Begeisterung, die eine etwas seltsame Einleitung zu einer wissenschaftlichen Vorlesung bildete, und schon machte sich eine Neigung zu persönlichen Neckereien geltend, die für viele die Aussicht auf einen fidelen Abend eröffnete, wenn sie auch die Empfänger dieser zweifelhaften Ehrungen etwas in Verlegenheit setzen mochten. So zum Beispiel erhob sich, als der alte Dr. Meldrum mit seinem wohlbekannten lockenverbrämten Opernhut auf der Rednerbühne erschien, die allgemeine Frage: »Wo haben Sie diesen Zylinderhut her?«, so daß er ihn schnell abnahm und ihn verstohlen unter seinem Stuhl verbarg. Als der rheumatische Professor Wadley zu seinem Sitzplatz humpelte, hagelte es allseits herzliche Erkundigungen nach dem Befinden seiner großen Zehe, was ihn begreiflicherweise in Verlegenheit setzte. Die stärkste Demonstration fand jedoch statt, als mein neuer Bekannter, Professor Challenger, eintrat und sich zu seinem Platz am äußersten Ende in der ersten Reihe auf der Rednertribüne begab. Es brach ein derartiges Willkommsgeheul aus, sobald nur sein schwarzer Bart sich um die Ecke schob, daß das Gefühl in mir aufstieg, Tarp Henry könnte mit seinem Argwohn recht haben, wenn er meinte, daß sich die Leute hier nicht nur wegen des Vortrages, sondern vor allem deswegen versammelt hätten, weil sich das Gerücht verbreitet hatte, daß der berühmte Professor an der Diskussion teilnehmen würde. Auf den vordersten Bänken, auf denen die gutangezogenen Leute saßen, entstand ein allgemeines Gelächter bei seinem Eintritt, das den Eindruck machte, als ob ihnen die soeben stattfindende Demonstration der Studenten nicht unwillkommen war. Die Begrüßung bestand tatsächlich in einem furchtbaren Gebrüll, das dem Aufruhr in einem Raubtierkäfig zu vergleichen war, wenn der Schritt des futterbringenden Wärters hörbar wird. Es schwang vielleicht ein beleidigender Ton darin mit, doch hatte ich in der Hauptsache das Gefühl, daß die lauten Zurufe mehr der lärmende Empfang eines Menschen waren, der einen amüsiert und interessiert, als von jemand, der einem unangenehm oder lächerlich ist. Challenger lächelte mit dem Ausdruck milder und duldsamer Geringschätzung, etwa wie ein freundlicher Mann dem Geschrei einer Schar von Kindern begegnet. Er nahm ruhig Platz, stieß einen heftigen Atemzug aus, ließ die Hand zärtlich über seinen Bart gleiten und blickte mit halbgesenkten Lidern und hochmütigen Augen auf die vor ihm sitzende Menge. Kaum hatte der bei seinem Eintritt entstandene Aufruhr sich gelegt, als Professor Ronald Murray, der Vorsitzende, und Professor Waldron, der Redner, vorn auf der Bühne erschienen und die Versammlung ihren Anfang nahm.

Professor Murray wird, woran ich nicht zweifle, entschuldigen, wenn ich sage, daß er den gewöhnlichen Fehler der meisten Engländer hat, daß man ihn beim Reden nicht versteht. Warum Leute, die etwas zu sagen haben, was wert ist, angehört zu werden, sich nicht die Mühe geben, verständlich sprechen zu lernen, ist eines der Geheimnisse des modernen Lebens. Ihre Methode ist genau so vernünftig, als wenn man versuchen wollte, eine kostbare Flüssigkeit von der Quelle in ein Reservoir zu leiten durch eine geschlossene Röhre, die zu öffnen so leicht wäre. Professor Murray richtete, nicht ohne ein humorvolles Zwinkern zu dem rechts von ihm stehenden silbernen Leuchter, einige tiefsinnige Bemerkungen an seine weiße Halsbinde und an die auf dem Tisch stehende Wasserkaraffe. Darauf setzte er sich, und Professor Waldron, der berühmte und angesehene Gelehrte, erhob sich unter allgemeinem Beifallsgemurmel.

Er war ein langer und hagerer Mann mit einer harten Stimme und einer aggressiven Art zu sprechen, aber er beherrschte die Kunst, seinen Gedanken eine den Hörern angemessene Form zu geben und sich so auszudrücken, daß er das Verständnis und sogar das Interesse eines Laienpublikums fand. Und dabei behandelte er die schwierigsten Dinge mit einem Schuß von Humor, so daß das Vorrücken der Tag- und Nachtgleiche oder der Bau eines Wirbeltieres in seinem Vortrag sich in eine sehr vergnügliche Angelegenheit verwandelte.

Es war ein Überblick über die Schöpfungsgeschichte, gesehen aus der Vogelperspektive und unter wissenschaftlicher Beleuchtung, die er uns in einer immer klaren und zum Teil malerischen Sprache darbot. Er erzählte uns von der Erdkugel, jener riesigen Masse von feurigem Gas, die durch den Himmelsraum leuchtete. Dann schilderte er die Abkühlung und Festwerdung, das Schrumpfen als Ursache der Gebirgsbildung, die Verwandlung des Dampfes in Wasser und die langsame Entstehung des Schau-

platzes, auf dem sich das unerklärliche Drama des Lebens abspielen sollte. Über den Ursprung des Lebens selbst sprach er in etwas unbestimmten Ausdrücken. Daß die Keime kaum den ursprünglichen Glutzustand überlebt haben könnten, erklärte er als ziemlich sicher. Sie wären infolgedessen erst später gekommen. Sind sie von selbst aus den abgekühlten, unorganischen Elementen des Erdballs entstanden? Sehr wahrscheinlich. Sind sie durch einen Meteor von außen her gekommen? Das war kaum denkbar. Im ganzen sprach der kluge Gelehrte sehr wenig dogmatisch über diese Dinge. Wir wären nicht imstande – oder wenigstens wir hätten es bis heute noch nicht erreicht, organisches Leben aus unorganischen Substanzen in unseren Laboratorien zu erzeugen. Die Kluft zwischen Totem und Lebendigem hätte bisher von unserer Chemie noch nicht überbrückt werden können. Aber es gäbe eine höhere und feinere Chemie der Natur, die mit Hilfe großer Kräfte und während langer Perioden wohl Resultate erzielen könne, die uns unmöglich wären. Hierbei müsse man es bewenden lassen.

Dies führte den Vortragenden hin bis zu der großen Stufenleiter animalischen Lebens, die, tief unten mit Mollusken und kleinen Wassertieren beginnend, Sprosse für Sprosse über Reptilien und Fische zuletzt hinaufführt bis zur Känguruhratte, die lebendige Junge zur Welt bringt und als direkte Vorgängerin aller Säugetiere und daher vermutlich auch aller im Saal Anwesenden zu betrachten sei. (»Nein, nein!« rief ein skeptischer Student im Hintergrund.) »Wenn der junge Gentleman mit dem roten Schlips, der gerufen habe: ›Nein! nein!‹ und der vermutlich annehme, aus einem Ei ausgebrütet zu sein, ihn nach dem Vortrag erwarten wolle, so würde er sich freuen, das seltsame Wesen kennenzulernen.« (Gelächter.) »Der Gedanke, daß die Erschaffung dieses Gentlemans mit dem roten Schlips im Laufe dieses unendlich langen Naturprozesses den Höhepunkt bilden würde, wäre seltsam. Sollte der Entwicklungsprozeß damit aufgehört haben? Hätten wir diesen Gentleman als den endgültigen Typus, als den Sinn und das Wesen der Entwicklung anzusehen? Er hoffe, daß er die Empfindungen des Gentlemans mit dem roten Schlips nicht verletzen würde, wenn er behaupte, daß, welche Tugenden der Gentleman in seinem Privatleben auch immer haben möge, die weitgreifenden Vorgänge im Universum keinen rechten Sinn hätten, wenn sie bereits jetzt am Ende ihrer Leistungen wären. Evolution bedeute nicht eine verschwendete Kraft, sondern sie wirke dauernd in der Richtung immer größerer Vollendung weiter.«

Nachdem der Vortragende den Zwischenrufer so unter allgemeinem Gekicher mit rednerischer Anmut abgeführt hatte, wendete er sich wieder der Schilderung der Vergangenheit zu. Der Austrocknung der Meere, dem Auftauchen von Sandbänken, dem trägen, schleimigen Leben an ihren Ufern, den überfüllten Lagunen, der Neigung der Seetiere, sich auf die Schlammbänke zurückzuziehen, dem Überfluß der Nahrung, der ihrer dort wartete, und ihrer daraus resultierenden riesenhaften Größe. »Hier, meine Damen und Herren«, fügte er hinzu, »liegt der Ursprung jener furchtbaren Rasse von Sauriern, die uns noch heute erschrecken, wenn wir sie in Wealden Geologisch interessantes, sich durch Kent, Sussex, Surrey und Hampshire hinziehendes Gebiet. oder in den Schieferplatten bei Solnhofen erblicken, die aber glücklicherweise längst vor dem ersten Auftreten des Menschengeschlechts auf unserem Planeten ausgestorben sind.«

»Das ist die Frage!« ertönte eine dumpfe Stimme auf der Rednerbühne.

Professor Waldron war ein absolut disziplinierter Mann mit der Gabe kaustischen Humors, die es so gefährlich machte, ihn zu unterbrechen, wie das Beispiel des Gentlemans mit dem roten Schlips bewies.

Aber dieser Einwurf erschien ihm so lächerlich, daß er nicht wußte, was er damit anfangen sollte. So sieht ein Vertreter der Shakespeare-Partei aus, wenn er einem unangenehmen Verfechter der Bacon-Theorie gegenübergestellt wird, oder ein Astronom, der von jemand angegriffen wird, der die Erde fanatisch für eine flache Scheibe erklärt. Er machte eine kurze Pause und wiederholte dann mit erhobener Stimme die Worte: »Die ausgestorben waren, bevor der Mensch auf der Erde erschien.«

»Das ist die Frage!« erdröhnte die Stimme von neuem.

Waldrons erstaunter Blick lief die Reihe von Professoren auf der Rednerbühne entlang, bis seine Augen die Gestalt Challengers erfaßt hatten, der sich mit geschlossenen Augen und amüsiertem Gesichts-ausdruck in seinem Stuhl zurücklegte, als wenn er im Schlaf lächelte.

»Ich sehe,« sagte Waldron achselzuckend, »es ist mein Freund Professor Challenger.« Und er nahm, als ob diese Worte zur Erklärung ausreichten und nichts weiter dazu gesagt zu werden brauchte, unter allgemeinem Gelächter den Faden seines Vortrages wieder auf.

Aber der Vorfall war damit durchaus nicht erledigt. Welche Wege durch die Wildnis vergangener Zeiten der Vortragende auch beschritt, alle schienen sie immer zu der Behauptung, daß das prähistorische Leben erloschen sei, hinzuführen, worauf jedesmal sofort das Gebrumm des Professors Challenger ertönte. Die Zuhörerschaft begann diese Einwürfe schon jedesmal vorauszuahnen und brüllte vor Entzücken, wenn sie fielen. Die überladenen Bänke der Studenten stimmten mit ein, und jedesmal, wenn Challengers Bart sich öffnete, ertönte aus hundert Kehlen, bevor er noch ein Wort gesagt hatte, der allgemeine Ruf: »Das ist die Frage!«, während eine Gegenpartei »Pfui« und »Zur Ordnung!« schrie. Waldron, obwohl ein erfahrener Redner und kräftiger Mann, wurde nervös. Er zögerte, stammelte, wiederholte sich, verfing sich in einem langen Satz und drehte sich schließlich wütend nach dem Urheber dieser Störungen um.

»Das ist in der Tat unerträglich«, rief er, mit funkelnden Augen zum Gegner hinüberblickend. »Ich muß Sie bitten, Professor Challenger, diese dummen und unmanierlichen Unterbrechungen zu unterlassen.«

Da wurde es still im Saal. Die Studenten waren starr vor Entzücken, als sie sahen, daß die hohen Götter im Olymp selbst miteinander in Fehde gerieten. Challengers schwere Gestalt erhob sich langsam vom Stuhl.

»Ich muß im Gegenteil Sie bitten, Professor Waldron, keine Behauptungen mehr aufzustellen, die nicht im absoluten Einklang mit den wissenschaftlichen Tatsachen stehen.«

Diese Worte lösten einen Sturm aus. »Pfui, Pfui!« »Laßt ihn doch sprechen!« »Schmeißt ihn raus!« »Stoßt ihn von der Rednerbühne!« »Ehrliches Spiel!« ertönte es aus dem allgemeinen Aufruhr, in dem sich Vergnügen und Verachtung mischten. Der Vorsitzende war aufgesprungen, winkte mit beiden

Händen und blökte aufgeregt. »Professor Challenger – persönliche Ansichten – später –«, das waren die einzigen Worte, die man in diesem undeutlichen Gemurmel unterscheiden konnte. Der Störenfried verneigte sich, lächelte, strich seinen Bart und ließ sich wieder in seinen Stuhl fallen. Waldron, hochrot und in kriegerischer Stimmung, setzte seine Ausführungen fort. Hin und wieder, wenn er eine Behauptung aufstellte, warf er einen giftigen Blick zu seinem Gegner hinüber, der, anscheinend im tiefen Schlummer, mit einem breiten, glücklichen Lächeln auf dem Antlitz dasaß.

Schließlich war der Vortrag zu Ende – ich neige zu der Annahme, daß es ein vorzeitiges Ende war; denn der Schluß war übereilt und ohne Zusammenhang. Der Faden der Beweisführung war roh zerrissen und die Zuhörerschaft aufgeregt und erwartungsvoll. Waldron setzte sich, und nach einer Aufforderung des Vorsitzenden erhob sich Professor Challenger und trat an den vorderen Rand der Rednerbühne. Im Interesse meiner Zeitung habe ich seine Rede wörtlich stenographiert:

»Meine Damen und Herren«, begann er inmitten einer andauernden Unterbrechung aus dem Hintergrund. »Verzeihung – meine Damen, Herren und Kinder – ich muß um Entschuldigung bitten, daß ich versehentlich eine beträchtliche Gruppe meiner Zuhörerschaft ausgelassen habe.« (Tumult, während dessen der Professor dastand, eine Hand erhob und liebenswürdig mit seinem riesigen Kopf nickte, als wäre er der Papst, der der Menge seinen Segen erteilt.) »Ich bin bestimmt worden, Professor Waldron den Dank der Versammlung auszusprechen für den sehr anschaulichen und gedankenreichen Vortrag, den wir soeben gehört haben. Er enthält einige Punkte, mit denen ich nicht übereinstimme, und es war meine Pflicht, auf sie hinzuweisen, sobald sie auftraten. Nichtsdestoweniger hat Professor Waldron seine Aufgabe gut gelöst, die darin bestand, einen allgemeinverständlichen und interessanten Bericht darüber zu geben, was er als die Geschichte unseres Planeten ansieht. Volkstümliche Vorträge hören sich ja ganz gut an. Aber Professor Waldron (er blinzelte mit liebenswürdigem Lächeln zu dem Vortragenden hinüber) wird entschuldigen, wenn ich sage, daß sie notwendigerweise sowohl oberflächlich als auch irreführend sind, sobald sie dem Verständnis einer ungebildeten Zuhörerschaft angepaßt werden müssen. (Ironischer Beifall.) Volkstümliche Redner sind ihrer Natur nach Schmarotzer. (Professor Waldron protestierte ärgerlich gestikulierend.) Sie sind auf Ruhm aus oder machen die Arbeit, die durch ihre bescheidenen und unbekannten Kollegen geleistet worden ist, zu Gelde. Die geringste neue Tatsache, die in einem Laboratorium erarbeitet ist, ein Stein, der zum Tempel der Wissenschaft herzugetragen wird, ist weit wertvoller als eine populäre Arbeit aus zweiter Hand, die einem eine müßige Stunde vertreibt, aber keine nützlichen Resultate hervorbringen kann. Ich spreche diese einleuchtenden Gedanken nicht aus, um Professor Waldron persönlich herabzusetzen, sondern damit Sie nicht den Sinn für die wahren Verhältnisse verlieren und nicht einen Meßgehilfen mit dem Hohenpriester verwechseln.« (In diesem Augenblick sah man Waldron mit dem Vorsitzenden flüstern, der sich halb erhob und irgend etwas Ernstes zu seiner Wasserkaraffe sagte.) »Aber genug davon.« (Lauter und andauernder Beifall.) »Lassen Sie mich jetzt übergehen zu einem Gegenstand von allgemeinerem Interesse. Worin besteht der besondere Grund, aus dem ich, ein echter Forscher, Einwendungen gegen die wissenschaftliche Sorgfalt des Vortragenden erhoben habe? Sie beziehen sich auf die Beständigkeit gewisser Typen des animalischen Lebens auf der Erde. Ich spreche von diesen Dingen nicht als Dilettant oder, wie ich hinzufügen darf, als volkstümlicher Redner, sondern ich spreche als einer, dessen wissenschaftliches Gewissen ihn zwingt, sich stets eng an die Tatsachen zu halten, und daher sage ich, daß Professor Waldron sehr im Unrecht ist mit der Annahme, daß die sogenannten prähistorischen Tiere nicht mehr existieren, weil er selbst sie niemals gesehen hat. Sie sind in der Tat, wie er gesagt hat, unsere Vorfahren. Aber sie sind, wenn ich den Ausdruck gebrauchen darf, unsere gegenwärtigen Vorfahren, die noch mit all ihren scheußlichen und furchtbaren Eigenschaften gefunden werden können, wenn jemand den Mut, die Energie und die Kühnheit hat, sie in ihren Aufenthaltsorten aufzusuchen. Geschöpfe, von denen wir annehmen, daß sie der Juraperiode angehörten, Ungetüme, die unsere größten und wildesten Säugetiere verschlingen können, existieren noch heute. (Unsinn! Beweisen! Woher wissen Sie das? Das ist die Frage!) Woher ich das weiß, fragen Sie mich? Ich weiß es, weil ich ihre geheimen Schlupfwinkel besucht habe. Ich weiß es, weil ich einige von ihnen gesehen habe. (Beifall! Lärm und eine Stimme: »Lügner!«) Ich bin ein Lügner? (Starke und lärmende Zustimmung.) Habe ich jemand sagen hören, daß ich ein Lügner wäre? Will der Mensch, der mich einen Lügner nannte, freundlichst aufstehen, damit ich ihn kennenlernen kann. (Eine Stimme: »Hier ist er, Herr!« und ein harmloser, kleiner Mensch mit einer Brille, heftig um sich schlagend, wurde inmitten einer Gruppe von Studenten hochgehoben.) Sie haben es gewagt, mich einen Lügner zu nennen? (»Nein! Nein!« schrie der Angeklagte und verschwand wieder wie der Teufel in der Schachtel.) Sollte irgendeine Person in diesem Saal es wagen, meine Glaubwürdigkeit anzuzweifeln, so würde ich mich freuen, nach dem Vortrag einige Worte mit ihr wechseln zu können. (»Lügner!«) Wer hat das gesagt? (Wieder wurde ein harmloser, sich heftig sträubender Mensch in die Höhe gehoben.) Wenn ich zu Ihnen herunterkomme – – – (Allgemeiner Chorgesang: »Komm, Herzchen, komm,« unterbrach die Verhandlungen für einige Augenblicke, während der Vorsitzende, der aufgestanden war und die Hände rang, die Musik zu dirigieren schien. Der Professor mit seinem flammenden Gesicht, den geblähten Nüstern und dem gesträubten Bart geriet jetzt in eine wahre Berserkerwut.) Jeder große Entdecker hat der gleichen Ungläubigkeit gegenübergestanden – das ist das wahre Zeichen einer Generation von Narren. Wenn ihnen große Tatsachen vorgelegt werden, so haben sie nicht die Intuition, die Vorstellungskraft, die ihnen erlaubt, sie zu verstehen. Sie können nur die Männer, die ihr Leben in die Schanze geschlagen haben, um der Wissenschaft neue Gebiete zu erobern, mit Schmutz bewerfen. Die Propheten verfolgen sie! Galilei, Darwin und ich –« (anhaltender Beifall und vollständige Unterbrechung).

Alle diese eiligst hingeschriebenen Notizen geben kaum einen Begriff von dem furchtbaren Chaos, zu dem die Versammlung sich bis zu diesem Zeitpunkt entwickelt hatte. Die Aufregung war so entsetzlich, daß verschiedene Damen sich bereits eiligst zurückzogen. Ernste und würdige alte Herren schienen von der allgemein herrschenden Stimmung ebenso erfaßt zu sein, wie die Studenten, und ich sah, wie weißbärtige Männer aufstanden und ihre Fäuste drohend gegen den halsstarrigen Professor schüttelten.

Die riesige Zuhörerschaft siedete und schäumte wie ein Kochtopf. Der Professor trat einen Schritt vor und erhob die Hände. Es war etwas so Stolzes, Fesselndes und Männliches in seiner Erscheinung, daß das Klatschen und Schreien unter dem Eindruck seiner imponierenden Gestalt und seiner herrischen Augen langsam aufhörte. Er schien eine letzte Mitteilung machen zu wollen. Alles schwieg, um sie zu hören.

»Ich will Sie nicht aufhalten,« sagte er, »es ist nicht der Mühe wert. Wahrheit ist Wahrheit, und der Lärm einer Anzahl alberner junger Leute – und ich fürchte hinzufügen zu müssen, auch der gleichfalls albernen alten Leute – kann daran nichts ändern. Ich erhebe den Anspruch, der Wissenschaft neue Wege gewiesen zu haben. Sie bestreiten das! (Beifall.) Dann werde ich Sie auf die Probe stellen. Wollen Sie einen oder mehrere von Ihnen als Vertreter bestimmen, die in Ihrem Namen meine Darlegungen prüfen?«

Summerlee, der alte Professor der vergleichenden Anatomie, ein großer, dürrer und unfreundlicher Mensch mit dem vertrockneten Aussehen eines Theologen, erhob sich inmitten der Zuhörerschaft. Er wünsche, sagte er, dem Professor Challenger die Frage vorzulegen, ob die Resultate, auf die er in seinen Ausführungen angespielt habe, die Früchte seiner vor zwei Jahren ausgeführten Reise zu den Quellgebieten des Amazonenstroms seien.

Professor Challenger bejahte das.

Summerlee wünschte zu wissen, wie es möglich sei, daß Professor Challenger behaupten könne, Entdeckungen in diesen Gebieten gemacht zu haben, die von Wallace, Bates und anderen früheren Forschern von anerkanntem wissenschaftlichen Ruf übersehen worden wären.

Professor Challenger antwortete, daß Summerlee anscheinend den Amazonenstrom mit der Themse verwechsle, der erstere wäre tatsächlich ein etwas größerer Strom. Es würde Herrn Summerlee wohl interessieren zu hören, daß mit dem Stromgebiet des Orinoco, der ja mit dem Amazonenstrom zusammenhänge, einige 50 000 Quadratmeilen Land neu erforscht seien, und daß in einem so weiten Raum es durchaus nicht unmöglich für einen Menschen sei, etwas zu finden, was ein anderer nicht gesehen habe.

Summerlee erklärte mit einem sauren Lächeln, daß er den Unterschied zwischen der Themse und dem Amazonenstrom, der auf der Tatsache beruhe, daß irgendeine Behauptung bezüglich der ersteren nachgeprüft werden könne, während das bei dem letzteren nicht der Fall sei, wohl zu würdigen wisse. Er würde sich dem Professor Challenger verpflichtet fühlen, wenn er die geographische Länge und Breite der Gegend, in der sich prähistorische Tiere vorfinden sollten, angeben würde.

Professor Challenger erwiderte, daß er mit derartigen Informationen aus guten Gründen zurückhalte. Er wäre aber bereit, sie mit gehöriger Vorsicht einem von der Zuhörerschaft gewählten Ausschuß zu geben. Ob Herr Summerlee geneigt wäre, einem solchen Ausschuß beizutreten und seine Behauptungen selbst nachzuprüfen?

Professor Summerlee: »Ja, das will ich.«

Professor Challenger: »Dann gebe ich Ihnen die Versicherung, daß ich Ihnen ein Material übergeben will, das Sie in den Stand setzt, die richtige Stelle zu finden. Es ist allerdings, da Herr Summerlee meine Behauptungen kontrollieren will, nur gerecht, wenn ich wünsche, daß noch einer oder mehrere mit ihm gehen, die ihn kontrollieren. Ich will Ihnen nicht verhehlen, daß es Schwierigkeiten und Gefahren zu bestehen gibt. Herr Summerlee wird einen jüngeren Kollegen brauchen können. Darf ich bitten um freiwillige Meldungen?«

So tritt die große Krisis in eines Mannes Leben an ihn heran. Hätte ich mir vorstellen können, als ich diesen Saal betrat, daß ich im Begriff war, mich selbst für ein wilderes Abenteuer, als ich mir je hätte träumen lassen, zu verpflichten? Aber Gladys – war dies nicht die richtige Gelegenheit, von der sie sprach? Gladys hätte gewünscht, daß ich mich meldete. Ich sprang auf und begann zu sprechen, und doch wußte ich noch gar nicht, was ich sagen wollte. Tarp Henry, mein Begleiter, zupfte an meinen Rockschößen, und ich hörte ihn flüstern: »Setzen Sie sich doch, Malone. Machen Sie sich doch nicht selbst zum öffentlichen Esel.« Im selben Augenblick bemerkte ich, daß ein großer, schlanker Mann mit dunkelbraunem Haar, einige Sitzplätze vor mir, auch aufgesprungen war. Er starrte mit ärgerlichen Augen zu mir herüber, aber ich lehnte es ab, zurückzutreten.

»Ich werde mitgehen, Herr Vorsitzender«, rief ich immer von neuem zur Rednerbühne hinüber.

»Namen! Namen!« rief die Zuhörerschaft.

»Mein Name ist Edward Dunn Malone. Ich bin Berichterstatter von der Daily Gazette. Ich erhebe den Anspruch, ein unbedingt unvoreingenommener Zeuge zu sein.«

»Und wie ist Ihr Name, mein Herr?« fragte der Vorsitzende meinen langen Rivalen.

»Ich bin Lord John Roxton. Ich bin bereits am Amazonenstrom gewesen, kenne das ganze Gebiet und habe besondere Eignung für diese Untersuchung.«

»Lord John Roxtons Ruf als Sportsmann und Reisender ist ja weltbekannt«, sagte der Vorsitzende. »Es würde aber sicherlich gut sein, wenn wir auch ein Mitglied der Presse auf einer solchen Expedition hätten.«

»Dann rege ich an,« sagte Professor Challenger, »daß diese beiden Herren als Vertreter der Versammlung gewählt werden, Professor Summerlee auf seiner Reise zur Nachprüfung und Berichterstattung über die Wahrheit meiner Behauptungen zu begleiten.«

So entschied sich inmitten von Lärm und Beifall unser Schicksal. Und bald ging ich unter in dem Menschenstrom, der sich dem Ausgang zuwälzte, noch halb betäubt von dem großen, neuen Projekt, das sich so urplötzlich vor mir erhoben hatte. Als ich aus dem Saal heraustrat, bemerkte ich für einen Augenblick den Ansturm lachender Studenten auf dem Bürgersteig und einen Arm, der mitten unter ihnen einen auf- und abtanzenden Regenschirm schwang. Und dann glitt, umgeben von Lärm und Beifall, Professor Challengers kleines Auto davon. Und ich schritt im silbernen Lichte die Regentstreet hinunter, voll von Gedanken an Gladys und das, was die Zukunft mir bringen sollte.

Plötzlich fühlte ich eine Berührung am Ellenbogen. Ich drehte mich um und blickte in die humorvollen und zugleich herrischen Augen des großen, schlanken Mannes, der sich gleichfalls als Freiwilliger zu unserem seltsamen Unternehmen gemeldet hatte.

»Herr Malone, wenn ich recht verstanden habe«, sagte er. »Wir werden beide von der Partie sein, –

wie? Meine Wohnung ist hier gerade gegenüber im Albanygebäude. Vielleicht haben Sie die Freundlichkeit, ein halbes Stündchen bei mir zuzubringen; denn es gibt noch einige Dinge, die ich dringend mit Ihnen besprechen möchte.«

Sechstes Kapitel

Ich war die Gottesgeißel

Lord John Roxton und ich gingen die Vigostreet zusammen hinunter und durchschritten die düsteren Portale des berühmten aristokratischen Gebäudes. Am Ende einer langen steinfarbenen Passage stieß mein neuer Bekannter eine Tür auf und drehte das elektrische Licht an. Eine Anzahl von Lampen, die von farbigen Schleiern umgeben waren, warfen über den ganzen großen Raum vor uns einen rötlichen Schimmer. Im Türeingang stehend, hatte ich den allgemeinen Eindruck eines außerordentlichen Komforts und großer Eleganz, die sich mit einer Atmosphäre ausgesprochen männlicher Geschmacksrichtung verband. Überall mischte sich der Luxus eines reichen Mannes von Geschmack mit der sorglosen Unordnung des Studenten. Schwere Pelze und in seltsamen Farben schillernde Matten aus irgendeinem orientalischen Basar waren auf dem Boden ausgebreitet. Gemälde und graphische Blätter, die sogar meine unerfahrenen Augen als sehr wertvoll und selten erkannten, bedeckten überall die Wände. Skizzen von Boxern, von tennisspielenden Mädchen und von Reitpferden wechselten ab mit einem gefühlvollen Fragonard, einem kritischen Girardet und einem träumerischen Turner. Aber inmitten dieses verschiedenartigen Wandschmucks waren Trophäen angebracht, die mir sofort die Tatsache lebhaft ins Gedächtnis zurückriefen, daß Lord John Roxton einer der großen allseitigen Sportsmänner und Athleten von heute war. Ein Paar gekreuzte Ruder, das eine dunkelblau, das andere kirschrot gefärbt, über dem Kaminsims sprach von ehemaliger Mitgliedschaft im Ruderklub der Leandermänner in Oxford, während die Rapiere und Boxerhandschuhe über und unter ihnen die Zeichen eines Mannes bildeten, der mit beiden die Meisterschaft erworben hatte. Wie eine rund um das Zimmer herumlaufende Wandbekleidung wirkte eine Reihe herrlicher Geweihe, die besten ihrer Art aus allen vier Ecken der Welt, über denen der Kopf des seltenen weißen Nilpferdes vom Oberlauf des Nils mit seinen anmaßend herabhängenden Lippen thronte.

In der Mitte des kostbaren roten Teppichs stand ein Louis-quinze-Tisch in Schwarz mit Gold, eine reizende Antiquität, die aber frevelhaft durch Ränder von Trinkgläsern und durch von Zigarrenstummeln herrührende Flecke entweiht war. Darauf stand ein silbernes Rauchgeschirr und ein polierter Whiskybehälter. Schweigend füllte der Hausherr aus diesem und einem daneben stehenden Syphon zwei hohe Gläser. Nachdem er mich in einen Armstuhl genötigt und ein Glas in meine Nähe gestellt hatte, reichte er mir eine lange milde Havannazigarre. Dann nahm er mir gegenüber Platz und blickte mich lange und fest mit seinen seltsamen, blitzenden und rücksichtslosen Augen, die das kalte Hellblau eines Gletschersees zeigten, an.

Durch den dünnen Schleier von Zigarrenrauch unterschied ich die Einzelheiten eines Gesichts, das mir bereits durch viele Photographien bekannt war – die scharfgebogene Nase, die eingesenkten hageren Wangen, das dunkle, rötliche, auf der Stirn gelichtete Haar, den krausen, männlichen Schnurrbart, den schmalen, herausfordernden Knebelbart auf dem vorgeschobenen Kinn. Etwas in diesem Gesicht erinnerte an Napoleon III., etwas an Don Quichotte und wieder etwas an das Wesen eines englischen Landedelmannes, diesen scharfen, lebhaften und in frischer Luft lebenden Liebhaber von Hunden und Pferden. Seine Haut war von Sonne und Wind gerötet wie ein Blumentopf. Seine Augenbrauen waren buschig und überhängend, was seinen kalten Augen ein fast wildes Aussehen gab, ein Eindruck, der noch durch seine starke und gefurchte Stirn verstärkt wurde. Sein Körper war mager, aber stark gebaut. Tatsächlich hatte er schon oft den Beweis geliefert, daß nur wenige Leute in England fähig waren, so andauernde Anstrengungen zu ertragen wie er. Seine Größe betrug wenig über sechs Fuß, aber er erschien infolge eigenartig gerundeter Schultern etwas kleiner. So sah der berühmte Lord John Roxton aus, als er mir gegenüber saß, die Zigarre zwischen die Zähne geklemmt und mich während eines langen und in Verlegenheit setzenden Schweigens fest ansehend.

»Nun,« sagte er schließlich, »das wäre also eine beschlossene Sache, mein Jungchen. In die Sache wären wir hineingesprungen, Sie und ich. Ich vermute, daß Sie nicht daran gedacht haben, als Sie zur Versammlung gingen – hm?«

»Kein Gedanke daran!«

»Mir ging's ebenso. Ich habe auch nicht daran gedacht, und jetzt sitzen wir bis zum Halse in der Terrine, und dabei bin ich erst seit drei Wochen zurück aus Uganda. Habe einen Besitz in Schottland gepachtet und den Vertrag unterzeichnet. Schöne Sache das, – was? Und wie steht's mit Ihnen?«

»Nun, bei mir geht die Geschichte mit meinen Berufsplänen zusammen. Ich bin Redakteur an der ›Gazette‹.«

»Ach ja, – Sie erwähnten das, als Sie sich meldeten. Übrigens hätte ich da eine kleine Aufgabe für Sie, wenn Sie mir helfen möchten.«

»Mit Vergnügen.«

»Fürchten Sie sich vor etwas?«

»Um welche Gefahr handelt es sich denn?«

»Nun, es handelt sich um Ballinger – er ist nicht ungefährlich. Sie haben doch von ihm gehört?«

»Nein.«

»Aber Menschenkind, wo haben Sie denn gelebt? Sir John Ballinger ist der beste Herrenreiter im Norden. Auf der ebenen Erde kann ich ihm die Stange halten, aber im Springen ist er mir überlegen. Nun, kurz und gut, es ist ein offenes Geheimnis, daß er, solange er nicht trainiert, stark trinkt – einen Rekord aufstellen, nennt er das. Er liegt seit Donnerstag im Delirium und rast wie ein Teufel. Er wohnt hier über mir. Die Ärzte sagen, daß es mit ihm zu Ende geht, wenn es nicht gelingt, ihm etwas Nahrung einzuflößen. Aber da er mit einem Revolver auf der Decke im Bett liegt und schwört, daß er jedem, der sich ihm nähert, sechs Kugeln in den Bauch schießen will, ist da so etwas wie ein Streik unter seinem Bedienungspersonal ausgebrochen. Er ist ein Dickschädel, ein rüder Patron und außerdem ein sicherer Schütze. Aber kann man einen Sportsmann von nationalem Range so sterben lassen, wie?«

»Was beabsichtigen Sie denn zu tun?« fragte ich.

»Nun, ich denke, daß wir beide ihn unterkriegen. Vielleicht schläft er gerade und schlimmstenfalls kann er nur einen von uns anschießen, so daß der andere die Möglichkeit hat, sich auf ihn zu stürzen. Wenn es uns gelingt, mit der Bettdecke seine Arme niederzuhalten und ihm dann die Magenpumpe einzuführen, werden wir dem alten Knaben schon etwas Lebenselixier einflößen.«

Das war eine ziemlich verzweifelte Aufgabe, die einem da so plötzlich zufiel. Ich glaube ja nicht, daß ich ein besonders tapferer Mann bin. Ich habe die irische Phantasie, die alles Unbekannte und noch nicht Erlebte für viel furchtbarer hält, als es ist. Andererseits war mir Abscheu vor Feigheit anerzogen, und nichts war mir schrecklicher, als auch nur mutlos zu erscheinen. Ich kann wohl sagen, ich hätte mich in einen Abgrund hinunterstürzen können wie die Hunnen in den Geschichtsbüchern, wenn man meinen Mut in Zweifel gezogen hätte. Aber es wäre mehr Stolz und Furcht als Mut gewesen, die mich veranlaßt hätten, so zu handeln. Infolgedessen antwortete ich, obgleich jeder Nerv in mir bei der Vorstellung des unter der Wirkung des Alkohols delirierenden Kranken über uns erbebte, mit einer möglichst sorglosen Stimme, daß ich bereit sei, mitzugehen. Irgendeine weitere Bemerkung Lord Roxtons über die uns bevorstehende Gefahr hätte meine Erregung nur noch steigern können.

»Reden macht die Sache nicht besser,« sagte ich, »lassen Sie uns gehen.« Ich sprang auf, und er erhob sich gleichfalls. Dann klopfte er mir mit einem vertrauensvollen Lächeln zwei- oder dreimal gegen die Brust und stieß mich schließlich in meinen Stuhl zurück.

»So ist's richtig, mein Söhnchen, Sie werden's schon machen«, sagte er.

Ich blickte überrascht auf.

»Ich habe heute morgen schon selbst nach John Ballinger gesehen. Er hat mir ein Loch in meinen Kimono gerissen. Gesegnet sei seine alte, schwache Hand! Aber wir haben ihm eine Jacke übergeworfen, und er wird in einer Woche wiederhergestellt sein. Nun, lassen wir das, mein Junge, denken Sie nicht mehr daran! Sehen Sie, ganz unter uns gesprochen, ich halte diese südamerikanische Angelegenheit für eine höchst ernsthafte Sache, und wenn ich einen Gefährten bei mir habe, so wünsche ich mir einen Mann, auf den ich mich verlassen kann. Darum habe ich Sie auf die Probe gestellt, und ich muß sagen, daß Sie sie gut bestanden haben. Sie sollen sehen, alle Last wird auf uns beiden liegen; denn dieser alte Summerlee wird von Anfang an eine Kinderfrau nötig haben. Übrigens, sind Sie etwa der Malone, von dem man annimmt, daß er unter die irischen Rugbyspieler aufgenommen wird?«

»Als Reservemann vielleicht.«

»Mir kam Ihr Gesicht so bekannt vor. Ich war nämlich dabei, als Sie das Tor gegen Richmond schossen, das war der schönste Lauf, den ich in der ganzen Saison gesehen habe. Ich versäume niemals ein Rugby-Match, wenn ich es nur irgend ermöglichen kann, denn es ist das männlichste Spiel, das wir haben. – Nun, ich habe Sie aber schließlich nicht hergebeten, um mich mit Ihnen über Sport zu unterhalten. Wir müssen unsere Geschichte in Ordnung bringen. Hier stehen die Abfahrtzeiten der Dampfer auf der ersten Seite der »Times«. Da ist ein Dampfer der Booth-Linie nach Para Freitag nächster Woche, und wenn der Professor und Sie es einrichten können, sollten wir den doch nehmen – was denn? Schön. Ich werde das mit ihm vereinbaren. Wie steht es mit Ihrer Ausrüstung?«

»Dafür wird meine Zeitung sorgen.«

»Können Sie schießen?«

»Auf mittlere Entfernungen einigermaßen.«

»Ach du lieber Himmel, nicht besser? So etwas zu lernen, daran denkt Ihr jungen Burschen doch immer zuletzt. Sie sind alle Bienen ohne Stachel, deren Blick nicht über den Bienenstock hinausreicht, und werden ein schönes Gesicht machen, wenn eines Tages jemand kommt und Ihnen den Honig maust. Aber Sie werden Ihren Schießprügel schon in Ordnung bringen müssen für Südamerika; denn wenn unser Freund, der Professor, nicht ein Wahnsinniger oder ein Lügner ist, könnten wir doch schnurrige Dinge zu sehen bekommen, bevor wir zurückkehren. Was für eine Büchse haben Sie?«

Er ging zu einem eichenen Schrank hinüber, und als er dessen Tür öffnete, konnte ich einen Blick auf eine glänzende Reihe paralleler Gewehrläufe, die wie die Pfeifen einer Orgel wirkten, werfen.

»Ich werde mal sehen, ob ich hier etwas für Sie habe«, sagte er.

Er entnahm dem Schrank nacheinander eine ganze Reihe von schönen Gewehren, ließ das Schloß klingend auf- und zuschnappen und beklopfte sie, als er sie wieder in das Stativ zurückstellte, so zärtlich, wie eine Mutter ihre Kinder liebkosen würde.

»Dies ist eine Bland, Kaliber 577, eine hochbrisante Expreß-Büchse. Ich schoß den großen Burschen damit«, sagte er, zu dem weißen Rhinozeros hinaufblickend. »Zehn Meter weiter, und er hätte mich seiner Sammlung hinzugefügt.«

»An dieser Kugel hängt seine einzige Hoffnung, Sie ist des Schwachen treuer Schutz.«

»Ich hoffe, Sie kennen Ihren Gordon, denn er ist der Dichter des Pferdes und der Flinte und der Männer, die mit beiden umgehen. Hier ist noch eine brauchbare Waffe, Kaliber 470, Zielfernrohr, geteilter Auswerfer, Kernschuß auf 350 Meter. Das ist die Büchse, die ich vor drei Jahren gegen die Sklavenhändler in Peru gebraucht habe. Ich kann Ihnen sagen, ich habe in diesen Gebieten als Gottesgeißel gewirkt, obgleich Sie das in keinem Blaubuch finden werden. Es gibt Zeiten, mein Junge, in denen jeder von uns für Menschenrecht und Gerechtigkeit eintreten muß, wenn er sich das Gefühl von Sauberkeit bewahren will. Aus diesem Grunde habe ich einen eigenen kleinen Krieg unternommen, ihn selbst erklärt, durchgeführt und beendet. Jede von diesen Kerben bedeutet einen Sklavenhändler. Eine schöne Reihe – was? Diese große hier gilt für Pedro Lopez, den König von allen, den ich in einem Seitengewässer des Putomajoflusses niederschoß. Aber hier ist etwas, was sich für Sie eignen würde.« Er entnahm dem Schrank eine schöne Büchse in Braun und Silber. »Gute Gummipolsterung am Kolben, scharf visiert, fünf Patronen im Rahmen. Dieser Büchse können Sie Ihr Leben anvertrauen.« Er reichte sie mir und verschloß den Schrank. »Übrigens,« fuhr er fort, sich wieder in seinen Stuhl niederlassend, »was wissen Sie von Professor Challenger?«

»Ich sah ihn heute zum erstenmal.«

»Hm, mir geht es nicht anders. Es ist doch komisch, daß wir beide mit versiegelter Order eines Mannes fahren, den wir nicht kennen. Er scheint mir ein anmaßender alter Knabe zu sein. Seine Kollegen von der Wissenschaft sind offenbar auch nicht gerade entzückt von ihm. Wie sind Sie denn dazu gekommen, sich für seine Angelegenheiten zu interessieren?«

Ich erzählte ihm kurz meine Erlebnisse von heute morgen, denen er aufmerksam zuhörte. Dann zog er eine Karte von Südamerika hervor und legte sie auf den Tisch.

»Ich glaube, daß alles, was er Ihnen gesagt hat, auf Wahrheit beruht,« sagte er ernst, »und kann Sie versichern, ich habe einige Gründe dafür, wenn ich so etwas sage. Südamerika ist eine Gegend, die ich liebe, und ich bin der Meinung, wenn Sie es an der richtigen Stelle vom Golf von Darien bis nach Feuerland durchqueren, daß es das großartigste, reichste und wundervollste Stück Erde auf unserem Planeten ist. Die Menschen kennen es noch nicht und können gar nicht beurteilen, was daraus zu machen ist. Ich bin da überall gewesen, von einem Ende bis zum anderen, und habe gerade in den Gebieten, wo ich meinen Krieg mit den Sklavenhändlern führte, zwei Trockenzeiten zugebracht. Und in dieser Gegend habe ich tatsächlich einige ganz ähnliche Gerüchte gehört, – Erzählungen von Indianern und ähnlichen Leuten, hinter denen mir aber doch etwas zu stecken scheint. Je tiefer Sie in die Kenntnis dieses Landes eindringen, mein Junge, desto mehr werden Sie verstehen, daß dort alles möglich ist – alles! Es gibt dort nur schmale Wasserwege als Verkehrsmöglichkeit, und darüber hinaus ist alles unerforschtes Gebiet. Hier zum Beispiel, in Mattogrosso« – er umschrieb mit der Zigarre einen Teil der Karte – »oder hier oben in dieser Ecke, wo drei Länder zusammenstoßen, würde mich nichts überraschen. Wie der alte Knabe heute abend sagte, gibt es hier 100 000 Kilometer Wasserwege innerhalb riesiger Wälder. Das ist so ziemlich die Größe von Europa. Wir beiden könnten durch eine Entfernung von Schottland bis Konstantinopel voneinander getrennt sein, und doch wäre jeder von uns in demselben großen brasilianischen Urwald. Hier ist mal einer durchgezogen, und dort ist mal jemand in dem Irrgarten herumgelaufen. Dazu kommt, daß das Stromniveau bis zu 40 Fuß auf- und absteigt und das halbe Land in einen undurchdringlichen Morast verwandelt. Warum sollte es nicht irgend etwas Neues und Wunderbares in einem solchen Lande geben? Und warum sollten wir beide nicht die Leute sein, es ausfindig zu machen? Übrigens,« fügte er hinzu, worauf sein eigenartiges hageres Gesicht vor innerer Freude erglänzte, »Jagderlebnisse gibt es da in Hülle und Fülle. Ich bin wie ein alter Golfball, der seine weiße Farbe seit

langem verloren hat. Das Leben kann mich hin- und herwerfen, ohne daß es ein sichtbares Zeichen bei mir hinterläßt. Aber die Gefahren der Jagd, Freundchen, die bilden das Salz des Daseins. Sie machen das Leben wieder lebenswert. Wir sind alle viel zu sehr verweichlicht, zu träge und zu bequem. Geben Sie mir große, ausgedehnte Landstrecken, weite Räume, eine Büchse in die Faust und die Aufgabe, etwas, was sich lohnt, zu suchen. Ich habe mich im Kriege versucht, im Rennen und mit Flugzeugen. Aber diese Jagd auf Bestien, die wie Ausgeburten einer tollen Phantasie erscheinen, ist denn doch eine fabelhafte Sache.« Er lächelte vor Freude bei dieser Aussicht.

Vielleicht habe ich mich zu lange bei meiner neuen Bekanntschaft aufgehalten. Aber da er für lange Zeit mein Kamerad sein wird, habe ich versucht, ihn zu schildern, so wie ich ihn zuerst sah, mit seiner klugen Persönlichkeit und den kleinen Eigentümlichkeiten seiner Sprache und Denkungsweise. Aber die Notwendigkeit, meinen Versammlungsbericht zu schreiben, entriß mich schließlich seiner Gesellschaft. Ich verließ ihn, wie er im rötlichen Schimmer dasaß, das Schloß seiner Lieblingsbüchse ölend, während er bei dem Gedanken an die uns erwartenden Abenteuer still vor sich hinlächelte. Es war mir ganz klar, daß ich, wenn wir Gefahren begegnen würden, in ganz England keinen kaltblütigeren Kopf und verwegeneren Geist hätte finden können, um sie mit ihm zu teilen.

Am Abend saß ich, abgespannt nach all den wunderbaren Ereignissen des Tages, noch spät bei McArdle, dem Verlagsdirektor, und erklärte ihm die ganze Situation, die er für wichtig genug hielt, sie am nächsten Morgen Sir George Beaumont, dem Chef, zu unterbreiten. Wir kamen überein, daß ich ausführliche Berichte über meine Erlebnisse in der Form aufeinander folgender Briefe von unterwegs an McArdle schicken sollte, und daß diese entweder nach ihrem Eintreffen in der »Gazette« abgedruckt oder für eine spätere Publikation zurückgehalten werden sollten, je nach den Wünschen des Professors Challenger, da wir ja noch nicht wissen konnten, welche Bedingungen er mit seinen Angaben, die uns den Weg in das unbekannte Land bezeichnen sollten, verknüpfen würde. Auf eine telegraphische Anfrage erhielten wir keine entscheidende Antwort, sondern nur einen gegen die Presse gerichteten Wutausbruch, der mit der Bemerkung schloß, daß er uns, sobald wir ihm unser Schiff bezeichnet hätten, im Moment der Abfahrt die ihm geeignet erscheinenden Mitteilungen übergeben würde. Auf eine zweite Frage erhielten wir überhaupt keine Antwort mehr, mit Ausnahme eines kläglichen Gewimmers seiner Frau, daß ihr Gatte bereits in furchtbare Aufregung versetzt sei und daß sie hoffe, wir würden seinen Zustand nicht noch verschlimmern. Ein dritter Versuch, der etwas später unternommen wurde, endete mit einem furchtbaren Krach, und wir erhielten vom Telephonamt die Mitteilung, daß die Leitung Professor Challengers gestört wäre. Darauf verzichteten wir auf jedes weitere Bemühen, mit ihm in Verbindung zu treten.

Und nun, meine geduldigen Leser, kann ich Sie nicht länger direkt anreden. Von jetzt an (wenn überhaupt irgendeine Fortsetzung dieser Erzählung Sie erreichen sollte) kann es nur durch die Zeitung, die ich vertrete, geschehen. Ich lege den Bericht über die Ereignisse, die den Eingang zu einer der bemerkenswertesten Expeditionen aller Zeiten bilden, in die Hand des Verlegers, so daß, wenn ich nicht nach England zurückkehren sollte, dort eine Darstellung der kommenden Ereignisse vorhanden sein wird. Ich schreibe diese letzten Zeilen im Salon des Dampfers »Franziska«, von dem sie durch den Lotsen in die Hände McArdles gelangen werden. Lassen Sie mich, bevor ich mein Notizbuch schließe, ein letztes Bild zeichnen – ein Bild, das die letzte Erinnerung, die ich von dem alten Land mit mir nehme, wiedergibt. Es ist ein feuchter, nebliger Morgen des Spätfrühlings, ein dünner, kalter Regen fällt hernieder. Drei vor Nässe glänzende, in Regenmäntel gehüllte Figuren schreiten den Kai hinunter und besteigen über eine Planke den großen Dampfer, auf dem die Abfahrtssignalflagge flattert. Vor ihnen ein Träger, der einen Gepäckkarren, hoch beladen mit Koffern, Decken und Gewehrfutteralen, vor sich herschiebt. Professor Summerlee, eine lange, melancholische Gestalt, kommt mit schleppendem Gang und gesenktem Haupt, wie einer, der sich selbst außerordentlich leid tut, daher. Lord John Roxton in lebhaftem Schritt, das schmale, eifrige Gesicht strahlend zwischen der Jägermütze und dem Halstuch. Was mich betrifft, bin ich froh, die aufgeregten Tage der Vorbereitung und den Abschiedsschmerz hinter mir zu haben, und ich zweifle nicht daran, daß man es mir ansieht. Plötzlich, gerade als wir beim Schiff ankommen, ertönt ein Ruf hinter uns. Es ist Professor Challenger, der uns versprochen hatte, sich zu verabschieden. Schnaufend, mit gerötetem Gesicht, stürzt seine reizbare Gestalt hinter uns her.

»Nein, danke sehr,« sagt er, »ich ziehe es durchaus vor, nicht mit an Bord zu gehen. Ich habe Ihnen nur einige Worte zu sagen, und das kann sehr gut hier, auf der Stelle, geschehen. Ich bitte Sie, sich nicht einzubilden, daß ich Ihnen in irgendeiner Weise zu Dank verpflichtet wäre, wenn Sie diese Reise unternehmen. Ich möchte Sie darüber nicht im unklaren lassen, daß diese Frage mir absolut gleichgültig ist, und ich lehne es ab, Ihnen gegenüber auch nur die geringste persönliche Verpflichtung einzugehen. Wahrheit ist Wahrheit, und nichts von dem, was Sie berichten werden, kann sie irgendwie beeinflussen, wenn es auch Aufsehen erregt und die Neugierde einer Anzahl gänzlich belangloser Leute befriedigt. Meine Anweisungen zu Ihrer Aufklärung und Führung sind in diesem versiegelten Umschlag enthalten. Sie werden ihn öffnen, sobald Sie eine Stadt am Amazonenstrom, die Manaos genannt wird, erreicht haben. Aber nicht vor dem Tag und der Stunde, die außen darauf vermerkt sind. Hinsichtlich der strikten Beobachtung meiner Bedingungen verlasse ich mich ganz auf Ihre ehrenhafte Gesinnung. Ihrer Berichterstattung, Herr Malone, will ich keinerlei Beschränkung auferlegen, da die Erörterung der Tatsachen die Aufgabe Ihrer Zeitung ist. Aber ich verlange, daß Sie nichts bringen werden, was nicht zu Ihrer speziellen Aufgabe gehört, und daß tatsächlich vor Ihrer Rückkehr nichts veröffentlicht wird. Leben Sie wohl, Herr Malone, Sie haben etwas zur Milderung meiner Gefühle gegen den ekelhaften Beruf, dem Sie unglücklicherweise angehören, beigetragen. Leben Sie wohl, Lord John. Die Wissenschaft ist, wenn ich Sie richtig beurteile, für Sie ein Buch mit sieben Siegeln; aber Sie können sich gratulieren zu den Jagdgründen, die Ihrer warten. Sie werden ohne Zweifel Gelegenheit haben, in der Jagdzeitung zu beschreiben, wie Sie den riesenhaften Dimorphodon erlegt haben. Und auch Sie, Professor Summerlee, leben Sie wohl. Wenn Sie noch fähig sind, Ihre Kenntnisse zu verbessern, wovon ich, offen gesagt, nicht überzeugt bin, so werden Sie sicherlich als ein gelehrter Mann nach London zurückkehren.« Damit drehte er sich kurz um, und eine Minute später sah ich von Deck aus seine untersetzte Figur in der Ferne mit kleinen, hastigen Schritten seinem Zuge zueilen. Und wir, wir fahren nunmehr den Kanal hinunter. Ein letztes Glockenzeichen für die Post und ein Lebewohl für den Lotsen. Und »Hinunter fahren wir, weit hinunter den alten Weg«. Gott segne alles, was wir hinter uns lassen, und lasse uns gesund zurückkehren.

Siebentes Kapitel

Morgen treten wir die Reise in das unbekannte Land an.

Ich will meine Leser, in deren Hände dieser Bericht vielleicht gelangt, nicht mit einer Schilderung unserer luxuriösen Überfahrt auf dem Dampfer der Booth-Linie langweilen. Auch von unserem einwöchigen Aufenthalt in Para will ich nicht erzählen, sondern nur der großen Liebenswürdigkeit der Pereira da Pinta-Company, die uns bei der Beschaffung unserer Ausrüstung behilflich war, Erwähnung tun. Auch unsere Stromfahrt auf dem weiten, langsam fließenden, schwarz wie Tinte gefärbten Gewässer mit einem Dampfer, der nicht viel kleiner war als der, mit dem wir über den Ozean gefahren waren, soll nur kurz berührt werden. Schließlich gelangten wir durch die engen Stromläufe von Obidos und erreichten die Stadt Manaos. Hier wurden wir von den mäßigen Reizen des dortigen Gasthofes durch Herrn Shortman, den Vertreter der Britisch-Brasilianischen Handelsgesellschaft, befreit. In seiner gastlichen Hacienda verbrachten wir die Zeit bis zu dem Tage, an dem wir ermächtigt waren, den Brief, der die uns von Professor Challenger gegebenen Anweisungen enthielt, zu öffnen.

Bevor ich zu den überraschenden Vorgängen dieses Tages komme, möchte ich meine Kameraden bei dieser Unternehmung und die sonstigen Teilnehmer, die wir bereits in Südamerika zusammengebracht hatten, etwas näher beschreiben. Ich spreche offen und überlasse das Material ganz Ihrer Diskretion, Herr McArdle, denn der Bericht geht ja doch durch Ihre Hände, bevor er der Öffentlichkeit unterbreitet wird.

Die wissenschaftlichen Kenntnisse von Professor Summerlee sind zu gut bekannt, als daß ich mich der Mühe zu unterziehen brauchte, davon zu reden. Er ist besser ausgerüstet für eine schwierige Expedition wie die unsrige, als man auf den ersten Blick glauben möchte. Seine lange, hagere und sehnige Gestalt trotzt der Ermüdung, und sein trockenes, halb sarkastisches und oft durchaus unsympathisches Wesen wird nicht durch irgend einen Wechsel der äußeren Umstände beeinflußt. Obwohl er bereits in seinem 66. Lebensjahre steht, habe ich ihn niemals irgend welche Unzufriedenheit über die vorkommenden Beschwernisse äußern hören. Ich hatte seine Anwesenheit ursprünglich als eine Last für unsere Expedition angesehen. Aber ich muß gestehen, ich habe mich davon überzeugt, daß seine Widerstandskraft ebensogroß wie die meinige ist. Seine Gemütsart ist natürlich sauertöpfisch und skeptisch. Von Anfang an hat er niemals seine Meinung verhehlt, daß Professor Challenger ein absoluter Betrüger ist, daß wir uns für ein absolut unnützes Bemühen eingeschifft hätten und nichts als Enttäuschung und Gefahren in Südamerika und entsprechenden Hohn in England ernten würden. Das waren die Ansichten, mit denen er uns unter fortwährenden Gesichtsverzerrungen und dem Wackeln seines dünnen Ziegenbartes auf dem ganzen Wege von Southampton bis Manaos in den Ohren lag. Nach unserer Landung fand er einigen Trost in der Schönheit und dem Formenreichtum des Insekten- und Vogellebens um ihn her; denn der Wissenschaft ist er voll und mit ganzem Herzen ergeben. Tagelang flitzte er mit der Schrotflinte und dem Schmetterlingsnetz durch die Wälder, und die Abende verbrachte er mit dem Präparieren der neugewonnenen Arten. Zu seinen kleineren Eigenheiten gehört, daß er sich nicht um sein Äußeres kümmert, körperlich unsauber und außerordentlich geistesabwesend hinsichtlich seiner Kleidung ist und mit großer Hingabe eine kurze Rosenholzpfeife, die er selten aus dem Mund nimmt, raucht. Er hat verschiedene wissenschaftliche Expeditionen in seiner Jugend mitgemacht (er war mit Robertson in Neu-Guinea), und das Lager- und Bootsleben ist nichts Neues für ihn.

Lord John Roxton hat eine gewisse Ähnlichkeit mit Professor Summerlee. In anderen Punkten bilden sie jedoch den äußersten Gegensatz zueinander. Er ist zwanzig Jahre jünger, aber er hat denselben dürren, mageren Körper. Sein Äußeres habe ich, wie ich mich erinnere, bereits in dem Abschnitt meiner Erzählung, den ich in London zurückgelassen habe, beschrieben. Er ist außerordentlich sauber und ordentlich, kleidet sich immer mit großer Sorgfalt in weiße Drellanzüge und hohe braune Moskitostiefel und rasiert sich mindestens einmal am Tage. Wie alle tätigen Menschen ist er wortkarg und versinkt leicht in Gedanken. Aber er gibt stets lebhaft Antwort und beteiligt sich mit seiner wunderlichen, launigen, halb humoristischen Art an jeder Konversation. Seine Weltkenntnis, und ganz besonders seine Kenntnis von Südamerika, ist überraschend, und er hegt einen ehrlichen Glauben an die Möglichkeiten unserer Reise, der sich durch das Hohnlächeln Professor Summerlees nicht erschüttern läßt. Er hat eine sanfte Stimme und ein ruhiges Wesen, aber hinter seinen leuchtenden Augen spürt man die Anlage zu großer Heftigkeit und eine unbeugsame Entschlossenheit, Eigenschaften, die um so gefährlicher sind, als sie durch einen festen Willen in Zügel gehalten werden. Von seinen eigenen Taten in Brasilien und Peru sprach er wenig. Aber es war eine Entdeckung für mich, als ich die Erregung bemerkte, die seine Anwesenheit unter den am Flußufer wohnenden Indianerstämmen hervorrief, die ihn als ihren Herrn und Beschützer ansahen. Die Heldentaten des roten Häuptlings, wie sie ihn nannten, gingen als Legenden unter ihnen um. Aber das rein Tatsächliche daran war, soweit ich in Erfahrung bringen konnte, schon erstaunlich genug.

So z. B. war Lord John vor einigen Jahren in jenem Niemandsland an den unbestimmten Grenzen zwischen Peru, Brasilien und Columbien. In diesem gewaltigen Gebiet wächst der wilde Kautschukbaum, und dieser ist, wie im Kongo, zu einem Fluch der Eingeborenen geworden, den man nur mit ihrer Sklavenarbeit in den alten Silberminen von Darien unter der alten spanischen Herrschaft vergleichen kann. Eine Handvoll schurkischer Mischlinge beherrscht das Land, bewaffnet diejenigen Indianer, die ihnen Unterstützung gewähren, und verwandelt den Rest in Sklaven, die sie durch unmenschliche Qualen in Schrecken halten und zum Kautschuksammeln zwingen, der nach Para verfrachtet wird. Lord John Roxton erhob Vorstellungen zugunsten dieser Unglücklichen, erntete aber nur Drohungen und Beleidigungen für seine Mühe. Er erklärte darauf Pedro Lopez, dem Führer der Sklaventreiber, förmlich den Krieg, bildete aus weggelaufenen Sklaven eine kleine, seinem Befehl unterstehende Truppe, bewaffnete diese und führte einen Feldzug, der damit endete, daß er selbst den berüchtigten Mischling tötete und das von diesem vertretene System vernichtete.

Kein Wunder, daß der Mann mit dem dunklen rötlichen Haar, der sanften Stimme und dem freien, offenen Wesen an den Ufern des großen südamerikanischen Stromes heute dem größten Interesse begegnete, obgleich die Empfindungen, die er einflößte, natürlicherweise gemischt waren, da die Dankbarkeit der Eingeborenen aufgewogen wurde durch die Rachegefühle derjenigen, die den Wunsch hatten, sie auszunutzen. Eine nützliche Folge seiner früheren Erlebnisse war, daß er die Lingua Geral, die besondere, ein Drittel aus portugiesischen und zwei Drittel aus indianischen Ausdrücken bestehende Sprache, die überall in Brasilien gesprochen wird, beherrschte.

Ich habe an anderer Stelle schon gesagt, daß Lord John Roxton leidenschaftlich für Südamerika eingenommen war. Er konnte von diesem großen Lande nicht ohne Begeisterung sprechen, und diese Begeisterung war ansteckend, denn, unwissend, wie ich war, fesselte sie meine Aufmerksamkeit und erregte meine Neugierde. Wie sehr wünschte ich, den Zauber seiner Rede wiedergeben zu können, die besondere Mischung von genauester Kenntnis und urwüchsiger Phantasie, die ihr etwas so Faszinierendes gab, daß selbst des Professors zynisches und skeptisches Lächeln von seinem hageren Gesicht schwand, sobald er ihm zuhörte. Er konnte einem die ganze Geschichte dieses mächtigen Stroms erzählen, der so schnell erforscht wurde (denn einer der ersten Eroberer von Peru hat den ganzen Kontinent tatsächlich auf seinen Gewässern durchquert) und doch so unbekannt ist hinsichtlich des ganzen Landes, das hinter den ewig wechselnden Uferszenerien liegt.

»Was ist dort?« rief er wohl aus, mit dem Finger nach Norden zeigend, »Wald und Sumpf und undurchdringliche Dschungeln. Wer weiß, was sich darin verbirgt? Und dort im Süden? Eine Wildnis von sumpfigen Wäldern, wo niemals ein Weißer gewesen ist. Überall, wo wir hinblicken, stehen wir dem Unbekannten gegenüber. Was kennen wir außer den schmalen Flußläufen? Wer will sagen, was in einem solchen Lande möglich ist? Warum sollte der alte Challenger nicht recht haben?« Bei dieser direkten Herausforderung erschien auf Professor Summerlees Gesicht wiederum ein höhnisches Lächeln, und er saß, hämisch den Kopf schüttelnd, mit unangenehmem Schweigen hinter einer Wolke aus seiner Rosenholzpfeife da.

Soviel zunächst von meinen beiden weißen Reisegenossen, deren Charakter und Eigenheiten im weiteren Verlauf dieser Geschichte ebenso wie die meinigen ans Licht treten werden. Aber wir hatten bereits eine Reihe von Leuten angeworben, die bei den zukünftigen Ereignissen keine geringe Rolle spielen sollten. Der erste ist ein riesenhafter Neger mit Namen Zambo, ein schwarzer Herkules, willig wie ein Pferd und einigermaßen intelligent. Wir hatten ihn in Para auf Empfehlung der Dampfschiffsgesellschaft, auf deren Schiffen er ein gebrochenes Englisch gelernt hatte, angenommen.

Ebenfalls in Para hatten wir Gomez und Manuel, zwei Mischlinge aus dem oberen Stromgebiet, die gerade mit einer Ladung Rotholz heruntergekommen waren, engagiert. Es waren dunkelhäutige Burschen, rauhhaarig und wild, gewandt und sehnig wie Panther. Beide hatten ihr Leben verbracht in jenen Gebieten des oberen Amazonenstroms, die wir im Begriff waren zu erforschen, und gerade aus diesem Grunde hatte Lord John sich veranlaßt gesehen, sie in unseren Dienst zu nehmen. Einer von ihnen, Gomez, bot den weiteren Vorteil, daß er ausgezeichnet englisch sprechen konnte. Dieser Mann war für einen Lohn von 15 Dollar im Monat bereit als unser persönlicher Diener zu fungieren, zu kochen, zu rudern oder sich sonstwie nützlich zu machen. Außer diesen hatten wir noch drei Mojo-Indianer aus Bolivien, die die geschicktesten Fischer und Bootbauer unter allen Uferstämmen sind, angeworben. Den Häuptling von ihnen nannten wir Mojo, nach seinem Stamm, und die anderen trugen die Namen José und Fernando. Das Personal der kleinen Expedition, die auf ihre Anweisungen in Manaos wartete, bevor sie zu ihrem eigentlichen Zweck aufbrechen konnte, bestand also aus drei Weißen, zwei Mischlingen, einem Neger und drei Indianern.

Nach einer langweilig verbrachten Woche rückte Tag und Stunde unseres Aufbruchs heran. Stellen Sie sich ein schattiges Wohnzimmer in der Hazienda Santo Ignacio, zwei Meilen im Innern von der Stadt Manaos entfernt, vor. Draußen greller, messingfarbener Sonnenschein, unterbrochen von dem Schatten der Palmstämme, der sich schwarz und deutlich abzeichnete, wie diese selbst. Die Luft war ruhig und erfüllt von dem ewigen Gesumm der Insekten, dem tropischen Gesang in vielen Oktaven, vom tiefen Summen der Bienen bis zum hohen spitzen Pfeifen der Moskitos. Jenseits der Veranda lag ein kleiner, wohlgeordneter Garten, begrenzt von Kaktushecken und geschmückt mit Gruppen von blühendem Gesträuch, um die große blaue Schmetterlinge und zierliche Kolibris im sprühenden Licht flatterten und umherschossen. Drinnen saßen wir um den Bambustisch herum, auf dem der versiegelte Brief lag. Der Umschlag trug in der zackigen Handschrift Professor Challengers folgende Worte:

»Instruktionen für Lord John Roxton und seine Reisegenossen, zu öffnen in Manaos, am 15. Juli, Punkt 12 Uhr.«

Lord John hatte seine Uhr auf dem Tisch vor sich liegen.

»Wir haben noch sieben Minuten«, sagte er. »Der alte Knabe ist sehr genau.«

Professor Summerlee lächelte ironisch, indem er den Brief mit seiner mageren Hand aufhob.

»Was hat es denn schließlich zu bedeuten, ob wir den Brief jetzt oder nach sieben Minuten öffnen?« sagte er. »Das gehört wieder einmal zu dem ganzen Schwindelsystem, für das der Schreiber bekannt ist, wie ich leider sagen muß.«

»Nein, bitte, wir müssen die Spielregeln getreulich beachten«, sagte Lord John. »Das ist nun mal des alten Challengers Angelegenheit, und wir sind hier in seinem Auftrag, und es wäre schlecht von uns gehandelt, wenn wir seinen Anweisungen nicht wörtlich Folge leisteten.«

»Eine nette Geschichte, das!« rief der Professor in bitterem Ton. »Ich fand das schon in London abgeschmackt, aber ich muß sagen, daß es bei näherer Kenntnis der Sache noch abgeschmackter wird. Ich weiß nicht, was dieser Brief enthält. Wenn aber keine etwas genaueren Angaben darin sind, so fühle ich mich versucht, den nächsten flußabwärts gehenden Dampfer zu nehmen – um mich in Para auf der ›Bolivia‹ einzuschiffen. Schließlich habe ich noch etwas Wichtigeres auf der Welt zu tun, als hier herumzurennen, um die Behauptungen eines Wahnsinnigen nachzuprüfen. Nun, der Moment dürfte jetzt gekommen sein, Roxton.«

»Es ist so weit«, sagte Lord John. »Sie können ins Horn stoßen.« Er ergriff den Brief, öffnete ihn mit seinem Federmesser und zog ein gefaltetes Blatt Papier hervor. Er schlug es sorgfältig auf und glättete es auf der Tischplatte. Es war ein weißes Stück Papier. Er drehte es um. Auch die Rückseile war weiß. Wir blickten einander an in verwirrtem Schweigen, das durch den höhnischen Klang von Professor Summerlees verächtlichem Lachen unterbrochen wurde.

»Das ist ein offenes Zugeständnis«, rief er aus. »Was wollen Sie mehr? Dieser Bursche gesteht also selbst zu, daß er ein Schwindler ist. Es bleibt uns nichts anderes übrig, als heimzukehren und diesen unverschämten Betrüger zu entlarven.«

»Unsichtbare Tinte«, deutete ich an.

»Ich glaube nicht«, sagte Lord Roxton, indem er das Papier gegen das Licht hielt. »Nein, mein Lieber, wir brauchen uns nicht zu täuschen, dafür möchte ich meine Hand ins Feuer legen, daß auf diesem Papier niemals etwas geschrieben worden ist.«

»Darf ich hereinkommen?« dröhnte eine Stimme von der Veranda her.

Der Schatten einer untersetzten Figur schob sich durch die hellen Sonnenflecke. Diese Stimme! Diese riesigen Schultern! Mit einem Ausruf des Erstaunens sprangen wir auf, als Challenger, einen runden, kindlichen Strohhut mit einem farbigen Bande auf dem Kopfe – mit den Händen in den Rocktaschen und seine Segeltuchschuhe im Gehen zierlich aufsetzend –, in dem offenen Raum vor uns erschien. Er warf den Kopf zurück und stand vor uns in der hellen Sonnenglut mit seinem üppigen, an die alten Assyrer erinnernden Bart, mit all seiner angeborenen Unverschämtheit, die sich in seinen halbgesenkten Augenlidern und seinen unduldsamen Augen aussprach.

»Ich fürchte,« sagte er, indem er seine Uhr zog, »daß ich einige Minuten zu spät gekommen bin. Als ich Ihnen diesen Brief übergab, hatte ich nicht die Absicht, wie ich Ihnen bekennen muß, Sie den Brief öffnen zu lassen, denn ich war fest entschlossen, vor der festgesetzten Stunde zu Ihnen zu stoßen. Die unglückliche Verzögerung verdanke ich teils einem unwissenden Lotsen und teils einer etwas zudringlichen Sandbank. Ich fürchte, daß sie meinem Kollegen, Professor Summerlee, zu einigen Flüchen Anlaß gegeben hat.«

»Ich muß gestehen, Herr Professor,« sagte Lord John mit einem gewissen Ernst in der Stimme, »daß Ihr Erscheinen uns beträchtlich erleichtert. Denn ich hatte den Eindruck, daß unser Vorhaben bereits zu einem vorzeitigen Ende gekommen war. Auch sogar jetzt noch fällt es mir schwer, Ihr außerordentlich merkwürdiges Vorgehen zu verstehen.«

Statt zu antworten, trat Professor Challenger näher, schüttelte mir und Lord John die Hand, verbeugte sich in betont verletzender Weise vor Professor Summerlee und ließ sich in einen Korbstuhl fallen, der unter seinem Gewicht krachte und schwankte.

»Ist alles fertig für die Abreise?« fragte er.

»Es kann morgen früh losgehen.«

»Gut. Also morgen. Sie brauchen jetzt keine Orientierungskarten mehr, da Sie den unschätzbaren Vorteil meiner eigenen Führung haben werden. Von Anfang an war ich entschlossen, die Leitung Ihrer Expedition zu übernehmen. Auch die beste Karte würde, wie Sie mir gern zugeben werden, nur einen kläglichen Ersatz für meine eigene Intelligenz und meine Ratschläge bilden. Was die kleine List angeht, die ich Ihnen gegenüber mit diesem Brief angewendet habe, so erklärt sie sich daraus, daß ich, wenn ich Ihnen all meine Absichten mitgeteilt hätte, gezwungen gewesen wäre, mich dem unangenehmen Druck, mit Ihnen auszureisen, zu widersetzen.«

»Nicht von mir aus, Herr Kollege,« bemerkte Professor Summerlee herzlich, »solange es noch irgendein anderes Schiff auf dem Ozean gab.«

Challenger tat ihn mit einer geringschätzigen Bewegung seiner haarigen Hand ab.

»Ihr gesunder Menschenverstand wird, woran ich nicht zweifle, meinen Einwurf begründet finden und anerkennen, daß es besser war, wenn ich allein die Überfahrt machte und lediglich zu dem genauen Zeitpunkt, der meine Anwesenheit nötig machte, hier erschien. Der Augenblick ist jetzt gekommen. Sie sind in sicherer Hand. Sie können nicht mehr fehlgehen auf dem Wege zu Ihrer Bestimmung. Von jetzt an übernehme ich den Befehl über die Expedition, und ich muß Sie ersuchen, Ihre Vorbereitungen noch heute abend zum Abschluß zu bringen, so daß wir morgen, in der Frühe, in der Lage sind, aufzubrechen. Meine Zeit ist kostbar, und das wird auch ohne Zweifel, wenn auch im geringeren Grade, mit der Ihrigen der Fall sein. Ich schlage daher vor, daß wir unsere Reise so schnell wie möglich fortsetzen, bis ich Ihnen vorgeführt haben werde, was Sie sehen wollen.«

Lord John Roxton hatte eine große Barkasse, die »Esmeralda«, die uns den Fluß hinaufbringen sollte, gechartert. Was das Klima betrifft, so war die Zeit, die wir für unsere Expedition wählten, unwesentlich, denn die Temperatur bleibt im Sommer wie im Winter auf der Höhe zwischen 25 bis 33 Grad Celsius. Mit der Feuchtigkeit allerdings liegt die Sache anders; vom Dezember bis zum Mai dauert die Regenperiode, und während dieser Zeit steigt der Fluß langsam an, bis er eine Höhe von fast 40 Fuß über seinem tiefsten Stand erreicht. Er überflutet die Ufer, bildet große Lagunen, die sich über ein riesiges Gebiet, Gapo genannt, ausbreiten, das größtenteils zu sumpfig für Fußreisen ist und zu flach, um die Benutzung von Booten zuzulassen. Im Juni fängt das Wasser an zu fallen, der Tiefstand desselben wird im Oktober bis November erreicht. Unsere Expedition fiel also in die Trockenzeit, wenn der große Strom und seine Nebenflüsse sich im mehr oder weniger normalen Zustande befinden.

Die Geschwindigkeit des Stroms ist nur gering, da das Gefälle nicht mehr als acht Zoll auf die Meile beträgt. Kein Strom konnte geeigneter für Schiffahrt sein, da der vorherrschende Wind aus Südosten kommt, so daß Segelboote in beständiger Fahrt bis zur Grenze Perus gelangen können, während sie abwärts mit der Strömung fahren. Die ausgezeichnete Maschine der »Esmeralda« machte uns jedoch unabhängig von dem trägen Lauf der Wassermassen, und wir kamen so rasch vorwärts, wie auf stillstehendem Gewässer. Drei Tage lang dampften wir nach Nordwesten auf einem Strom, der so-

gar noch hier, fast 2000 Kilometer von der Mündung, so außerordentlich breit war, daß man die Ufer von der Mitte aus nur als dünne Linien am Horizont erkennen konnte. Am vierten Tage nach unserer Abfahrt von Manaos fuhren wir in einen Nebenfluß ein, der an seiner Mündung wenig schmaler als der Hauptstrom war. Er verengte sich indessen schnell, und nach weiterer zweitägiger Fahrt erreichten wir ein Indianerdorf, bei dem der Professor darauf bestand, zu landen und die »Esmeralda« wieder nach Manaos zurückzusenden. Wir würden bald an Stromschnellen gelangen, erklärte er, die die weitere Benutzung der Barkasse unmöglich machten. Vertraulich fügte er hinzu, daß wir uns nunmehr dem Eingang in das unbekannte Land näherten und daß es um so besser sein würde, je weniger Personen wir in das Geheimnis einweihten. Er ließ sich daher von jedem von uns das Ehrenwort geben, daß wir weder etwas veröffentlichen, noch auch sonst etwas sagen würden, was einen sicheren Anhaltspunkt über das Wo und Wohin unserer Reise geben könnte. Und auch die Hilfsmannschaften wurden feierlichst in diesem Sinne vereidigt. Aus diesem Grunde bin ich gezwungen, mich über den Schauplatz meiner Erzählung etwas unbestimmt auszudrücken, und ich möchte meine Leser nicht darüber im Unklaren lassen, daß das Verhältnis der von mir in irgendeiner Karte oder Zeichnung angegebenen Örtlichkeiten zueinander wohl genau ist, daß ich aber die Gesamtrichtung unserer Reiseroute geändert habe, so daß meine Angaben in keiner Weise als genauer Führer zu jenem Lande dienen können. Professor Challengers Gründe für die Geheimhaltung mögen berechtigt sein oder nicht, wir hatten jedenfalls keine andere Möglichkeit, als sie zu akzeptieren, denn er wäre sicher eher bereit gewesen, die ganze Expedition zu verlassen, als die Bedingungen, auf Grund welcher er uns führte, zu ändern.

Mit dem Abschied von der »Esmeralda« am 2. August hatten wir die letzte Verbindung mit der Außenwelt verloren. In den vier Tagen, die seitdem verflossen sind, haben wir von den Indianern zwei große Kanus, die aus so leichtem Material (Häute über ein Bambusgerippe gespannt) gebaut sind, daß wir sie um die Hindernisse im Strom herumtragen können, gekauft. Wir haben sie mit allen unseren Ausrüstungsgegenständen beladen und noch zwei weitere Indianer, die uns bei der Fahrt auf dem Fluß unterstützen sollten, angeworben. Ich bemerke, daß es dieselben beiden – Ataca und Ipetu waren ihre Namen – waren, die Professor Challenger bereits auf seiner früheren Reise begleitet hatten. Sie schienen bei dem Gedanken, diese Reise zu wiederholen, von Schreck erfüllt zu sein, da aber der Häuptling in diesen Gegenden patriarchalische Gewalt über seine Stammesmitglieder hat, so blieb diesen, wenn für ihn ein gutes Geschäft in Aussicht stand, keine Wahl. Und so brachen wir am nächsten Morgen auf zu unserer Fahrt ins Unbekannte. Diesen Bericht schicke ich stromabwärts durch ein Kanu, und es ist vielleicht das letzte Wort für alle, die an unserem Schicksal Anteil nehmen. Ich habe ihn, unserer Vereinbarung entsprechend, an Sie, verehrter Herr McArdle, gerichtet und überlasse es ganz Ihnen, ihn zu vernichten, zu ändern oder irgendwie sonst darüber zu verfügen. Nach dem Auftreten Professor Challengers – und trotz des andauernden Skeptizismus des Professors Summerlee – habe ich keinen Zweifel, daß unser Führer den Beweis für seine Behauptungen führen wird und daß wir tatsächlich am Vorabende höchst bedeutsamer Ereignisse stehen.

Achtes Kapitel

Die Vorposten der neuen Welt

Unsere Freunde in der Heimat mögen sich mit uns freuen, denn wir sind am Ziel und stehen kurz davor, den Beweis für die Richtigkeit der Behauptungen Professor Challengers zu liefern. Wir haben zwar das Plateau noch nicht erstiegen, aber es liegt vor uns, und sogar Professor Summerlee zeigt eine sanftere Stimmung. Nicht, daß er auch nur einen Augenblick zugeben würde, daß sein Rivale im Recht wäre, aber er ist weniger nachdrücklich in seinen unaufhörlichen Einwendungen und meistens versunken in schweigende Beobachtung. Ich muß indessen zurückgreifen und den Faden meiner Erzählung dort, wo ich ihn habe fallen lassen, wieder aufnehmen. Wir senden jetzt einen unserer Eingeborenen, der sich eine Verletzung zugezogen hat, zurück, und ich übergebe ihm diesen Brief zur Beförderung, wenn auch mit erheblichen Zweifeln, ob er jemals seine Adresse erreichen wird.

Als ich das letzte Mal schrieb, waren wir im Begriff, das indianische Dorf, wo uns die »Esmeralda« abgesetzt hatte, zu verlassen. Ich muß meinen weiteren Bericht mit einer unerfreulichen Mitteilung beginnen. Denn wir hatten heute abend einen ernsten persönlichen Vorfall, der leicht zu einem tragischen Ende hätte führen können (die unaufhörlichen Häkeleien zwischen den beiden Professoren übergehe ich). Ich habe unseren englisch sprechenden Mischling Gomez erwähnt, einen tüchtigen Arbeiter und fleißigen Menschen, aber behaftet, wie mir scheint, mit dem Laster der Neugierde, die offenbar das Allgemeingut dieser Art Menschen ist. Er schien sich gestern abend in der Nähe unseres Zeltes, in dem wir unsere Pläne diskutierten, versteckt zu haben und wurde von dem riesenhaften Neger Zambo, der ihn beobachtet hatte und der uns ebenso treu ist wie er, wie alle seiner Rasse, die Mischlinge haßt, aus seinem Versteck herausgeholt und vor uns gebracht. Gomez zückte sein Messer und hätte den Neger sicherlich niedergestoßen, wenn es diesem mit seinen enormen Kräften nicht gelungen wäre, ihn mit einer Hand zu entwaffnen. Die Sache lief aus mit Vorwürfen, die beiden Gegner wurden gezwungen, sich die Hand zu reichen, und man darf hoffen, daß alles wieder in Ordnung ist. Was die Fehden unserer beiden gelehrten Männer angeht, so wurden sie dauernd und mit Erbitterung fortgesetzt. Ich muß zugeben, daß Challenger im höchsten Grade herausfordernd ist, aber auch Summerlee hat eine scharfe Zunge, die das Verhältnis nicht besser macht. Gestern abend sagte Challenger, daß er niemals Interesse daran gehabt hätte, auf dem Themsekai spazierenzugehen, um zu dem Ort hinüberzuschauen, in dem so mancher das Ziel seiner Wünsche erblicke. Natürlich ist er innerlich fest davon überzeugt, daß er einst in der Westminster-Abtei ruhen wird. Summerlee antwortete jedoch mit einem sauertöpfischen Lächeln: soweit er wisse, wäre doch das Millbank-Gefängnis abgerissen. Challengers Eigendünkel ist viel zu kolossal, als daß er ihm erlaubte, sich durch diese Worte getroffen zu fühlen. Er lächelte nur in seinen Bart hinein und wiederholte: »So ist es, so ist es«, mit dem mitleidigen Ton, wie man ihn Kindern gegenüber gebraucht. In der Tat, sie sind beide Kinder – der eine vertrocknet und streitsüchtig, der andere gewaltsam und überheblich –, und doch jeder von ihnen mit einem Gehirn, das ihm einen Platz in den ersten Reihen seines wissenschaftlichen Zeitalters anweist.

Schon am nächsten Tage brachen wir tatsächlich auf zu unserer bedeutsamen Expedition. Alles, was wir besaßen, ließ sich sehr leicht in den beiden Kanus verstauen. Das Personal verteilten wir gleichmäßig, wobei wir nur die begreifliche Vorsicht gebrauchten, im Interesse des Friedens in jedem der beiden Boote je einen der Professoren unterzubringen. Ich persönlich war mit Challenger zusammen, den ein prächtiger Humor erfüllte und dessen ganzes Wesen stille Ekstase und strahlende Güte war. Ich habe ja allerdings bereits einige andere Erfahrungen mit ihm gemacht und würde mich nicht wundern, wenn plötzlich ein Gewittersturm den Sonnenschein unterbräche. Es ist unmöglich, sich in seiner Nähe behaglich zu fühlen, und ebenso unmöglich, sich bei ihm zu langweilen, denn man ist immer im Zustande erwartungsvoller Neugierde, welche Wendung sein erregbares Temperament nehmen wird.

Zwei Tage lang fuhren wir auf dem gut schiffbaren, einige hundert Meter breiten Strom, auf diesem dunkel gefärbten, aber meist bis auf den Grund durchscheinenden Wasser dahin. Die Hälfte der Nebenflüsse des Amazonenstroms ist von demselben Charakter, während die andere Hälfte ein weißliches und undurchsichtiges Wasser führt. Die dunkle Farbe rührt von pflanzlichen Verfallstoffen her, während die anderen Verunreinigungen ihren Ursprung in lehmigem Boden haben. Zweimal gelangten wir an Stromschnellen, und in jedem Fall mußten wir unser Besitztum etwa eine halbe Meile weit tragen, um sie zu umgehen. Der Urwald auf beiden Seiten war noch in seinem ursprünglichen Zustand, in dem er leichter zu durchschreiten ist, als wenn er mit Nachwuchs durchsetzt ist, so daß wir keine großen Schwierigkeiten beim Transport unserer Kanus hatten. Niemals werde ich die geheimnisvolle Feierlichkeit in seinem Innern vergessen. Die Höhe der Bäume, die Dicke der Stämme überschritt alles, was ich mir mit meiner an städtisches Leben gewohnten Seele jemals hätte vorstellen können. In prächtigen Säulen stiegen sie auf bis zu einer gewaltigen Höhe über uns, in der wir kaum die Stellen erkennen konnten, wo sich ihre Zweige zu gotischen Spitzbögen zusammenfügten und zu einer grünen Decke verflochten, durch die nur gelegentlich ein goldener Sonnenstrahl herniederschoß, um eine zitternde Lichtlinie inmitten der majestätischen Dunkelheit zu bilden. Als wir so geräuschlos auf dem dichten, weichen Teppich modernder Vegetation dahinschritten, legte sich ein Schweigen auf unsere Seele, wie es uns überkommt im Zwielicht eines Domes, und sogar Professor Challengers lautschallende Reden verwandelten sich in ein Flüstern. Wäre ich allein gewesen, ich hätte nicht gewußt, unter welchen riesenhaften Gewächsen ich wandelte, aber unsere Männer der Wissenschaft bezeichneten uns die Zedern, die großen Baumwollbäume, die Rotholzstämme und jene ganze Mischung der verschiedenen Pflanzen, die diesen Kontinent für das Menschengeschlecht zur Hauptquelle aller jener Gaben macht, die aus dem Pflanzenreich herrühren, während er in all solchen Produkten, die aus der Tierwelt stammen, außerordentlich hinter anderen zurücksteht. Leuchtende Orchideen und wundervoll gefärbte Flechten glommen auf den düsteren Stämmen, und wo ein wandernder Lichtstrahl auf goldene Allamandas, auf die scharlachroten Sternblüten der Taxonia oder das üppige Tiefblau der Ipomäa fiel, wurde der Traum aus einem Wunderland lebendig. In diesen weiten Wäldern strebt das Leben, das die Dunkelheit verabscheut, immer kämpfend zum Licht. Jede Pflanze, selbst die kleinste, steigt zur grünen Oberfläche empor, indem sie sich um stärkere und größere Brüder herumwindet. Riesenhaft und üppig sind die Schlinggewächse entwickelt. Aber auch solche, die man an anderen Orten nicht als Kletterpflanzen zu sehen gewohnt ist, lernen die Kunst, sich der dunklen Tiefe zu entziehen, so die gewöhnliche Nessel, der Jasmin und sogar die Jacitara-Palme umklammern die Zedernstämme und streben danach, deren Kronen zu erreichen. Kein animalisches Leben regte sich inmitten dieser gewölbten Bogengänge, die sich während unseres Marsches vor uns auftaten. Aber eine beständige Bewegung hoch über unseren Köpfen erzählte von jener unendlichen Welt von Schlangen und Affen, von Vögeln und Faultieren, die im Sonnenschein leben und mit Erstaunen auf unsere kleinen, dunklen, stolpernden Gestalten in der unermeßlichen dämmerigen Tiefe unter ihnen herniederblickten. Bei Sonnenauf- und -niedergang ertönte das vielstimmige Geheul der Brüllaffen und das schrille Geschnatter der Papageien, während in den heißen Stunden des

Tages nur das laute Summen der Insekten, ähnlich dem Geräusch einer entfernten Brandung, an unser Ohr schlug. Nichts regte sich sonst inmitten des düsteren Bildes der riesenhaften Stämme, die langsam in der uns umhüllenden Dunkelheit verschwanden. Einmal nur bewegte sich ein krummbeiniges schleichendes Tier, vielleicht ein Ameisenfresser oder ein Bär, schwerfällig durch das Dunkel. Es war die einzige Spur von tierischem Leben, die ich auf dem Boden dieses großen Urwaldes bemerkte.

Und doch hatten wir Anzeichen, daß selbst Menschen nicht weit von uns in dieser geheimnisvollen Abgeschiedenheit vorhanden waren. Am dritten Tage nach unserer Abfahrt vernahmen wir ein eigenartiges tiefes Klopfen aus der Ferne, das, rhythmisch und feierlich, dann und wann im Laufe des Vormittags ertönte und wieder aufhörte. Die beiden Boote paddelten wenige Meter voneinander entfernt, als wir das Geräusch zuerst vernahmen, und unsere Indianer verharrten in regungslosem Schweigen, als ob sie in Bronzestatuen verwandelt wären, mit dem Ausdruck des Schreckens auf den Gesichtern in die Ferne horchend.

»Was ist denn das?« fragte ich.

»Trommeln,« sagte Lord John in gleichgültigem Ton, »Kriegstrommeln, die kenne ich von früher her.«

»Ja, Herr, Kriegstrommeln«, sagte Gomez, der Mischling. »Wilde Indianer, Banditen, keine Ansässigen. Sie belauern uns auf unserem Wege, töten uns, wenn sie können.«

»Wie können die uns denn auflauern?« fragte ich, in die dunkle, regungslose Weite starrend.

Der Mischling zuckte die Achsel.

»Die Indianer wissen schon. Verstehen das. Beobachten uns. Reden die Trommelsprache miteinander, töten uns, wenn sie können.«

Am Nachmittag desselben Tages – mein Taschenbuch weist aus, daß es Donnerstag, der 18. August war – hörte man mindestens sechs oder sieben Trommeln aus verschiedenen Richtungen. Manchmal erklangen sie im lebhaften Tempo, manchmal langsam; zuweilen unterschied man klar Frage und Antwort. Eine weit im Osten rasselte plötzlich im hohen Stakkato, worauf nach einer Pause die Antwort in einem dumpfen Rollen aus dem Norden erfolgte. Dieses beständige Wirbeln hatte etwas unbeschreiblich Nervenerregendes und Drohendes an sich, das seinen Ausdruck sogar in dem endlos wiederholten Gemurmel der Mischlinge fand: »Wir werden euch töten, wenn wir können, wir werden euch töten, wenn wir können.« Nichts regte sich sonst in den schweigenden Wäldern. Der tiefe Friede und die besänftigende Ruhe der Natur lag in diesem dunklen Vorhang der Vegetation. Aber aus weiter Ferne hinter ihm tönte immer wieder die eine Botschaft unserer Mitmenschen herüber. »Wir werden euch töten, wenn wir können,« sagten die Menschen im Osten, »wir werden euch töten, wenn wir können«, sagten die Menschen im Norden.

Den ganzen Tag über dröhnten und ratterten die Trommeln, und ihre Drohungen spiegelten sich wider in den Gesichtern unserer farbigen Hilfsmannschaft. Sogar der verwegene, prahlerische Mischling schien entmutigt. Ich aber habe an diesem Tage ein für allemal festgestellt, daß unsere beiden Professoren, Summerlee und Challenger, jenen höchsten Typ des Mutes besaßen, der Darwin bei den Gauchos in Argentinien oder Wallace unter den malaiischen Kopfjägern aufrechterhielt. Eine gütige Natur hat es so eingerichtet, daß das menschliche Gehirn nicht an zwei Dinge gleichzeitig denken kann, so daß es, wenn es von wissenschaftlichem Interesse erfüllt ist, keinen Raum mehr für lediglich persönliche Rücksichten hat. Den ganzen Tag über haben unsere beiden Professoren während des unaufhörlichen und geheimnisvollen Dröhnens jeden fliegenden Vogel beobachtet und jeden Strauch am Ufer gemustert. Mit manchem scharfen Wortstreit, in dem das Knurren von Summerlee in rascher Folge mit dem tiefen Brummen Challengers abwechselte, aber ohne die Empfindung irgendeiner Gefahr, und nicht mehr Rücksicht auf die Trommel schlagenden Indianer nehmend, als wenn sie miteinander im Rauchzimmer des Royal Society Club in St. James' Street gesessen hätten. Nur einmal ließen sie sich herab, diesen Gegenstand zu diskutieren.

»Miranha- oder Amajuaca-Kannibalen«, sagte Challenger, mit dem rückwärts gewendeten Daumen auf den vom Trommeln widerhallenden Wald weisend.

»Kein Zweifel, Herr Kollege«, antwortete Summerlee. »Ich nehme an, daß sie wie diese ganzen

Stämme eine polysynthetische Sprache haben und von mongolischem Typus sind.«

»Polysynthetisch sicherlich«, sagte Challenger mit Nachsicht. »Ich wußte nicht, daß irgendein anderer Typus der Sprache auf diesem Kontinent vorkommt, und ich habe Aufzeichnungen von mehr als hundert von ihnen. Die Mongolentheorie betrachte ich allerdings mit tiefem Argwohn.«

»Ich sollte meinen, daß sogar eine begrenzte Kenntnis der vergleichenden Anatomie sie bestätigen könnte«, sagt« Summerlee gereizt.

Challenger schob das aggressive Kinn vor, bis er nur noch Bart und Hutkrempe war. »Kein Zweifel, Herr, eine begrenzte Kenntnis würde diese Wirkung haben. Erschöpfende Kenntnisse würden allerdings zu anderen Schlußfolgerungen führen.« Sie funkelten einander in gegenseitiger Verachtung an, während es um uns herum in weiter Ferne tönte: »Wir werden euch töten, wenn wir können, wir werden euch töten, wenn wir können.«

In dieser Nacht verankerten wir unsere Kanus mit schweren Steinen in der Mitte des Stroms und trafen Vorbereitungen für einen eventuellen Angriff. Es ereignete sich jedoch nichts, und in der Frühe setzten wir unseren Weg fort, während sich das Trommeln hinter uns verlor. Um drei Uhr nachmittags kamen wir an eine ziemlich große Stromschnelle, die mehr als eine Meile lang war – dieselbe, in der Professor Challenger auf seiner ersten Reise das Bootsunglück zugestoßen war. Ich muß gestehen, daß ihr Anblick mir eine Genugtuung bereitete, denn es war das erste direkte Zeugnis, so unbedeutend es auch sein mochte, von der Wahrheit seines Berichts. Die Indianer trugen zuerst unsere Boote und dann unsere Vorräte durch den Busch, der an dieser Stelle sehr dicht ist, während wir vier Weißen, die Gewehre auf den Schultern, zum Schutze gegen eine eventuell vom Walde herkommende Gefahr, neben ihnen hinschritten. Wir hatten die Stromschnelle vor Einbruch der Dunkelheit passiert und ruderten oberhalb derselben noch etwa zehn Meilen, um dann für die Nacht Anker zu werfen. Ich rechnete, daß wir an dieser Stelle etwa 180 Kilometer weit auf dem Nebenfluß vorgedrungen waren.

Es war in der Frühe des nächsten Morgens, als wir zu unserem entscheidenden Weg aufbrachen. Seit Sonnenaufgang war Professor Challenger auf-

fallend unruhig und musterte beständig mit prüfendem Blick beide Ufer. Plötzlich stieß er einen Ausruf der Befriedigung aus und wies auf einen einzelnen Baum hin, der schräg über die eine Seite des Stroms hervorragte.

»Wofür halten Sie das?« fragte er.

»Das ist sicherlich eine Assaipalme«, sagte Summerlee.

»Richtig. Es war eine Assaipalme, die ich als Landmarke gewählt hatte. Der geheime Eingang ist eine halbe Meile oberhalb derselben auf der anderen Seite des Stroms. Es ist da keine Lücke zwischen den Bäumen. Das ist das Wunder und das Geheimnis des Eingangs. Dort, wo Sie die hellgrünen Sträucher statt des dunkelgrünen Unterholzes sehen, dort zwischen den großen Baumwollbäumen ist mein eigenes Eingangstor in das Unbekannte. Also vorwärts. Sie werden es bald sehen.«

Es war in der Tat ein wunderbarer Ort. Als wir die Stelle, die durch eine Reihe hellgrüner Sträucher bezeichnet wurde, erreicht hatten, stießen wir unsere beiden Kanus mit dem Bootshaken einige hundert Meter hindurch und gelangten schließlich in einen ruhigen und flachen Flußlauf, dessen klares und durchscheinendes Wasser über einen sandigen Grund hinfloß. Er mochte etwa 20 Meter breit sein, und seine Ufer waren auf beiden Seiten mit üppiger Vegetation bedeckt. Wohl niemand, der nicht bemerkt hatte, daß auf einer kurzen Strecke Schilf an die Stelle von Buschwerk getreten war, hätte die Existenz dieses Flußlaufes ahnen können oder sich das Vorhandensein des vor uns liegenden Wunderlandes träumen lassen.

Denn ein Wunderland war es. Das Wunderbarste, was die Phantasie sich vorstellen konnte. Die dichte Vegetation schloß sich über uns zusammen zu einer natürlichen Pergola, und durch diesen grünen Tunnel floß der grüne, durchsichtige Fluß in goldenem Zwielicht dahin. Schön in sich selbst, aber bezaubernd durch die seltsamen Farben, die das zitternde Licht von oben im malerischen Wechsel über ihn ausgoß. Klar wie Kristall, regungslos wie eine Glasscheibe, grün wie die Ränder eines Eisberges, erstreckte er sich vor uns unter dem grünen Bogengang, während jeder Schlag unserer Ruder tausend gekräuselte Wellchen auf seiner glänzenden Oberfläche hervorrief. Es war die richtige Straße in ein

Wunderland. Alle Anzeichen von Indianern waren verschwunden, aber das tierische Leben war zahlreicher, und die Zahmheit aller Geschöpfe zeigte, daß sie nichts von einem Jäger wußten. Drollige, kleine, schwarzsamtne Äffchen mit schneeweißen Zähnen und glänzenden, höhnischen Augen schnatterten während der Fahrt zu uns herunter. Mit einem plumpen, schweren Aufklatschen warf sich zuweilen ein Kaiman vom Ufer ins Wasser. Einmal starrte ein dunkelfarbiger, plumper Tapir aus einer Lücke im Gebüsch zu uns herüber und trottete dann in den Wald zurück. Einmal auch strich die gelbe, gebogene Form eines großen Pumas durch das Unterholz, und seine grünen, tückischen Augen glänzten haßvoll über seine gefleckte Schulter zu uns hinüber. Reich war das Vogelleben, insbesondere bemerkten wir Scharen von Watvögeln, Störchen, Reihern und Ibissen in blauen, scharlachroten und weißen Farben trauf jedem vorspringenden Teil des Ufers, während das kristallklare Wasser unter uns von Fischen jeder Form und Farbe wimmelte.

Drei Tage lang ruderten wir in diesem Tunnel mit seinem gedämpften grünen Schein dahin. Auf weitere Entfernung hätte man kaum sagen können, wo das grüne Wasser aufhörte und der grüne darüber geschwungene Bogen anfing. Kein Zeichen eines Menschen störte den tiefen Frieden dieses seltsamen Wasserweges.

»Keine Indianer mehr. Zu viel Furcht. Curipuri«, sagte Gomez.

»Curipuri ist der Geist der Wälder«, erklärte Lord John. »Das ist der Name für alles, was teuflisch ist. Die armen Kerle denken, daß sich in dieser Richtung irgend etwas Fürchterliches befindet, und vermeiden deswegen die Gegend.«

Am dritten Tage wurde es klar, daß unsere Reise auf den Booten nicht länger fortgesetzt werden konnte, denn der Strom wurde in rasch zunehmendem Maße flacher. Mindestens zweimal gerieten wir innerhalb einer Stunde auf Grund. Schließlich ruderten wir die Boote bis ins Unterholz am Ufer und verbrachten die Nacht am Lande. Am nächsten Morgen gingen Lord John und ich einige Meilen allein durch den Wald, wobei wir aber dauernd in der Nähe des Flusses blieben. Aber da dieser immer flacher wurde, kehrten wir zurück und bestätigten, was Professor Challenger bereits vermutet hatte, daß wir

den höchsten Punkt, bis zu dem man mit Kanus kommen konnte, erreicht hatten. Wir zogen sie infolgedessen aufs Ufer, verbargen sie im Gebüsch und kennzeichneten einen Baum mit der Axt, um sie wieder finden zu können. Dann verteilten wir die Lasten unter uns – Gewehre, Munition, Lebensmittel, ein Zelt, Decken und das übrige – und setzten, nachdem jeder sich mit seinem Teil beladen hatte, unseren nunmehr etwas mühsamer werdenden Weg fort.

Ein unglücklicher Streit zwischen unseren beiden reizbaren Geistern bezeichnet den Anfang dieses neuen Reiseabschnittes. Challenger hatte von dem Augenblicke seiner Ankunft an der ganzen Expedition Anweisungen gegeben, und zwar sehr zum Mißbehagen Summerlees. Jetzt kam die Sache anläßlich eines diesem gegebenen Auftrages (es handelte sich darum, einen Aneroid-Barometer zu tragen) unvermittelt zum Austrag.

»Darf ich Sie fragen, Herr,« sagte Summerlee mit unheimlicher Ruhe, »in welcher Eigenschaft Sie sich herausnehmen, diese Befehle zu erteilen?«

Challenger richtete sich mit wutblitzenden Augen auf. »Ich tue das, Professor Summerlee, als Leiter dieser Expedition.«

»Und ich muß Ihnen sagen, Herr, daß ich Sie in dieser Eigenschaft nicht anerkenne.«

»Ach, wirklich?« Challenger verbeugte sich spöttisch. »Vielleicht haben Sie die Freundlichkeit, meine Stellung etwas genauer zu umreißen.«

»Jawohl, Herr. Sie sind ein Mann, dessen Glaubwürdigkeit der Nachprüfung unterliegt. Und dieser Ausschuß ist hergekommen, um die Prüfung vorzunehmen. Sie sind auf dem Wege mit Ihren Richtern, Herr!«

»Ach, du lieber Gott!« sagte Challenger, seitwärts auf einem der Kanus Platz nehmend. »In diesem Falle werden Sie natürlich Ihre eigenen Wege gehen, und ich werde Ihnen folgen, wie es mir paßt. Wenn ich nicht der Führer bin, können Sie auch nicht erwarten, mich zu führen.«

Dem Himmel sei Dank, daß es noch zwei normale Menschen – Lord John Roxton und mich – gab, die es verhinderten, daß wir infolge der Launenhaftigkeit und Tollheit unserer gelehrten Professoren mit leeren Händen nach London zurückkehrten. Welch ein Hin- und Herreden, Bitten und Erklären, bevor es uns gelang, die beiden zu besänftigen! Schließlich ließ sich Summerlee mit seinem höhnischen Lächeln und seiner Pfeife doch bewegen, weiter zu marschieren, und Challenger kam grollend und schimpfend hinterher. Ein glücklicher Zufall wollte es, daß wir in dieser Stunde die Entdeckung machten, daß unsere beiden Gelehrten eine recht geringe Meinung von Dr. Illingworth in Edinburgh hatten. Das war von jetzt an unsere Rettung. Jede gefährliche Situation wurde behoben, sobald wir den Namen dieses schottischen Zoologen erwähnten, da unsere beiden Professoren dann sofort in ihrer Verachtung und Mißbilligung des gemeinsamen Rivalen ein zeitweiliges Bündnis schlossen. In einer Linie am Ufer entlang marschierend, stellten wir bald fest, daß der Fluß sich immer mehr verengte und sich schließlich in einem großen, grünen Sumpf, voll von schwammigem Moos verlor, in das wir bis zu den Knien versanken. Die Gegend wimmelte von Moskitos und anderen Insekten. Wir waren daher froh, als wir endlich wieder festen Grund unter den Füßen fühlten, so daß wir einen Bogen um den verseuchten Sumpf machen konnten, dessen reiches Insektenleben aus der Ferne wie eine Orgel zu uns herüberdröhnte.

Zwei Tage, nachdem wir unsere Boote verlassen hatten, fanden wir den ganzen Charakter der Landschaft verändert. Unser Weg führte beständig aufwärts, und während des Aufstiegs wurde der Wald immer lichter und verlor seine tropische Üppigkeit. Die riesigen Bäume des Alluvialbodens in den Ebenen am Amazonenstrom wichen den Phönix- und Kokospalmen, die in einzelnen, mit dichtem Unterholz durchsetzten Gruppen zusammenstanden. In den feuchten Senkungen breitete die Mauritiapalme ihre zierlich herabhängenden Wedel aus. Wir konnten uns nur mit Hilfe des Kompasses orientieren, und ein- oder zweimal gab es Differenzen in der Auffassung zwischen Challenger und den beiden Indianern, bei welchen Gelegenheiten, um die unwilligen Worte des Professors zu zitieren, die ganze Expedition sich einig war, »den trügerischen Instinkten unentwickelter Wilden mehr zu vertrauen als dem höchsten Produkt moderner europäischer Kultur«. Daß wir aber recht hatten, so zu verfahren, zeigte sich am dritten Tage, als Challenger zugeben mußte, daß er verschiedene Merkzeichen von seiner früheren Reise her wiedererkannte. An einer Stelle stießen wir tatsächlich auf feuergeschwärzte Steine, aus denen man sicher auf einen Lagerplatz schließen konnte.

Der Weg stieg immer noch an, und wir durchquerten in den nächsten zwei Tagen einen mit Steinen bedeckten Abhang. Die Vegetation hatte wieder einen anderen Charakter angenommen, und nur die Pflanzen-Elfenbein-Palme blieb uns treu. Daneben eine große Mischung wunderbarer Orchideen, unter denen ich die seltene Nuttonia vexillaria, und die herrlichen kirsch- und scharlachroten Blüten der Cattleya und des Odontoglossums kennen lernte. Einige Bäche mit kieselbedecktem Grund und farngeschmückten Ufern rieselten die flachen Schluchten des Berges hinunter. Die Ufer ihrer mit Felstrümmern besäten Ausbuchtungen boten uns jeden Abend geeignete Stellen für unser Nachtlager und zugleich die Gelegenheit, eine Unmenge von kleinen, blaurückigen Fischen, die in Größe und Form unserer Forelle ähnelten, für ein wohlschmeckendes Abendessen zu fangen.

Am neunten Tage unseres Marsches, als wir nach meiner Rechnung etwa 200 Kilometer gemacht hatten, ließen wir die Bäume hinter uns, die immer kleiner wurden, bis sie zuletzt sich in Buschwerk verwandelten. An ihre Stelle trat ein riesiges Bambusdickicht, durch das wir uns unseren Weg mit den Haumessern der Indianer schlagen mußten. Wir brauchten einen ganzen Tag von sieben Uhr morgens bis acht Uhr abends mit nur zwei Unterbrechungen von je einer Stunde, um dies Hindernis zu überwinden. Etwas Einförmigeres und Ermüdenderes als dieser Marsch ist nicht denkbar, denn sogar an den etwas gelichteten Stellen konnte ich nicht weiter als etwa zehn Meter sehen, während mein Blick sonst meistens vor mir durch die Rückseite der Baumwolljacke Lord Johns und an den Seiten durch zwei gelbe Mauern, die etwa einen Fuß von mir entfernt waren, begrenzt wurde. Von oben fiel ein schmaler Streifen von Sonnenlicht hernieder, und fünfzehn Fuß über unseren Köpfen sahen wir die Spitzen der Bambusstämme gegen den tiefblauen Himmel schwanken. Ich weiß nicht, was für eine Art von Lebewesen ein solches Dickicht bewohnt, aber mehrmals vernahmen wir ganz in unserer Nähe das Plumpsen großer, schwerer Tiere. Aus ihren Stimmen schloß Lord John auf eine Art wilden

Horntiers. Gerade als die Nacht hereinbrach, hatten wir den Bambusgürtel durchquert und, erschöpft von der unendlichen Tagesmühe, schlugen wir unser Lager auf.

Am nächsten Morgen waren wir bereits früh wieder auf und fanden, daß der Charakter der Landschaft sich wiederum verändert hatte. Hinter uns stand die Bambusmauer so scharf gezeichnet, als ob sie einen Flußlauf begleitete. Vor uns befand sich eine leicht ansteigende offene Ebene, die mit Gruppen von Farnbäumen bedeckt war und in einer walfischrückenartigen Erhebung endete. Diese erreichten wir mittags, um auf der anderen Seite ein flaches Tal zu entdecken, das wiederum zu einer kleinen, uns einen Rundblick gewährenden Anhöhe anstieg. An dieser Stelle ereignete sich ein Vorfall, dem man je nach der Auffassung eine gewisse Bedeutung beimessen kann.

Professor Challenger, der mit den beiden eingeborenen Indianern den Vortrupp bildete, blieb plötzlich stehen und wies mit der Hand aufgeregt nach rechts. Dorthin blickend, sahen wir in der Entfernung von etwa zwei Kilometern etwas, was wie ein riesenhafter grauer Vogel aussah, mit langsamem Flügelschlag vom Boden aufsteigen und dann ruhig abstreichen, indem es sehr tief und in gerader Richtung fortflog, bis es sich zwischen den Farnbäumen verlor.

»Haben Sie es gesehen?« schrie Challenger frohlockend. »Summerlee, haben Sie das gesehen?«

Sein Kollege starrte nach der Stelle, an der das Tier verschwunden war. »Was glauben Sie, was es war?« fragte er.

»Allem Anscheine nach ein Pterodactylus.«

Summerlee brach in ein höhnisches Gelächter aus. »Ein Pterononsens«, sagte er. »Das war ein Storch, oder ich habe niemals einen Storch gesehen.«

Challenger war zu wütend, um etwas zu erwidern. Er schwang sich seine Last wieder auf den Rücken und setzte seinen Marsch fort. Lord John allerdings, der an meine Seite kam, war ernster, als man es sonst bei ihm zu sehen gewohnt war. Er hatte sein Zeißglas in der Hand.

»Ich habe es scharf gesehen, bevor es über die Bäume hinwegglitt«, sagte er. »Ich möchte es nicht wagen zu sagen, was es war. Aber dafür kann ich meinen Kopf auf den Block legen, daß es keiner von den Vögeln gewesen ist, die ich je in meinem Leben gesehen habe.«

So stehen die Dinge jetzt. Befinden wir uns tatsächlich hier am Rande des Unbekannten? Und stoßen wir hier auf die Vorposten der verlorenen Welt, von denen unser Führer spricht? Ich gebe den Vorfall hier wieder, wie er sich ereignet hat, so daß Sie genau soviel wissen wie ich. Er steht allein; denn wir sahen nichts weiter, was bemerkenswert hätte sein können.

Und nun, meine Leser (wenn ich überhaupt welche habe), habe ich Sie den breiten Strom hinaufgeführt, durch den Schilfgürtel, den grünen Tunnel entlang, über den palmenbestandenen Abhang, durch das Bambusdickicht und über die Ebene mit den Farnbäumen. Und jetzt liegt das Ziel unserer Bestimmung klar vor uns. Als wir den zweiten Erdwall überschritten, erblickten wir vor uns eine unregelmäßige, palmenbedeckte Ebene und dann jene Reihe von roten Felswänden, die ich auf dem Bilde gesehen hatte. Dort liegt sie, während ich hier schreibe, und es kann kein Zweifel sein, daß es dieselbe ist. Ihr nächster Punkt ist vielleicht 15 Kilometer von unserem jetzigen Lager entfernt, und sie erstreckt sich in einem Bogen so weit, wie ich sehen kann. Challenger stolziert umher wie ein prämiierter Pfau, und Summerlee ist schweigsam, wenn auch immer noch skeptisch. Einer der nächsten Tage sollte bereits einige unserer Zweifel beheben. Inzwischen hatte José, dessen Arm durchbohrt war, darauf bestanden, zurückzukehren. Ich übergebe ihm diesen Brief und hoffe nur, daß er schließlich seine Adresse erreichen wird. Ich werde weiter berichten, sobald ich dazu Gelegenheit habe. Ich habe dem Brief eine rohe Karte unseres Reiseweges, die vielleicht geeignet ist, das Verständnis meines Berichts zu erleichtern, beigeschlossen.

Neuntes Kapitel

Wer hätte das voraussehen können?

Ein furchtbares Verhängnis ist über uns hereingebrochen. Wer hätte das voraussehen können? Ich sehe kein Ende unserer aufregenden Erlebnisse. Vielleicht sind wir verurteilt, unser ganzes Leben an diesem seltsamen, unzugänglichen Ort zuzubringen. Ich bin noch so betäubt, daß ich die gegenwärtigen Vorgänge kaum verstehe, viel weniger noch die Aussichten, die uns die Zukunft bietet. Die Gegenwart erfüllt meinen verwirrten Sinn mit tiefstem Schrecken, und die Zukunft erscheint mir dunkel wie die Nacht.

Niemals haben sich Menschen in einer schlimmeren Lage befunden, und es gibt kein Mittel, Euch genaue geographische Angaben über unseren Aufenthaltsort zukommen zu lassen und unsere Freunde zu einer Ersatzexpedition aufzurufen. Und selbst wenn die Absendung einer solchen möglich wäre, so würde unser Schicksal aller menschlichen Wahrscheinlichkeit nach längst entschieden sein, bevor sie in Südamerika eintreffen könnte.

Wir sind in Wahrheit so weit von jeder menschlichen Hilfe entfernt, als säßen wir auf dem Monde. Wenn es uns gelingt durchzukommen, so werden wir es allein unseren eigenen Kräften zu verdanken haben. Ich habe drei hervorragende Männer zu Gefährten, Männer von großer Intelligenz und unerschütterlichem Mut. Darin liegt unsere einzige Hoffnung. Nur wenn ich die ruhigen Gesichter meiner Kameraden sehe, steigt ein Schimmer von Hoffnung in dem Dunkel vor mir auf. Äußerlich, glaube ich, mache ich einen ebenso gefaßten Eindruck wie sie, innerlich aber erfüllt mich die allergrößte Besorgnis.

Ich will jetzt, so genau wie ich es kann, in meiner Schilderung der Ereignisse, die uns bis zu dieser Katastrophe geführt haben, fortfahren.

Als ich meinen letzten Brief beendete, stellte ich fest, daß wir 15 Kilometer von einer riesigen, rötlichen Felsmauer entfernt waren, die ohne Zweifel jenes Plateau, von dem Professor Challenger sprach, wie eine hohe Mauer umgibt. Als wir uns ihr näher-

ten, schien mir ihre Höhe an einigen Stellen größer zu sein, als er behauptet hatte – erreichte sie doch teilweise mindestens tausend Fuß –, und die Felsen waren sonderbar geriefelt in einer Art, die, wie ich glaube, charakteristisch für basaltische Erhebungen ist. Etwas Ähnliches kann man in den Salisbury Crags bei Edinburgh sehen. Der Gipfel war allem Anschein nach von einer üppigen Vegetation bedeckt, die nahe dem Rand aus Sträuchern und weiter zurück aus vielen hohen Bäumen bestand. Anzeichen von irgendwelchem Leben konnten nicht beobachtet werden.

In jener Nacht schlugen wir unser Lager zu Füßen der Felswand auf – es war ein wüster und einsamer Ort. Die Felsen über uns waren nicht nur steil, sondern am oberen Rande sogar nach auswärts gebogen, so daß ein Aufstieg nicht in Frage kam. Nahe bei uns befand sich eine hohe, dünne Felsspitze, die ich, wenn ich mich recht erinnere, schon früher erwähnt habe. Sie ähnelt einem dicken, roten Kirchturm, dessen oberes Ende in gleicher Höhe mit dem Plateau liegt, nur daß sie durch eine große Kluft von ihm getrennt ist. Auf ihrer Spitze steht ein hoher Baum. Sowohl das Plateau an dieser Stelle wie auch diese Felsennadel waren verhältnismäßig niedrig, etwa fünf- oder sechshundert Fuß hoch, denke ich.

»Es war da oben«, sagte Professor Challenger, nach dem Baum zeigend, »wo ich den Pterodactylus sah. Ich hatte den Felsen bis zur Hälfte erklommen, bevor ich ihn herunterschoß. Ich sollte glauben, daß ein guter Bergsteiger wie ich bis zur Höhe gelangen könnte, obgleich er natürlich dem Plateau dann auch nicht näher gekommen sein würde.«

Als Challenger von seinem Pterodactylus sprach, blickte ich zu Professor Summerlee hinüber, und zum erstenmal glaubte ich auf seinem Gesicht Zeichen eines aufdämmernden Glaubens und von Reue zu bemerken. Seine dünnen Lippen lächelten nicht mehr höhnisch, sondern in seinen Augen lag der Ausdruck der Erregung und des Erstaunens. Challenger bemerkte es ebenfalls und genoß den Vorgeschmack seines Sieges.

»Natürlich,« sagte er mit grobem und betontem Spott, »glaubt Professor Summerlee, daß ich, wenn ich vom Pterodactylus spreche, einen Storch meine – nur ist das eine Art von Storch, die keine Federn hat, sondern eine lederartige Haut, ebensolche Flügel und Zähne in den Kiefern.« Er grinste und verbeugte sich mit blinzelnden Augen vor seinem Kollegen, bis dieser sich umdrehte und wegging.

Morgens, nach einem frugalen Frühstück, das aus Kaffee und Maniok bestand – wir mußten haushälterisch mit unseren Vorräten umgehen –, hielten wir einen Kriegsrat über die zweckmäßige Methode zur Besteigung des Plateaus.

Challenger führte hierbei den Vorsitz mit einer Feierlichkeit, als wäre er der Lord-Oberrichter. Stellen Sie sich ihn vor, wie er auf einem Felsblock vor uns saß, seinen lächerlichen Strohhut nach hinten geschoben, und uns mit seinen herrschsüchtigen Augen unter seinen halbgesenkten Lidern ansah, während sein großer, schwarzer Bart hin und her wackelte, als er uns unsere gegenwärtige Lage und die zu treffenden Maßnahmen auseinandersetzte.

Vor ihm saßen zunächst die drei übrigen Weißen: Ich selbst, sonnenverbrannt, jung und beweglich infolge unseres Aufenthalts in der frischen Luft, Summerlee ernst, aber immer noch kritisch, mit seiner ewigen Pfeife, Lord John scharf wie die Schneide eines Rasiermessers, seine elastische, lebhafte Gestalt auf sein Gewehr gestützt, und die Adleraugen eifrig auf den Sprechenden gerichtet. Hinter uns gruppierten sich die beiden dunkelhaarigen Mischlinge und die kleine Schar von Indianern, während sich vor uns und über uns die riesigen roten Felswände, die uns von unserem Ziel trennten, auftürmten.

»Ich brauche nicht zu sagen,« erklärte unser Führer, »daß ich gelegentlich meiner letzten Reise kein Mittel unversucht gelassen habe, das Plateau zu erklimmen, und ich glaube nicht, daß irgendein anderer das erreichen wird, was mir nicht gelungen ist. Denn ich verstehe mich etwas aufs Bergsteigen. Ich hatte damals keinerlei für solche Zwecke nötigen Hilfsmittel bei mir, bin aber so vorsichtig gewesen, sie diesmal mitzubringen. Mit ihrer Hilfe halte ich es bestimmt für möglich, bis zur Spitze dieses freistehenden Felsens zu gelangen. Die Ersteigung des Plateaus ist freilich, soweit die Wände nach außen überhängen, ein vergebliches Bemühen. Ich mußte mich bei meinem letzten Hiersein infolge Eintritts der Regenperiode und der Erschöpfung meiner Vorräte allzusehr beeilen. Diese Rücksichten beschränkten meine Zeit, so daß es mir nur möglich

war, etwa sechs Meilen der Felswände in östlicher Richtung von hier abzusuchen, ohne daß es mir gelang, einen Weg nach oben ausfindig zu machen. Was sollen wir also jetzt tun?«

»Es scheint nur einen vernünftigen Ausweg zu geben«, sagte Professor Summerlee. »Wenn Sie den Osten erforscht haben, müßten wir am Fuße der Bergwand nach Westen zu marschieren, um nach einer geeigneten Stelle für den Aufstieg zu suchen.«

»So ist es«, sagte Lord John. »Alle Wahrscheinlichkeit spricht dafür, daß dieses Plateau keine große Ausdehnung hat. Wir werden also um dasselbe herumgehen und entweder einen brauchbaren Weg nach oben finden oder zu unserem Ausgangspunkt zurückkehren.«

»Ich habe unserem jungen Freund hier bereits auseinandergesetzt,« sagte Professor Challenger (er sprach von mir immer nur, als ob ich ein Schuljunge von zehn Jahren wäre), »daß es ganz unmöglich ist, hier irgendwo einen zum Aufstieg geeigneten Weg zu finden, und zwar aus dem einfachen Grunde, daß das Plateau dann nicht isoliert wäre und jene Bedingungen, die die eigenartige Aufhebung der allgemeinen Naturgesetze veranlaßt haben, nicht zustande gekommen wären. Die Möglichkeit ist aber durchaus zuzugeben, daß es Stellen gibt, wo ein geschickter Kletterer die Höhe erreichen kann, ohne daß ein großes und schweres Tier in der Lage wäre, einen Abstieg zu unternehmen. Es ist sogar sicher, daß es irgendeine Stelle gibt, wo der Aufstieg möglich ist.«

»Woher wissen Sie das, Herr?« fragte Summerlee scharf.

»Weil mein Vorgänger, der Amerikaner Maple White, tatsächlich einen solchen Aufstieg gemacht hat. Wie könnte er sonst das Ungeheuer, das er in seinem Skizzenbuch gezeichnet hat, gesehen haben?«

»In diesem Falle eilt Ihre Begründung den bewiesenen Tatsachen etwas voraus«, sagte der halsstarrige Summerlee. »Ich glaube an das Vorhandensein des Plateaus, weil ich es gesehen habe, aber davon, daß es irgendeine Spur von Leben aufweist, habe ich mich noch nicht überzeugen können.«

»Woran Sie glauben, Herr, oder woran Sie nicht glauben, ist tatsächlich von außerordentlich geringer

Bedeutung. Ich stelle mit Vergnügen fest, daß sich Ihrer Einsicht wenigstens das Vorhandensein des Plateaus nicht verschlossen hat.« Er blickte hinauf und sprang dann zu unserem Erstaunen von seinem Felsblock herunter, ergriff Summerlee mit der einen Hand im Nacken und schob ihm mit der anderen Hand den Kopf nach hinten. »Nun, Herr,« donnerte er, heiser vor Aufregung, »soll ich Ihnen behilflich sein festzustellen, daß das Plateau tierisches Leben aufweist?«

Ich sagte bereits, daß der Rand der Klippe von einem dicken Kranz überhängenden Grüns bedeckt war. Aus dieser grünen Linie war plötzlich ein schwarzes, glänzendes Wesen hervorgetreten. Als es langsam herauskam und über den Abgrund blickte, sahen wir, daß es eine sehr große Schlange mit einem eigenartig flachen, spatenförmigen Kopf war. Es schwankte und bebte für die Dauer einer Minute über uns, und die Morgensonne glänzte auf den glatten Windungen seines Körpers. Dann zog es sich langsam wieder ins Innere zurück und verschwand.

Summerlee war von dem Anblick so benommen, daß er ruhig stillhielt, als Challenger sein Gesicht nach oben gebogen hatte. Jetzt aber stieß er seinen Kollegen zurück und nahm seine würdige Haltung wieder ein.

»Es würde mir lieb sein, Professor Challenger,« sagte er, »wenn Sie Ihre Einfälle kundgeben würden, ohne mich am Kinn zu packen. Sogar das Erscheinen einer ganz gewöhnlichen Felsen-Pythonschlange scheint mir eine solche Freiheit des Benehmens nicht zu rechtfertigen.«

»Gleichwohl gibt es tierisches Leben auf dem Plateau«, erwiderte sein Kollege triumphierend. »Und nun, nachdem diese wichtige Tatsache in einer Weise erwiesen wurde, die jedermann, möge er noch so voreingenommen oder dumm sein, genügen kann, bin ich der Meinung, daß wir nicht besser handeln können, als unser Lager abzubrechen und nach Westen zu marschieren, bis wir die Möglichkeit eines Aufstiegs sehen.«

Der Boden am Fuße der Felsen war steinig und uneben, so daß der Vormarsch nur langsam und unter Schwierigkeiten vonstatten ging. Plötzlich stießen wir indessen auf etwas, was unsere Herzen entzückte. Es war die Stelle eines alten Lagers mit verschiedenen leeren Chikagoer Konservenbüchsen, einer Flasche mit der Aufschrift »Brandy«, einem zerbrochenen Dosenöffner und einer Reihe anderer Gegenstände, wie sie Reisende zurückzulassen pflegen. Eine zerknüllte und zerfetzte Zeitung erwies sich als eine Nummer des »Chicagoer Democrat«, deren Datum allerdings verwischt war. »Das ist nicht meine,« sagte Challenger, »sie muß Maple White gehört haben.«

Lord John untersuchte interessiert einen großen Farnbaum, der die Lagerstätte beschattete. »Sehen Sie doch hier,« sagte er, »ich sollte meinen, das ist ein Wegweiser.«

Ein Holzsplitter war so an den Stamm genagelt, daß er nach Westen zeigte.

»Höchstwahrscheinlich ein Wegweiser«, sagte Challenger. »Oder was sonst? Unser Pionier hat, als er die Entdeckung machte, sich verirrt zu haben, dieses Zeichen hinterlassen, um irgendeiner ihm folgenden Expedition den von ihm eingeschlagenen Weg anzudeuten. Vielleicht stoßen wir auf unserem weiteren Marsch noch auf andere Hinweise.«

Und solche fanden wir in der Tat, aber sie waren von einer schrecklichen und völlig unerwarteten Art. Unmittelbar zu Füßen der Felswand befand sich eine ausgedehnte, mit hohem Bambus bewachsene Stelle, wie wir sie früher bereits auf unserer Reise durchquert hatten. Viele von diesen Stämmen waren zwanzig Fuß hoch und endeten in scharfen, harten Spitzen, so daß sie so, wie sie dastanden, wie furchtbare Speere wirkten. Wir schritten am Rande dieses Dickichts entlang, als meine Augen durch etwas Weißes in seinem Innern gefesselt wurden. Ich schob meinen Kopf zwischen die Stämme und erblickte einen menschlichen Schädel. Auch das ganze Skelett fand sich vor, aber der Schädel hatte sich gelöst und lag einige Fuß weiter nach außen.

Wir machten die Stelle mit einigen Schlägen der Machete unserer Indianer frei und waren nunmehr imstande, den Schauplatz dieser Tragödie näher zu untersuchen. Von den Kleidern waren nur noch einige Fetzen zu unterscheiden, aber Reste von Stiefeln steckten noch an den Fußknochen. Es war klar, daß es sich bei diesem Toten um einen Europäer handelte. Eine goldene Uhr von der Firma Hudson, New York, und eine Kette, an der ein Füllfederhalter befestigt war, lag zwischen den Knochen. Gleichfalls fand sich eine silberne Zigarettenschachtel vor, auf deren Deckel »J. C. von A. E. C.« eingraviert war. Aus dem Zustande des Materials konnte man schließen, daß die Katastrophe vor noch nicht allzu langer Zeit stattgefunden hatte.«

»Wer kann das sein?« fragte Lord John. »Armer Teufel! Alle Knochen seines Körpers scheinen gebrochen zu sein.«

»Und die Bambusstämme wachsen durch seine zerschmetterten Rippen«, sagte Summerlee. »Es ist eine schnellwachsende Pflanze, aber es ist sicherlich nicht anzunehmen, daß dieser Körper hier bereits so lange gelegen hat, daß sie bis zu einer Höhe von zwanzig Fuß emporgeschossen sind.«

»Über die Identität dieses Mannes«, sagte Professor Challenger, »besteht bei mir keinerlei Zweifel. Als ich den Amazonenstrom hinauffuhr, bevor ich in der Hazienda eintraf, habe ich besondere Nachforschungen betreffs Maple White angestellt. In Para wußte man nichts von ihm. Glücklicherweise hatte ich einen bestimmten Anhaltspunkt, denn sein Skizzenbuch enthielt ein besonderes Bild, das ihn beim Frühstück mit einem gewissen Geistlichen in Rosario zeigte. Es gelang mir, diesen Priester ausfindig zu machen, und obgleich er sich als ein sehr polemischer Bursche erwies, der es lächerlich übelnahm, daß ich ihm die ätzende Wirkung moderner Wissenschaft auf seinen Glauben auseinandersetzte, gab er mir nichtsdestoweniger einige positive Auskünfte. Maple White passierte Rosario vor vier Jahren, zwei Jahre, bevor ich seinen toten Körper sah. Er war zu dieser Zeit nicht allein, sondern in Begleitung eines Freundes, eines Amerikaners mit Namen James Colver, der im Boot zurückblieb und nicht mit dem Geistlichen zusammenkam. Ich denke also, daß wir hier ohne Zweifel vor den menschlichen Überresten dieses James Colver stehen.«

»Und auch darüber kann kein Zweifel sein,« sagte Lord John, »auf welche Weise er hier seinen Tod gefunden hat. Er ist von der Höhe herabgefallen oder herabgestürzt und von den Bambusstämmen aufgespießt worden. Woher sollten sonst seine sämtlichen Knochen gebrochen sein, und wie sollten die Stämme von dieser enormen Länge sonst wohl seinen Körper durchbohrt haben?«

Tiefes Schweigen legte sich auf uns, als wir um diese zerschmetterten Überreste herumstanden und uns von der Wahrheit der Worte Lord John Roxtons überzeugten. Der vorstehende Rand der Felswände hing senkrecht über dem Bambusgestrüpp. Zweifellos war er von oben herabgefallen. Aber war er gefallen? Handelte es sich hier um einen Unglücksfall? Oder – verhängnisvolle und furchtbare Möglichkeiten dieses unbekannten Landes begannen vor unserer Seele aufzusteigen.

Schweigend setzten wir unseren Weg zu Füßen der Felswand fort, die keine Unterbrechung zeigte, wie jene riesenhaften antarktischen Eisfelder, die sich von einem Horizont bis zum andern erstrecken und zu einer die Mastspitzen von Expeditionsschiffen weit überragenden Höhe auftürmen. Auf einer Strecke von fünf Meilen konnten wir nicht die geringste Spalte feststellen. Und dann erblickten wir plötzlich etwas, was uns mit neuer Hoffnung erfüllte. In einer Aushöhlung des Felsens, die gegen Regen geschützt war, war in roher Form ein Pfeil mit Kreide gezeichnet, der still nach Westen wies.

»Wieder Maple White«, sagte Professor Challenger. »Er hatte eine Vorahnung davon, daß würdige Männer seinen Fußstapfen folgen würden.«

»Hatte er denn Kreide bei sich?«

»Ein Kasten mit farbiger Kreide hat sich in seinem Tornister vorgefunden. Ich erinnere mich, daß das weiße Stück ziemlich abgenutzt war.«

»Das ist sicher ein guter Beweis«; sagte Summerlee. »Wir können nichts Besseres tun, als seiner Führung folgen und nach Westen weitermarschieren.« Nach etwa fünf weiteren Meilen erblickten wir wieder einen weißen Pfeil auf dem Felsen, und zwar an einer Stelle, an der wir zum erstenmal einen kleinen Spalt in der glatten Wand feststellten. Innerhalb dieser Kluft fand sich ein zweites Zeichen, das mit einer aufwärts gerichteten Spitze nach oben wies, als wenn der angedeutete Punkt sich oberhalb des Grundes, auf dem wir standen, befand.

Es war ein düsterer Ort, denn die Felsmauern waren so riesenhaft und der schmale Ausblick auf den Himmel so eng und so sehr durch einen doppelten Kranz von Vegetation verdunkelt, daß nur ein mattes Licht auf den Boden fiel. Wir hatten seit vielen Stunden nichts gegessen und waren von dem steinigen und unebenen Weg sehr ermüdet, aber unsere Nerven waren viel zu erregt, als daß wir eine Unterbrechung hätten machen können. Wir ließen indessen unser Lager aufschlagen, und während die Indianer damit beschäftigt waren, drangen wir vier mit den beiden Mischlingen in die schmale Schlucht ein.

Sie hatte am Eingang nicht mehr als vierzig Fuß Breite, wurde aber schnell enger und endete in einem spitzen Winkel, dessen Wände für einen Aufstieg zu steil und glatt waren. Unser Pionier hatte also sicherlich auf etwas anderes hinweisen wollen. Wir gingen zurück – die ganze Schlucht war nicht tiefer als einen halben Kilometer. Plötzlich entdeckte der Blick Lord Johns das Gesuchte. Hoch über unseren Köpfen zeichnete sich auf der dunklen Wand ein kreisförmiger, schwarzer Fleck ab. Das konnte nur die Öffnung einer Höhle sein.

Da sich an dieser Stelle der Wand eine Geröllhalde angesammelt hatte, war es nicht schwer, hinaufzugelangen. Als wir die dunkle Stelle erreichten, waren alle Zweifel geschwunden. Wir fanden nicht nur einen Eingang in den Felsen, sondern an der einen Seite desselben wiederum ein Pfeilzeichen. Dies war die richtige Stelle, und auf diesem Wege hatten Maple White und sein unglücklicher Kamerad den Aufstieg gemacht.

Wir waren zu aufgeregt, um zum Lager zurückzukehren, sondern beschlossen eine sofortige nähere Untersuchung. Lord John hatte eine elektrische Lampe in seinem Tornister, die uns jetzt gute Dienste leistete. Einen kleinen, gelben Lichtkegel vorauswerfend, schritt Lord John vorwärts, während wir einer nach dem anderen seinen Fußstapfen folgten. Die Höhle war offenbar von Wasser ausgewaschen worden, wie man aus den glatten Wänden und aus den rundlichen Kieselsteinen am Boden schließen konnte. Fünfzig Meter weit ging sie gerade in den Felsen hinein und stieg dann im Winkel von 45 Grad aufwärts. Gleich darauf wurde die Richtung sogar noch steiler, und wir waren gezwungen, auf Händen und Knien auf dem losen Gestein, das unter uns wegrutschte, höher zu klettern. Plötzlich stieß Lord Roxton einen Schrei der Überraschung aus.

»Der Ausgang ist versperrt«, sagte er.

Hinter ihm herkriechend, erblickten wir in dem gelben Lichtfleck vor uns eine Mauer von Basaltstücken, die bis zur Decke hinaufreichte.

»Die Decke ist eingestürzt.«

Vergebens räumten wir einige Steine beiseite. Die einzige Wirkung war, daß größere Blöcke in Bewegung gerieten und uns zu zerschmettern drohten. Dies Hindernis hätte ohne Zweifel all unseren Bemühungen, es beiseite zu räumen, widerstanden. Der Weg, den Maple White zum Aufstieg benutzt hatte, war nicht mehr brauchbar.

Zu niedergeschlagen, um sprechen zu mögen, stolperten wir den dunklen Tunnel wieder hinunter und gingen zum Lager zurück.

Indessen ereignete sich, bevor wir die Schlucht verließen, ein Vorfall, der mit Beziehung auf die künftigen Ereignisse von Bedeutung ist.

Wir standen in einer kleinen Gruppe auf dem Grunde der Schlucht, etwa vierzig Fuß unterhalb des Höhleneingangs, als plötzlich ein riesiger Felsblock mit furchtbarer Gewalt hinter uns niederstürzte. Es gelang uns nur mit genauer Not, beiseite zu springen. Wir selbst konnten nicht sehen, woher der Block gekommen war, aber unsere Mischlinge, die noch beim Eingang der Höhle waren, sagten, daß er hinter ihnen heruntergesaust wäre und infolgedessen oben von der Felswand heruntergefallen sein müsse. Dort oben allerdings, in dem grünen Kranz der Vegetation, die den Rand der Mauer bedeckte, konnten wir keinerlei Zeichen von Bewegung feststellen. Aber darüber konnte kein Zweifel bestehen, daß der Stein uns galt, und man durfte also mit Sicherheit auf Lebewesen – und zwar böswillige – auf dem Plateau schließen.

Wir zogen uns eiligst aus der Schlucht zurück, voll von Gedanken über diese neueste Entwicklung und ihren Einfluß auf unsere Pläne. Unsere Lage war schon vorher schwierig genug; aber wenn die Hindernisse in der Natur unterstrichen wurden durch überlegten menschlichen Widerstand, dann wurde sie in der Tat hoffnungslos. Und doch, wenn wir hinauf, blickten zu der nur ein paar hundert Fuß über uns befindlichen Vegetation, dann gab es auch nicht einen unter uns, der sich mit dem Gedanken, nach London zurückzukehren, bevor wir das Plateau gründlich erforscht hatten, hätte befreunden können.

Wir erörterten unsere Lage und hielten es für das beste Verfahren, unseren Marsch um das Plateau herum fortzusetzen, um, wenn möglich, irgendeinen zur Höhe führenden Weg zu finden. Die Felswand, die bereits beträchtlich niedriger geworden war, begann sich langsam von Westen nach Norden zu wenden, und wenn wir in diesem Bogen den Abschnitt eines Kreises erblicken durften, so konnte der Gesamtumfang nicht sehr groß sein. Schlimmstenfalls konnten wir also in einigen Tagen bei unserem Ausgangspunkt wieder angelangt sein.

Die Marschleistung dieses Tages betrug insgesamt etwa vierzig Kilometer, ohne daß sich uns irgendwelche Aussichten eröffnet hätten, übrigens zeigte uns das Aneroidbarometer, daß wir uns seit dem Verlassen unserer Boote in beständigem Aufstieg bis zu einer Höhe von nicht weniger als dreitausend Fuß über dem Meeresspiegel erhoben hatten. Daher auch der bedeutende Wechsel sowohl in der Temperatur, wie auch in der Vegetation. Wir hatten verschiedene von den furchtbaren Insekten, die die Geißel tropischer Länder bilden, hinter uns zurückgelassen. Nur wenige Palmen und manche Farnbäume waren geblieben. Aber die Riesenbäume aus den Urwäldern am Amazonenstrom waren geschwunden. Ich freute mich, die Winde, die Passionsblume, die Begonie, alle diese Blumen, die mich an die Heimat erinnerten, hier zwischen den ungastlichen Felsen wiederzusehen. Es gab da eine rote Begonie von genau derselben Farbe, wie jene, die in einem Blumentopf auf dem Fensterbrett einer gewissen Villa in Streatham steht – aber jetzt gleite ich in private Erinnerungen hinein.

In dieser Nacht – ich spreche immer noch vom ersten Tage unseres Marsches um das Plateau herum – erwartete uns ein großes Erlebnis. Und zwar eins, das für immer jeden Zweifel beseitigte, den wir noch über die Geheimnisse in unserer Nähe hätten haben können.

Sie werden sich beim Lesen – und an dieser Stelle vielleicht zum erstenmal – davon überzeugen, verehrter Herr McArdle, daß unsere Zeitung mich nicht zu einer unnützen Sache herausgeschickt hat und daß sie einen ganz wunderbaren Bericht zur Veröffentlichung abgeben wird, sobald wir nur des Professors Erlaubnis dazu haben werden. Ich möchte es nicht wagen, diese Artikel zu bringen, wenn ich nicht meine Beweisstücke nach England bringen kann, oder ich würde für immer den Namen eines journalistischen Münchhausens erworben haben. Ich zweifle nicht daran, daß Sie genau so empfinden und daß Sie den Ruf der »Gazette« mit diesem Abenteuer nicht aufs Spiel setzen wollen, bevor wir nicht in der Lage sind, dem Chor der Kritiker und Skeptiker, die solche Artikel notwendigerweise auf den Plan bringen müssen, entgegentreten zu können. Und so muß auch der Bericht von diesem wunderbaren Vorfall, der eine so prächtige fette Überschrift in unserer alten lieben Zeitung haben könnte, den geeigneten Zeitpunkt zur Veröffentlichung im Schubfach des Herausgebers abwarten.

Und doch war alles vorüber wie ein Blitz und hatte keinerlei Folgen, außer in unseren Überzeugungen.

Und zwar hat sich folgendes ereignet: Lord John hatte ein Ajuti – ein kleines Tier, das mit einem Schwein Ähnlichkeit hat – geschossen, und wir waren dabei, nachdem wir die eine Hälfte desselben den Indianern gegeben hatten, die andere Hälfte über unserem Feuer zu braten. Es wurde nach Eintritt der Dunkelheit ziemlich kühl, so daß wir alle an das Feuer heranrückten. Die Nacht war mondlos, aber einige Sterne glänzten, so daß man eine kleine Strecke weit auf der Ebene sehen konnte. Plötzlich schoß etwas aus der Dunkelheit mit einem Schwung wie ein Luftschiff herunter. Für einen Moment waren wir alle wie von einem Baldachin aus ledernen Flügeln bedeckt, und ich hatte einen Augenblick das Bild eines langen, schlangenähnlichen Nackens, eines wilden, roten, gierigen Auges und eines großen, schnappenden Schnabels, der zu meinem Erstaunen kleine, glänzende Zähne trug, vor mir. Im nächsten Augenblick schon war es verschwunden – und mit ihm das halbe Schwein. Ein riesenhafter, dunkler Schatten, zwanzig Fuß im Durchmesser, schwang sich in die Höhe. Für einen Augenblick verdunkelten die ungeheuren Flügel die Sterne, und dann verschwand es hoch über uns hinter dem Rand der Felswand. Wir saßen in schweigendem Staunen um das Feuer herum wie die Helden Virgils, als die Harpyen sich auf sie stürzten. Summerlee fand zuerst die Sprache wieder.

»Professor Challenger,« sagte er mit seiner ernsten Stimme, die vor innerer Bewegung zitterte, »ich bin Ihnen Abbitte schuldig, ich bin völlig im Unrecht, und ich bitte Sie, das Geschehene zu vergessen.«

Die Worte klangen herzlich, und die beiden Männer schüttelten sich zum erstenmal die Hand. Soviel hatten wir also gewonnen durch diesen unbezweifelbaren Anblick eines Pterodactylus. Zwei solche Männer zusammenzubringen, das war ein gestohlenes Nachtessen wert.

Wenn aber prähistorisches Leben auf dem Plateau existierte, konnte es jedenfalls nicht überreichlich sein, denn während der nächsten drei Tage bemerkten wir keine weiteren Anzeichen davon. Unser Marsch führte uns im Norden und Osten durch ein unfruchtbares und widerwärtiges Land, das abwechselnd aus steinbedeckten Wüsten und tiefen, an Wasservögeln reichen Sümpfen bestand. Das Vorwärtskommen war hier außerordentlich schwierig. Wenn wir nicht eine schmale Felskante, die am Rande der Mauer entlanglief, gefunden hätten, so wäre uns nur die Rückkehr übriggeblieben. Manchmal versanken wir bis zu den Hüften in den Schlamm des alten, halbtropischen Sumpfes. Und was die Sache noch schlimmer machte, die Gegend schien ein Lieblingsbrutplatz der Jaracacaschlange, der giftigsten und angriffslustigsten in Südamerika, zu sein. Immer wieder kamen diese schrecklichen Tiere hüpfend und springend quer über die Oberfläche des fauligen Morastes auf uns zu, und nur durch ständiges Bereithalten unserer Schrotflinten konnten wir uns ihrer erwehren. Der Anblick einer trichterförmigen Einsenkung des Sumpfes, die mit üppig gedeihenden Flechten in hellgrüner Farbe bedeckt war, wird meine Erinnerung immer wie ein Alpdruck belasten. Sie schien ein richtiges Nest dieses ekelhaften Gewürms zu sein. Die Abhänge wimmelten von den auf uns zustrebenden Tieren, denn es ist eine Eigenart der Jaracaca, daß sie jeden Menschen ohne weiteres angreift. Es wurden ihrer zu viele, als daß wir hätten schießen können. Wir suchten unser Heil daher in der Flucht und liefen, bis wir völlig erschöpft waren. Niemals werde ich es vergessen, wie wir, rückschauend, die Köpfe dieser schrecklichen Verfolger sich im grünen Schilf heben und senken sahen. Jaracaca-Sumpf nannten wir diese Stelle auf der Karte, die wir von dieser ganzen Gegend entwarfen.

Die rötliche Farbe der Felswand ging langsam in ein Schokoladenbraun über; die Vegetation auf der Höhe war weniger dicht, und diese sank bis auf etwa drei- oder vierhundert Fuß, aber nirgends fanden wir eine zum Aufstieg geeignete Stelle. Wenn überhaupt möglich, war dieser hier noch weniger zu

bewerkstelligen als bei unserem Ausgangspunkt. Die absolute Steilheit der Wände erkennt man aus der Photographie, die ich von der Steinwüste aufnahm.

»Aber der Regen muß doch irgendwo herunterkommen,« sagte ich, als wir die Lage erörterten, »es müssen Rinnen in dem Felsen vorhanden sein.«

»Unser junger Freund hat Augenblicke einer gewissen geistigen Klarheit«, sagte Professor Challenger, indem er mir auf die Schulter klopfte.

»Der Regen muß doch irgendwo bleiben«, wiederholte ich.

»Er hält unbedingt fest an seinem Gedanken. Schade nur, daß wir durch Okularinspektion bereits sicher festgestellt haben, daß es keine Rinnen in der Felswand gibt.«

»Aber wo bleibt das Wasser denn?« fragte ich hartnäckig.

»Ich glaube, man darf mit Recht vermuten, daß es nach innen rinnt, wenn es nicht nach außen abfließt.«

»Dann ist also ein See in der Mitte.«

»Das nehme ich an.«

»Es ist mehr als wahrscheinlich, daß der See einen alten Krater ausfüllt«, sagte Summerlee. »Die ganze Formation ist, wie man sieht, durchaus vulkanisch. Aber wie dem auch sein möge, ich würde mich nicht wundern, wenn die Oberfläche des Plateaus sich nach innen zu einem riesigen Wasserspiegel in der Mitte hinabsenkt, der vielleicht einen unterirdischen Abfluß in die Sümpfe nach dem Jaracacasumpf hin hat.«

»Vielleicht wird der Zufluß an Regenwasser auch durch Verdunstung ausgeglichen«, bemerkte Challenger, und dann verloren sich die beiden gelehrten Männer in eine ihrer üblichen wissenschaftlichen Diskussionen, die dem Laien so unverständlich waren, als ob sie chinesisch miteinander sprächen.

Am sechsten Tage hatten wir unseren Rundmarsch beendet und kamen bei unserem Lager neben dem einzelstehenden Felsen wieder an. Wir waren in verzweifelter Stimmung. Denn unsere Untersuchung war völlig ergebnislos geblieben, und es war völlig sicher, daß es nirgends eine Stelle gab, wo auch der geschickteste Mensch hätte hoffen können, die Höhe durch Klettern zu erreichen. Die Stelle, die uns Maple White durch Pfeile als den Ort seines Aufstiegs gekennzeichnet hatte, war unpassierbar geworden.

Was blieb uns zu tun übrig? Unsere Vorräte, die wir mit Hilfe unserer Gewehre ergänzen konnten, hätten wohl noch ausgehalten. Aber schließlich mußte der Zeitpunkt kommen, an dem sie erschöpft waren. In wenigen Monaten mußte auch die Regenzeit, die das Kampieren im Freien unmöglich machte, beginnen. Der Felsen war härter als Marmor, und jeder Versuch, Stufen hineinzuhauen, überstieg angesichts der riesigen Höhe unsere Zeit und unsere Hilfsmittel. Kein Wunder, daß wir uns an diesem Abend gegenseitig mit düsteren Blicken streiften und schweigsam zu unseren Schlafdecken griffen. Ich entsinne mich, daß ich im Moment des Einschlafens noch Professor Challenger wie einen riesigen Ochsenfrosch am Feuer hocken sah. Den großen Kopf auf seine Hände gestützt und anscheinend tief in Gedanken versunken, so daß er völlig überhörte, daß ich ihm Gute Nacht wünschte.

Ein ganz anderer Challenger war es, der uns am nächsten Morgen begrüßte – ein Challenger, dessen ganze Person Zufriedenheit und inneren Stolz ausströmte. Als wir uns zum Frühstück versammelt hatten, blickte er uns mit falscher Bescheidenheit in die Augen, als wolle er sagen, ich weiß, daß ich alles, was Sie mir zum Lob sagen könnten, verdiene, aber ich bitte Sie, nichts zu sagen, um mir das Erröten zu ersparen. Sein Bart sträubte sich lebhaft. Er warf sich in die Brust und steckte seine Hand vorn in sein Jackett. Das ist das Bild, das ihm sicherlich manchmal vorschwebt, wie er dasteht auf einem der leeren Piedestale auf dem Trafalgar Square und den Schreckbildern auf den Straßen Londons noch ein neues hinzufügt.

»Heureka«, rief er aus, die blitzenden Zähne in seinem schwarzen Bart aufleuchten lassend. »Meine Herren, Sie können mir gratulieren, und wir können uns gegenseitig gratulieren. Das Problem ist gelöst.«

»Sie haben einen Weg nach oben gefunden?«

»Ich wage es zu hoffen.«

»Und wo?«

Statt einer Antwort zeigte er hinauf auf die Spitze der Felssäule.

Unsere Gesichter – oder wenigstens meins – wurden lang, als wir hinaufblickten. Daß man durch Klettern hinaufkommen könne, hatte uns unser Führer bereits versichert. Aber ein furchtbarer Abgrund lag zwischen dem Felsen und dem Plateau.

»Wir werden da niemals hinüberkommen«, sagte ich verschüchtert.

»Wir können wenigstens die Spitze erreichen«, erwiderte er. »Sobald wir oben sind, werde ich Ihnen zeigen, daß die Hilfsmittel eines erfinderischen Geistes noch nicht erschöpft sind.«

Nach dem Frühstück packte er ein Bündel aus, das die von ihm mitgebrachten Klettergeräte enthielt. Er entnahm ihm eine Rolle starken und leichten Taus von etwa 150 Fuß Länge, Steigeisen, Klammern und andere sinnreiche Vorrichtungen. Lord John war ein erfahrener Bergsteiger, und auch Summerlee hatte sich gelegentlich im Klettern geübt, so daß ich als einziger übrig blieb, dem diese Tätigkeit etwas Neues war. Aber meine Stärke und Behendigkeit konnten wohl einen Ersatz für meine mangelnden Erfahrungen bilden. Die Aufgabe war tatsächlich nicht allzu schwer, obgleich es Augenblicke gab, in denen sich mir die Haare auf dem Kopf sträubten. Die erste Hälfte ließ sich durchaus leicht bewältigen, aber weiter hinauf wurde die Wand immer steiler, so daß wir während der letzten fünfzig Fuß buchstäblich mit den Fingern oder Zehen an den schmalen Kanten und Einsenkungen des Felsens hingen. Ich wäre sicherlich nicht nach oben gelangt, ebensowenig Summerlee, wenn Challenger nicht die Spitze erreicht (es war ein außerordentliches Bild, diesen so schwerfälligen Menschen so gewandt klettern zu sehen) und das Tau um den Baum, der oben wuchs, geschlungen hätte. Mit dieser Unterstützung war es uns bald möglich, an der zackigen Wand hinaufzuklimmen, so daß wir uns oben auf einer kleinen grasbewachsenen Plattform, etwa fünfundzwanzig Fuß im Quadrat, zusammenfanden.

Den ersten Eindruck, den ich empfing, nachdem ich wieder zu Atem gekommen war, bildete die großartige Aussicht über das Land, das wir durchquert hatten. Das ganze brasilianische Tiefland schien zu unseren Füßen zu liegen. Nach allen Seiten hin breitete es sich aus, bis es im blauen Schimmer am unendlich weit entfernten Horizont versank. Den Vordergrund bildete ein langer, steiniger und hie und da mit Farnbäumen bedeckter Abhang. Weiter weg, in der Mitte des Gesamtbildes, gerade noch hinter dem sattelförmigen Bergrücken sichtbar, erkannte ich den gelbgrünen Bambusgürtel, den wir durchquert hatten. Und dann ging die stärker werdende Vegetation langsam über in riesigen Urwald, der sich, soweit das Auge reichte und wohl noch 3-4000 Kilometer darüber hinaus, ausbreitete.

Ich war noch im Anblick dieses Panoramas versunken, als sich die schwere Hand des Professors auf meine Schulter legte.

»Hier hinüber, mein junger Freund«, sagte er. »Vestigia nulla retrorsum. Nicht rückwärts schauen, immer den Blick auf unser ruhmreiches Ziel.«

Die Höhe des Plateaus war, wie ich bemerkte, genau die gleiche unserer Standfläche, und der grüne Buschrand mit den einzelnen Bäumen dazwischen war uns so nahe, daß man die Unzugänglichkeit des Plateaus kaum begreifen konnte. Nach einer ungefähren Schätzung war die trennende Kluft vierzig Fuß breit. Aber, soweit ich urteilen konnte, hätte sie recht gut auch vierzig Kilometer breit sein können. Ich schlang einen Arm um den Baumstamm und lehnte mich über den Abhang. Tief unten erkannte ich die kleinen dunklen Figuren unserer Hilfsmannschaften, die zu uns hinaufsahen. Die Wand unter mir fiel absolut senkrecht hinunter, genau wie jene auf der anderen Seite.

»Das ist in der Tat merkwürdig«, sagte Professor Summerlee mit krächzender Stimme.

Ich drehte mich um und sah, wie er mit großem Interesse den Baum, an dem ich mich festhielt, prüfte. Diese glatte Rinde und die kleingerippten Blätter kamen mir sehr bekannt vor. »Das ist ja eine Buche!« rief ich aus.

»Richtig,« sagte Summerlee, »ein Landsmann in weiter Ferne.«

»Nicht nur ein Landsmann, lieber Herr Kollege,« sagte Challenger, »sondern auch, wenn ich das von Ihnen gebrauchte Bild weiter ausführen darf, ein außerordentlich wertvoller Bundesgenosse. Dieser Buchenstamm wird zu unserem Retter.«

»Beim Himmel,« rief Lord John, »eine Brücke!«

»Jawohl, meine Freunde, eine Brücke! Nicht umsonst habe ich gestern abend noch eine Stunde lang gesessen und unsere Lage durchdacht. Ich entsinne mich, unserem jungen Freunde gegenüber früher einmal die Bemerkung gemacht zu haben, daß G. E. C. sich am wohlsten fühlt, wenn er mit dem Rücken an der Mauer steht. Sie werden mir zugeben, daß wir gestern abend alle miteinander mit dem Rücken an der Mauer standen. Aber wo sich Willenskraft und Intelligenz vereinigen, gibt es immer einen Ausweg. Wir brauchten nur eine Zugbrücke zu erfinden, die über den Abgrund geschlagen wird. Bitte, was sagen Sie dazu?«

Das war tatsächlich ein ausgezeichneter Gedanke. Der Baum war mindestens sechzig Fuß hoch, und wenn es uns gelingen würde, ihn richtig zu Fall zu bringen, würde er leicht hinüberreichen. Challenger hatte sich beim Aufstieg die Axt über den Rücken gebunden, die er mir jetzt einhändigte.

»Unser junger Freund verfügt über die nötigen Armkräfte«, sagte er. »Ich halte ihn am geeignetsten für diese Aufgabe. Ich muß Sie allerdings bitten, von eigenem Denken hierbei abzusehen und nur das genau auszuführen, was man von Ihnen verlangt.«

Unter seiner Leitung hieb ich den Baum an beiden Seiten so weit an, daß er in der gewünschten Richtung fallen mußte. Er hatte bereits von Natur aus eine ausgesprochene Neigung zum Plateau hinüber, so daß die Sache nicht allzu schwierig war. Ich machte mich zuletzt mit aller Kraft an die Arbeit, wobei ich mit Lord John abwechselte. Nach einer Stunde etwa gab es einen lauten Krach, der Baum schwankte und fiel dann hinüber, seine Krone im jenseitigen Gebüsch vergrabend. Der abgehauene Stamm rutschte fast bis an den Rand unserer Plattform, und eine furchtbare Sekunde lang dachten wir, daß er hinunterstürzen würde. Aber schließlich blieb er wenige Zoll von der Kante entfernt ruhig liegen, und unsere Brücke ins Unbekannte war fertig.

Wortlos schüttelten wir alle Professor Challenger, der seinen Strohhut abnahm und sich vor jedem von uns tief verbeugte, die Hand.

»Ich nehme die Ehre für mich in Anspruch,« sagte er, »der erste zu sein, der das unbekannte Land betritt – zweifellos ein geeigneter Vorwurf für ein späteres historisches Gemälde.«

Er näherte sich der Brücke, als Lord John ihm die Hand auf die Schulter legte. »Verehrter Herr Professor,« sagte er, »das kann ich tatsächlich nicht erlauben.«

»Das können Sie nicht erlauben, Herr?« sagte Challenger, den Kopf zurückwerfend und den Bart vorschiebend.

»Wenn es sich um eine wissenschaftliche Angelegenheit handelt, werde ich mich, wie Sie wissen, stets Ihrer Führung unterwerfen, da Sie ein Vertreter der Wissenschaft sind. Aber auf meinem Gebiet müssen Sie sich mir unterwerfen.«

»Ihr Gebiet, Herr?«

»Wir haben alle unseren Beruf, und der meinige ist: Soldat sein. Wir sind, wie ich die Sache auffasse, im Begriff, in ein neues Land einzudringen, das möglicherweise voll von Feinden jeder Art steckt, und darauf blindlings loszugehen aus Mangel an Überlegung und Geduld, scheint mir nicht das richtige Verfahren zu sein.«

Dieser Einwand war zu vernünftig, als daß man ihn hätte übergehen können. Challenger warf den Kopf zurück und zog die breiten Schultern hoch.

»Gut, Herr. Und was schlagen Sie vor?«

»Ich könnte mir denken, daß es da drüben einen Kannibalenstamm gibt, der im Gebüsch auf ein gutes Frühstück wartet«, sagte Lord John, zum Plateau hinüberblickend. »Es ist besser, Sie üben Vorsicht, als daß Sie in einen Kochtopf steigen. Wir wollen gern annehmen, daß uns keinerlei Gefahren erwarten, aber handeln wollen wir doch, als ob es solche gibt. Malone und ich wollen deshalb hinuntersteigen und unsere vier Gewehre und die beiden Mischlinge heraufholen. Einer von uns kann dann hinübergehen, und die übrigen werden ihn so lange mit ihren Gewehren decken, bis er feststellt, daß wir alle miteinander ohne Gefahr das Plateau betreten können.«

Challenger setzte sich auf den Baumstumpf und machte seiner Ungeduld durch Grunzen Luft. Aber Summerlee und ich waren einer Meinung darüber, daß Lord John unser Führer sein müßte, wenn es sich um solche praktischen Fragen handelte. Die Kletterei war jetzt, nachdem das Tau an dem schlimmsten Teil der Mauer herunterhing, bedeutend erleichtert. Innerhalb einer Stunde hatten wir die Gewehre und eine Schrotflinte hinaufgeschafft.

Die Mischlinge waren ebenfalls nach oben gekommen und hatten auf Lord Johns Anordnung einen Ballen von Vorräten für den Fall, daß die erste Untersuchung des Plateaus längere Zeit in Anspruch nehmen sollte, mitgebracht. Jeder von uns war übrigens im Besitz eines Patronenstreifens.

»Nun, Professor Challenger, wenn Sie ernstlich darauf bestehen, der erste zu sein —«, sagte Lord John, als alle Vorbereitungen getroffen waren.

»Ich bin Ihnen sehr verbunden für die liebenswürdige Erlaubnis«, sagte der verärgerte Professor; denn niemals hat es einen Mann gegeben, der so unduldsam in allen Dingen war, die die Autorität betrafen. »Da Sie so liebenswürdig sind, es mir zu gestatten, so werde ich die Gelegenheit gern benutzen, mich als Pionier zu zeigen.« Er setzte sich rücklings auf den Baumstamm, so daß seine Beine auf beiden Seiten in den Abgrund hinunterbaumelten, hing sich das Handbeil über den Rücken und hoppelte hinüber. Drüben richtete er sich auf und winkte mit den Armen.

»Endlich!« schrie er, »endlich!«

Ich blickte ängstlich hinüber mit dem unbestimmten Gefühl, daß der grüne Vorhang irgendeine Gefahr für ihn bergen könnte. Es blieb aber alles ruhig mit Ausnahme eines merkwürdigen buntfarbigen Vogels, der vor seinen Füßen aufflog und zwischen den Bäumen verschwand.

Summerlee war der zweite. Wundervoll war diese zähe Energie in einem so gebrechlichen Körper. Er bestand darauf, zwei Gewehre mit hinüberzunehmen, so daß beide Professoren nach ihrem Übergang bewaffnet waren. Dann kam ich, und ich mußte mich zwingen, nicht in den furchtbaren Abgrund, den ich überquerte, hinunterzuschauen. Summerlee streckte mir den Kolben seines Gewehrs entgegen, und einen Augenblick später war ich in der Lage, seine Hand zu erfassen. Zuletzt schritt Lord John — er schritt tatsächlich ohne Unterstützung! – hinüber. Er muß Nerven von Stahl haben.

Und dann waren wir drüben. Im Traumland. In der verlorenen Welt Maple Whites. Wir alle empfanden das als den Augenblick unseres höchsten Triumphes. Wer hätte ahnen können, daß es die Einleitung zu unserem größten Unglück war? Ich will mit kurzen Worten von dem furchtbaren Schlag, der auf uns herniedersauste, berichten.

Wir waren vom Rande aus etwa fünfzig Meter in dem dichten Gebüsch vorgedrungen, als ein furchtbares splitterndes Krachen hinter uns ertönte. Wir stürzten zum Rande der Felsmauer zurück: Die Brücke war verschwunden.

Tief unten am Fuß der Felsenwand erblickte ich, als ich hinuntersah, ein wirres Durcheinander von Zweigen und Splittern. Es war unser Buchenstamm. Hatte die Kante der Plattform nachgegeben und ihn abrutschen lassen? Einen Augenblick lang dachten wir das alle. Dann aber wurde an der Hinterseite des Felsens langsam ein dunkles Gesicht, das Gesicht des Mischlings Gomez, sichtbar. Ja, das war Gomez. Aber nicht mehr der Mischling mit dem ehrbaren Lächeln und dem maskenähnlichen Ausdruck, das war ein Gesicht mit rasenden Augen und verzerrten Zügen, ein Gesicht, das vor Haß und wilder Freude über eine gelungene Rache bebte.

»Lord Roxton,« schrie er, »Lord John Roxton!«

»Nun,« sagte unser Gefährte, »hier bin ich.«

Ein gellendes Gelächter tönte über den Abgrund hinüber.

»Ja, da bist du, du englischer Hund, und da wirst du bleiben! Ich habe gewartet und gewartet, und jetzt endlich war die Gelegenheit da. Du hast den Aufstieg schwer gefunden, du wirst finden, daß der Abstieg noch schwerer ist. Jetzt seid Ihr in der Falle, Ihr verfluchten Narren alle miteinander.«

Keines Wortes mächtig starrten wir hinüber. Ein großer, abgebrochener und im Grase liegender Ast ließ uns bald erkennen, wie er es gemacht hatte, unsere Brücke zum Absturz zu bringen. Das Gesicht war verschwunden, aber schon tauchte es wieder auf mit einem noch rasenderen Ausdruck als vorher. »Beinahe schon hätten wir euch umgebracht mit dem Stein bei der Höhle,« schrie er, »aber so ist es besser. Dies geht langsamer und ist furchtbarer. Eure Knochen werden da drüben bleichen, und niemand wird wissen, wo ihr liegt, um euch zu begraben. Wenn du im Sterben liegst, dann denke an Lopez, den du vor fünf Jahren am Putomajo-Fluß erschossen hast. Ich bin sein Bruder und, komme, was da kommen wolle, ich werde jetzt glücklich sterben, denn er ist gerächt.« Und mit der Hand zu uns hinüberdrohend, verschwand er.

Hätte der Mischling nur diesen Racheakt verübt und dann die Flucht ergriffen, so hätte ihm nichts geschehen können. Aber die tolle, unwiderstehliche Neigung des Lateiners, dramatisch zu wirken, wurde ihm zum Verhängnis. Roxton, der sich den Namen einer Gottesgeißel in drei Ländern erworben hatte, war nicht der Mann, der sich ungestraft verhöhnen ließ.

Der Mischling stieg an der Rückseite der Felsspitze hinunter; bevor er jedoch unten ankam, war Lord John am Rand des Plateaus entlanggelaufen und hatte hier eine Stelle gefunden, von wo aus er den Mann sehen konnte. Seine Büchse krachte, und obwohl wir nichts sehen konnten, hörten wir einen Schrei und einige Sekunden später das Aufschlagen eines fallenden Körpers. Roxton kehrte zu uns zurück mit einem Gesicht wie aus Erz.

»Ich habe gehandelt wie ein blinder Einfaltspinsel«, sagte er mit bitterem Ton. »Meiner Dummheit verdanken Sie alle dies Unglück. Ich hätte daran denken sollen, daß diese Menschen gewohnt sind, Blutrache zu üben, und hätte mehr auf der Hut sein müssen.«

»Wie steht's aber mit dem anderen, dazu haben doch zwei gehört, um den Baumstamm von der Kante abzubringen?«

»Ich hätte ihn auch niederschießen können, aber ich ließ ihn gehen. Vielleicht ist er nicht schuldig. Vielleicht wäre es aber doch besser gewesen, wenn ich ihn getötet hätte; denn er muß, wie Sie mit Recht sagen, mitgeholfen haben.«

Jetzt, nachdem wir die Erklärung des folgenschweren Vorfalls gehört hatten, entsann sich jeder von uns mancherlei zweifelhafter Handlungen von seiten des Mischlings – seines beständigen Wunsches, hinter unsere Pläne zu kommen, seines Verstecks in der Nähe unseres Zeltes, seiner verstohlenen Haßblicke, die einen oder den anderen von uns zuweilen überrascht hatten. Während wir noch unsere völlig veränderte Lage diskutierten, erregte eine merkwürdige, unten auf der Ebene sich abspielende Szene unsere Aufmerksamkeit.

Ein Mann in weißen Kleidern, der nur der überlebende Mischling sein konnte, rannte davon, als ob ihm der Teufel auf den Fersen war. Hinter ihm her lief, ihn fast erreichend, die riesenhafte Gestalt Zambos, unseres treuen Negers, und schon stürzte er sich auf den Rücken des Flüchtlings, umschlang ihn mit seinen Armen und rollte mit ihm zu Boden. Einen Augenblick später erhob sich Zambo, warf noch einen Blick auf den am Boden liegenden Mann und kam dann eiligst in der Richtung auf uns zurück. Die weiße Gestalt lag bewegungslos auf der Ebene.

Die beiden Verräter hatten ihr Ende gefunden. Aber ihr Verbrechen war nicht mehr ungeschehen zu machen. Zu der Felsenspitze zurückzukehren, war uns völlig unmöglich. Hatten wir bisher der ganzen Welt angehört, so waren wir jetzt auf unser Plateau beschränkt. Dort unten lag die Ebene, über die wir zu unseren Kanus gelangen konnten, weit hinten, jenseits des violetten verschleierten Horizonts war der Strom, der uns zur Zivilisation zurückführte, aber das verbindende Glied fehlte. Keine menschliche Erfindungsgabe hätte ein Mittel finden können, die Kluft, die zwischen uns und der Welt gähnte, zu überbrücken. Ein einziger Umstand hatte alle Bedingungen unseres Daseins verändert. Aber gerade solch ein Moment war geeignet, um zu erkennen, aus welchem Stoff meine drei Kameraden geschaffen waren. Wohl waren sie ernst und gedankenvoll, aber doch voll von unbesiegbarer Ruhe und Gelassenheit. Im Augenblick konnten wir nichts anderes tun, als uns geduldig im Gebüsch niederzulassen und auf die Rückkehr Zambos zu warten. Bald erschien sein biederes schwarzes Gesicht über dem Felsen, und seine herkulische Gestalt tauchte auf der Plattform auf.

»Was soll ich jetzt tun?« rief er hinüber. »Sagen Sie mir es, und ich werde Ihre Befehle ausführen.«

Diese Frage war leichter getan, als zu beantworten. Eins war jedenfalls klar: Der Neger bildete das einzige vertrauenswürdige Bindeglied zwischen uns und der übrigen Welt. Er durfte uns unter keinen Umständen verlassen.

»Nein, nein,« schrie er, »ich Sie nicht verlasse. Was auch kommt, Sie mich immer hier finden. Aber unmöglich Indianer zurückhalten. Sagen immer, zuviel Curipuri hier sein, wollen nach Hause. Jetzt wollen fort, ich nicht kann halten sie.«

Tatsächlich hatten unsere Indianer in letzter Zeit öfters erkennen lassen, daß sie der Reise überdrüssig seien und heimkehren möchten. Wir waren über-

zeugt, daß Zambo die Wahrheit sprach und daß es ihm unmöglich sein würde, sie zurückzuhalten.

»Überrede sie, bis morgen zu bleiben, Zambo«, rief ich hinunter. »Ich werde ihnen dann einen Brief mitgeben.«

»Gut, Herr! Verspreche, sie warten bis morgen«, antwortete der Neger. »Aber was soll ich tun jetzt für Sie?«

Es gab allerlei zu tun für ihn, und der treue Bursche hat alles in bewundernswerter Weise ausgeführt. Zunächst löste er nach unserer Anweisung das Tau vom Baumstamm los und warf das Ende desselben zu uns hinüber. Es war nicht dicker als eine Wäscheleine, aber doch sehr stark. Wenn es auch keine Brücke abgeben konnte, so war es für den Fall, daß wir klettern mußten, doch von unschätzbarem Wert für uns. Er befestigte darauf an dem anderen Ende des Taues den Ballen mit Lebensmitteln, den er für uns heraufgebracht hatte, so daß wir in der Lage waren, ihn zu uns herüberzuziehen. Damit konnten wir mindestens eine Woche auskommen, sogar wenn wir sonst nichts anderes fanden. Schließlich stieg er hinunter und schaffte noch zwei weitere Pakete gemischten Inhalts, eine Kiste mit Munition und eine Reihe von anderen Dingen hinauf, die wir alle mit Hilfe des Taues zu uns hinüberzogen. Als der Abend hereinbrach, stieg er hinunter und versicherte uns noch einmal, daß er die Indianer bis zum nächsten Morgen zurückhalten wolle.

Und so habe ich fast die ganze erste Nacht auf dem Plateau damit zugebracht, unsere Erlebnisse beim Schein einer Laterne niederzuschreiben.

Wir hatten etwas gegessen und uns nahe am Rande der Felswand ein Lager hergerichtet. Unseren Durst stillten wir mit zwei Flaschen Apollinaris, die wir in einer der Kisten entdeckten. Wasser zu finden, ist nunmehr für uns eine Lebensfrage, aber ich denke, daß sogar Lord John für heute genug erlebt hat, und niemand von uns fühlte Neigung zu einem ersten Vorstoß ins Unbekannte. Wir vermieden es, ein Feuer anzuzünden oder unnütze Geräusche zu machen.

Morgen (oder besser gesagt heute, denn der Tag bricht bereits an, während ich hier schreibe) werden wir einen ersten Versuch machen, in dies seltsame Land einzudringen. Ob ich in der Lage sein werde, nochmals zu schreiben, oder ob ich überhaupt jemals wieder schreibe, weiß ich nicht. Inzwischen sehe ich, daß die Indianer noch immer auf dem Platz warten, und ich glaube bestimmt, daß der treue Neger kommen und den Brief holen wird. Ich will nur hoffen, daß er wirklich ankommt.

P. S. Je mehr ich darüber nachdenke, desto verzweifelter kommt mir unsere Lage vor. Ich sehe keine Möglichkeit einer Rückkehr. Wenn in der Nähe der Kante des Plateaus ein hoher Baum stehen würde, so könnten wir eine neue Brücke von hier aus hinüberschlagen. Es gibt aber leider keinen, der näher als fünfzig Meter vom Rande abstände, und unsere vereinigten Kräfte würden nicht in der Lage sein, einen geeigneten Baum heranzuschaffen. Das Tau ist natürlich viel zu kurz, als daß wir uns daran herablassen könnten. Unsere Lage ist hilflos – hilflos!

Zehntes Kapitel

Die seltsamsten Dinge haben sich ereignet

Wir haben eine Reihe höchst merkwürdiger Dinge erlebt und erleben dauernd noch neue. Mein ganzer Papiervorrat besteht aus fünf alten Notizbüchern und einer Anzahl loser Blätter, und ich besitze nur einen Füllfederhalter. Aber solange ich meine Hand bewegen kann, will ich fortfahren, unsere Erlebnisse und Eindrücke niederzuschreiben. Denn da wir die einzigen Mitglieder des Menschengeschlechts sind, die derartige Dinge zu sehen bekommen, ist es von außerordentlicher Bedeutung, wenn ich von ihnen berichte, solange sie noch frisch in meinem Gedächtnis sind und bevor das Schicksal, das drohend über uns hängt, uns zerschmettert. Ob Zambo diese Briefe zum Ufer hinuntertragen kann, oder ob ich sie auf irgendeine wunderbare Weise selbst bringen werde, oder ob schließlich irgendein kühner Forscher mit Hilfe eines Flugzeuges dies Bündel von Manuskripten findet, auf jeden Fall weiß ich, daß das, was ich hier niederschreibe, unsterblich sein wird als das klassische Beispiel eines wirklichen Abenteuers.

Am Morgen nach dem Tage, an dem wir durch den verbrecherischen Gomez zu Gefangenen auf dem Plateau gemacht waren, begann für uns ein ganz neuer Abschnitt unserer Erlebnisse. Der erste Vorfall war nicht danach angetan, mir eine sehr günstige Meinung über unseren Aufenthaltsort zu vermitteln. Als ich mich bei Tagesanbruch nach einem kurzen Schlaf erhob, fielen meine Augen auf eine merkwürdige Erscheinung an einem meiner Beine. Die Hose war etwas hinaufgerutscht, so daß ein Stückchen der Haut oberhalb des Strumpfes bloß lag. An dieser Stelle haftete etwas, das wie eine dicke rötliche Traube aussah. Erstaunt über diesen Anblick beugte ich mich vornüber, um das Ding zu entfernen, als es zu meinem Schrecken zwischen meinen Fingern zerbarst, wobei das Blut nach allen Seiten spritzte. Ein Schrei des Entsetzens brachte die beiden Professoren an meine Seite.

»Höchst interessant«, sagte Summerlee, sich über mein Schienbein beugend. »Ein riesiger Blutegel, noch nicht klassifiziert, wie ich glaube.«

»Die erste Frucht unserer Forscherarbeit«, sagte Challenger in seiner lauten pedantischen Art. »Wir können nicht umhin, sie Ixodes Malonizu nennen. Die kleine Unannehmlichkeit, von dem Tier gebissen zu sein, mein junger Freund, bedeutet nichts gegenüber dem ruhmreichen Vorrecht, Ihren Namen in die ewigen Annalen der Zoologie einschreiben zu lassen. Unglücklicherweise haben Sie dieses schöne Exemplar im Moment seiner Sättigung zerstört.«

»Ekelhaftes Gewürm!« schrie ich.

Professor Challenger zog mit dem Ausdruck des Protestes die grauen Augenbrauen hoch und legte seine begütigende Hand auf meine Schulter. »Sie sollten es lernen, mehr wissenschaftlich zu denken und zu fühlen«, sagte er. »Für einen Mann mit philosophischer Veranlagung, wie ich, ist ein Blutegel mit seinem lanzenähnlichen Rüssel und seinem ausdehnbaren Magen ein ebenso schönes Werk der Natur wie ein Pfau oder wie etwa das Nordlicht. Es schmerzt mich, wenn ich Sie in einer so unangemessenen Weise sprechen höre. Ich zweifle aber nicht daran, daß wir bei gehörigem Eifer noch eines oder das andere Exemplar auftreiben werden.«

»Das ist sogar ganz sicher,« sagte Summerlee, ironisch lächelnd, »denn es ist gerade eines hinter Ihrem Hemdkragen verschwunden.«

Challenger machte einen Luftsprung, brüllte wie ein Ochse und zerrte wie wahnwitzig an Rock und Hemd, um beides auszuziehen. Summerlee und ich mußten so lachen, daß wir ihm kaum helfen konnten. Schließlich zogen wir ihm die Kleidungsstücke von seinem monströsen Körper (54 Zoll Bandmaß) herunter. Aus dem dichten Dschungel von schwarzen Haaren, mit denen seine Haut bedeckt war, holten wir den wandernden Blutegel hervor, ehe er sich festgesogen hatte. Aber das Gebüsch bei unserem Standort war so voll von dieser furchtbaren Pest, daß wir gezwungen waren, unseren Lagerplatz dort aufzugeben.

Das erste und notwendigste aber war, Verabredungen mit unserem treuen Neger zu treffen, der gerade wieder auf der Höhe der Felsenspitze erschien, um von hier aus eine Anzahl Büchsen mit Kakao und Biskuit zu uns herüberzuschaffen. Wir beauftragten ihn, von den unten bleibenden Vorräten so viel zurückzubehalten, als er etwa für zwei Monate nötig habe. Den Rest sollte er den Indianern als Lohn für ihre Dienste und für das Mitnehmen unserer Briefe zum Amazonenstrom überlassen. Einige Stunden später sahen wir sie im Gänsemarsch weit hinten auf der Ebene, jeder mit einem Bündel auf dem Kopf, den Weg, den wir gekommen waren, zurückgehen. Zambo richtete sich in unserem kleinen Zelt zu Füßen der Felsspitze ein und blieb hier als unser einziges Bindeglied mit der Welt.

Und nun mußten wir uns klar werden über die nächsten von uns zu unternehmenden Schritte. Die Stelle mit den Blutegeln vertauschten wir mit einer kleinen Lichtung, die auf allen Seiten dicht von Bäumen eingefaßt war. In der Mitte derselben fanden sich einige flache Felsplatten, und in deren Nähe entsprang eine Quelle. Das war ein bequemer und sauberer Platz, auf dem wir uns niederlassen und unsere Pläne für den Einfall in das neue Land schmieden konnten. Aus den Baumkronen ertönten die Stimmen von Vögeln; besonders fiel uns darunter ein eigenartiger Schrei auf, den wir bisher nicht gehört hatten – sonst war kein Zeichen von Leben zu bemerken.

Zunächst stellten wir eine Art von Verzeichnis über unsere Vorräte auf, um eine Übersicht darüber zu haben, was uns zur Verfügung stand. Es stellte sich heraus, daß wir mit dem, was wir selbst mitgebracht hatten und was Zambo zu uns hinüberexpediert hatte, ganz gut versehen waren. Als Wichtigstes von allem, mit Rücksicht auf die bevorstehenden Gefahren, hatten wir unsere vier Gewehre nebst 1300 Schuß Munition, ebenso eine Schrotflinte mit allerdings nur 150 Patronen. Unsere Lebensmittel und der Tabak reichten für einige Wochen. Außerdem hatten wir einige wissenschaftliche Apparate einschließlich eines großen Fernrohrs und eines guten Feldstechers. Alle diese Dinge legten wir auf den Boden der Lichtung nieder und umgaben sie mit einem Wall dorniger Sträucher, der einen Kreis von fünfzehn Metern Durchmesser bildete. Dieser Kreis war einstweilen unser Hauptquartier, unsere Zufluchtsstelle bei plötzlicher Gefahr und ein geschütztes Lager für unsere Vorräte. Fort Challenger nannten wir es.

Es war Mittag geworden, bevor wir diese Arbeit beendigt hatten, aber die Hitze war nicht drückend, wie überhaupt der allgemeine Charakter der Temperatur und der Vegetation auf dem Plateau ziemlich gemäßigt war. In dem uns umgebenden Baumgürtel fanden sich Eichen, Buchen und sogar Birken. Ein riesiger Gingkobaum, der alle anderen überragte, breitete seine großen Zweige und sein feingegliedertes Blätterwerk über dem von uns erbauten Fort aus. In seinem Schatten setzten wir unsere Erörterungen fort, bei welcher Gelegenheit Lord John, der in der Stunde der Tat rasch das Kommando übernommen hatte, seine Ansichten auseinandersetzte.

»Solange wir von keinem Menschen oder Tier bemerkt werden, sind wir sicher«, sagte er. »Von dem Augenblick an, da sie unsere Anwesenheit feststellen, ist es mit der Ruhe vorbei. Kein Anzeichen verrät bis jetzt, daß sie uns entdeckt hätten. Es ist also unsere Aufgabe, uns zunächst einmal hier verborgen zu halten und das Land auszuspionieren. Wir müssen uns über den Charakter unserer eventuellen Nachbarn informieren, bevor wir uns mit ihnen auf den Besuchsfuß stellen.«

»Aber wir müssen doch vorwärts«, erlaubte ich mir zu bemerken.

»Auf jeden Fall, mein Söhnchen, werden wir vorgehen. Aber mit Überlegung. Wir dürfen niemals so weit gehen, daß wir nicht zu unserem Lager zurückkehren können. Unter keinen Umständen dürfen wir, wenn es nicht auf Leben und Tod geht, von unseren Gewehren Gebrauch machen.«

»Aber Sie haben doch gestern geschossen«, sagte Summerlee.

»Wohl habe ich das getan, aber das war nicht zu vermeiden. Doch ging der Wind stark nach außen, so daß es nicht wahrscheinlich ist, daß der Schall weit ins Plateau hinein gehört worden ist. – Wie wollen wir übrigens diese Hochfläche nennen? Ich meine, wir müßten ihr doch einen Namen geben.«

Es wurden dann einige mehr oder weniger glückliche Vorschläge gemacht, aber Challenger traf das Richtige.

»Das Land kann nur einen Namen tragen«, sagte er. »Es muß genannt werden nach dem Namen des Pioniers, der es entdeckt hat: Maple-White-Land.«

Und diesen Namen wählten wir und trugen ihn in die Karte ein, deren Ausarbeitung meine besondere Aufgabe war. Und so wird er denn wohl auch in einem zukünftigen Atlas zu lesen sein.

Die friedliche Durchdringung des Maple-White-Landes war nun unsere wichtigste Aufgabe. Wir hatten mit eigenen Augen festgestellt, daß dieses Land von einigen unbekannten Geschöpfen bewohnt war. Und auch Maple Whites Skizzenbuch enthielt für uns den Beweis vom Vorhandensein noch furchtbarerer und gefährlicherer Ungetüme. Daß es daneben noch menschliche Bewohner, und zwar solche von böswilligem Charakter gab, ließ sich aus dem aufgespießten Skelett in dem Bambusdickicht, das dort nur durch den Sturz von oben her hingelangt sein konnte, schließen. Unsere Lage in einem solchen Lande, ohne die Möglichkeit zu entkommen, bot also viele Gefahren, und unser Verstand billigte alle Vorsichtsmaßregeln, die Lord Johns Erfahrung für richtig hielt. Unmöglich war es dennoch, am Rande dieser geheimnisvollen Welt lange zu verweilen, solange wir innerlich vor Ungeduld bebten, vorzudringen und das Innere zu erforschen.

Wir verschlossen daher den Eingang unseres Lagers mit dornigen Sträuchern, so daß die Vorräte hinter der schützenden Hecke verborgen waren, und schritten dann langsam und vorsichtig, dem Lauf eines kleinen Baches, dessen Quelle in unserem Fort entsprang, folgend, ins Unbekannte hinein.

Wenige Augenblicke später stießen wir auf Anzeichen, die uns verrieten, daß ganz besondere Dinge unser harrten. Nach wenigen hundert Metern Weges durch einen dichten Wald mit vielen mir unbekannten Bäumen, die aber von dem Botaniker unserer Expedition, Professor Summerlee, als Koniferen und Cycadaceen, die in der übrigen Welt längst verschwunden waren, festgestellt wurden, gelangten wir an eine Stelle, wo der Bach sich verbreiterte und einen ausgedehnten Sumpf bildete. Wir gelangten bis zu einer hohen Schilfmasse von besonderem Typus, der als Equisetum oder Tannenwedel erkannt wurde und ebenso wie die Kronen einzelner darin stehender Bäume in kräftigem Winde hin und her schwankte. Plötzlich gebot Lord John, der voran ging, mit aufgehobener Hand Halt.

»Sehen Sie hier,« sagte er, »beim Himmel, das muß die Spur des Urvogels sein.«

Auf dem weichen Boden vor uns erblickten wir den Abdruck eines riesigen dreizehigen Vogelfußes. Die Spuren dieses Tieres führten über den Sumpf und in den Wald hinein. Wir blieben alle stehen, um sie genauer zu untersuchen. Wenn es tatsächlich ein Vogel war – und welches andere Tier hätte solch eine Spur hinterlassen können? –, so mußte er verhältnismäßig viel größer als ein Strauß sein.

Lord John blickte eifrig suchend in der Gegend umher und schob zwei Patronen in seine Elefantenbüchse. »Ich setze meinen guten Ruf als Jäger zum Pfande,« sagte er, »daß diese Spur ganz frisch ist. Das Untier ist vor kaum zehn Minuten hier vorübergegangen. Sehen Sie doch, wie hier noch das Wasser in den tieferen Stellen der Spur zusammenrinnt. Beim Himmel, hier ist noch eine kleinere Spur daneben.«

Und tatsächlich erblickten wir kleinere Spuren desselben Charakters, die neben den größeren herliefen.

»Und was halten Sie hiervon?« rief Professor Summerlee triumphierend, indem er auf ein zwischen den dreizehigen Spuren vorhandenes Zeichen hinwies, das wie der Abdruck einer riesenhaften, fünffingerigen menschlichen Hand aussah.

»Weald!« rief Challenger in Ekstase, »diese Spuren habe ich im Wealdton bereits gesehen. Es handelt sich um ein Geschöpf, das auf dreizehigen Hinterfüßen aufrecht geht und gelegentlich einen seiner fünffingerigen Vorderfüße auf den Boden setzt. Das ist kein Vogel, mein lieber Roxton – kein Vogel.«

»Ein Raubtier?«

»Nein, nein, ein Reptil – ein Dinosaurier. Kein anderes Wesen könnte solche Spuren zurücklassen. Die haben schon einen würdigen Doktor in Sussex vor einigen neunzig Jahren in Verlegenheit gesetzt. Aber wer in der Welt hätte hoffen können – hoffen können –, so etwas zu sehen!«

Seine Worte erstarben in einem Flüstern, und wir standen alle in regungslosem Staunen da. Den Spuren folgend, gelangten wir von dem Morast bis zu einer aus Gebüsch und einzelnen Bäumen bestehenden Wand. Jenseits derselben befand sich eine Lichtung, und in dieser erblickten wir fünf der merkwürdigsten Geschöpfe, die ich jemals gesehen habe. Im Gebüsch niederhockend, konnten wir sie bequem beobachten.

Es waren fünf von diesen Tieren, zwei Ausgewachsene und drei Junge. Ihre Größe war riesenhaft. Selbst die Kleinen hatten die Größe von Elefanten, während das Ausmaß der beiden Erwachsenen alles übertraf, was ich je an tierischen Lebewesen gesehen habe. Ihre schieferfarbige Haut war geschuppt wie die einer Eidechse und glänzte im Sonnenschein. Alle fünf saßen aufrecht. Sie hielten sich auf ihren dicken, mächtig entwickelten Schwänzen und den riesigen, dreizehigen Hinterfüßen im Gleichgewicht, während sie mit ihren kleinen fünffingerigen Vorderfüßen Baumzweige herunterzogen, um das Blattwerk abzufressen. Ich kann euch ihre Erscheinung nicht besser schildern, als wenn ich sage, daß sie aussahen wie ungeheure Känguruhs von zwanzig Fuß Höhe mit einer Haut wie schwarze Krokodile.

Ich weiß nicht, wie lange wir regungslos im Anblick dieses erstaunlichen Schauspiels verharrten. Ein kräftiger Windstoß blies zu uns herüber, und das Gebüsch verbarg uns so gut, daß wir nicht zu befürchten brauchten, entdeckt zu werden. Von Zeit zu Zeit hüpften die Kleinen schwerfällig um die Eltern herum, während diese in die Luft sprangen und mit dumpfem Aufschlag wieder auf die Erde zurückfielen. Die Stärke der Eltern schien unbegrenzt zu sein. Denn als eines von ihnen ein Blätterbündel in der Krone eines sehr hohen Baumes nicht erreichen konnte, ergriff es den Stamm mit den Vorderfüßen

und riß ihn um, als wäre er eine Gerte. Dieser Vorgang war, wie mir schien, nicht nur ein Beweis von der riesenhaften Entwicklung seiner Muskeln, sondern auch von der Kleinheit seines Gehirns, denn der Baum stürzte krachend um und schlug ihm auf den Kopf, und das Tier stieß eine Reihe von klagenden Lauten aus, die erkennen ließen, daß es trotz seiner Größe verhältnismäßig empfindlich war. Auch schien ihm das Ergebnis anscheinend den Gedanken einzuflößen, daß die Nachbarschaft Gefahren barg; denn es ging langsam ab in den Wald, gefolgt von seinem Genossen und den drei Riesenkindern. Wir sahen die Schuppen der Tiere zwischen den Baumstämmen glänzen und ihre Köpfe oberhalb des Buschwerks hin- und herschwanken. Dann verloren wir sie aus den Augen.

Ich blickte zu meinen Gefährten hinüber. Lord John, dem die Jägerlust aus den stolzen Augen blitzte, starrte den Tieren nach, den Finger am Abzug seiner Elefantenbüchse. Was würde er dafür gegeben haben, einen solchen Kopf zwischen den gekreuzten Rudern über dem Kaminsims in seinem behaglichen Heim im Albanygebäude anbringen zu können! Und doch hielt seine Überlegung ihn zurück, denn die Möglichkeit, die Wunder dieses unbekannten Landes zu erforschen, hing davon ab, daß unsere Anwesenheit seinen Bewohnern verborgen blieb. Die beiden Professoren waren von schweigender Ekstase erfüllt. In ihrer Aufregung hatten sie einander unbewußt bei der Hand ergriffen und standen da wie zwei Kinder vor einem sich enthüllenden Wunder. Challengers Antlitz war übergossen von einem engelgleichen Lächeln, und auch Summerlees bittere Züge erweichte der Ausdruck des Staunens und der Ehrfurcht.

»Nunc dimittis!« rief er endlich aus. »Was werden sie in England dazu sagen!«

»Mein lieber Summerlee, ich will Ihnen im tiefsten Vertrauen mitteilen, was man in England sagen wird«, erwiderte Challenger. »Sie werden sagen, daß Sie ein infernalischer Lügner und ein wissenschaftlicher Scharlatan sind. Genau das, was Sie und andere von mir behauptet haben.«

»Angesichts der Photographien?«

»Schwindel, Summerlee, plumper Schwindel!«

»Angesichts der Beweisstücke?«

»Ah, ja, damit werden wir sie kriegen, Malone und seine schmutzige Fleetstreet-Gesellschaft werden uns jetzt Loblieder in allen Tonarten singen. Der 28. August – das ist der Tag, an dem wir fünf lebende Iguanodons in einer Lichtung in Maple-White-Land gesehen haben. Schreiben Sie das nieder in Ihrem Tagebuch, mein junger Freund, und schicken Sie das Ihrer Bande.«

»Nehmen Sie sich aber in acht, daß Sie keine redaktionellen Fußtritte bekommen«, sagte Lord John. »Vom Breitengrade Londons aus sehen die Dinge etwas anders aus. Es gibt manche, die ihre Erlebnisse niemals erzählen, weil sie doch keinen Glauben damit finden, und niemand wird sie deswegen tadeln können. Denn das, was wir hier gesehen haben, wird uns in einigen Monaten selbst als Traum vorkommen. – Wofür halten Sie diese Tiere?«

»Iguanodons,« sagte Summerlee, »deren Fußabdrücke finden sie überall auf den Sandbänken in Hasting, in Kent und in Sussex. Der Süden von England war voll von ihnen, solange sie dort genügend saftiges Futter fanden. Aber die Lebensbedingungen haben sich geändert, und infolgedessen sind diese Geschöpfe ausgestorben. Hier scheint das nicht der Fall zu sein, daher sind sie erhalten geblieben.«

»Wenn ich jemals lebendig davonkomme, muß ich einen von diesen Köpfen haben«, sagte Lord John. »Herr Gott im Himmel, was würden einige von meinen Jagdgefährten aus Uganda für ein Wesen daraus gemacht haben, wenn sie das gesehen hätten! Ich weiß nicht, wie Sie darüber denken, aber auf mich macht es doch einen starken Eindruck, auf einem so gefährlichen Fleck Erde zu stehen.«

Ich hatte dasselbe Gefühl gegenüber unserer geheimnisvollen und gefährlichen Umgebung. In der Dämmerung zwischen den Bäumen schien eine beständige Gefahr zu lauern, und beim Anblick der düsteren Baumkronen stieg eine unbestimmte Angst in unser aller Herzen auf. Die riesenhaften Geschöpfe, die wir gesehen hatten, waren sicherlich schwerfällige und friedliche Bestien, die niemandem etwas zu Leide taten. Aber bestand nicht die Möglichkeit, daß noch andere urzeitliche Tiere in dieser Welt der Wunder vorhanden waren, die in wilder Angriffslust sich von ihren Schlupfwinkeln zwischen den Felsen oder im Busch auf uns stürzen

würden? Meine Kenntnisse vom prähistorischen Leben waren nur geringe. Aber ich erinnere mich deutlich eines Buches, das ich einst gelesen hatte, in dem die Rede war von Geschöpfen, die Löwen und Tiger verschlingen konnten wie eine Katze die Mäuse. Was dann, wenn solche Tiere in den Wäldern des Maple-White-Landes vorhanden waren?

Und unser Schicksal wollte es, daß wir an diesem selben Morgen – dem ersten im neuen Lande – erfahren sollten, welch seltsame Gefahren uns umgaben. Es war ein ekelhaftes Erlebnis, an das ich nur mit tiefem Abscheu zurückdenken kann. Wenn die Lichtung mit den Iguanodons uns, wie Lord John sagte, wie ein Traum vorkommen wird, dann wird der Sumpf mit den Pterodactylen sicherlich wie ein ewiger Alpdruck auf uns wirken. Laßt mich erzählen, was sich ereignet hat!

Wir schritten langsam durch den Wald hin, teils, weil Lord John als Pfadfinder vorsichtig vorausging, bevor er gestattete, daß wir ihm nachkamen, und teils weil der eine oder der andere unserer Professoren alle Augenblick mit dem Ausdruck des Erstaunens vor Blumen oder Insekten stehen blieb, um sie als Vertreter einer ganz neuen Gattung festzustellen. Wir waren vier bis fünf Kilometer marschiert, wobei wir uns immer an dem rechten Ufer des Baches hielten, als wir an eine ausgedehnte, baumlose, mit Felsblöcken besäte Ebene kamen. Ein buschbewachsener Landstreifen trennte uns von einem vor uns liegenden wirren Felshaufen. Als wir durch das hüfthohe Gras darauf zuschritten, vernahmen wir ein seltsames leises Geschnatter und Pfeifen, das allem Anschein nach von einer nicht weit vor uns liegenden Stelle herkam. Lord John forderte uns winkend auf, stehen zu bleiben, und schlich sich, vorsichtig und in gebückter Haltung, bis an die Felsen. Wir sahen, wie er über den Rand derselben hinüberschaute und durch eine Handbewegung sein Erstaunen zum Ausdruck brachte. Dann stand er wie im Anschauen versunken, als ob er uns völlig vergessen hätte; so sehr nahm ihn das, was er sah, in Anspruch. Schließlich gab er uns ein Zeichen, vorsichtig näher zu kommen. Sein ganzes Gebaren ließ deutlich erkennen, daß etwas ebenso Wunderbares wie Gefährliches unser wartete.

An seine Seite kriechend, lugten wir über die Felsen hinüber. Wir sahen vor uns einen gewaltigen

Erdtrichter, der in Urzeiten vielleicht einen der kleineren vulkanischen Krater auf dem Plateau gebildet hatte. Er hatte die Form einer Schüssel, und auf seinem Grunde bemerkten wir, in der Entfernung von einigen hundert Metern, mit grünem Schaum bedeckte, stagnierende und von Binsen umgebene Wasserlöcher. Sie boten ein unheimliches Bild, aber die dort unten befindlichen Lebewesen machten sie zu einer Szene aus Dantes Hölle. Es war ein Brutplatz von Pterodactylen. Hunderte von ihnen hockten dort nebeneinander. Der Erdboden rund um die Wasserlöcher herum wimmelte von jungen Tieren und ihren grauenhaften Müttern, die ihre gelblichen, lederartigen Eier ausbrüteten. Von dieser kriechenden, flügelschlagenden Masse widerwärtiger Reptilien rührte der betäubende Lärm her und ebenso ein fauliger und muffiger Gestank, der einen krank machen konnte. An den höheren Stellen saßen, jedes auf seinem Stein, große, graue Exemplare, die mehr den Eindruck von toten und getrockneten, als von wirklich lebenden Geschöpfen machten. Es waren die schaudererregenden männliche Tiere, die dort in absoluter Regungslosigkeit, nur die roten Augen rollend und gelegentlich mit ihren wie Rattenfallen aussehenden Schnäbeln nach einer vorbeifliegenden Libelle schnappend, hockten. Die großen häutigen Flügel waren über dem Körper zusammengefaltet, so daß sie aussahen wie riesenhafte alte Weiber, die mit häßlichen grauen, nur die wilden Köpfe freilassenden Tüchern bekleidet waren. Mindestens tausend von diesen schmutzigen großen und kleinen Geschöpfen befanden sich in der Hölle vor uns.

Unsere Professoren wären am liebsten den ganzen Tag hier geblieben, so entzückt waren sie über die Gelegenheit, prähistorisches Leben zu studieren. Sie machten auf die zwischen den Felsen umherliegenden Fische und toten Vögel aufmerksam, die als Beweis für die Art der Nahrung der Pterodactylen angesehen werden konnten. Und ich hörte, daß sie sich gegenseitig beglückwünschten, Klarheit darüber geschaffen zu haben, warum die Knochen dieser fliegenden Drachen in gewissen, scharfumgrenzten Gebieten in so großer Anzahl beieinander gefunden wurden, wie zum Beispiel im Cambridger Grünsandstein. Man hatte sich durch Augenschein überzeugen können, daß diese Tiere wie Pinguine zu großen Scharen vereinigt leben.

Schließlich erhob aber Challenger, in der Absicht, eine Behauptung, der Summerlee widersprochen hatte, zu beweisen, den Kopf über den Felsen und hätte dadurch fast unseren Untergang heraufbeschworen. Sofort stieß nämlich der nächste männliche Vogel einen schrillen, pfeifenden Schrei aus, öffnete seine zwanzig Fuß breiten, lederartigen Flügel und schwang sich in die Luft. Die Weibchen und Jungen drängten sich neben dem Wasser dicht zusammen, während der ganze Kreis der männlichen Wachtposten einer nach dem anderen sich in die Luft erhob. Es war ein wunderbares Schauspiel, zuletzt etwa hundert Kreaturen von einer riesenhaften Größe und diesem furchtbaren Äußern, heftige Windstöße erzeugend, wie Schwalben auf und ab schießen zu sehen. Es wurde uns aber bald klar, daß es uns nicht möglich sein würde, auch nur eines der Tiere herunterzuholen. Zunächst bildeten die Bestien im Fluge einen gewaltigen Ring, als ob sie sich erst einmal über die Ausdehnung der Gefahr klar werden wollten. Dann flogen sie langsam tiefer, und der Kreis wurde immer enger, bis sie zuletzt um uns herumschwirrten, wobei der trockene, rasselnde Schlag ihrer riesigen, schieferfarbenen Flügel die Luft mit einem so lauten Geräusch erfüllte, daß man an einen Flugplatz hätte denken können.

»Schnell in den Wald, und zusammenbleiben!« schrie Lord John, den Kolben umdrehend. »Die Bestien beabsichtigen einen Angriff.«

Im Augenblick, als wir uns zurückziehen wollten, schloß sich der Kreis über uns, so daß die Spitzen der Flügel der nächsten Tiere fast unser Gesicht berührten. Wir schlugen nach ihnen mit Knüppeln und unseren Gewehren, aber es gelang uns nicht, etwas Festes und Verwundbares damit zu treffen. Dann schoß plötzlich aus dem schwirrenden, dunkelgrauen Gewimmel ein langer Nacken heraus, und ein wilder Schnabel hieb auf uns ein. Immer mehr Schnäbel folgten. Summerlee stieß einen Schrei aus und griff sich an die Stirn, von der das Blut herabströmte. Ich fühlte einen Stich im Nacken und wurde vor Schreck fast ohnmächtig. Challenger stürzte, und als ich stehen blieb, um ihm aufzuhelfen, erhielt ich wiederum einen Schlag von hinten, so daß ich auf den Professor fiel. Im selben Augenblick hörte ich das Krachen der Elefantenbüchse Lord Johns, und aufblickend bemerkte ich, wie eines der furchtbaren Geschöpfe sich mit gebrochenem Flügel auf dem Boden hinschleppte, uns mit weit geöffnetem Schnabel anfauchend und die blutunterlaufenen Glotzaugen auf uns gerichtet wie ein Teufel auf einem mittelalterlichen Gemälde. Die übrigen Tiere waren bei dem plötzlichen Knall höher gestiegen und schwebten wieder in einem Kreise über unseren Köpfen.

»So,« schrie Lord John, »jetzt geht's auf Leben und Tod.« Wir stürzten durch das Gestrüpp, aber als wir im Begriff waren, die schützenden Bäume zu erreichen, waren die Harpyen wieder da. Summerlee wurde niedergehauen, aber wir rissen ihn hoch und schleppten ihn bis unter die Bäume. Dort angelangt, waren wir sicher; denn zwischen den Baumkronen fanden die riesigen Flügel nicht Raum genug, um sich entfalten zu können. Als wir, übel zugerichtet, heimwärts humpelten, sahen wir die Tiere noch lange in großer Höhe über uns am blauen Himmel kreisen, von wo aus sie uns zweifellos dauernd beobachteten. Nachdem wir aber schließlich den dichteren Wald erreicht hatten, gaben sie die Jagd auf, und wir sahen nichts mehr von ihnen.

»Ein sehr interessantes und überzeugendes Erlebnis«, sagte Challenger, als wir bei dem Sumpf angekommen waren und er sein geschwollenes Knie kühlte. »Wir sind über die Gewohnheiten dieser tollen Pterodactylen jetzt außerordentlich gut informiert.«

Summerlee wischte sich das Blut von der Stirn, während ich eine unangenehme Stichwunde im Nacken verband. Lord John hatte eine Schulter entblößt, aber die Zähne des angreifenden Tieres hatten ihm nur die Haut gestreift.

»Es verdient festgestellt zu werden,« fuhr Challenger fort, »daß unser junger Freund eine unbezweifelbare Wunde erhalten hat, während in Lord Johns Rock durch den Biß nur ein Loch gerissen wurde. Ich für meinen Teil habe nur einen Flügelschlag an den Kopf bekommen, so daß wir eine Reihe von guten Beispielen ihrer Angriffsmethoden haben.«

»Wir sind noch gerade so eben davon gekommen,« sagt« Lord John ernst, »und ich könnte mir keine üblere Todesart vorstellen, als durch solch ein schmutziges Viehzeug erledigt zu werden. Es tut mir leid, daß ich einen Schuß abgegeben habe, aber es blieb mir tatsächlich keine andere Wahl.«

»Wir wären nicht bis hierher gelangt, wenn Sie nicht geschossen hätten«, sagte ich mit Überzeugung.

»Vielleicht schadet es auch nicht«, erwiderte er. »In diesen Wäldern hier gibt es sicherlich manchen Krach von fallenden Bäumen, der ähnlich wie ein Schuß klingen mag. Sie werden aber jetzt mit mir einer Meinung sein, daß diese Erlebnisse für heute genügen und daß wir gut tun, zum Lager zurückzukehren, um unsere Wunden mit Karbolwasser aus unserem Verbandskasten zu waschen. Wer weiß, was für ein Gift diese Bestien uns mit ihren ekelhaften Schnäbeln beigebracht haben.«

Sicherlich hatte niemals ein Mensch seit Anfang der Welt solch einen Tag erlebt, und doch bereitete sich bereits eine neue Überraschung für uns vor. Als wir, dem Laufe des Baches folgend, schließlich unsere Lichtung erreichten und die dornige Ringmauer unseres Lagers erblickten, glaubten wir fürs erste am Ende unserer Abenteuer angekommen zu sein. Es gab aber etwas anderes zu tun, als uns der Ruhe hinzugeben. Der Eingang von Fort Challenger erwies sich als unberührt. Der dornige Wall war nicht zerstört, und doch war das Lager in unserer Abwesenheit von einem seltsamen und mächtigen Wesen besucht worden. Keine Fußspur ließ auf die Art dieses Wesens schließen, und nur die überhängenden Zweige des riesigen Gingkobaumes gestatteten eine Vermutung über die Annäherung und das Verschwinden desselben. Seine unheimlichen und zerstörerischen Kräfte wurden klar belegt durch den Zustand unserer Vorräte. Sie waren alle auf dem Boden des Lagers durcheinandergeworfen, und eine Büchse mit Fleisch war völlig zerschmettert und ihres Inhaltes beraubt. Eine Patronenkiste war zersplittert, und eine der Messinghülsen lag in Stücke zerrissen daneben. Uns überfiel ein namenloser Schrecken, und unsere entsetzten Augen streiften die dunklen Schatten zwischen den Bäumen um uns herum, in denen ein furchtbares Wesen auf der Lauer liegen mochte. Es war eine Erlösung für uns, als wir durch die laute Stimme Zambos begrüßt wurden und ihn, an den Rand des Plateaus eilend, schmunzelnd auf der Plattform der Felsensäule sitzen sahen.

»Alles gut, Massa Challenger, alles gut«, schrie er. »Ich bin hier. Keine Furcht, Sie mich immer hier finden, wenn mich brauchen.«

Sein biederes, schwarzes Gesicht und die unendlich weite Aussicht vor uns, die die halbe Entfernung bis zum Nebenfluß des Amazonenstroms umspannte, rief uns in die Erinnerung zurück, daß wir tatsächlich dem zwanzigsten Jahrhundert angehörten und nicht durch irgendeinen Zauber auf einen im Urzustand befindlichen Planeten versetzt waren. Wie schwer war es, sich vorzustellen, daß jene violette Linie am weiten Horizont so nahe dem großen Strom war, auf dem riesige Dampfer hinabglitten und an dessen Ufern sich die Leute über die kleinsten Dinge des Lebens unterhielten, während wir, hilflos ausgesetzt unter den Kreaturen eines verflossenen Zeitalters, nur sehnsüchtig in die Ferne blicken konnten.

Und noch eine andere Erinnerung ist mir von diesem merkwürdigen Tage zurückgeblieben, mit der ich diesen Brief beschließen will. Die beiden Professoren lagen miteinander in Streit darüber, ob unsere Angreifer zur Gattung Pterodactylus oder Dimorphodon gehörten, und da ihr reizbares Temperament offenbar durch gegenseitige Kränkungen noch stärker erhitzt war, warfen sie sich kräftige Worte an den Kopf. Ich hatte mich, um ihrem Zank aus dem Wege zu gehen, etwas abseits auf einen gestürzten Baum gesetzt und rauchte meine Pfeife, als Lord John zu mir herüberkam.

»Sagen Sie, Malone, erinnern Sie sich der Stelle, wo diese Bestien saßen?«

»Ganz genau.«

»Es war doch eine Art Vulkantrichter, nicht wahr?«

»Sicherlich«, sagte ich.

»Haben Sie sich den Boden genau angesehen?«

»Der war felsig.«

»Aber am Rande des Wassers, wo das Schilf wuchs?«

»Da zeigte der Boden eine bläuliche Farbe. Die sah aus wie blauer Ton.«

»Richtig, ein Vulkankrater, der mit blauem Ton ausgefüllt ist.«

»Was bedeutet das?« fragte ich.

»Oh, nichts, nichts«, sagte er und schritt langsam wieder zu jener Stelle hinüber, von der das Duett der streitbaren Männer der Wissenschaft, in dem der hohe, schneidende Ton von Summerlee und der sonore Baß Challengers sich mischten, herüberdrang. Ich hätte nicht wieder an Lord Johns Bemerkung gedacht, wenn ich ihn nicht in der Nacht noch hätte vor sich hinmurmeln hören: »Blauer Ton, blauer Ton in einem Krater.« Das waren die letzten Worte, die ich vernahm, ehe ich in einen tiefen Schlaf sank.

Elftes Kapitel

Diesmal war ich der Held

Lord John Roxtons Vermutung über die Giftigkeit der Schnabelhiebe jener fürchterlichen Geschöpfe, die uns angegriffen halten, erwies sich als richtig. Am Morgen nach unserem ersten Abenteuer auf dem Plateau stellten sich bei Summerlee und mir starke Schmerzen und Fieber ein, während Challengers Knie so geschwollen war, daß er kaum gehen konnte. Wir blieben daher den ganzen Tag über in unserem Lager, wo Lord John sich damit beschäftigte, mit unserer schwachen Unterstützung Höhe und Dicke des dornigen Walles, der unseren einzigen Schutz bildete, zu vergrößern. Ich erinnere mich, daß mich während des ganzen Tages das Gefühl beherrschte, daß wir irgendwie aus der Nähe beobachtet würden, obgleich ich keine Vorstellung hatte, durch wen und von welcher Stelle aus das geschah.

So stark war dieser Eindruck, daß ich Professor Challenger davon Mitteilung machte, der ihn indessen auf meinen fieberhaften Zustand zurückführte. Immer wieder blickte ich vorsichtig umher mit der Überzeugung, daß ich etwas entdecken würde; aber mein Blick traf immer nur auf das düstere Gestrüpp unserer Hecke oder auf das geheimnisvolle Dunkel des großen Baumes, dessen Zweige sich über uns ausbreiteten. Und doch wurde das Gefühl immer stärker in mir, daß etwas Beobachtendes und Bösartiges ganz in unserer Nähe sei. Ich dachte an den indianischen Aberglauben vom Curipuri – dem furchtbaren lauernden Geist der Wälder –, und ich konnte mir vorstellen, daß seine schreckliche Gegenwart die verfolgt, die in seinen versteckten und geheiligten Zufluchtsort eingedrungen waren.

In dieser Nacht (unserer dritten im Maple-White-Land), erlebten wir etwas, was einen furchtbaren Eindruck auf unsere Seelen zurückließ und ein Gefühl des Dankes gegen Lord John, der durch harte Arbeit unser Lager uneinnehmbar gemacht hatte, erweckte. Wir lagen schlafend um unser niedergebranntes Feuer, als wir plötzlich wach oder besser aus unserem Schlummer aufgeschreckt wurden durch ein andauerndes entsetzliches Schreien und Kreischen, wie ich es niemals gehört habe. Ich kenne keinen Klang, mit dem ich diesen grauenvollen Lärm, der von einer nur wenige hundert Meter entfernten Stelle herzukommen schien, vergleichen könnte. Er war ohrzerreißend wie der Pfiff einer Lokomotive; aber während dieses Pfeifen einen klaren, mechanischen, schneidenden Ton bildet, waren jene Laute von einem Umfang und einer vibrierenden Kraft, als ob sie in höchster Todesangst hervorgestoßen würden. Wir bedeckten unsere Ohren mit den Händen, um das nervenerschütternde Flehen nicht mehr zu hören. Kalter Schweiß lief mir über den Körper, und mein Herz wand sich vor Qual bei diesem Jammer. Alles Weh eines gequälten Lebens, alle seine zum Himmel aufgellenden Klagen als Ausdruck unendlicher Leiden schienen zusammengefaßt in diesem einen entsetzlichen Todesschrei. Und mit diesem hohen, durchdringenden Klang verband sich ein anderer, ein rauhes, aus tiefer Brust kommendes Lachen, ein knurrender, gieriger, gurgelnder Laut des Wohlbehagens, der im grotesken Gegensatz zu dem sich mit ihm mischenden Geschrei stand. Drei oder vier Minuten dauerte dieses furchtbare Duett, während dessen das Laub der Bäume rauschte vom Auffliegen der im Schlaf gestörten Vögel. Dann hörte es ebenso plötzlich auf, wie es begonnen hatte. Lange verharrten wir in schweigendem Entsetzen. Dann warf Lord John ein Bündel von Zweigen ins Feuer, dessen rote Glut die gespannten Züge meiner Gefährten erleuchtete und seinen Schein über die großen Zweige über uns warf.

»Was war das?« flüsterte ich.

»Wir werden es morgen früh sehen«, sagte Lord John. »Es war ganz in unserer Nähe – nicht weiter als die Lichtung.«

»Wir hatten den Vorzug, einer prähistorischen Tragödie beizuwohnen, einem der Schauspiele, wie sie sich im Schilf am Rande irgendeiner Lagune der Juraperiode abzuspielen pflegten, wenn ein größerer Drache einen kleineren im Schlamm zerreißt«, sagte Challenger mit mehr Ernst in der Stimme, als man es sonst bei ihm gewohnt war. »Es war sicherlich gut für den Menschen, daß er erst später in der Schöpfungsgeschichte auftauchte. Es gab Kräfte in diesen Zeiten, denen gegenüber Mut und mechanische Hilfsmittel versagen mußten. Was hätten seine Schlinge, sein Wurfholz oder sein Pfeil ihm nützen können gegenüber Gewalten, die sich in dieser Nacht betätigt haben? Selbst mit einem modernen Gewehr wäre es ein ungleicher Kampf mit einer solchen Bestie gewesen.«

»Ich hätte Lust, mein Gewehr auf die Schulter zu nehmen«, sagte Lord John, zärtlich seine gute Büchse streichelnd. »Ein gleichwertiger Gegner wäre dieser Bursche allerdings wohl gewesen.«

Summerlee hob die Hand. »Sst,« machte er, »ich höre etwas kommen.«

Aus dem tiefen Schweigen löste sich ein leises, regelmäßiges Tappen. Es war der Schritt eines Tieres, der Rhythmus weicher, aber schwerer Pfoten, die vorsichtig auf den Boden gesetzt wurden. Ich schlich mich vorsichtig an der Dornhecke herum und machte nahe dem Eingang halt. Dort vernahm ich ein leises, regelmäßiges Zischen, die Atemzüge eines Tieres. Nur ein schwacher Zaun trennte uns von diesem Schrecken der Nacht. Jeder von uns hatte sein Gewehr ergriffen, und Lord John zog einen kleinen Busch aus dem Wall heraus, um eine Schießscharte zu haben.

»Beim Himmel,« flüsterte er, »ich glaube, ich sehe es.«

Ich bückte mich und blickte über seine Schulter hinüber durch die Öffnung. Ja, ich konnte es auch erkennen. In dem tiefen Dunkel der Bäume bemerkte ich einen noch tieferen Schatten, schwarz und unbestimmt – ein zusammengekauertes wildes und drohendes Geschöpf. Es erschien nicht größer als ein Pferd, aber die unbestimmten Körperlinien ließen riesige Formen und Kräfte vermuten. Der zischende Atem, der an einen regelmäßig und kräftig einer Maschine entströmenden Dampf erinnerte, ließ auf einen ungeheuren Organismus schließen. Bei einer Bewegung des Tieres glaubte ich das Glitzern zweier schrecklicher, grünlich leuchtender Augen zu erkennen. Ein unangenehmes Rascheln machte den Eindruck, als ob es langsam vorwärts kroch.

»Ich glaube, die Bestie will hinüberspringen«, sagte ich, den Hahn meiner Büchse spannend.

»Nicht schießen, nicht schießen,« flüsterte Lord John, »ein Gewehrschuß ist in dieser stillen Nacht meilenweit zu hören. Wir wollen bis zuletzt warten damit.«

»Wenn es über die Hecke setzt, sind wir verloren«, sagte Summerlee, wobei seine Stimme in ein nervöses Lachen überging.

»Es darf nicht über die Hecke kommen,« rief Lord John, »aber warten Sie mit dem Schießen bis zuletzt. Ich werde etwas anderes mit der Bestie unternehmen. Ich werde es irgendwie versuchen.«

Und nun folgte die kühnste Tat, die ich je von einem Mann gesehen habe. Er bückte sich zum Feuer hernieder, riß einen glühenden Ast heraus und stürzte durch eine am Eingang des Lagers hergerichtete Ausfallspforte nach außen. Das Tier näherte sich ihm mit einem furchtbaren Knurren. Lord John rannte blitzschnell auf den Gegner zu und versetzte der Bestie mit dem brennenden Holz einen Schlag ins Gesicht. Einen Augenblick lang hatten wir das Bild einer grauenhaften Maske, wie von einer riesenhaften Kröte mit einer warzigen, aussätzigen Haut und einem offenen, von frischem Blut triefenden Maul. Dann gab es einen Krach im Unterholz, und unser furchtbarer, nächtlicher Gast war verschwunden.

»Ich denke, davon wird er einstweilen genug haben«, sagte Lord John lachend, als er zurückkam und seinen Zweig ins Feuer warf.

»Das hätten Sie wirklich nicht wagen sollen«, riefen wir alle.

»Etwas anderes konnte man doch nicht tun. Wäre er herübergekommen, so hätten wir uns bei den Versuchen, es niederzuschießen, gegenseitig treffen können, und andererseits, wenn wir durch die Hecke geschossen und ihn verwundet hätten, so wäre er trotzdem über uns hergefallen – nicht zu reden davon, daß wir uns blamiert hätten. Schließlich sind wir auf diese Art noch gut davongekommen. – Was war es denn übrigens?«

Unsere gelehrten Männer blickten sich gegenseitig schweigend an.

»Ich persönlich bin nicht in der Lage, das Tier mit Sicherheit zu klassifizieren«, sagte Summerlee, seine Pfeife am Lagerfeuer anzündend.

»Mit Ihrer Ablehnung einer bestimmten Äußerung beweisen Sie nur die richtige wissenschaftliche Zurückhaltung«, sagte Challenger mit betonter Herablassung. »Ich möchte selbst ebenfalls nicht weiter gehen, als ganz allgemein zu sagen, daß wir heute Nacht mit einiger Sicherheit mit irgendeiner Form eines fleischfressenden Dinosauriers in Berührung gekommen sind. Ich habe meine Annahme bereits zum Ausdruck gebracht, daß irgendeine Art dieser Klasse auf dem Plateau existiert.«

»Wir müssen berücksichtigen,« bemerkte Summerlee, »daß es manche vorgeschichtliche Form gibt, die wir bisher niemals kennengelernt haben. Es würde voreilig sein, anzunehmen, daß wir in der Lage sind, allen Geschöpfen, denen wir hier etwa begegnen, einen Namen zu geben.«

»Richtig.«

»Eine ungefähre Klassifikation muß uns genügen. Vielleicht verhelfen uns morgen einige weitere Beweisstücke zu einer Identifizierung. Einstweilen können wir nur versuchen, unseren unterbrochenen Schlaf fortzusetzen.«

»Aber nicht ohne Wache«, sagte Lord John mit Entschiedenheit. »Wir dürfen uns in einem Lande wie diesem nicht unnütz einer Gefahr aussetzen. Also mit zweistündiger Ablösung für jeden von uns.«

»Dann möchte ich meine Pfeife zu Ende rauchen und als erster die Wache übernehmen«, sagte Professor Summerlee. Und von jetzt an haben wir stets eine Nachtwache gehabt.

Am nächsten Morgen entdeckten wir bald die Quelle des grauenvollen Lärmes, der uns in der Nacht aus dem Schlaf gerissen hatte. Die Iguanodonlichtung hatte den Schauplatz eines furchtbaren, blutigen Kampfes abgegeben. Aus den Blutlachen und den überall im Grase umherliegenden riesigen Fleischfetzen schlossen wir zuerst, daß eine Anzahl von Tieren getötet worden war. Bei einer genaueren Untersuchung der Überreste stellten wir jedoch fest, daß alles Fleisch von einem einzigen dieser mächtigen Ungetüme stammte, das buchstäblich von einem, vielleicht nicht größeren, aber es an Wildheit übertreffenden Tiere in Stücke zerrissen war.

Unsere beiden in wissenschaftliche Erörterung versunkenen Professoren prüften nacheinander die verschiedenen Stücke, die die Spuren von gewaltigen Klauen und Zähnen zeigten.

»Wir werden kaum zu einem sicheren Schluß kommen«, sagte Professor Challenger, einen großen Streifen von hellfarbigem Fleisch auf den Knien haltend. »Das Aussehen dieser Stücke deutet auf das Vorhandensein eines Tigers mit säbelförmigen Krallen, so wie sie noch jetzt im Trümmergestein unserer Höhlen gefunden werden. Aber das von uns gesehene Tier war zweifellos größer und mehr den Reptilien verwandt. Ich persönlich bin geneigt, es für einen Allosaurus zu halten.«

»Oder Megalosaurus«, sagte Summerlee.

»Ganz recht, irgendeiner der großen fleischfressenden Dinosaurier würde auf den Fall passen. Es gibt unter ihnen die furchtbarsten Typen animalischen Lebens, die jemals die Erde schauerlich – oder ein Museum glücklich gemacht haben.« Diese komische Gegenüberstellung reizte ihn selbst zu einem sonoren Lachen, denn obwohl er wenig Sinn für Humor hatte, brach er gern in ein schallendes Lachen der Anerkennung aus, wenn ein salzloser Witz seinen eigenen Lippen entströmte.

»Je weniger Lärm, desto besser«, sagte Lord John kurz. »Wir wissen nicht, wer oder was hier in der Nähe ist. Wenn dieser Bursche zurückkommt, um sein Frühstück zu suchen und über uns herfällt, so werden wir nicht gerade viel zu lachen haben. – Was bedeutet übrigens diese Stelle hier auf der Decke des Iguanodons?«

Auf der dicken, schuppigen, schieferfarbigen Haut irgendwo über der Schulter befand sich ein einzelner schwarzer Fleck von irgendeiner Masse, die aussah wie Asphalt. Keiner von uns konnte sich vorstellen, was das war, obwohl Summerlee behauptete, vor zwei Tagen etwas Ähnliches auf dem Körper eines der Jungen gesehen zu haben. Challen-

ger sagte nichts, blickte aber wichtigtuerisch und geschwollen um sich, als ob er etwas sagen könne, wenn er wolle, so daß Lord John ihn schließlich direkt nach seiner Ansicht fragte.

»Wenn Eure Lordschaft mir gütigst gestatten wollen, den Mund zu öffnen, würde ich glücklich sein, meine Meinung zu äußern«, sagte er mit beißendem Spott. »Ich bin im allgemeinen nicht gewohnt, in einer Art zur Rede gestellt zu werden, wie sie Eure Lordschaft zu belieben scheinen. Ich wußte nicht, daß zu einem Lachen über einen harmlosen Scherz erst Ihre Erlaubnis eingeholt werden muß.«

Erst eine Entschuldigung Lord Johns konnte unseren reizbaren Freund wieder beruhigen. Als der verletzte Stolz schließlich dem Gefühl der Versöhnung Platz gemacht hatte, hielt er uns von seinem etwas entfernten Sitz auf einem gestürzten Baum einen Vortrag, und zwar in der bei ihm üblichen Form, als wenn er einer tausendfachen Zuhörerschaft höchst wertvolle Mitteilungen machte.

»Was diese Flecken angeht,« sagte er, »so bin ich geneigt, meinem Freunde und Kollegen Professor Summerlee zuzustimmen, daß sie aus Asphalt bestehen. Da dies Plateau seiner ganzen Natur nach hochvulkanisch ist, und da man im allgemeinen das Vorhandensein von Asphalt mit plutonischen Kräften verbindet, so zweifle ich nicht daran, daß es in freiem, flüssigem Zustande vorhanden ist und daß diese Geschöpfe damit in Berührung kommen. Ein sehr viel wichtigeres Problem ist aber die Frage nach der Existenz des fleischfressenden Ungetüms, das seine Spuren auf dieser Lichtung hinterlassen hat. Wir wissen ungefähr, daß das Plateau nicht größer ist als eine mittlere englische Grafschaft. Innerhalb seiner engen Grenzen hat eine gewisse Anzahl von Tierarten, von denen die meisten auf der übrigen Welt längst verschwunden sind, seit unendlich langer Zeit nebeneinander gelebt. Es ist mir nun ganz klar, daß die sich ungehindert vermehrenden fleischfressenden Tiere schließlich ihre Nahrungsquellen erschöpfen mußten und dadurch in die Zwangslage gekommen sind, entweder ihren Charakter als Fleischfresser aufzugeben oder vor Hunger zu sterben. Dem ist, wie Sie sehen, nicht so. Wir können uns daher nur vorstellen, daß das Gleichgewicht der Natur durch irgendein Hindernis, das die Zahl dieser wilden Geschöpfe beschränkt, aufrechterhalten wird. Es ist demnach eines der interessantesten Probleme, die unserer Lösung harren, aufzuklären, welcher Art dieses Hindernis ist und wie es sich auswirkt. Ich wage zu hoffen, daß wir bald weitere Gelegenheit zu einem genaueren Studium der fleischfressenden Dinosaurier haben werden.«

»Und ich wage zu hoffen, daß dem nicht so ist«, bemerkte ich.

Der Professor zog nur die grauen Augenbrauen hoch, etwa so, wie der Lehrer einem naseweisen Schüler gegenüber, der eine unangebrachte Bemerkung gemacht hat.

»Vielleicht hat Professor Summerlee noch eine Bemerkung zu machen«, sagte er. Und dann stiegen die beiden Gelehrten in jene luftverdünnte wissenschaftliche Atmosphäre hinauf, in der die Möglichkeiten einer Veränderung der Geburtenzahl gegen die Verminderung der Nahrungsquellen als ausgleichender Faktor im Kampf ums Dasein erörtert wurden.

An diesem Morgen kartographierten wir einen Teil des Plateaus, wobei wir den Pterodactylus-Sumpf vermieden und uns an der Ostseite unseres Baches statt wie früher auf seiner Westseite hielten. In dieser Richtung war das Land mit dichtem Wald bedeckt, der jedoch mit so starkem Unterholz durchsetzt war, daß wir nur langsam vorwärts kamen.

Bis jetzt habe ich immer nur von den Schrecken des Maple-White-Landes gesprochen. Es hatte aber auch noch andere Seiten, denn diesen ganzen Morgen wanderten wir unter lieblichen Blumen, die meist, wie ich bemerkte, weiß oder gelb gefärbt waren. Das sind, wie unsere Professoren erklärten, die ursprünglichen Blumenfarben. An manchen Stellen war der Boden ganz dicht von ihnen bedeckt, und wenn wir während des Gehens bis zu den Knöcheln in diesen wunderbar weichen Teppich einsanken, war der Duft in seiner Süße und Stärke fast betäubend. Unsere heimatliche Biene summte überall um uns herum. Die Zweige vieler Bäume, unter denen wir hinschritten, bogen sich unter der Last von Früchten, von denen einige uns bekannt, andere aber völlig neu waren. Wir gaben Obacht, welche von ihnen von Vögeln angepickt wurden, um die Gefahr einer Vergiftung zu vermeiden, und bereicherten unseren Nahrungsmittelvorrat um eine köst-

liche Abwechslung. In dem Dschungel, das wir durchquerten, fanden sich zahlreiche, von den wilden Tieren ausgetretene Pfade, und auf den sumpfigeren Stellen bemerkten wir ein Durcheinander seltsamer Fußspuren, darunter viele vom Iguanodon. In einer Erdsenkung sahen wir einmal mehrere dieser kolossalen Geschöpfe, und Lord John konnte mit seinem Glas feststellen, daß auch sie mit Asphaltflecken bedeckt waren, obwohl an anderen Stellen als an dem Exemplar, das wir heute morgen untersucht hatten. Wir hatten keine Vorstellung davon, was diese Erscheinung bedeutete.

Wir sahen viele kleine Tiere, wie Stachelschweine, einen schuppigen Ameisenfresser und ein wildes, scheckiges Schwein mit langen, gebogenen Fangzähnen. Einmal erblickten wir durch eine offene Stelle zwischen den Bäumen in einiger Entfernung den Abhang eines grünen Hügels, über den ein mächtiges, schwarzgefärbtes Tier in lebhaftem Schritt hinwegeilte. Es ging so schnell, daß wir nicht feststellen konnten, was es war. Sollte es ein Hirsch gewesen sein, wie Lord John meinte, so würde seine Größe die der riesenhaften irischen Elche, die von Zeit zu Zeit in den Mooren meines Heimatlandes ausgegraben werden, übertreffen.

Seit dem geheimnisvollen Besuch, den wir in unserem Lager empfangen hatten, kehrten wir immer mit einem gewissen Mißtrauen dahin zurück. Doch fanden wir diesmal alles in Ordnung. Wir hatten an diesem Abend eine große Diskussion über unsere gegenwärtige Lage und unsere Zukunftspläne, die ich etwas ausführlicher beschreiben muß, denn sie führt zu einem neuen Vorstoß, der uns zu einer besseren Kenntnis des Maple-White-Landes verhalf, als es viele Wochen der Forschung hätten tun können.

Es war Summerlee, der die Debatte eröffnete. Den ganzen Tag lang war er schon in reizbarer Stimmung gewesen, und jetzt brachte eine Bemerkung Lord Johns über das, was wir morgen tun sollten, seine ganze Verbitterung zum Ausbruch.

»Was wir heute, morgen und alle anderen Tage zu tun haben werden, ist, einen Weg ausfindig zu machen, der uns aus dieser Falle hinausführt. Sie denken alle nur daran, wie wir in das Land hineinkommen. Ich sage, daß wir alles dransetzen sollten, hinauszukommen.«

»Ich bin überrascht, Herr,« sagte Challenger dröhnend, indem er seinen majestätischen Bart strich, »daß ein Mann der Wissenschaft sich einem so unedlen Gefühl überlassen kann. Sie sind in einem Lande, das Ihnen einen Anreiz für einen ehrgeizigen Naturwissenschaftler gibt, wie ihn die Welt noch nicht gesehen hat, und Sie wünschen es zu verlassen, bevor wir mehr als die oberflächlichste Kenntnis von ihm und von seinem Inhalt gewonnen haben? Ich habe etwas Besseres von Ihnen erwartet, Professor Summerlee.«

»Sie müssen bedenken,« sagte Summerlee empfindlich, »daß ich in London eine große Zahl von Schülern habe, die augenblicklich einem außerordentlich ungenügenden Vertreter überlassen sind. Das unterscheidet meine Lage von der Ihrigen, Professor Challenger, da Sie, soweit mir bekannt ist, niemals mit einem Lehrauftrag betraut worden sind.«

»Ganz recht«, sagte Challenger. »Ich habe es immer als einen Frevel empfunden, geistige Kräfte, die zu den höchsten Aufgaben der Forschung befähigt sind, durch tieferstehende Objekte ablenken zu lassen. Aus diesem Grunde habe ich immer entschieden irgendein mir angebotenes Lehramt abgelehnt.«

»Zum Beispiel?« fragte Summerlee mit einem höhnischen Lachen. Aber Lord John beeilte sich, das Gespräch auf ein anderes Gebiet zu bringen.

»Ich muß sagen,« bemerkte er, »daß ich es doch für eine ziemlich armselige Sache halten würde, nach London zurückzukehren, bevor ich etwas mehr als jetzt von diesem Ort weiß.«

»Und ich könnte niemals wagen, in meine Redaktion zurückzukehren und vor den alten, guten McArdle hinzutreten«, sagte ich (ich bitte die Freiheit des Ausdrucks zu entschuldigen, Herr McArdle). »Er würde es mir niemals vergeben, daß ich eine solche Gelegenheit ungenützt hätte vorbeigehen lassen. Übrigens, soweit ich sehe, ist es unnütz, darüber zu reden, da wir ja nicht herunter könnten, selbst wenn wir wollten.«

»Unser junger Freund macht manche offensichtliche geistige Lücke wieder wett durch ein gewisses Maß schlichten, gesunden Menschenverstandes«, bemerkte Challenger. »Die Interessen seines beklagenswerten Berufes können uns unberührt lassen, aber wie er bemerkt, können wir unter keinen Umständen hinuntergelangen, so würde es eine Energievergeudung bedeuten, diese Frage länger zu diskutieren.«

»Es ist eine Energievergeudung, irgend etwas anderes zu tun«, brummte Summerlee hinter seiner Pfeife. »Ich möchte Sie daran erinnern, daß wir hierher gekommen sind mit einem ganz bestimmten Auftrag, der uns von der Versammlung im Zoologischen Institut in London gegeben worden ist. Dieser Auftrag bestand darin, die Wahrheit von Professor Challengers Behauptungen nachzuprüfen. Wir sind nunmehr in der Lage, wie ich zugeben muß, diese Behauptungen zu bestätigen. Unsere besondere Aufgabe ist also erledigt. Was die Einzelarbeit, die auf diesem Plateau noch zu leisten ist, angeht, so ist sie so gewaltig, daß nur eine große Expedition mit einer ganz speziellen Ausrüstung hoffen könnte, dieser Aufgabe gerecht zu werden. Wenn wir selbst diese Arbeit übernehmen würden, so würde sie das einzig mögliche Ergebnis haben, daß wir überhaupt nicht zurückkehren mit dem bedeutenden Beitrag zur Wissenschaft, den wir bereits in Händen haben. Professor Challenger hat Mittel und Wege gefunden, uns in dieses Plateau zu führen, obwohl es völlig unersteigbar erschien. Ich denke, wir sollten ihn jetzt bitten, mit seinem erfinderischen Geist uns in die Welt, aus der wir kommen, zurückzuführen.«

Ich muß gestehen, daß diese Darlegungen Summerlees Eindruck auf mich machten und mir als ganz vernünftig vorkamen. Sogar Challenger wurde betroffen bei dem Gedanken, daß seine Feinde niemals widerlegt werden würden, wenn die Bestätigung seiner Behauptungen diejenigen nicht erreichte, die sie bezweifelt hatten.

»Das Problem des Abstieges erscheint im ersten Moment ungeheuerlich,« sagte er, »und doch zweifle ich nicht daran, daß es sich mit dem Verstande lösen läßt. Ich bin geneigt, unserem Kollegen darin zuzustimmen, daß ein verlängerter Aufenthalt im Maple-White-Land gegenwärtig nicht ratsam ist und daß wir die Frage unserer Rückkehr bald ins Auge fassen müssen. Ich widersetze mich indessen durchaus, dies Land zu verlassen, bevor wir eine wenn auch nur oberflächliche Prüfung desselben angestellt haben und in der Lage sind, etwas, was nach einer Karte aussehen könnte, mitzunehmen.«

Professor Summerlee knurrte vor Ungeduld.

»Zwei lange Tage haben wir bereits mit der Erforschung des Landes zugebracht, und wir sind in bezug auf die Geographie dieses Landes noch genau so klug wie am Anfang. Es ist klar, daß es dicht bewaldet ist, und es würden Monate dazu gehören, tiefer einzudringen und die Verhältnisse des Landes aufzuklären. Die Sache würde anders liegen, wenn man wenigstens einen Bergkegel in der Mitte hätte. Aber überall fällt das Land nach der Mitte zu ab, soweit wir sehen können. Je weiter wir gehen, desto unwahrscheinlicher ist es, einen Punkt für eine Gesamtübersicht zu finden.«

In diesem Augenblick hatte ich eine Eingebung. Meine Augen fielen wie von ungefähr auf den riesigen, knorrigen Stamm des Gingko-Baumes, der seine großen Zweige über uns ausbreitete. Da seine Dicke die aller anderen Bäume übertraf, ragte er sicherlich auch in der Höhe über sie hinaus. Und wenn tatsächlich der Rand des Plateaus die höchste Stelle des Landes bildete, mußte sich dann nicht dieser mächtige Baum als ein geeigneter Aussichtspunkt, der das ganze Land beherrschte, erweisen?

Nun, seit meiner frühesten Jugend als wilder Junge in Irland bin ich immer ein kühner und geschickter Baumkletterer gewesen. Meine Gefährten mochten mir über sein auf den Felsen, aber ich wußte, daß ich zwischen den Zweigen ihr Meister war. Wenn es mir nur gelingen wollte, meine Beine auf den untersten der dicken Äste zu bringen, so müßte es seltsam zugehen, wenn ich nicht bis zur Spitze hinaufgelangen würde. Meine Gefährten waren entzückt von meinem Gedanken.

»Unser junger Freund«, sagte Challenger, seine roten Wangen aufblähend, »ist akrobatischer Leistungen fähig, die einem Mann von soliderer, aber möglicherweise dominierenderer Erscheinung unmöglich sein würden. Ich billige seinen Plan.«

»Beim Himmel, mein Junge, Sie haben die Sache erfaßt«, sagte Lord John, mir einen Schlag in den Rücken versetzend. »Ich begreife nicht, warum wir nicht schon längst auf diesen Gedanken gekommen sind. Sie haben noch eine Stunde bis Sonnenuntergang, aber wenn Sie Ihr Notizbuch mitnehmen, sind Sie vielleicht in der Lage, eine rohe Skizze von der Umgebung zu entwerfen. Wenn wir diese drei Munitionskisten unter dem Ast aufeinanderstellen, werde ich Ihnen schon hinaufhelfen.«

Er stand auf den Kisten, während ich zum Baum hinaufblickte, und hob mich sanft hoch, als Challenger vorstürzte und mir noch einen Stoß mit seiner mächtigen Hand versetzte, daß ich nur so in den Baum hineinschoß. Mit beiden Armen den Ast umklammernd und mit den Füßen nachhelfend, brachte ich zunächst meinen Körper und dann die Knie auf den Ast. Über mir erblickte ich drei weitere Zweige, wie Sprossen einer Leiter, und ein Gewirr von passenden Zweigen, so daß ich mit einer solchen Eile in die Höhe gelangte, daß ich bald den Boden aus den Augen verlor und nichts als Blätter um mich her sah. Hin und wieder stieß ich auf ein Hindernis, und einmal mußte ich sogar acht oder zehn Fuß an einer Schlingpflanze emporklimmen, aber ich kam schnell vorwärts, und die dröhnende Stimme Challengers klang bald wie aus großer Entfernung zu mir hinauf. Der Baum war indessen von einer riesenhaften Größe, und ich konnte, nach oben blickend, kein Lichterwerden der Krone bemerken. Auf einem Zweige, den ich erklettern wollte, sah ich einen dicken, buschartigen Klumpen, der mir ein Schmarotzer zu sein schien. Ich drehte meinen Kopf um denselben herum, um zu sehen, was hinter ihm war, und wäre von dem Anblick, der sich mir bot, vor Überraschung und Schreck fast vom Baum heruntergestürzt.

Ein Gesicht starrte in das meine – nicht weiter als ein oder zwei Fuß von mir entfernt. Das Geschöpf, zu dem dieses Gesicht gehörte, hatte hinter der Schmarotzerpflanze gehockt und zu gleicher Zeit mit mir um dieselbe herumgesehen. Es war ein menschliches Gesicht – oder wenigstens sah es mehr nach einem Menschen als nach einem Affen aus. Es war ein langes, hellfarbiges, mit Pusteln bedecktes Gesicht mit plattgedrückter Nase und vorgeschobenem Unterkiefer, mit abstehenden, struppigen, das Kinn umgebenden Haaren. Die unter dicken und schweren Brauen liegenden Augen waren bestialisch und wild, und als es den Mund zu einem Knurren öffnete, das wie ein Fluch klang, bemerkte ich darin gebogene, scharfe Raubtierzähne. Einen Augenblick lang las ich Haß und Drohung in den bösen Augen. Dann hatte ich den Eindruck einer das Tier wie ein Blitz überfallenden Furcht, ein Krachen von zerbrochenen Zweigen folgte, und es tauchte unter in dem grünen Blattwerk der dichten Baumkrone. Ich sah eben noch einen haarigen Körper, der an den eines rotgefärbten Schweines erinnerte, und dann war das Geschöpf inmitten eines Wirbels von Blättern und Zweigen verschwunden.

»Was ist los?« schrie Roxton von unten. »Ist Ihnen irgend etwas passiert?«

»Haben Sie es gesehen?« rief ich zurück, die Arme um einen Ast geschlungen und am ganzen Körper zitternd.

»Wir hörten ein Geräusch, als ob Sie mit dem Fuß ausgeglitten wären, was war es?«

Ich war von der plötzlichen und seltsamen Erscheinung des Affenmenschen so betroffen, daß ich mich fragte, ob ich nicht herunterklettern und meinen Gefährten mein Erlebnis schildern sollte. Aber ich war bereits so hoch auf den großen Baum hinaufgelangt, daß es mir beschämend erschien, zurückzukehren, ohne meinen Auftrag ausgeführt zu haben.

Ich stieg daher nach einer langen Pause, deren ich bedurfte, um wieder zu Atem zu gelangen und Mut zu fassen, höher hinauf. Einmal brach ein dürrer Ast unter meiner Last ab, und ich hing für einige Sekunden an den Händen, aber im ganzen war die Kletterei nicht sehr schwierig. Langsam wurde das Blattwerk lichter über mir, und ich schloß aus dem frischen Wind, der meine Stirn traf, daß ich über die Kronen der anderen Bäume des Waldes hinausgelangt war. Entschlossen, keine Umschau zu halten, bevor ich nicht die höchste Spitze erreicht hatte, kletterte ich weiter, bis ich auf den obersten Zweig, der sich unter meinem Gewicht neigte, gelangt war. Hier wählte ich, um mich gegen das Herabfallen zu sichern, einen geeigneten Platz in einer Astgabel und genoß von dort ein wunderbares Panorama des seltsamen Landes, in dem wir gefangen waren. Die Sonne stand gerade noch am westlichen Horizont, und der Abend war ungewöhnlich hell und klar, so daß die ganze Oberfläche des Plateaus gut zu erkennen war. Von hier oben erschien sie wie ein Oval mit einer Breite von etwa fünfzig Kilometern und einer Tiefe von fünfunddreißig Kilometern. Sie bildete im allgemeinen einen flachen Trichter, dessen Wände auf allen Seiten nach der Mitte zu auf einen bedeutenden See abfielen. Dieser See hatte etwa zwanzig Kilometer im Umfang und bot ein schönes, grünes Bild im Abendlicht. Die Ufer desselben waren mit dichtem Schilf bedeckt, und seine Oberflä-

che wurde von verschiedene gelben Sandbänken, die im weichen Sonnenlicht goldig glänzten, unterbrochen. Eine Anzahl langer, dunkler Objekte, die zu groß waren, um Alligatoren, und zu lang, um Kanus sein zu können, lagen am Rande dieser gelben Flächen. Mit einem Glas konnte ich klar erkennen, daß es Lebewesen waren. Es war mir aber nicht möglich, mir eine Vorstellung von ihrer Natur zu bilden.

Von unserer Seite her senkten sich bewaldete Abhänge mit einzelnen Lichtungen in einer Ausdehnung von neun bis zehn Kilometern bis an den See in der Mitte. Gerade unter mir erblickte ich die Iguanodon-Lichtung, und weiterhin zeigte sich eine runde, offene Stelle zwischen den Bäumen, in der sich der Pterodactylus-Sumpf befand. Auf der gegenüberliegenden Seite bot das Plateau jedoch ein ganz anderes Aussehen. Hier wiederholten sich die Basaltwände der Außenseite im Innern. Sie bildeten eine Böschung von etwa zweihundert Fuß Höhe, an die sich ein bewaldeter Abhang nach unten hin anschloß. Am Rande dieser roten Felswand in einiger Höhe über dem Erdboden konnte ich durch das Glas eine Reihe dunkler Löcher sehen, die ich für Höhleneingänge hielt. In einer derselben schimmerte etwas Weißes, aber ich konnte nicht erkennen, was es war. Ich trug dann die Einzelheiten der Umgebung in meine Karte ein, bis die Sonne untergegangen war und es so dunkel wurde, daß ich nichts mehr unterscheiden konnte. Dann kletterte ich zu meinen Gefährten, die am Fuß des großen Baumes begierig auf mich warteten, hinunter. Mit einem Schlage war ich der Held der Expedition. Ich allein hatte den Gedanken gehabt, und ich allein hatte ihn ausgeführt, und hier hatte ich die Karte, die uns ein monatelanges Umhertappen zwischen unbekannten Gefahren ersparte. Jeder meiner Gefährten schüttelte mir feierlich die Hand. Aber bevor sie in die Erörterung der Einzelheiten meiner Karte eintraten, mußte ich ihnen meine Begegnung mit dem Affenmenschen in der Baumkrone erzählen.

»Er ist die ganze Zeit dort oben gewesen«, sagte ich.

»Woher wissen Sie das?« fragte Lord John.

»Weil ich immer das Gefühl hatte, daß wir von einem bösartigen Wesen belauert wurden. Ich sprach schon mit Ihnen darüber, Herr Professor.«

»Ja, unser junger Freund sagte etwas Derartiges. Er ist offenbar der einzige unter uns, der mit jener keltischen Wesensart begabt ist, die so feinfühlig für solche Eindrücke macht.«

»Diese ganze Theorie der Telepathie –« begann Summerlee, seine Pfeife stopfend.

»Ist zu umfangreich, als daß wir sie jetzt diskutieren könnten«, sagte Challenger mit Entschiedenheit. »Sagen Sie mir jetzt,« fuhr er fort mit der Miene eines Bischofs, der zu seiner Sonntagsschule spricht, »hatten Sie Gelegenheit zu beobachten, ob dieses Geschöpf den Daumen der Handfläche gegenüberstellen konnte?«

»In der Tat, nein!«

»Hatte es einen Schwanz?«

»Nein.

»War der Fuß zum Greifen eingerichtet?«

»Ich glaube nicht, daß es ihm gelungen wäre, so schnell zwischen den Zweigen zu verschwinden, wenn er nicht mit den Füßen hätte greifen können.«

»In Südamerika gibt es, wenn mein Gedächtnis mich nicht täuscht –, Sie werden meine Bemerkung kontrollieren, Professor Summerlee – etwa sechsunddreißig Arten von Affen. Nur der Menschenaffe ist bisher nicht bekannt geworden. Es ist indessen klar, daß er in diesem Lande existiert und daß es nicht die behaarte gorillaartige Form ist, die bisher außerhalb Afrikas oder des Ostens nicht gesehen wurde. (Ich war in diesem Augenblick, zu ihm hinüberblickend, geneigt einzuschalten, daß ich seinen frühesten Vetter im Kensington-Museum in London gesehen hatte.) Dies ist eine bärtige Abart, deren helle Farbe auf die Tatsache hindeutet, daß er in der Abgeschiedenheit der Wälder lebt. Wir haben die Frage ins Auge zu fassen, ob er mehr dem Affen oder mehr dem Menschen ähnelt. In letzterem Falle würde er etwa dem nahekommen, was man allgemein als das ›fehlende Zwischenglied‹ bezeichnet. Die Lösung dieses Problems ist unsere unmittelbare Aufgabe.«

»Nichts dergleichen,« sagte Summerlee schroff, »jetzt, wo wir der Intelligenz und der Tatkraft des Herrn Malone (ich muß diese Worte leider zitieren) eine Karte verdanken, ist unsere einzige und alleinige unmittelbare Aufgabe, uns heil und gesund aus diesem furchtbaren Lande herauszubringen.«

»Die Fleischtöpfe der Zivilisation«, grollte Challenger.

»Die Tintenfässer der Zivilisation, Herr. Es ist unsere Aufgabe, einen Bericht über das, was wir gesehen haben, abzufassen und die weitere Erforschung des Landes anderen zu überlassen. Sie alle haben dem zugestimmt, bevor uns Herr Malone diese Karte entworfen hat.«

»Gut«, sagte Challenger. »Ich gebe zu, daß auch ich mich wohler fühlen werde, wenn ich die Sicherheit habe, daß die Resultate unserer Expedition in die Hände unserer Freunde gelangt sind. Wie wir von diesem Plateau herunterkommen sollen, davon habe ich bis jetzt allerdings noch keine Vorstellung. Ich habe indessen noch niemals einem Problem gegenübergestanden, das mein erfinderisches Gehirn nicht in der Lage gewesen wäre zu lösen, und ich gebe Ihnen das Versprechen, daß ich mich morgen mit Aufmerksamkeit der Frage unseres Abstieges widmen werde.«

Dabei blieb es einstweilen, und wir verbrachten den Abend damit, beim Schein unseres Feuers und einer kleinen Kerze die erste Karte von der verlorenen Welt auszuarbeiten. Alle Einzelheiten, die ich auf meinem Aussichtspunkt flüchtig notiert hatte, wurden an der zugehörigen Stelle eingetragen. Challengers Bleistift schwebte über der großen weißen Stelle, die den See bezeichnete.

»Wie wollen wir den nennen?« fragte er.

»Warum sollten Sie die günstige Gelegenheit nicht benutzen, Ihrem Namen Unsterblichkeit zu verleihen?« sagte Summerlee mit dem üblichen schneidenden Unterton.

»Ich hoffe, Herr, daß mein Name sich durch andere und bessere Gründe das Recht erwerben wird, auf die Nachwelt zu kommen«, sagte Challenger ernst. »Irgendein unwissender Mensch möge seinen gleichgültigen Namen dem Gedächtnis der Nachwelt überliefern, indem er ihn auf irgendeinen Berg oder einen Fluß überträgt, ich brauche ein solches Monument nicht.«

Summerlee lächelte gezwungen und setzte zu einem neuen Angriff an, als Lord John sich eiligst ins Mittel legte.

»Es kommt Ihnen zu, mein Junge, dem See einen Namen zu geben«, sagte er. »Sie haben ihn zuerst

gesehen, und, beim Himmel, wenn Sie sich entscheiden, ihn den Malone-See zu nennen, so haben
Sie dazu ein unbezweifelbares Recht.«

»Sehr richtig. Unser junger Freund soll ihm einen
Namen geben«, sagte Challenger.

»Dann soll er«, und ich errötete, indem ich das
sagte, »Gladys-See heißen.«

»Glauben Sie nicht, daß der Ausdruck ›See der
Mitte‹ charakteristischer wäre?« warf Summerlee
ein.

»Ich möchte lieber Gladys-See.«

Challenger warf mir einen wohlwollenden Blick
zu, schüttelte aber doch sein großes Haupt mit ironischer Mißbilligung. »Knaben bleiben Knaben, lassen Sie ihn Gladys–See heißen.«

Zwölftes Kapitel

Es war furchtbar im Walde

Ich sagte schon – oder vielleicht sagte ich es auch
nicht, denn mein Gedächtnis hat mich in diesen Tagen etwas in Stich gelassen –, daß ich vor Stolz er-
glühte, als drei solche Männer, wie es meine Kameraden waren, mir dafür dankten, daß ich unsere
Lage doch wenigstens erheblich verbessert hatte.
Als Jüngster unter den Expeditionsmitgliedern nicht
nur an Jahren, sondern auch an Erfahrung, Charakter, Kenntnissen und all dem, was den Mann zum
Mann macht, hatte ich von Anfang an hinter ihnen
zurückstehen müssen. Und nun stand ich im hellen
Licht, ich war etwas! Ich wurde warm bei dem Gedanken. Ach! Hochmut kommt vor dem Fall! Der
kleine Funke von Selbstgefälligkeit, der mein Wert-
gefühl schwellen ließ, sollte mich noch in dieser
Nacht zu dem furchtbarsten Erlebnis meines Lebens
führen. Ein Erlebnis, das mit einer Erschütterung
endete, die mich noch krank macht, wenn ich daran
denke.

Die Sache ist so vor sich gegangen: Ich war durch
das Abenteuer auf dem Baum so übermäßig erregt,
daß ich nicht einschlafen konnte. Summerlee hatte
die Wache und hockte mit seiner wunderlichen,
eckigen Figur, das Gewehr quer über den Knien, neben dem kleinen Feuer. Sein spitzer Ziegenbart wackelte bei jeder Bewegung seines müden Kopfes hin
und her. Lord John lag schweigend da, in seinen
südamerikanischen Poncho gehüllt, während Challengers rasselndes Schnarchen im Walde widerhallte. Der Mond warf seinen vollen Schein herunter,
und die Luft war kühl. Das war eine rechte Nacht
für einen Spaziergang! Und dann dachte ich plötzlich, warum nicht? Ich stellte mir vor, daß ich mich
leise hinwegstahl und den Weg zu dem »See der
Mitte« hinunterschritt, wie ich bis zum Frühstück
mit einer Schilderung dieses Platzes wieder zurück
wäre, – würde ich in diesem Falle nicht ein noch
würdigerer Gefährte sein? Und dann würden wir,
wenn Summerlee auf der Abreise bestand und wir
Mittel und Wege für den Abstieg gefunden hätten,
nach London zurückkehren als die ersten, die eine
Kenntnis der inneren Geheimnisse des Plateaus mit-
brächten, in das ich als einziger der ganzen Mensch-
heit eingedrungen war. Ich dachte an Gladys und
ihre Worte: »Es gibt überall Heldentum um uns herum.« Ich glaubte ihre Stimme zu hören, mit der sie
diese Worte sprach. Ich dachte auch an McArdle,
was für einen Dreispaltenartikel für die Zeitung
würde das abgeben! Dann griff ich nach meiner
Büchse – meine Taschen waren voll Patronen – und,
den Dornbusch am Eingang unseres Lagers zurück-
biegend, schlüpfte ich schnell hinaus. Mein letzter
Blick fiel auf den halb eingeschlafenen, zum Wa-
chehalten denkbar ungeeigneten Summerlee, dessen
Kopf immer noch wie ein komisches mechanisches
Spielzeug vor dem glimmenden Feuer weiter nickte.

Ich hatte noch keine hundert Meter hinter mir, als
ich meine Tollkühnheit bereits bitter bereute. Irgendwo in dieser Geschichte habe ich schon gesagt,
daß meine Phantasie allzu rege ist, als daß ich ein
wirklich mutiger Mensch hätte sein können, daß ich
aber eine überaus starke Abneigung dagegen habe,
furchtsam zu erscheinen. Dies Gefühl trieb mich
jetzt mit Macht vorwärts. Ich konnte einfach nicht
umkehren, ohne irgend etwas erreicht zu haben. Sogar wenn meine Gefährten mich nicht vermißt haben würden, also auch von meiner Schwäche nichts
erfahren hätten, wäre ein unerträgliches Gefühl der
Beschämung in mir selbst zurückgeblieben, und
doch schauderte ich über die Lage, in der ich mich
befand, und hätte in diesem Augenblick alles, was

ich besaß, dafür gegeben, wenn ich auf anständige Weise hätte davonkommen können.

Es war furchtbar im Walde. Die Bäume standen so dicht, und ihre Laubkronen breiteten sich so weit aus, daß ich nichts vom Mondlicht mehr sehen konnte, nur daß sich die hohen Zweige in wirrer Zeichnung hier und da gegen den gestirnten Himmel abhoben. Als meine Augen sich etwas mehr an die Nacht gewöhnt hatten, empfand ich Unterschiede in der Dunkelheit zwischen den Bäumen. Einige Stellen waren in schwachen Umrissen erkennbar, während andere Partien aussahen wie kohlschwarze Höhleneingänge, die mich im Vorübergehen mit Schrecken erfüllten. Ich dachte an das verzweifelte Geheul des zerrissenen Iguanodons, diesen grauenvollen Schrei, dessen Echo in den Wäldern widerhallte. Mir fiel das Bild von jenem gedunsenen, warzigen, bluttriefenden Maul ein, das ich einen Augenblick lang im Lichte von Lord Johns Fackel gesehen hatte. Gerade jetzt befand ich mich in seinem Jagdrevier. Jeden Augenblick konnte es mich aus dem dunklen Schatten her anspringen – dieses namenlose und schreckliche Ungeheuer. Ich blieb stehen, nahm eine Patrone aus meiner Tasche und öffnete den Lauf meines Gewehres. Als ich den Hebel berührte, erstarrte mein Herz vor Schreck: es war die Schrotflinte und nicht das Gewehr, das ich ergriffen hatte.

Von neuem packte mich die Neigung umzukehren. Dies war sicherlich eine ausgezeichnete Erklärung für das Mißlingen meines Planes, ein Grund, der mich in niemandes Augen herabgesetzt hätte. Aber gerade gegen dies Wort richtete sich wieder der falsche Stolz in mir auf. Es konnte, es durfte kein Fehlschlag sein. Und schließlich würde mein Gewehr wahrscheinlich genau so nutzlos gegen die Gefahren, die mir bevorstanden, gewesen sein wie eine Schrotflinte. Und würde ich zum Lager zurückkehren, um die Waffe gegen eine andere auszutauschen, so konnte ich kaum erwarten, hinein- und wieder herauszukommen, ohne gesehen zu werden. In diesem Falle wäre es nötig gewesen, Erklärungen abzugeben, und mein Plan wäre dann nicht mehr mein Geheimnis geblieben. Einen Moment zögerte ich, dann riß ich mich zusammen und setzte meinen Weg fort, die nutzlose Flinte unter dem Arm.

Das Dunkel des Waldes war aufregend gewesen, schlimmer aber noch war das weiße, stille Mondlicht in der offenen Iguanodon-Lichtung. Ich verbarg mich hinter einem Busch und suchte sie mit den Augen ab. Keine der großen Bestien war in Sicht. Vielleicht hatte die Tragödie, der eines von ihnen zum Opfer gefallen war, sie von ihrem Weidegrund vertrieben. Ich bemerkte kein Zeichen irgendeines Lebewesens in der von silbernem Glanz erfüllten Nacht, faßte daher Mut, schlüpfte eiligst über die ebene Fläche und schritt im Dunkel auf der anderen Seite wieder am Ufer des Baches, der mir als Wegweiser diente, entlang. Er war mir ein lieber Gefährte, wie er so dahinplätscherte, wie der liebe, alte Forellenbach, in dem ich in meinen Knabenjahren zur Nachtzeit Fische gefangen hatte. Wenn ich seinem Lauf folgte, mußte ich zum See hinunterkommen, und wenn ich mich auf dem Rückwege an seiner Seite hielt, konnte ich unser Lager nicht verfehlen. Oft verlor ich ihn infolge des dichten Gestrüpps aus den Augen, ich blieb aber immer so weit in seiner Nähe, daß ich sein Geplätscher hören konnte.

Je weiter ich den Abhang hinunterstieg, desto mehr lichtete sich der Wald, und an seine Stelle trat Gebüsch, das nur hier und da von hohen Bäumen unterbrochen wurde. Ich kam infolgedessen schnell vorwärts und konnte sehen, ohne gesehen zu werden. Ich kam nahe bei dem Pterodactylus-Sumpf vorbei, und im selben Augenblick stieg auch bereits mit einem rauhen, lederartigen Rasseln der Flügel eines dieser großen Geschöpfe – es maß mindestens zwanzig Fuß mit ausgebreiteten Schwingen – in meiner Nähe auf und schwang sich in die Luft. Als es vor dem Monde vorüberflog, schimmerte dessen Licht deutlich durch die häutigen Flügel, so daß das Tier sich wie ein fliegendes Skelett gegen den hellen tropischen Nachthimmel abzeichnete. Ich kauerte mich im Gebüsch nieder, denn ich wußte von dem früheren Erlebnis her bereits, daß ein einziger Schrei eines solchen Tieres Hunderte seiner ekelhaften Genossen herbeirufen konnte. Erst als es sich wieder niedergelassen hatte, wagte ich es, meinen Weg fortzusetzen.

Die Nacht war außerordentlich ruhig. Im Vorwärtsschreiten bemerkte ich jedoch ein leises dröhnendes Geräusch, ein andauerndes Gemurmel, das von irgendeiner Stelle vor mir herrührte. Es wurde, je weiter ich vorrückte, immer lauter, bis es zuletzt ganz nahe vor mir war. Die Gleichförmigkeit des Geräusches ließ darauf schließen, daß ihm eine regelmäßig wirkende Ursache zugrunde lag. Es klang wie das Brodeln eines kochenden Kessels. Ich gelangte bald an die Quelle des Geräusches und fand in der Mitte einer kleinen Lichtung einen See – oder besser gesagt ein Wasserloch, denn es war nicht größer als das Bassin des Springbrunnens auf dem Trafalgar Square – von einer gewissen schwarzen, pechähnlichen Masse, dessen Oberfläche von platzenden Gasblasen auf- und abbewegt wurde. Die dunstige Luft über der brodelnden Fläche zitterte im Widerschein der glühenden Massen, und der Erdboden in meiner Nähe war so heiß, daß ich kaum die Hand darauf legen konnte. Es war klar, daß die vulkanischen Kräfte, die das ganze seltsame Plateau vor undenklichen Zeiten emporgehoben hatten, noch nicht ganz erloschen waren. Geschwärzte Felsen und Blöcke von Lava hatte ich bereits überall aus der üppigen Vegetation herausragen sehen, aber dieses Asphaltloch im Dschungel war das erste Anzeichen von der heute noch andauernden vulkanischen Tätigkeit an den Abhängen des alten Kraters. Ich hatte keine Zeit zu einer längeren Untersuchung, denn ich mußte mich beeilen, wenn ich noch bei Tagesanbruch im Lager zurück sein wollte.

Es war ein grauenvoller Marsch, an dessen Schrecken ich bis an mein Lebensende zurückdenken werde. Ich schlich mich in den Schatten am Rande der mondlichtübergossenen Lichtungen weiter. Im Dschungel kroch ich auf allen Vieren, mit klopfendem Herzen anhaltend, sobald ich, was öfters geschah, das Krachen von brechenden Zweigen, das von irgendeinem vorbeikommenden wilden Tiere veranlaßt wurde, vernahm. Hin und wieder tauchten große Schatten für einen Augenblick auf und verschwanden – große schweigende Schatten, die auf weichgepolsterten Füßen dahinzuschreiten schienen. Wie oft blieb ich mit der Absicht, umzukehren, stehen, und doch besiegte mein Stolz jedesmal meine Furcht und ließ mich weitergehen, bis ich mein Ziel erreicht hatte.

Schließlich (meine Uhr zeigte mir, daß es 1 Uhr morgens war) bemerkte ich durch eine offene Stelle im Dschungel das Aufblitzen einer Wasserfläche, und zehn Minuten später stand ich am Schilf des Zentralsees. Ich war außerordentlich durstig, legte mich nieder und trank mit langen Zügen von dem frischen und kalten Wasser. Ein breiter, ausgetretener Weg mit vielen Fußspuren führte zu der Stelle, an der ich stand, hinunter, woran man erkennen konnte, daß sich hier ein Trinkplatz für die Tiere befand. Dicht beim Wasser lag ein riesiger einzelner Lavablock. Ich stieg auf denselben hinauf und hatte, obenliegend, eine sehr gute Aussicht nach allen Richtungen.

Das erste, was ich sah, setzte mich in großes Erstaunen. Als ich die Aussicht von der Spitze des hohen Baumes beschrieb, sagte ich, daß ich an der gegenüberliegenden Felswand eine Reihe dunkler Stellen, die Höhleneingängen ähnelten, gesehen hatte. Von meinem Felsblock aus erblickte ich nunmehr an denselben Wänden überall rötliche, scharf umrissene Lichtflecke, die aussahen wie Bullaugen eines Dampfers in der Nacht. Einen Augenblick lang hielt ich sie für glühende Lava, aber das konnte nicht stimmen. Irgendeine vulkanische Tätigkeit würde sich tief unten und nicht dort oben zwischen den Felsen gezeigt haben. Was also war es? Es wirkte wie ein Zauber, aber es war unverkennbar da. Diese rötlichen Stellen bildeten sicherlich den Widerschein von Feuer innerhalb der Höhlen – Feuer, das lediglich durch menschliche Hände angezündet sein konnte. Es gab also menschliche Wesen auf dem Plateau. Welch glänzende Rechtfertigung meiner Unternehmung! Das war in der Tat eine Neuigkeit, die wir mit nach London nehmen konnten.

Lange beobachtete ich von meinem Lavablock aus diese roten zitternden Lichtstellen. Ich schätzte ihre Entfernung auf fünfzehn Kilometer, aber selbst auf diese Strecke konnte man noch bemerken, daß sie von Zeit zu Zeit blinkten oder ganz verdunkelt wurden, als ob jemand vor ihnen vorüberging. Was hätte ich nicht darum gegeben, dort hinaufklettern zu können, um einen verstohlenen Blick hineinzuwerfen und meinen Gefährten etwas über das Äußere und den Charakter der Menschenrasse, die einen so seltsamen Ort bewohnte, mitteilen zu können! Das war jedoch im Augenblick unmöglich, aber soviel war sicher, wir durften unser Plateau nicht verlassen, bis wir über diesen Punkt eine genauere Kenntnis erworben hatten.

Der Gladys-See – mein See – breitete seine silberne Oberfläche vor mir aus. In seiner Mitte spiegelte sich das helle Licht des Vollmondes. Er war nur flach, denn an einigen Stellen sah ich niedrige Sandbänke aus dem Wasser herausragen, überall auf der ruhigen Oberfläche bemerkte ich Zeichen von Leben. Zuweilen kräuselte sich nur das Wasser, zuweilen tauchte der silbrige Körper eines großen Fisches auf, zuweilen der gebogene, schieferfarbige Rücken irgendeines vorbeischwimmenden Ungetüms. Einmal sah ich auf einer gelben Sandbank ein Geschöpf wie einen riesigen Schwan mit einem schwerfälligen Körper und einem hohen, gebogenen Hals, das sich langsam auf dem Ufer hin und her bewegte. Jetzt glitt es ins Wasser, und eine Zeitlang konnte ich noch den gebogenen Nacken und den ruckartig bewegten Kopf über der Flut beobachten. Dann tauchte es unter und wurde nicht mehr sichtbar.

Meine Aufmerksamkeit wurde aber bald von diesen entfernteren Dingen abgelenkt und von Vorgängen in Anspruch genommen, die sich vor meinen Füßen abspielten. Zwei Geschöpfe, die wie große Gürteltiere aussahen, waren zum Trinkplatz heruntergekommen, kauerten am Rande des Wassers und stillten leckend ihren Durst, wobei sie ihre langen, biegsamen Zungen wie rote Fetzen blitzschnell hin- und herbewegten. Ein riesenhafter Hirsch mit stattlichem Geweih, ein prachtvolles Tier in königlicher Haltung, kam mit der Hirschkuh und zwei Jungen und trank neben den Gürteltieren. Nirgends sonst auf der Erde existiert ein solcher Hirsch, denn die Elche, die ich gesehen habe, reichten ihm kaum bis zur Schulter. Bald darauf gab er ein Warnungszeichen und verschwand mit seiner Familie im Schilf, während gleichzeitig die Gürteltiere hinwegtrotteten, um Schutz zu suchen. Ein neuer Ankömmling, ein ungeheures tierisches Wesen, schritt den Weg zum See hinunter. Einen Augenblick fragte ich mich, wo ich dieses plumpe Geschöpf, diesen gebogenen Rücken, auf dem dreieckige Fransen entlangliefen, und diesen seltsamen, vogelähnlichen und tief gesenkten Kopf schon gesehen hatte. Dann fiel es mir ein. Es war der Stegosaurus – dasselbe Geschöpf, das Maple White in seinem Skizzenbuch festgehalten, und das erste Objekt, das die Aufmerksamkeit Challengers gefesselt hatte. Da war es also – vielleicht dasselbe Exemplar, das dem amerikanischen Künstler begegnet war. Der Erdboden zitterte unter seinem ungeheuren Gewicht, und seine

Schlucklaute beim Trinken widerhallten durch die stille Nacht. Fünf Minuten lang war es so nahe bei meinem Lavablock, daß ich mit ausgestreckter Hand die ekelhaften, hin- und herwogenden Fleischfetzen auf seinem Rücken hätte berühren können. Dann humpelte es hinweg und verlor sich zwischen den Felsblöcken.

Ein Blick auf die Uhr ließ mich erkennen, daß es bereits ½2 Uhr und infolgedessen hohe Zeit war, heimzukehren. Hinsichtlich der Richtung meines Rückweges bestand keine Schwierigkeit, denn ich hatte mich beständig an dem rechten Ufer des Baches gehalten, der einen Steinwurf von meinem Liegeplatz entfernt in den See mündete. Ich machte mich also in gehobener Stimmung auf den Weg, denn ich hatte das Gefühl, eine gute Leistung hinter mir zu haben, und war in der Lage, meinen Gefährten außerordentlich wertvolle Nachrichten bringen zu können. Das Wichtigste von allem waren natürlich die erleuchteten Höhlen und die Gewißheit, daß diese von einer Rasse von Troglodyten bewohnt wurden, und daneben konnte ich berichten von meinen Erlebnissen am Zentralsee. Ich konnte bezeugen, daß er von seltsamen Geschöpfen wimmelte, und hatte verschiedene Landformen urzeitlicher Lebewesen gesehen, denen wir bisher noch nicht begegnet waren. Auf meinem Wege dachte ich darüber nach, daß wohl wenig Menschen auf der Welt jemals eine so seltsame Nacht zugebracht oder die Wissenschaft im Laufe einer solchen so bereichert hätten.

Mit diesem Gedanken beschäftigt, stieg ich den Abhang hinauf und hatte einen Punkt erreicht, der vielleicht die Hälfte meines Weges bezeichnete, als ich durch ein seltsames Geräusch hinter mir plötzlich wieder zum Bewußtsein meiner Lage gebracht wurde. Es war ein Mittelding zwischen Schnarchen und Knurren, leise, tief und außerordentlich drohend. Offenbar befand sich irgendein seltsames Wesen in meiner Nähe, aber es war nicht zu sehen, und so setzte ich meinen Weg in beschleunigter Eile fort. Ich hatte etwa eine halbe Meile zurückgelegt, als das Geräusch sich wiederholte. Noch immer hinter mir, aber lauter und drohender als vorher. Mein Herz stand still, und mir schoß der Gedanke durch den Kopf, daß diese Bestie, welcher Art sie auch immer sein mochte, mich verfolgte. Es überlief mich kalt, und die Haare sträubten sich bei diesem

Gedanken. Daß diese Ungetüme sich gegenseitig zerrissen, gehörte nun einmal zu ihrem Kampf ums Dasein, aber daß sie sich gegen einen heutigen Menschen richteten, daß sie mit Überlegung den Herrn der Schöpfung verfolgten und vernichteten, war ein schwindelerregender Gedanke. Wieder fiel mir das bluttriefende Maul ein, das ich beim Lichte von Lord Johns Fackel gesehen hatte und das mir wie eine schreckliche Vision aus dem tiefsten Kreise von Dantes Hölle erschienen war. Ich blieb mit zitternden Knien stehen und blickte starren Auges den vom Mondlicht beschienenen Fußweg hinter mir hinunter. Alles war ruhig wie in einer Traumlandschaft. Silberne Lichtungen und dunkle, buschbewachsene Stellen – nichts weiter war zu sehen. Und dann ertönte aus dem Schweigen aufs neue das drohende und aus tiefer Kehle kommende Krächzen, viel lauter und näher als vorher. Jetzt war kein Zweifel mehr, da war etwas auf meiner Spur, das in jeder Minute näher kam.

Ich war wie gelähmt und suchte mit den Augen die Fläche ab, die ich soeben überschritten hatte. Und dann sah ich es plötzlich. Da bewegte sich etwas in dem Gebüsch jenseits der Lichtung, über die mein Weg geführt hatte. Ein großer schwarzer Schatten löste sich los und hüpfte in die vom hellen Mondlicht übergossene Lichtung. Ich sage absichtlich »hüpfte«, denn die Bestie bewegte sich wie ein Känguruh in langen Sprüngen und in aufrechter Haltung auf seinen mächtigen Hinterbeinen vorwärts, während die herabgebogenen Vorderfuße vor den Körper gehalten wurden. Es war von riesenhafter Größe und Stärke, wie ein aufrechtgehender Elefant. Aber seine Bewegungen waren trotz seiner plumpen Form außerordentlich gewandt. Als ich sein Äußeres erkannte, glaubte ich für einen Augenblick, es wäre ein Iguanodon, das ich als harmlos kannte. Aber trotz meiner Unwissenheit merkte ich bald, daß es sich hier um ein ganz anders geartetes Geschöpf handelte. Statt des sanften, hirschartigen Kopfes der großen dreizehigen Pflanzenfresser hatte diese Bestie einen breiten, flachen, krötenartigen Kopf wie jenes Wesen, das uns beim Lager einen nächtlichen Besuch abgestattet hatte. Ihr wildes Gekrächze und die erschreckende Energie, mit der sie mich verfolgte, ließen keinen Zweifel darüber, daß es eines der großen fleischfressenden Dinosaurier war, eine jener fürchterlichsten Bestien, die jemals über die Erde geschritten sind. Ich sah, wie das Riesentier sich hin und wieder auf die Vorderfüße niederließ und den Boden beschnupperte. Es suchte also meine Spur. Dann erhob es sich wieder und setzte in wilden Sprüngen hinter mir her.

Noch jetzt läuft mir, wenn ich an diese furchtbare Nachtszene zurückdenke, der kalte Schweiß über die Stirn. Was konnte ich tun? Ich hielt meine nutzlose Vogelflinte in der Hand, aber von ihr konnte ich keine Hilfe erwarten. Ich blickte verzweifelt umher, ob ich einen Baum oder Felsen erklimmen könnte, aber ich befand mich inmitten eines ausgedehnten Gestrüpps, das, soweit ich sehen konnte, nicht höher war als ein Schößling. Und ich wußte, daß die Bestie hinter mir sogar einen stattlichen Baum umreißen konnte wie ein Schilfrohr. Meine einzige Hoffnung lag in der Flucht. Es war nicht möglich, auf dem rauhen, unebenen Boden schnell zu laufen. Aber in meiner Verzweiflung bemerkte ich einen quer vor mir vorüberlaufenden, gut ausgetretenen Pfad. Das war einer der von den wilden Tieren benutzten Wege, die wir schon einige Male während unseres Aufenthalts gesehen hatten. Das konnte vielleicht meine Rettung sein, denn ich war ein guter Läufer und in ausgezeichneter Verfassung. Meine nutzlose Flinte wegwerfend, rannte ich etwa eine halbe Meile, wie ich niemals in meinem Leben gerannt bin. Meine Gelenke knackten, meine Brust hob sich, und ich hatte das Gefühl, daß der keuchende Atem mir fast die Lungen zerriß, und doch lief ich, gepeitscht von dem Schrecken hinter mir, immer weiter und weiter. Als ich schließlich meinen Lauf unterbrach, war ich kaum noch fähig, mich zu bewegen. Einen Augenblick dachte ich, ich hätte das Tier hinter mir gelassen. Auf dem Weg war nichts mehr zu sehen. Aber dann vernahm ich plötzlich das Aufschlagen riesiger Füße und das Keuchen gewaltiger Lungen und, mit einem krachenden Geräusch durch das Gebüsch brechend, war die Bestie wieder hinter mir her. Ganz nahe bei mir. Ich war verloren.

Welch ein Wahnsinn von mir, daß ich so lange gezögert hatte, bevor ich die Flucht ergriff! Bis dahin war mir das Tier nur mit Hilfe des Geruchssinns, und daher nur langsam, gefolgt. Aber im Augenblick, als ich zu laufen anfing, hatte es mich gesehen und konnte mich nunmehr mit den Augen verfolgen, denn der Weg zeigte ihm die Richtung, in der ich davongelaufen war. Und jetzt kam es mit großen Sprüngen um die Ecke. Seine vorstehenden Augen leuchteten im Mondlicht, ich erkannte eine Reihe riesenhafter Zähne in seinem offenen Maul und die furchtbaren Klauen an seinen kurzen, mächtigen Vorderfüßen. Mit einem Schreckensschrei drehte ich mich um und stürzte wie rasend den Weg entlang. Immer lauter vernahm ich hinter mir die pfeifenden Atemzüge des Ungetüms. Dann fühlte ich das schwere Aufschlagen seiner Füße neben mir, jeden Augenblick erwartete ich, daß es mich im Rücken packen würde. Und dann gab es plötzlich einen Krach, ich stürzte durch einen leeren Raum, und alles um mich her war dunkel und ruhig.

Als ich aus meiner Bewußtlosigkeit, die, wie ich glaube, nur wenige Minuten gedauert hatte, erwachte, spürte ich einen durchdringenden, abscheulichen Geruch. Ich streckte meine Hand in der Dunkelheit aus und stieß auf etwas, das sich wie ein großer Fleischklumpen anfühlte, während ich mit der anderen Hand einen riesigen Knochen erfaßte. Über mir erblickte ich ein kreisförmiges Stück des sternbedeckten Himmels, woran ich erkannte, daß ich am Boden eines tiefen Erdloches lag. Ich erhob mich langsam auf die Füße und befühlte meinen ganzen Körper. Meine Glieder waren steif, und ich fühlte vom Kopf bis zum Nacken überall Schmerzen. Aber ich hatte nichts gebrochen, und alle Gelenke waren beweglich. Ale dann die näheren Umstände meines Falles wieder in meinem verwirrten Gehirn auftauchten, blickte ich voll Schrecken nach oben in Erwartung, dort den fürchterlichen Kopf des Tieres sich als Silhouette gegen den Himmel abzeichnen zu sehen. Indessen war von dem Ungetüm weder etwas zu sehen noch zu hören. Ich ging daher langsam in dem Erdloch herum und befühlte die Wände, um mir über den Charakter des Erdloches, in das ich gerade im richtigen Augenblick hineingestürzt war, klar zu werden. Es war, wie ich bereits sagte, ein Loch mit steil abfallenden Wänden, dessen Boden etwa zwanzig Fuß im Durchmesser hatte. Dieser Boden war mit großen Fleischstücken besät, von denen die meisten bereits im letzten Zustand der Verwesung waren. Die Luft war völlig verpestet. Über die verfaulenden Fleischklumpen hinwegstolpernd, stieß ich plötzlich gegen etwas Hartes, und ich konnte erkennen, daß es ein aufrechtstehender, in der Mitte des Erdloches befestigter Pfahl war. Er war so hoch, daß ich seine Spitze nicht mit der Hand erreichen konnte, und er schien völlig mit Fett beschmiert zu sein. Plötzlich erinnerte ich mich, daß ich eine Schachtel mit Wachsstreichhölzern in der Tasche hatte. Ich entzündete eines derselben und war nunmehr in der Lage, mir ein Urteil über das Erdloch zu bilden. Über seine Natur konnte kein Zweifel mehr bestehen. Es war eine Falle, die von menschlichen Händen hergerichtet war. Der Pfahl in der Mitte hatte eine Länge von neun Fuß, war am oberen Ende zugespitzt und schwarz vom erstarrten Blut der Tiere, die von ihm aufgespießt waren. Die herumliegenden Überreste rührten von den Opfern her, die zerschnitten waren, um den Pfahl für das nächste hereinstürzende Tier frei zu machen. Ich erinnerte mich einer Behauptung Challengers, daß Menschen auf diesem Plateau nicht existieren könnten, da ihre schwachen Waffen sie nicht gegen die umherstreifenden Ungeheuer schützen könnten. Aber hier zeigte es sich klar, daß es doch möglich war. In ihren Höhlen mit den engen Eingängen besaßen die Eingeborenen, welcher Natur sie auch sein mochten, einen Zufluchtsort, in den die riesigen Saurier nicht eindringen konnten, während sie mit ihrem entwickelten Gehirn in der Lage waren, auf den von den Tieren ausgetretenen Wegen mit Zweigen überdeckte Fallen auszugraben, um sie trotz ihrer Größe und Stärke zu vernichten. Der Mensch war immer der Herr der Schöpfung.

Es war für einen gewandten Menschen nicht schwierig, die geneigten Wälle des Erdloches zu erklettern. Aber ich zögerte lange, bevor ich mich in die Reichweite des furchtbaren Tieres, das mich fast vernichtet hätte, brachte. Ich konnte nicht wissen, ob es nicht im nahen Gebüsch auf der Lauer lag, um mein Wiederauftauchen abzuwarten. Doch faßte ich mir ein Herz, als mir eine Unterhaltung zwischen Challenger und Summerlee über die Gewohnheiten der Saurier einfiel. Beide stimmten darin überein, daß diese Ungeheuer ein sehr gering entwickeltes Gehirn hatten und daß es in ihren kleinen Gehirnschalen kaum die Möglichkeit verstandesmäßiger Überlegung gab, so daß ihr Verschwinden in der übrigen Welt sicherlich auf ihre eigene Beschränktheit, die es ihnen unmöglich machte, sich veränderten Bedingungen anzupassen, zurückzuführen war.

Ein Auflauern würde also bedeutet haben, das Tier hätte beurteilen können, was mir zugestoßen war, – und das hätte die Fähigkeit, Ursache und Wirkung zu verknüpfen, vorausgesetzt. War es nicht viel wahrscheinlicher, daß ein gehirnloses Geschöpf, das lediglich räuberischen Instinkten folgt, die Jagd, sobald ich verschwand, aufgab und nach einer Pause des Erstaunens weitergehen und sich auf die Suche nach anderer Beute begeben würde? Ich kletterte bis an den Rand des Erdloches empor und blickte hinüber. Die Sterne verblaßten, der Himmel wurde bereits hell, und der kalte Morgenwind blies mir angenehm ins Gesicht. Von meinem Feinde war nichts zu hören und zu sehen. Langsam stieg ich heraus und setzte mich eine Weile auf den Erdboden, bereit, in meinen Zufluchtsort zurückzuspringen, sobald irgend eine Gefahr auftauchen sollte. Dann aber, beruhigt durch die absolute Stille und den dämmernden Morgen, riß ich mich zusammen und schlich mich auf dem Wege zurück, den ich gekommen war. Unterwegs nahm ich meine Flinte wieder an mich und gelangte kurz darauf wieder an den Bach, dessen Führung ich mich wieder anvertraute. Und so machte ich mich, nicht ohne furchtsame Blicke zurückzuwerfen, auf den Heimweg.

Plötzlich geschah etwas, was mich an meine abwesenden Gefährten erinnerte. In der klaren ruhigen Morgenluft ertönte in weiter Entfernung der helle, scharfe Knall eines Gewehrschusses. Ich blieb stehen und horchte, aber ich vernahm nichts weiter. Einen Augenblick erschreckte mich der Gedanke, daß eine plötzliche Gefahr über sie gekommen sei. Aber dann fiel mir eine einfachere und natürliche Erklärung ein. Es war jetzt helles Tageslicht und kein Zweifel darüber, daß sie meine Abwesenheit bemerkt hatten. Sicherlich hatten sie sich gedacht, daß ich mich in den Wäldern verirrt hätte, und einen Schuß abgegeben, der mir die Richtung, in der sich das Lager befand, angeben sollte. Wir hatten zwar die feste Vereinbarung getroffen, nicht zu schießen, da sie mich aber in Gefahr wähnten, hatten sie sicherlich nicht gezögert, es zu tun. Ich mußte mich also aufs äußerste beeilen, um ihnen ihre Befürchtungen zu nehmen.

Ich war so müde und abgespannt, daß ich nicht so schnell vorankam, als ich es gewünscht hätte. Zuletzt gelangte ich jedoch in Gegenden, die mir bekannt waren. Da war links von mir der Pterodactylus-Sumpf und vor mir die Iguanodon -Lichtung, und jetzt gelangte ich zu dem letzten Baumgürtel, der mich vom Fort Challenger trennte. Ich stieß einen fröhlichen Schrei aus, um meine Gefährten zu beruhigen, erhielt jedoch keine Antwort. Die verdächtige Ruhe ließ mir das Blut in den Adern erstarren, und ich fing an zu laufen. Das Lager tauchte vor mir auf, genau in dem Zustande, wie ich es verlassen hatte, nur der Eingang war offen. Ich stürzte hinein. In dem kalten Morgenlicht bot sich mir ein furchtbarer Anblick. Unsere Vorräte lagen in wilder Unordnung auf dem Boden verstreut umher, meine Gefährten waren verschwunden, und in der Nähe der glimmenden Asche unseres Feuers zeigte sich eine rote Blutlache.

Ich war so erschüttert von diesem plötzlichen Schreck, daß sich meine Gedanken für einige Zeit verwirrten. Mein Gedächtnis hat, etwa wie man sich eines schlechten Traumes erinnert, nur Bruchstücke davon bewahrt, daß ich rings umher durch die Wälder gerast bin und aufgeregt nach meinen Gefährten gerufen habe. Keine Antwort tönte aus dem schweigenden Dunkel zu mir herüber. Der furchtbare Gedanke, daß ich sie niemals wiedersehen und einsam an diesem schaudervollen Ort zurückbleiben würde, ohne die Möglichkeit, in die Welt zurückkehren zu können, und daß ich in diesem schrecklichen Lande sterben müsse, brachte mich zur Verzweiflung. Ich hätte mir die Haare ausreißen und den Kopf mit Fäusten bearbeiten können. Erst jetzt begriff ich, wie sehr ich bisher von meinen Gefährten abhängig gewesen war, von der heiteren Selbstsicherheit Challengers und der dominierenden und humorvollen Kaltblütigkeit Lord Roxtons. Ohne sie war ich wie ein hilfloses Kind in der Dunkelheit. Ich wußte nicht mehr, wohin ich meine Schritte lenken und was ich tun sollte. Nach einer gewissen Zeit, die ich in Betäubung dagesessen hatte, entschloß ich mich, einen Versuch zu machen, das plötzliche Mißgeschick, das meinen Gefährten zugestoßen sein mußte, aufzuklären. Der wüste Zustand des Lagers zeigte, daß ein Angriff stattgefunden hatte, und der Gewehrschuß war sicherlich aus diesem Anlaß gefallen. Daß nur ein Schuß gefallen war, schien zu beweisen, daß der Kampf in einem Augenblick entschieden war. Die Gewehre lagen noch am Boden, und eines derselben – Lord Johns – hatte eine leere Patronenhülse im Magazin. Challengers und Summerlees Decken neben dem Feuer ließen vermuten, daß die beiden gerade geschlafen hatten. Die Kisten mit Munition und Nahrungsmitteln lagen in größter Unordnung umher, dazwischen die photographischen Apparate und Plattenbehälter. Aber keine von ihnen fehlte. Andererseits waren die unverpackten Lebensmittel – und es waren, soweit ich mich erinnerte, eine beträchtliche Menge – verschwunden. Es handelte sich also um Tiere und nicht um Eingeborene, die ins Lager eingedrungen waren, denn die letzteren hätten sicherlich alles mitgenommen.

Wenn es aber Tiere gewesen waren oder ein einzelnes furchtbares Geschöpf, was war dann aus meinen Gefährten geworden? Eine wilde Bestie hätte sie sicherlich getötet und Überreste von ihnen zurückgelassen. Sicherlich sprach die Blutlache von brutaler Gewalt. Ein Ungetüm, wie es mich während der Nacht verfolgt hatte, hätte ein Opfer leicht hinwegschleppen können wie eine Katze eine Maus. In diesem Falle würden die anderen die Verfolgung aufgenommen haben. Aber dann hätten sie zweifellos ihre Gewehre mitgenommen. Je länger ich mit meinem verwirrten und müden Gehirn über den Vorfall nachdachte, je weniger war ich imstande, eine zutreffende Erklärung zu finden. Ich suchte den Wald rund umher ab, konnte aber keine Spuren, aus denen ich etwas hätte schließen können, entdecken. Einmal verirrte ich mich und verdankte es nur einem Zufall, daß ich nach einer Stunde Umherwanderns wieder zum Lager zurückfand.

Plötzlich kam mir ein Gedanke, der mein Herz etwas erleichterte. Ich war nicht völlig allein in der Welt. Unten, am Grunde der Felswand und in Rufweite von mir, saß wartend der treue Zambo. Ich eilte zum Rande des Plateaus und blickte hinunter. Und richtig hockte er dort unten, in seine Decken gehüllt, neben dem Feuer in seinem kleinen Lager. Aber zu meinem Erstaunen saß dort noch ein zweiter Mann bei ihm. Einen Augenblick lang hüpfte mein Herz vor Freude, denn ich dachte, daß es einem meiner Gefährten gelungen war, sich sicher nach unten zu retten. Aber ein zweiter Blick zerstörte diese Hoffnung. Die aufsteigende Sonne ließ mich an der Farbe des Mannes erkennen, daß es ein Indianer war. Ich stieß einen lauten Schrei aus und winkte mit dem Taschentuch. Sofort blickte Zambo zu mir hinauf, winkte mit der Hand und beeilte sich, die Felsspitze zu erklimmen. Kurz darauf stand er oben und hörte mit tiefer Trauer alles an, was ich ihm erzählte.

»Sicher Teufel hat alle geholt, Massa Malone. Sie sind in Teufels Land gegangen, Herr, und er holt sie alle. Müssen Rat annehmen, Massa Malone, und schnell herunterkommen. Sonst Ihr auch geholt werden.«

»Wie kann ich herunterkommen, Zambo?«

»Schlingpflanzen von Bäumen nehmen, Massa Malone. Werfen sie hier herüber. Ich werde festmachen hier an Baumstumpf, und dann Sie haben Brücke.«

»Wir haben schon daran gedacht, aber es gibt hier keine Schlingpflanzen, die uns tragen könnten.«

»Jemand schicken Taue zu holen, Massa Malone.«

»Wen kann ich schicken, und wohin?«

»Schicke in Indianerdörfer, Herr. Viel Lederriemen in Indianerdorf. Indianer dort unten schicken.«

»Wer ist das?«

»Einer von unseren Indianern, die anderen haben geschlagen ihn und Geld weggenommen. Kommt zu uns zurück. Will jetzt Brief wegtragen. Bringt Taue zurück, irgend etwas.«

Einen Brief mitnehmen! Warum nicht? Vielleicht kann er Hilfe bringen. Jedenfalls würde uns hierdurch Sicherheit gegeben werden, daß wir nicht umsonst gelebt hatten und daß Nachrichten von all dem, was wir für die Wissenschaft hatten tun können, unsere Freunde in der Heimat erreichten. Ich hatte bereits zwei fertige Briefe liegen. Ich würde den Tag dazu verwenden, einen dritten zu schreiben, der meine letzten Erlebnisse schildern sollte. Der Indianer konnte sie dann der Welt überbringen. Ich gab Zambo daher den Befehl, am Abend wieder heraufzukommen, und verbrachte einen traurigen und einsamen Tag mit der Niederschrift meiner Abenteuer während der letzten Nacht. Ich setzte außerdem einen Bericht auf, der irgendeinem weißen Kaufmann oder Kapitän eines Dampfers von dem Indianer übergeben werden sollte, in dem ich den Empfänger anflehte, uns Taue schicken zu lassen, da unser Leben davon abhängig sei. Diese Schriftstücke warf ich abends Zambo hinüber und ebenso meine Börse, die drei Goldstücke enthielt. Diese sollte er dem Indianer geben und ihm das Doppelte versprechen für den Fall, daß er mit Tauen zurückkehren würde.

So, mein lieber Herr McArdle, jetzt wissen Sie, auf welchem Wege diese Mitteilung Sie erreicht, und Sie wissen außerdem die Wahrheit für den Fall, daß Sie niemals etwas von Ihrem unglücklichen Berichterstatter wieder hören werden. Heute abend bin ich zu müde und zu niedergeschlagen, um irgendwelche Pläne zu machen. Morgen werde ich Mittel und Wege ersinnen müssen, die mir gestatten, Fühlung mit dem Lager zu behalten und doch Nachforschungen nach meinen unglücklichen Freunden anstellen zu können.

Dreizehntes Kapitel

Ein Anblick, den ich nie vergessen werde

Gerade als die Sonne im Begriff war unterzugehen, sah ich die einsame Gestalt des Indianers auf der weiten Ebene unter mir dahinschreiten, und ich blickte ihm, unserer einzigen schwachen Hoffnung auf Rettung, nach, bis er in dem zwischen mir und dem in weiter Ferne dahinfließenden Strom aufsteigenden und von der Sonne rosig gefärbten Dunst verschwand.

Es war völlig dunkel, als ich schließlich zu unserem verwüsteten Lager zurückkehrte, und der letzte Eindruck, den ich mit mir nahm, war Zambos aufleuchtendes Feuer. Es war der einzige Lichtpunkt in der weiten Welt dort unten, so wie die treue Gegenwart des Negers den einzigen Trost meiner verdüsterten Seele bildete. Und doch fühlte ich mich zum erstenmal etwas leichter, seitdem mich dieser furchtbare Schlag getroffen hatte. Denn der Gedanke erhob mich, daß die Welt wissen würde, was wir getan hatten, so daß im schlimmsten Falle doch unsere Namen nicht mit unseren Körpern verlorengehen konnten, sondern mit den Ergebnissen unserer Arbeit auf die Nachwelt kommen würden.

Es war ein grauenvoller Gedanke, in dem übel zugerichteten Lager zu schlafen, und doch wäre es noch schrecklicher gewesen, sich im Dschungel hinzulegen. Eins oder das andere mußte geschehen. Die Überlegung ließ ratsam erscheinen, wach zu bleiben, aber die erschöpfte Natur erzwang sich ihr Recht.

Ich erkletterte einen Zweig des großen Gingkobaumes, aber seine glatte Oberfläche gewährte mir keinen festen Sitz, und ich wäre sicherlich im Moment des Einschlafens heruntergefallen. Ich überlegte, was ich tun sollte. Schließlich schloß ich das Tor unseres Lagers, zündete drei getrennte Feuer an, zwang mich, etwas zu essen, und fiel darauf in einen tiefen Schlaf, dem ein merkwürdiges und höchst willkommenes Erwachen folgte. Am frühen Morgen, gerade bei Tagesanbruch, legte sich eine Hand auf meinen Arm, und als ich mit zitternden Nerven aufsprang und nach einem Gewehr griff, stieß ich einen lauten Freudenschrei aus. Denn im kalten, grauen Morgenlicht sah ich Lord John neben mir knien.

Er war es – und doch war er es nicht. Als ich ihn verließ, war seine Haltung ruhig und sein Äußeres korrekt und sauber. Jetzt war er blaß, seine Augen hatten einen wilden Ausdruck, und er keuchte wie jemand, der lange und schnell gelaufen ist. Sein schmales Gesicht war zerkratzt und blutig, seine Kleider hingen in Fetzen herab, und seinen Hut hatte er verloren. Ich starrte ihn fassungslos an, aber er ließ mir keine Zeit zu Fragen. Er wühlte während des Sprechens in unseren Vorräten herum.

»Schnell, mein Junge,« schrie er, »jeder Augenblick zählt. Nehmen Sie diese beiden Gewehre, ich habe die anderen beiden. So, nun so viel Patronen, wie Sie tragen können. Stecken Sie sich die Taschen voll. Und jetzt etwas zu essen. Ein halbes Dutzend Büchsen werden genügen. So, das wäre geschafft! Verlieren Sie keine Zeit mit Reden oder Nachdenken. Und jetzt vorwärts, oder wir sind verloren.«

Noch halb im Schlaf und unfähig, mir vorzustellen, was dies alles bedeutete, rannte ich wie toll durch den Wald hinter ihm her, unter jedem Arm ein Gewehr und einen Stapel verschiedener Vorräte tragend. Er stürmte durch das Gestrüpp, bis er an eine Stelle mit dichtem Unterholz kam, in das er ohne Rücksicht auf die Dornen hineinsprang, sich zu Boden warf und mich zu sich herniederzog. »Hier«, keuchte er, »glaube ich, sind wir sicher. Sie werden das Lager von neuem überfallen, das ist todsicher. Es wird ihr erster Gedanke sein. Aber dies wird sie in Verlegenheit setzen.«

»Was bedeutet das alles?« fragte ich, als ich wieder zu Atem gekommen war. »Wo sind die Professoren, und wer ist denn hinter uns her?«

»Die Affenmenschen«, antwortete er. »Mein Gott, was sind das für brutale Geschöpfe! Sprechen Sie nicht zu laut, denn sie haben lange Ohren und außerdem scharfe Augen, aber, soweit ich es beurteilen kann, keinen entwickelten Geruchssinn, so daß sie unserer Spur nicht werden folgen können. – Wo sind Sie gewesen, mein Junge? Sie sind ja gut davongekommen.«

Ich erzählte ihm flüsternd mit einigen Sätzen, was ich gemacht hatte.

»Üble Sache«, sagte er, als er vom Dinosaurus und dem Erdloch gehört hatte. »Ist nicht gerade ein geeigneter Ort für einen Kuraufenthalt, nicht wahr? Aber was in diesem Lande möglich ist, weiß ich erst, seit wir in die Hände dieser Teufel gefallen sind. Einmal hatten mich die papuanischen Menschenfresser gefangen. Aber das sind gesellschaftsfähige Leute, verglichen mit dieser Bande.«

»Wie ist die Sache denn vor sich gegangen?« fragte ich.

»Es war am frühen Morgen. Unsere gelehrten Freunde erhoben sich gerade von ihrem Lager und hatten sogar noch nicht einmal mit ihren wissenschaftlichen Erörterungen begonnen. Plötzlich regnete es Affen. Sie kamen in solchen Mengen herunter wie Äpfel, die man vom Baum schüttelt. Sie hatten sich während der Nacht versammelt, nehme ich an, bis der große Baum über unseren Köpfen voll mit ihnen beladen war. Ich schoß einem von ihnen durch den Bauch, aber bevor wir begriffen hatten, was los war, hatten sie uns schon zu Boden geworfen und die ausgebreiteten Arme und Füße festgehalten. Ich sage ›Affen‹, aber sie trugen Knüttel und Steine in den Händen, redeten irgendein Kauderwelsch miteinander und schnürten uns die Hände schließlich mit Schlingpflanzen zusammen, so daß sie also jedenfalls geistig höher stehen als irgendein Tier, das mir auf meinen Reisen begegnet ist. Affenmenschen sind es, das ›fehlende Zwischenglied‹, und ich wünschte wohl, daß sie uns noch heute fehlten. Sie schleppten ihren verwundeten Kameraden, der wie ein Schwein blutete, fort und setzten sich dann in einem Kreis um uns herum. Wenn ich jemals den Ausdruck kalter Mordlust gesehen habe,

so in ihrem Gesicht. Es waren tüchtige Burschen, groß wie ein Mann, aber erheblich stärker. Sie haben unter roten Brauen seltsam gläserne, graue Augen, mit denen sie uns dauernd anglotzten. Challenger ist kein Hasenfuß, aber selbst er war entmutigt. Er versuchte sich mit Gewalt aufzurichten und schrie sie an, daß er erschöpft und der Sache überdrüssig sei. Ich glaube, daß sein Verstand bei dieser plötzlichen Affäre etwas gelitten hat, denn er raste und verfluchte die Affenmenschen wie ein Wahnsinniger. Er hätte sie nicht toller beschimpfen können, wenn es eine Reihe der von ihm so geschätzten Presseleute gewesen wäre.«

»Nun, und was taten Sie dann?« Während ich ganz gepackt war von dem Bericht, den mein Gefährte mir ins Ohr flüsterte, ließ dieser seine kühnen Augen scharf umhergehen und hielt die gespannte Büchse in der Hand.

»Ich dachte, unser Ende sei gekommen. Die Dinge nahmen aber plötzlich eine ganz andere Wendung. Die Affenmenschen schwatzten und schnatterten durcheinander. Dann trat einer von ihnen an Challenger heran. Sie werden lachen, mein Junge, aber ich gebe Ihnen mein Wort, beide hätten Verwandte sein können. Ich hätte das niemals geglaubt, wenn ich es nicht mit eigenen Augen gesehen hätte. Dieser alte Affenmensch – es war der Häuptling – war eine Art rothaariger Challenger mit all den Schönheitsmerkmalen, die unseren Freund auszeichnen. Nur daß diese bei ihm alle etwas stärker betont waren. Er hatte den kurzen Körper, die riesigen Schultern, den vorgewölbten Brustkasten, keinen Nacken, einen großen, roten, gekräuselten Bart, die buschigen Augenbrauen, und ein ›Was willst du, verfluchter Kerl‹ und eine ganze Reihe anderer schmeichelhafter Wendungen schauten ihm aus den Augen. Als der Affenmensch bei Challenger stand und seine Klaue auf seine Schulter legte, war die Ähnlichkeit vollkommen. Summerlee hatte einen Nervenanfall und lachte, bis er schrie. Die Affenmenschen lachten auch oder ließen wenigstens ein teuflisches Gemecker ertönen, und dann ergriffen sie uns und schleppten uns durch den Wald. Die Gewehre rührten sie nicht an –, ich möchte glauben, sie hielten sie für gefährlich. Aber die offen daliegenden Nahrungsmittel nahmen sie mit. Summerlee und ich wurden ziemlich roh behandelt unterwegs, wie Sie an meiner Haut und an meinen Kleidern sehen können. Denn sie schleppten uns geradenwegs durch das Dorngestrüpp, das ihrer lederartigen Haut nichts anhaben konnte. Challenger erging es besser. Vier von ihnen trugen ihn in Schulterhöhe, und er schwebte dahin wie ein römischer Imperator. – Was ist das?«

Wir vernahmen ein seltsames, klapperndes Geräusch in der Ferne, das an Kastagnetten erinnerte.

»Da gehen sie«, sagte mein Gefährte, indem er Patronen in seine doppelläufige Expreßbüchse schob. »Wir wollen sie alle laden, mein Jungchen, denn lebend sollen die Burschen uns nicht bekommen. Diesen Lärm machen sie immer, wenn sie erregt sind. Beim Himmel, denen wollen wir schon einige Ursache geben, sich aufzuregen, wenn sie auf uns stoßen. Hören Sie sie noch?«

»Sehr weit weg.«

»Diese kleine Gruppe wird nicht viel ausrichten, aber ich nehme an, daß ihre Streifen auf den ganzen Wald verteilt sind. – Nun, ich war dabei, Ihnen meinen Klagegesang vorzusingen. Sie schleppten uns also in ihre Stadt, etwa tausend Hütten aus Zweigen und Blättern in einem großen Hain, dicht am Rande des Plateaus. Sie liegt drei bis vier Meilen von hier. Die schmutzigen Bestien befühlten mich am ganzen Körper, und ich habe die Empfindung, als könnte ich niemals wieder sauber werden. Sie fesselten uns – der Bursche, der mich in Händen hatte, konnte ziehen wie ein Bulle. Und da lagen wir mit gebundenen Füßen unter einem Baum, und bei uns stand eine Wache mit einer Keule in der Hand. Wenn ich sage ›wir‹, so meine ich Summerlee und mich. Unser guter Challenger saß auf einem Baumstamm, aß eine Ananas und konnte sich frei bewegen. Ich muß aber sagen, daß er uns einige Früchte zukommen ließ und unsere Fessel mit eigener Hand gelöst hat. Wenn Sie ihn dort auf dem Baum so vertraulich mit seinem Zwillingsbruder hätten sitzen sehen können und gehört hätten, wie er mit seinem rollenden Baß vergnügt einen Gesang anstimmte – Musik scheint ihn ja immer in eine gute Stimmung zu versetzen –, so hätten Sie lachen müssen. Wir freilich waren nicht gerade zum Lachen aufgelegt, wie Sie sich wohl vorstellen können. Die Affenmenschen waren bis zu einem gewissen Grade geneigt, ihn tun zu lassen, was er wollte. Uns hielten sie desto schärfer. Es war ein starker Trost für uns alle, zu wissen, daß

Sie in Freiheit waren und unsere Berichte in Verwahrung hatten.

So, und jetzt, mein Junge, werde ich Ihnen etwas erzählen, was Sie überraschen wird. Sie sagten, Sie hätten Zeichen von Menschen gesehen, Feuer, Fallen und anderes. Nun, wir haben die Eingeborenen selbst gesehen. Arme Teufel sind das, kleine Kerle, die furchtsam die Augen niederschlagen und auch allen Grund dazu haben. Es scheint, daß die Menschen die eine Seite des Plateaus bewohnen – die Seite drüben, wo Sie die Höhlen gesehen haben – und die Affenmenschen diese Seite. Und zwischen beiden besteht ein dauernder, blutiger Kriegszustand. Das ist die Situation, soweit ich sie erfassen konnte. Gestern haben nun die Affenmenschen ein Dutzend dieser Menschen als Gefangene eingebracht. In Ihrem ganzen Leben haben Sie nicht ein solches Geschwätz und Geschrei gehört. Die Menschen, diese kleinen, roten Burschen, waren so zerkratzt und zerschlagen, daß sie kaum noch gehen konnten. Die Affenmenschen quälten zwei von ihnen zu Tode, dem einen rissen sie geradezu einen Arm aus. Es war ganz bestialisch. Sie sind doch mutige, kleine Kerle, gaben kaum einen Ton von sich. Aber der Anblick machte uns ganz krank. Summerlee fiel in Ohnmacht, und sogar Challenger hatte Mühe, sich aufrecht zu halten. – Ich denke, sie sind verschwunden jetzt, was denn?« Wir horchten aufmerksam, aber nichts als Vogelstimmen drang aus dem tiefen Frieden des Waldes zu uns herüber. Lord John fuhr in seiner Erzählung fort: »Sie sind also mit dem Leben davongekommen, mein Junge. Die Affenmenschen haben Sie ganz aus dem Gedächtnis verloren, weil sie inzwischen diese Indianer gefangen haben. Sonst wären sie todsicher aufs neue zum Lager gekommen, um Sie zu holen. Natürlich haben sie uns, wie Sie schon sagten, von Anfang an vom Baum aus beobachtet. Und sie wissen ganz genau, daß noch einer von uns fehlt. Aber sie denken augenblicklich nur an ihren neuen Zug, und daher war es nicht eine Schar von Affen, sondern ich, der Sie heute morgen im Lager aufgeweckt hat. Ach, wir haben furchtbare Dinge erlebt, die wie ein Alpdruck auf uns lasten. Sie erinnern sich der Stelle unten am Rande der Felswand mit den riesigen spitzen Bambusstämmen, wo wir das Skelett des Amerikaners fanden? Diese Stelle liegt gerade unter der Affenstadt und ist der Ort, wo sie ihre Gefangenen hinunterstürzen. Ich nehme an, daß dort ganze Haufen von Skeletten zu finden wären, wenn man danach suchen würde. Auf der Höhe haben sie eine Art Paradeplatz, und das Hinabwerfen der Gefangenen verbinden sie mit einer gewissen Zeremonie. Einen nach dem anderen dieser armen Teufel werfen sie über den Rand, und es ist ein besonderes Vergnügen für sie, zu beobachten, ob der Hinabstürzende in Stücke zerfetzt oder auf den Bambusstämmen aufgespießt wird. Sie führten uns hin, um die Sache ebenfalls ansehen zu können, wobei der ganze Stamm sich am Rande der Felswand aufgestellt hatte. Vier der Indianer stürzten hinunter, und die spitzen Bambusstämme durchbohrten ihren Körper wie Stricknadeln ein Stück Butter. Es ist also kein Wunder mehr, daß wir die Bambusstangen durch das Skelett des Amerikaners hindurchgewachsen fanden. Es war furchtbar und doch wieder verteufelt interessant. Wir waren alle hingerissen, wenn wir sie ihren Kopfsprung machen sahen, obwohl wir uns darüber klar waren, daß wir die nächsten auf dem Sprungbrett waren.

Nun, es geschah nichts dergleichen. Sie haben sich sechs von den Indianern für heute aufgehoben – so wie ich es verstand –, aber ich glaube, wir sollen die Hauptdarsteller in dem Schauspiel werden. Challenger mag davonkommen, aber Summerlee und ich stehen auf der Liste. Ihre Sprache besteht zum größten Teil aus Zeichen, so daß es nicht schwer ist, sie zu verstehen. Ich hielt die Zeit daher für gekommen, einen Durchbruch zu versuchen. Ich hatte die Sache schon etwas überlegt und mir einen einigermaßen klaren Plan gemacht. Ausführen konnte nur ich ihn, denn mit Summerlee war nichts zu machen und mit Challenger stand es nicht viel besser. Die wenigen Augenblicke, die die beiden zusammenkamen, benutzten sie gleich wieder zu wissenschaftlichen Streitereien. Sie konnten sich nämlich nicht über die Klassifizierung dieser rothaarigen Teufel, in deren Händen wir uns befanden, einig werden. Der eine sagte, es handle sich um den Dryopithecus von Java, während der andere für den Pithecanthropus eintrat. So ein Wahnsinn! So eine Verrücktheit! Aber wie gesagt, ich hatte eine oder zwei Möglichkeiten unserer Rettung ausgedacht. Die eine war die, daß diese Bestien auf freier Ebene nicht so laufen konnten wie ein Mensch. Sie haben kurze, krumme Beine und schwere Körper. Selbst Challenger würde den besten von ihnen etwas überlegen sein, und Sie und ich würden sie mit Leichtigkeit hinter uns lassen. Die zweite Möglichkeit lag darin, daß sie nichts von Gewehren verstehen. Ich glaube nicht, daß sie wissen, woher die Wunde ihres Kameraden, den ich niederschoß, rührt. Sobald wir nur unsere Gewehre wieder hätten, würden sich alle Worte über das, was zu tun ist, erübrigen.

Ich riß mich heute morgen los, gab dem Wachtposten einen Fußtritt in seinen Hängebauch, der ihn zu Boden warf, und stürzte nach unserem Lager. Dort traf ich auf Sie, auf unsere Gewehre, und hier sind wir jetzt.«

»Aber die Professoren?« rief ich konsterniert.

»Ja richtig. Wir müssen sofort zurückkehren und sie heraushauen. Mitbringen konnte ich sie nicht. Challenger saß auf dem Baum, und Summerlee war der Anstrengung nicht gewachsen. Die einzige Möglichkeit war, die Gewehre zu holen und einen Versuch zu ihrer Befreiung zu machen. Natürlich ist es nicht ausgeschlossen, daß sie die beiden aus Rache sofort über Bord geworfen haben. Challenger werden sie vielleicht nicht anrühren, aber für Summerlee möchte ich meine Hand nicht ins Feuer legen. Aber den hätten sie auf jeden Fall erledigt, dessen bin ich gewiß. Und daher habe ich die Lage jedenfalls durch mein Davonlaufen nicht verschlimmert. Wir sind aber verpflichtet zurückzukehren, um sie zu befreien oder ihr Schicksal zu teilen. Machen Sie sich also auf alles gefaßt, mein Junge, denn man kann nicht wissen, wie die Sache bis heute abend auslaufen wird.«

Ich habe versucht, Lord Roxtons launige Sprechweise wiederzugeben, seine kurzen, kräftigen Sätze und den halb humorvollen, halb nachlässigen Ton, in dem sie gesprochen wurden. Er war ein geborener Führer. Seine gute Laune stieg mit der Gefahr. Seine Sprache wurde lebhafter, seine sonst so kühlen Augen leuchteten von innerem Feuer, und die Spitzen seines donquichottischen Schnurrbartes zitterten vor freudiger Erregung. Seine Liebe zur Gefahr, seine starke, innere Hingabe an das Dramatische eines Abenteuers – die um so größer war, je mehr er im Mittelpunkt desselben stand –, seine bestimmte Anschauung, daß jede Lebensgefahr eine Form des Sportes sei, ein stolzes Spiel des Menschen mit dem Schicksal, in dem er das Leben zum

Pfande setzt, machten ihn zu einem wundervollen Kameraden in solchen Stunden. Wenn uns nicht das Schicksal unserer Gefährten mit Besorgnis erfüllt hätte, würde es für mich eine Freude gewesen sein, mich mit einem solchen Manne ins Treffen gestürzt zu haben. Wir erhoben uns von unserem Versteck im Unterholz, als er mich plötzlich am Arm packte.

»Himmel,« flüsterte er, »da kommen sie.«

Wir konnten von unserer Stelle aus einen Gang, der von grünen Zweigen und Baumstämmen gebildet wurde, hinuntersehen und die Affenmenschen beobachten, die ihn entlangschritten. Sie gingen im Gänsemarsch mit ihren krummen Beinen und dem gewölbten Rücken hintereinander her, wobei sie zuweilen den Boden mit den Vorderhänden berührten und die Köpfe nach links und nach rechts drehten. Ihr gebückter Gang ließ sie kleiner erscheinen, als sie waren. Ich schätzte ihre Höhe auf ungefähr fünf Fuß und stellte fest, daß sie lange, haarige Arme und einen riesigen Brustkasten hatten. Manche von ihnen trugen Knüttel, und aus der Entfernung machten sie den Eindruck von sehr behaarten und mißgestalteten menschlichen Wesen. Nur für einen Augenblick bot sich uns dieses Bild, dann verschwanden sie im Gebüsch.

»Noch nicht«, sagte Lord John, der sein Gewehr aufgenommen hatte. »Es wird besser für uns sein, hier ruhig liegen zu bleiben, bis sie das Suchen aufgegeben haben. Dann werden wir sehen, ob wir zu ihrer Stadt zurückgelangen und sie dort mit besserem Erfolg angreifen können. Wir wollen noch eine Stunde hier verweilen und dann vorgehen.«

Wir füllten die Zeit aus, indem wir eine Büchse mit Fleisch öffneten und frühstückten. Lord Roxton hatte seit frühem Morgen nichts als einige Früchte zu sich genommen und aß wie ein Halbverhungerter. Und dann machten wir uns mit unseren patronengefüllten Taschen und in jeder Hand ein Gewehr auf den Weg, um unsere Gefährten zu befreien. Bevor wir unser Versteck verließen, versahen wir dieses mit einem Merkzeichen und prägten uns seine Lage zum Fort Challenger ein, um es im Falle der Not wiederfinden zu können. Dann schlichen wir leise durch das Gebüsch, bis wir nahe an den Rand der Felswand bei unserem alten Lager anlangten. Hier machten wir halt, und Lord John entwickelte mir seinen Plan.

»Solange wir uns zwischen den dicken Bäumen befinden, sind diese Schweine uns über«, sagte er. »Sie können uns beobachten, während wir sie nicht sehen können. Anders ist es jedoch auf der freien Fläche. Dort können wir uns schneller bewegen als sie. Wir müssen uns also auf jeden Fall außerhalb des Waldes halten. Am Rande des Plateaus stehen die hohen Bäume weniger zahlreich als weiter im Innern, das ist also die günstigste Stelle für uns. So, jetzt gehen Sie langsam, halten Sie die Augen offen und das Gewehr schußbereit. Vor allem, lassen Sie sich nicht gefangennehmen, solange Sie auch nur noch eine Patrone haben – das ist mein letztes Wort, mein Junge.«

Als wir den Rand des Plateaus erreichten, blickte ich hinunter und sah unseren guten, alten Zambo. Ich hätte viel darum gegeben, ihn begrüßen und ihm zurufen zu können, wo wir waren. Aber die Gefahr, gehört zu werden, war zu groß. Die Wälder schienen voll zu sein von Affenmenschen. Immer wieder hörte ich ihr seltsames Geklapper. Wir versteckten uns dann jedesmal im nächsten Gestrüpp und blieben dort still liegen, bis der Lärm vorüber war. Unser Vormarsch ging infolgedessen nur langsam vonstatten, und es waren wenigstens zwei Stunden vergangen, bis ich an Lord Johns vorsichtigen Bewegungen erkannte, daß wir nahe am Ort unserer Bestimmung angekommen waren. Er bedeutete mir, ruhig liegen zu bleiben, und kroch selbst weiter nach vorn. Als er nach einer Minute zurückkam, bebte sein Gesicht vor innerer Erregung.

»Kommen Sie,« sagte er, »kommen Sie schnell. Ich hoffe zu Gott, daß wir noch nicht zu spät kommen.«

Ich zitterte am ganzen Leibe, als ich vorwärts kroch, mich neben ihn legte und durch das Gebüsch nach einer sich vor uns ausstreckenden Lichtung blickte.

Es war ein Bild, das ich niemals vergessen werde, solange ich lebe – so unheimlich, so unmöglich, daß ich nicht weiß, wie ich dem Leser eine Vorstellung davon geben soll. Oder ob ich nach einigen Jahren, wenn ich wieder einmal in einem bequemen Sessel im Savage-Klub sitze und auf den alten, schmutzigen, soliden Themse-Kai hinunterschaue, noch fähig bin, daran zu glauben? Ich bin überzeugt, daß diese Erinnerung mir dann mehr als ein wüster Alpdruck oder als ein Fiebertraum vorkommen wird. Ich will das Ganze aber doch, solange es noch frisch in meinem Gedächtnis ist, niederschreiben, und schließlich wird der eine, der mit mir im feuchten Grase gelegen hat, wissen, daß ich nicht lüge.

Vor uns lag ein großer, freier Platz – einige hundert Meter im Durchmesser –, der mit grünem Rasen und am Rande des Plateaus mit niedrigem Farnkraut bedeckt war. Den Rand dieser Lichtung umgab ein Halbkreis von Bäumen, deren Zweige mit merkwürdigen, übereinandergetürmten, blätterbedeckten Hütten bedeckt waren. Ein Krähenhorst, in dem jedes Nest ein kleines Haus ist, wird Ihnen die beste Vorstellung davon geben können. Die Eingänge zu diesen Hütten und die Äste der Bäume waren voll von einer dichten Masse von Affenmenschen, die ihrer Größe nach die Weiber und Kinder des Stammes zu sein schienen. Sie bildeten den Hintergrund des Gemäldes und blickten mit dem lebhaftesten Interesse auf dieselbe Szene herab, die auch unsere Aufmerksamkeit erregte und uns in Bestürzung versetzte. Auf der freien Fläche, und zwar nahe am Rand der Außenwände hatte sich eine Schar von einigen Hundert dieser zottigen, rothaarigen Geschöpfe, von denen manche von riesiger Größe waren, alle aber einen furchtbaren Anblick boten, versammelt. Es bestand eine gewisse Disziplin unter ihnen, denn keiner von ihnen versuchte die Linie, in der sie aufgestellt waren, zu durchbrechen. Vor dieser Linie stand eine kleine Gruppe von Indianern, kleine, saubere, rötliche Kerle, deren Haut im hellen Sonnenlicht wie polierte Bronze leuchtete. Ein langer, hagerer, weißer Mann mit gebeugtem Haupt und gefesselten Armen, dessen ganze Haltung Entsetzen und Niedergeschlagenheit ausdrückte, stand neben ihnen. Es war kein Irrtum möglich, das war die eckige Gestalt Professor Summerlees. Um diese traurige Gruppe von Gefangenen herum standen mehrere Affenmenschen, die sie scharf bewachten und jede Flucht verhinderten. Weiter rechts von allen und nahe dem Rande der Felswand bemerkte ich zwei so seltsame und unter anderen Umständen so lächerliche Gestalten, daß sie meine Aufmerksamkeit stark in Anspruch nahmen. Der eine war unser gelehrter Professor Challenger. Die Reste seines Rockes hingen nur noch in Streifen von seinen Schultern. Aber das Hemd hatte man ihm ausgezogen, und sein großer Bart schien mit dem schwarzen Ge-

wirr, das seine Brust bedeckte, verwachsen zu sein. Seinen Hut hatte er verloren, und sein Haar, das während unserer Reise sehr lang geworden war, flatterte wild im Winde. Ein einziger Tag schien ihn aus einem höchsten Produkt moderner Zivilisation in einen verzweifelten Wilden Südamerikas verwandelt zu haben. Neben ihm stand als sein Gebieter der König der Affenmenschen. Er war tatsächlich in allem, wie Lord John gesagt hatte, das wahre Gegenstück zu unserem Professor. Nur daß seine Haare rot statt schwarz waren. Dieselbe kurze, breite Gestalt. Dieselben mächtigen Schultern. Dieselben nach vorn hängenden langen Arme. Derselbe üppige Bart, der in die haarige Brust überging. Nur oberhalb der Augenbrauen, wo die abfallende Stirn und der flache Schädel des Affenmenschen einen scharfen Gegensatz zu der breiten Stirn und dem prachtvollen Schädel des Europäers bildete, kam der Unterschied deutlich zum Ausdruck. In jeder anderen Hinsicht war der Affenkönig eine lächerliche Parodie des Professors.

All dies, was ich hier so umständlich beschreibe, empfand ich in wenig Sekunden. Denn wir hatten an ganz andere Dinge zu denken, da sich ein dramatisches Schauspiel zu entwickeln begann. Zwei der Affenmenschen hatten einen der Indianer ergriffen und schleppten ihn an den Rand des Plateaus. Der König erhob die Hand zum Signal. Dann ergriffen sie den Mann bei Armen und Beinen, schwangen ihn dreimal mit großer Gewalt vorwärts und rückwärts und warfen den armen Teufel dann mit einem furchtbaren Schwung über den Abgrund. Das geschah mit solcher Kraft, daß er einen hohen Bogen in der Luft machte, bevor er zu fallen begann. Als er verschwunden war, stürzte die ganze Versammlung mit Ausnahme der Wächter an den Rand der Felswand und verharrte dort in langem, tiefem Schweigen, um zuletzt in einen gellenden Schrei des Entzückens auszubrechen, worauf sie alle, ihr Triumphgeheul fortsetzend, umhersprangen und mit den langen, haarigen Armen in der Luft herumfuchtelten. Dann kehrten sie zurück, bildeten von neuem eine Linie und warteten auf das nächste Opfer.

Jetzt kam die Reihe an Summerlee. Zwei von seinen Wächtern ergriffen ihn beim Handgelenk und stießen ihn brutal nach vorn. Mit seiner schmächtigen Gestalt und seinen langen Gliedmaßen stolperte und zappelte er wie ein Huhn, das man dem Geflügelkorb entnimmt. Challenger hatte sich an den König gewendet und rang die Hände wie wahnsinnig vor ihm. Er bat und flehte für das Leben seines Kameraden. Der Affenmensch stieß ihn roh beiseite und schüttelte mit dem Kopf. Das war die letzte bewußte Bewegung, die er auf Erden machte. Lord Johns Büchse krachte, und der König sank um und bildete nur noch einen zuckenden Haufen roter Glieder.

»Schießen Sie in die dichte Menge hinein! Schießen, mein Söhnchen, schießen!« schrie mein Gefährte.

Es gibt merkwürdige rote Tiefen in der Seele der meisten Durchschnittsmenschen. Ich bin etwas weichherzig von Natur, so daß meine Augen nicht selten feucht geworden sind beim Angstschrei eines verwundeten Hasen. Und doch kam jetzt die Mordlust über mich. Ich fühlte mich so ganz auf meinem Platze, als ich ein Magazin nach dem anderen öffnete, den Lauf aufklappte, um zu laden und ihn wieder zuschnappen ließ, daß ich aus purer Grausamkeit und Freude am Morden laut jauchzte und schrie.

Mit unseren vier Gewehren richteten wir beide ein furchtbares Blutbad an. Die beiden Wächter, die Summerlee gehalten hatten, lagen am Boden, und dieser taumelte in seiner Verwirrung wie ein Betrunkener hin und her, unfähig zu begreifen, daß er frei war. Die dichte Masse der Affenmenschen rannte in wildem Entsetzen umher, in ratlosem Erstaunen um sich blickend, woher dieser Todessturm kommen mochte und was er zu bedeuten habe. Sie rangen die Hände, gestikulierten, schrien und stolperten über ihre gefallenen Kameraden. Und dann, mit einem plötzlichen Entschluß, stürzte die ganze heulende Horde davon, um sich auf den Bäumen in Sicherheit zu bringen. Die Lichtung war mit ihren erschossenen Kameraden bedeckt, und inmitten der Toten standen allein noch die Gefangenen.

Challengers lebhaftes Gehirn hatte die Situation sofort erfaßt. Er ergriff den betäubten Summerlee beim Arm, und dann rannten beide auf uns zu. Zwei ihrer Wächter stürzten hinter ihnen her und fielen zwei Schüssen Lord Johns zum Opfer. Wir liefen unseren Freunden entgegen und drückten jedem von ihnen ein geladenes Gewehr in die Hand. Aber Summerlee war am Ende seiner Kräfte, er konnte sich kaum noch auf den Beinen halten. Inzwischen

hatten die Affenmenschen sich wieder von ihrem Schrecken erholt, sie schlichen durch das Buschwerk bis in unsere Nähe und drohten uns abzuschneiden. Challenger und ich nahmen Summerlee in die Mitte, während Lord John unseren Rückzug deckte, indem er immer wieder auf die aus dem Gebüsch uns anknurrenden Wilden feuerte.

Eine halbe Stunde lang verfolgten uns die schnatternden Bestien. Dann blieben sie langsam zurück, da sie unsere Macht zu fühlen begannen und keine Neigung hatten, sich dem unfehlbaren Gewehr auszusetzen. Als wir schließlich das Lager erreichten und zurückblickten, waren wir allein.

So schien es uns, und doch war es ein Irrtum. Wir hatten kaum den Eingang unseres Lagers mit einem Dornbusch geschlossen, uns gegenseitig die Hand gedrückt und uns keuchend neben unserer Quelle auf den Boden geworfen, als wir das Getrappel von Füßen und dann ein sanftes Klagegeschrei von außerhalb des Lagers hörten. Lord Roxton stürzte mit dem Gewehr in der Hand zum Eingang und öffnete. Da lagen drei von den vier überlebenden kleinen, roten Indianern, die aus Angst vor uns zitterten und doch unsere Hilfe anflehten. Mit einer ausdrucksvollen Handbewegung zeigte der eine auf die Wälder rundherum, um anzudeuten, daß sie voll Gefahren seien. Dann stürzte er vorwärts, schlang seine Arme um Lord Roxtons Beine und drückte sein Gesicht gegen sie.

»Beim Himmel,« schrie Lord John, bestürzt an seinem Schnurrbart zupfend, »was zum Teufel sollen wir denn mit diesem Volk hier anfangen! Steh auf, du kleiner Bursche, und nimm deine Nase von meinen Stiefeln.«

Summerlee saß auf dem Boden und stopfte sich etwas Tabak in seine alte Rosenholzpfeife. »Jedenfalls haben wir sie erst einmal gerettet«, sagte er. »Sie haben uns alle aus dem Rachen des Todes gerissen, ich muß gestehen, das war eine tüchtige Leistung.«

»Wunderbar!« schrie Challenger. »Wunderbar! Nicht nur wir als Individuen, sondern die europäische Wissenschaft im allgemeinen ist Ihnen tiefsten Dank schuldig für das, was Sie getan haben. Ich nehme keinen Anstand zu erklären, daß das Verschwinden Professor Summerlees und meiner Wenigkeit eine merkliche Lücke in der modernen Geschichte der Zoologie hinterlassen haben würde. Unser junger Freund hier und Sie haben das wirklich ganz ausgezeichnet gemacht.«

Dabei strahlte er uns mit seinem lieben, väterlichen Lächeln an. Aber die europäische Wissenschaft würde sicherlich etwas erstaunt gewesen sein, wenn sie ihr erwähltes Kind, die Hoffnung der Zukunft, mit seinem wirren, ungekämmten Haar, seiner nackten Brust und seinen zerfetzten Kleidern gesehen hätte. Er hielt eine Fleischbüchse zwischen den Knien und saß da mit einem großen Stück kalten australischen Hammelfleisches in der Hand. Die Indianer warfen einen Blick auf ihn, krochen dann mit einem leisen Angstschrei auf dem Boden entlang und umschlangen aufs neue Lord Johns Beine.

»Du brauchst keine Furcht zu haben, mein Kleiner«, sagte Lord John, indem er dem Ermatteten vor ihm seine Hand auf den Kopf legte. »Er kann Ihren Anblick nicht ertragen, Challenger, und, beim Himmel, das setzt mich nicht in Erstaunen. – Beruhige dich, kleiner Kerl, er ist auch nur ein Mensch, genau so einer wie wir alle.«

»Tatsächlich, Herr!« schrie der Professor.

»Nun, Challenger, es ist ein wahres Glück für Sie, daß Sie tatsächlich mit Ihrem Äußeren etwas aus der Reihe fallen. Wenn Sie nicht dem Affenkönig so ähnlich gewesen wären – –«

»Lord Roxton, ich muß Ihnen sagen, Sie erlauben sich große Freiheiten.«

»Aber es ist doch so!«

»Ich bitte Sie, Herr, das Gesprächsthema zu wechseln. Ihre Bemerkungen sind unangebracht und unverständig. Es ist hier die Frage, was mit diesen Indianern geschehen soll. Das Einleuchtendste dürfte sein, sie nach Hause zu begleiten, wenn wir wüßten, wo sie wohnen.«

»Das ist nicht allzu schwer«, sagte ich. »Sie wohnen in den Höhlen jenseits des Zentralsees.«

»Unser junger Freund hier weiß, wo sie zu Hause sind. Ich vermute, daß das ziemlich weit weg ist.«

»Es dürften dreißig bis vierzig Kilometer sein«, sagte ich.

Summerlee grunzte vor sich hin.

»Ich für meine Person könnte unter keinen Umständen mitgehen. Ich glaube, ich höre diese Bestien noch hinter uns her heulen.«

Als er dies sagte, vernahmen wir tatsächlich aus dem dunklen Hintergrunde der Wälder in weiter Entfernung das schnatternde Geschrei der Affenmenschen. Auch die Indianer stießen aufs neue ein furchtsames Wimmern aus.

»Wir müssen uns schnell auf den Weg machen, und zwar sehr schnell«, sagte Lord John. »Helfen Sie Summerlee, mein Junge. Die Indianer werden unsere Vorräte schleppen. So, jetzt los, bevor sie uns bemerken.«

In weniger als einer halben Stunde hatten wir unser Versteck im Unterholz erreicht und uns dort verborgen. Den ganzen Tag über hörten wir das aufgeregte Rufen der Affenmenschen in der Gegend unseres früheren Lagere. Aber keiner von ihnen tauchte in unserer Nähe auf, so daß wir alle, Rote und Weiße, einen langen, tiefen Schlaf tun konnten. Ich lag während des Abends im Halbschlummer, als jemand an meiner Decke zupfte, und bemerkte Challenger, der neben mir kniete.

»Sie führen ein Tagebuch über unsere Erlebnisse und haben die Absicht, es eventuell zu veröffentlichen, Herr Malone«, sagte er mit feierlicher Stimme.

»Ich bin nur hier als Berichterstatter für die Presse«, antwortete ich.

»Richtig. Sie haben gewiß die ziemlich albernen Bemerkungen von Lord John Roxton gehört, der anzudeuten schien, daß es da eine gewisse – – gewisse – – Ähnlichkeit – – gäbe – –«

»Ja, ich hörte das.«

»Es ist wohl nicht nötig zu sagen, daß irgendeine Veröffentlichung eines solchen Gedankens – irgendeine Leichtfertigkeit in Ihrem Bericht über unsere Erlebnisse – außerordentlich beleidigend für mich sein würde.«

»Ich werde strikte bei der Wahrheit bleiben.«

»Lord Johns Bemerkungen sind öfters außerordentlich phantasievoll, und er ist imstande, die Achtung, die stets von unentwickelten Rassen würdigen und charaktervollen Persönlichkeiten erwiesen wird, den lächerlichsten Gründen zuzuschreiben. Sind Sie nicht auch meiner Meinung?«

»Völlig.«

»Ich überlasse diese Angelegenheit Ihrem Taktgefühl.«

Und nach einer langen Pause fügte er hinzu: »Der König der Affenmenschen war tatsächlich ein Wesen von großer Distinktion – eine bemerkenswerte, liebenswerte und intelligente Persönlichkeit. Ist Ihnen das nicht auch aufgefallen?«

»Ein höchst bemerkenswertes Geschöpf«, sagte ich.

Worauf sich der Professor sehr erleichtert wieder niederlegte, um weiterzuschlafen.

Vierzehntes Kapitel

Das waren wirkliche Eroberungen

Wir waren des Glaubens, daß unsere Verfolger, die Affenmenschen, nichts von unserem Versteck im Unterholz wußten, aber wir sollten bald erfahren, daß das ein Irrtum war. Kein Laut tönte aus den Wäldern zu uns herüber – kein Blatt auf den Bäumen bewegte sich, und alles um uns herum lag im tiefsten Frieden – aber wir hätten uns warnen lassen sollen durch unsere erste Erfahrung, die uns gezeigt hatte, wie schlau und geduldig diese Geschöpfe beobachten und die günstige Gelegenheit abwarten konnten. Welch Schicksal mir auch im Leben noch beschieden sein wird, ich glaube, daß ich niemals in größere Lebensgefahr geraten werde, als es heute morgen geschehen ist. Aber ich will Ihnen diese Sache in gehöriger Ordnung erzählen:

Wir erwachten morgens noch völlig erschöpft infolge der furchtbaren Aufregungen und der spärlichen Ernährung am gestrigen Tage. Summerlee war noch so schwach, daß er kaum auf den Beinen stehen konnte, aber der alte Mann war erfüllt von jenem hartnäckigen Mut, der niemals eine Niederlage zugibt. Wir hielten einen Kriegsrat ab und beschlossen, noch eine oder zwei Stunden ruhig in unserem Versteck zu warten, das dringend erforderliche Frühstück zu uns zu nehmen und uns dann quer über das Plateau und um den Zentralsee herum nach

jenen Höhlen durchzuschlagen, die ich als Wohnungen der Indianer erkannt hatte. Wir vertrauten darauf, daß uns die guten Worte der Indianer, die wir befreit hatten, einen freundlichen Empfang bei ihren Genossen sichern würden. Nachdem wir diese Aufgabe erledigt und unsere Kenntnis über die Geheimnisse vom Maple-White-Land vervollkommnet haben würden, wollten wir dann alle unsere Gedanken dem Problem unserer Flucht und Heimkehr zuwenden. Sogar Challenger gab zu, daß der Zweck unserer Reise voll erreicht sei und daß es dann unsere erste Pflicht sein würde, die von uns gemachten erstaunlichen Entdeckungen der zivilisierten Welt mitzuteilen.

Wir waren nunmehr in der Lage, uns die von uns befreiten Indianer etwas näher anzusehen. Es waren kleine, sehnige, behende und gutgebaute Leute mit schlichtem schwarzen Haar, das mit einem ledernen Riemen im Nacken zu einem Knoten zusammengefaßt war. Auch ihr Lendenschurz bestand aus Leder. Ihre Gesichter waren unbehaart, gut gebildet und freundlich. Ihre zerrissenen und blutigen Ohrläppchen bewiesen, daß sie Schmuckstücke darin getragen hatten, die ihnen aber von den Affenmenschen ausgerissen waren. Ihre Sprache untereinander war fließend, wenn auch für uns unverständlich. Sie gebrauchten, während sie aufeinander zeigten, mehrfach den Ausdruck »Accala«, woraus wir schlossen, daß dies der Name ihres Stammes war. Gelegentlich drohten sie mit geballten Händen und mit vor Haß und Furcht verzerrten Gesichtern nach den Wäldern hinüber und riefen: »Doda, doda«, mit welchem Ausdruck sie sicherlich ihre Feinde bezeichneten.

»Wofür halten Sie sie, Challenger?« fragte Lord John. »Sicherlich ist der eine von diesen Burschen, der kleine hier mit dem halb abrasierten Kopf, einer ihrer Häuptlinge.«

Es war in der Tat unverkennbar, daß dieser Mann eine besondere Stellung unter ihnen einnahm, denn die übrigen Indianer redeten ihn nur mit dem Ausdruck größter Hochachtung an. Er schien der Jüngste von ihnen zu sein und war doch von einem so stolzen und hohen Geist beseelt, daß er, als Challenger ihm seine große Hand auf den Kopf legte, wie ein Pferd, dem man die Sporen gegeben hat, beiseite sprang und sich mit einem funkelnden Blick aus seinen dunklen Augen möglichst weit von dem Professor entfernte. Dann legte er die Hand auf seine Brust, nahm eine außerordentlich würdige Haltung an und stieß mehrfach das Wort »Maretas« hervor. Der durchaus nicht eingeschüchterte Professor ergriff einen der nächststehenden Indianer an der Schulter und setzte seine Vorlesung an ihm fort, als wäre er ein in Spiritus gelegtes Objekt in einem Museum.

»Der Typus dieser Leute«, sagte er mit schmetternder Stimme, »ist, nach der Schädelform, dem Gesichtswinkel und anderen Anzeichen zu urteilen, keineswegs ein tiefstehender, im Gegenteil, wir müssen ihn in der Linie der Entwicklung beträchtlich höher stellen als manche mir bekannten südamerikanischen Stämme. Es ist unter keinen Umständen anzunehmen, daß die Entwicklung einer solchen Rasse sich im Maple-White-Land vollzogen hat. Auch die Affenmenschen sind durch eine so große Kluft von den auf diesem Plateau überlebenden primitiven Tieren getrennt, daß ihre Entwicklung an dieser Stelle nicht denkbar ist.«

»Aber wo, zum Teufel, kommen sie denn her?« fragte Lord John.

»Das ist eine Frage, die zweifellos in allen wissenschaftlichen Gesellschaften in Europa und Amerika eifrig diskutiert werden wird. Meine eigene Lesart dieses Falles« – er blies seine Brust mächtig auf und blickte bei diesen Worten anmaßend im Kreise herum – »ist, daß, während die Entwicklung unter den besonderen Bedingungen dieses Landes bis zu der Periode der Wirbeltiere fortgeschritten ist, die alten Formen neben späteren erhalten geblieben sind. Wir finden daher so moderne Tiere wie den Tapir – ein Tier mit einem recht beachtenswerten Stammbaum –, den Riesenhirsch und den Ameisenbär in der Gesellschaft von Reptilienformen der Juraperiode. Soviel ist klar. Und dann erschienen der Affenmensch und der Indianer. Was hat die Wissenschaft zu deren Anwesenheit zu sagen? Ich kann nur die Meinung vertreten, daß sie von außen her eingedrungen sind. Wahrscheinlich existierte ehemals eine Art Menschenaffe in Südamerika, der in vergangenen Zeiten hier hinauf verschlagen wurde und sich in jene Geschöpfe verwandelt hat, die wir gesehen haben und von denen einige« – hierbei blickte er mich scharf an – »in einer Gestalt erscheinen, die, soweit sie sich mit entsprechender Intelligenz verbindet, einen, wie ich nicht anstehen möchte zu sagen, bedeutenden Eindruck auf jede andere lebende Rasse machen würde. Was die Indianer betrifft, so zweifle ich nicht daran, daß sie spätere Einwanderer aus der Tiefebene darstellen. Sie sind unter dem Druck des Hungers oder der Eroberung hier heraufgekommen und haben sich, als sie sich den ihnen unbekannten wilden Geschöpfen gegenüber befanden, in die Höhlen zurückgezogen, die unser junger Freund beschrieben hat, mußten ihr Leben aber zweifellos in harten Kämpfen mit den wilden Tieren und besonders mit den Affenmenschen, die sie als Eindringlinge betrachteten, verteidigen. Und dieser Krieg war sicherlich ein erbarmungsloser, da sie mit größerer Schlauheit ausgerüstet waren als diese großen Bestien. Aus diesem Grunde scheint auch deren Zahl begrenzt zu sein. – Ich habe nunmehr, meine Herren, dies Rätsel gelöst. Oder haben Sie noch irgendeine Frage?«

Professor Summerlee war zu niedergeschlagen, um sich an der Diskussion beteiligen zu können. Er schüttelte nur heftig mit dem Kopf als Zeichen völliger Mißbilligung. Lord John kratzte sich nur die kurzen Locken mit der Bemerkung, daß er sich an diesem wissenschaftlichen Streit nicht beteiligen könne, da er einer anderen Gewichtsklasse angehöre. Ich für meinen Teil spielte wieder die Rolle dessen, der die theoretische Erörterung auf eine naheliegende praktische Angelegenheit durch die Bemerkung hinlenkte, daß einer der Indianer fehlte.

»Er ist gegangen, um Wasser zu holen«, sagte Lord Roxton. »Wir haben ihm eine leere Fleischbüchse in die Hand gedrückt.«

»Nach unserem alten Lager?« fragte ich.

»Nein, zum Bach, da drüben zwischen den Bäumen. Es kann nur ein paar hundert Meter weit sein. Aber der kleine Bursche hätte schon wieder zurück sein können.«

»Ich werde ihm nachgehen und ihn suchen«, sagte ich. Ich ergriff mein Gewehr und schritt in Richtung des Baches durch das Gestrüpp, während meine Freunde das frugale Frühstück vorbereiteten. Es erscheint Ihnen vielleicht etwas leichtsinnig, daß ich selbst auf eine so kleine Entfernung ruhig das Versteck in unserem freundlichen Dickicht verließ. Aber Sie werden sich erinnern, daß wir viele Kilometer von der Affenstadt entfernt waren und daß diese Geschöpfe, soweit wir wußten, unseren Schlupfwinkel noch nicht entdeckt hatten. Auf jeden Fall hatte ich mit dem Gewehr in der Hand keine Furcht vor ihnen. Ich wußte eben nicht, wie schlau und wie stark diese Bestien waren. Wenige Schritte vor mir vernahm ich das Murmeln des Baches, von dem ich nur noch durch ein Gewirr von Bäumen und Unterholz getrennt war, und zwängte mich an einer Stelle, die zufällig von meinen Gefährten nicht gesehen werden konnte, hindurch, als ich irgend etwas Rötliches im Gebüsch liegen sah. Als ich mich dem Gegenstand näherte, erkannte ich zu meinem Entsetzen die Leiche des fehlenden Indianers. Er lag mit hochgezogenen Beinen auf der Seite, und der Kopf war in einer höchst unnatürlichen Haltung nach hinten gedreht, als ob er rückwärts über die eigene Schulter blickte. Ich schrie zu meinen Freunden hinüber, daß irgend etwas passiert war, und stolperte im Vorwärtslaufen über den Leichnam. Sicherlich stand mein Schutzengel in diesem Augenblicke nahe bei mir, denn eine instinktive Furcht oder vielleicht auch ein schwaches Geräusch in den Blättern veranlaßte mich, einen Blick nach oben zu werfen. Aus der dichten grünen Laubkrone über mir senkten sich zwei mit roten Haaren bedeckte muskulöse Arme langsam auf mich herunter. Noch einen Augenblick, und die großen, unheimlichen Hände hätten sich um meinen Hals gelegt. Ich sprang zurück, aber so schnell das auch geschah, diese Hände waren noch schneller. Infolge meines plötzlichen Sprunges entging ich zwar dem tödlichen Griff, aber eine der Hände packte mich im Nacken, während die andere sich auf meine Stirn preßte. Ich legte meine Hände schützend über meinen Hals, aber im nächsten Augenblick bedeckte die riesige Klaue mir das Gesicht. Ich wurde vom Boden aufgehoben und fühlte, wie mir der Kopf mit unwiderstehlichem Druck so weit hintenüber gebeugt wurde, daß ich in den Nackenwirbeln einen unerträglichen Schmerz verspürte. Meine Sinne schwanden, aber dennoch zerrte ich wild an der Hand, und es gelang mir, das Kinn zu befreien und einen Blick nach oben zu werfen. Ich sah in ein furchtbares Antlitz, dessen kalte, erbarmungslose, hellblaue Augen mich anstarrten. Es war etwas Hypnotisches in diesem schrecklichen Blick. Meine Kraft war zu Ende. Als die Bestie meine Erschlaffung spürte, wurden auf jeder Seite des ekelhaften Maules einen Augenblick lang zwei wei-

ße Fangzähne sichtbar, und die Hand packte mich fester am Kinn, beständig den Kopf hintenüber pressend. Es wurde dunkel vor meinen Augen, und in meinen Ohren erklangen silberne Glockentöne. Dumpf und aus weiter Ferne vernahm ich den Knall eines Gewehrschusses und fühlte, daß ich plötzlich auf den Boden stürzte, wo ich bewußtlos liegen blieb. Als ich wieder zu mir kam, lag ich ausgestreckt auf dem Boden unseres Verstecks im Dickicht. Irgend jemand hatte Wasser aus dem Bach geholt, und Lord John bespritzte mir das Gesicht, während Challenger und Summerlee mich mit sehr besorgtem Gesichtsausdruck stützten. Einen Augenblick empfand ich es, daß sich auch bei ihnen hinter der wissenschaftlichen Maske menschliches Gefühl verbarg. Es war mehr die Erschütterung als eine Verwundung, die meine Ohnmacht hervorgerufen hatte, so daß ich nach einer halben Stunde trotz meiner Kopfschmerzen und des steifen Nackens wieder aufsitzen konnte und wieder Herr meiner Kräfte war.

»Diesmal hätte es Ihnen doch fast das Leben gekostet, mein Junge«, sagte Lord John. »Als ich Ihren Schrei hörte, vorwärtsrannte, Ihren Kopf nach hinten gebogen und ihre Beine in der Luft strampeln sah, dachte ich schon, daß sich unsere Gruppe um ein Mitglied vermindert hätte. In meiner Aufregung verfehlte ich die Bestie auch noch, aber sie ließ Sie rechtzeitig fallen und war wie ein Blitz verschwunden. Beim Himmel, ich wünschte, ich hätte fünfzig Mann mit Gewehren bei mir. Ich würde die ganze infernalische Bande niedermachen und das Land in einem etwas saubereren Zustand zurücklassen, als wir es vorgefunden haben.«

Es war jetzt klar, daß die Affenmenschen von unserer Anwesenheit überallhin Kunde gegeben hatten und daß wir von allen Seiten beobachtet wurden. Während des Tages hatten wir nicht allzu viel von ihnen zu befürchten, in der Nacht würden sie aber sicherlich über uns herfallen. Es war also um so besser, je schneller wir uns aus ihrer Nachbarschaft entfernen würden. Auf drei Seiten waren wir von dichtem Wald umgeben, und hier drohte uns überall ein Hinterhalt. Aber an der vierten Seite, die in der Richtung nach dem See hin abfiel, stand nur niedriges Gestrüpp mit einzelnen Bäumen und gelegentlichen offenen Stellen. Es war der Weg, den ich auf meinem einsamen nächtlichen Ausflug gegangen war und der uns gerade auf die Höhlen der Indianer zuführte. Nach dieser Seite allein konnten wir entkommen.

Wir bedauerten sehr, daß wir unser altes Lager hinter uns im Stich lassen mußten, nicht nur wegen der dort lagernden Vorräte, sondern mehr noch, weil wir die Verbindung mit Zambo, unserem Bindeglied mit der übrigen Welt, verloren. Doch hatten wir noch einen ziemlichen Vorrat von Patronen und alle Gewehre, so daß wir wenigstens eine Zeitlang nichts zu fürchten brauchten. Wir hofften übrigens auch, daß es uns bald möglich sein würde, zurückzukehren und unsere Verbindung mit unserem Neger wieder aufzunehmen. Er hatte uns treuherzig versprochen, auf seiner Stelle auszuharren, und wir zweifelten nicht daran, daß er sein Wort halten würde.

Es war kurz nach zwölf Uhr mittags, als wir uns auf den Weg machten. Der junge Häuptling schritt als Führer voran, lehnte aber unwillig ab, irgendwelche Vorräte zu tragen. Hinter ihm gingen die beiden überlebenden Indianer mit unserem geringen Besitztum auf den Schultern. Wir vier Weiße bildeten mit unseren geladenen, schußbereiten Gewehren die Nachhut.

Als wir aufbrachen, erhob sich hinter uns im dichten Walde ein lautes Geheul der Affenmenschen, das entweder ein Triumphgeschrei über unseren Abmarsch oder der Ausdruck des Hohnes über unsere Flucht war. Rückblickend sahen wir nur eine dichte Mauer von Bäumen, aber das langgezogene Geheul ließ uns deutlich erkennen, wieviele unserer Gegner zwischen ihnen auf der Lauer lagen. Wir bemerkten indessen kein Anzeichen irgendeiner Verfolgung und gelangten bald in offeneres Gelände und damit aus ihrem Machtbereich. Als ich so dahinwanderte als letzter von den vieren, mußte ich beim Anblick meiner drei vor mir schreitenden Gefährten lachen. War dies der elegante Lord John Roxton, der eines Abends in seiner Wohnung im Albanygebäude inmitten seiner persischen Teppiche und seiner Gemälde im gedämpften rötlichen Lichte in seinem Zimmer saß? Und war das der imponierende Professor, den ich voll Wichtigkeit hinter seinem breiten Tische in seinem riesigen Studierzimmer in Enmore-Park gesehen hatte? Und schließlich, konnte diese nüchterne und steife Gestalt Professor Summer-

lee sein, der sich im Zoologischen Institut zum Wort gemeldet hatte? Drei Strolche aus einem der schmutzigsten Stadtteile Londons hätten nicht wüster und verwahrloster aussehen können. Wir hatten zwar nur etwa eine Woche auf dem Plateau zugebracht, aber alle unsere übrige Kleidung befand sich im unteren Lager, und diese eine Woche war für uns alle außerordentlich leidensreich gewesen, wenn auch am wenigsten für mich, der ich nicht in der Gefangenschaft der Affenmenschen gewesen war. Meine drei Freunde hatten alle ihren Hut verloren und sich Taschentücher um den Kopf gebunden. Ihre Kleider hingen in Fetzen an ihnen herunter, und ihre unrasierten, schmutzigen Gesichter waren kaum wiederzuerkennen. Summerlee und Challenger hinkten dazu stark, während ich mich nach der Erschütterung dieses Morgens vor Schwäche kaum weiterschleppen konnte und mein Nacken von dem mörderischen Griff noch so steif wie ein Brett war. Wir waren tatsächlich eine traurige Gesellschaft, und ich wunderte mich gar nicht darüber, daß unsere indianischen Gefährten gelegentlich einen furchtsamen und erstaunten Blick nach hinten warfen.

Am Spätnachmittage erreichten wir den Rand des Sees, und als wir aus dem Gebüsch hervortraten und unsere Augen über seine blanke Fläche schweifen ließen, stießen unsere eingeborenen Begleiter einen Freudenschrei aus und machten uns mit lebhaften Gebärden auf irgend etwas vor uns aufmerksam. Und in der Tat, was sich unseren Augen darbot, war ein wunderbares Schauspiel. Eine große Flottille von Kanus glitt in eilender Fahrt über den See gerade auf die Stelle zu, an der wir standen. Sie waren noch einige Kilometer entfernt, als wir sie zuerst erblickten, und kamen bald so nahe, daß die Ruderer unsere Gestalten unterscheiden konnten. Sofort ertönte von den Kanus ein Jubelgeschrei herüber, und wir sahen die Insassen sich von ihren Sitzen erheben und die Ruder und Speere wie toll hin- und herschwingen. Dann begannen sie wieder zu rudern, schossen in schnellster Fahrt heran, ließen die Boote auf das flache Ufer laufen, liefen auf uns zu und warfen sich mit einem lauten Begrüßungsschrei dem jungen Häuptling zu Füßen. Zuletzt stürzte einer von ihnen, ein älterer Mann, der einen Halsschmuck und ein Armband von großen, leuchtenden Glasperlen trug und das Fell eines schönen gefleckten, bernsteinfarbenen Tieres um seine Schultern geschlungen hatte, nach vorn und umarmte den Jüngling, den wir gerettet hatten, höchst zärtlich. Darauf blickte er uns an, stellte einige Fragen, worauf er in würdiger Haltung auf uns zuschritt und jeden von uns in seine Arme schloß. Dann warf sich der ganze Stamm auf seinen Befehl vor uns nieder, um uns zu huldigen. Ich persönlich fühlte mich sehr unbehaglich bei diesem unterwürfigen Ausdruck der Verehrung, und ich sah an den Gesichtern von Lord John und Summerlee, daß sie meine Empfindungen teilten. Aber Challenger glich einer sich im Licht der Sonne entfaltenden Blume.

»Sie mögen unentwickelte Geschöpfe sein,« sagte er, während er seinen Bart strich und seine Augen in der Runde umherschweifen ließ, »aber ihr Benehmen in Anwesenheit ihrer Vorgesetzten könnte manchen von unseren fortgeschrittenen Europäern ein Beispiel sein. Seltsam, wie korrekt die Instinkte des Naturmenschen sind!«

Es war klar, daß die Eingeborenen sich auf dem Kriegspfade befanden, denn jeder von ihnen trug seinen Speer – einen langen Bambusstab, dessen Spitze mit einem Knochen versehen war –, Bogen und Pfeil und eine Art von Keule oder steinerner Kriegsaxt, die an seiner Seite hing. Ihre düsteren, haßvollen Blicke nach den Wäldern hinüber, aus denen wir gekommen waren, und die öftere Wiederholung des Wortes »Doda« ließen deutlich erkennen, daß es sich hier um eine Befreiungsexpedition handelte, die ausgeschickt war, um des alten Häuptlings Sohn – denn dafür hielten wir den Jüngling – zu retten oder zu rächen.

Es wurde nunmehr vom ganzen Stamm, der einen Kreis gebildet hatte, ein Kriegsrat gehalten, während wir in der Nähe auf einem Lavablock saßen und die weiteren Vorgänge beobachteten. Zwei oder drei Krieger sprachen zur Versammlung, und schließlich hielt unser junger Freund eine feurige Rede mit einem so sprechenden Mienenspiel und so lebhaften Gesten, daß wir alles so klar verstehen konnten, als wenn wir die Sprache gekannt hätten.

»Warum sollen wir zurückkehren?« sagte er. »Früher oder später müssen wir den Kampf ja doch wieder aufnehmen. Eure Kameraden sind erschlagen. Was hilft es, daß ich gerettet worden bin, die anderen haben ihr Leben verloren, und die Gefahr droht uns beständig. Wir sind jetzt versammelt und

bereit zu kämpfen.« Dann zeigte er auf uns. »Diese fremden Menschen sind unsere Freunde. Sie sind große Kämpfer und hassen die Affenmenschen ebenso wie wir. Sie beherrschen –« und dabei zeigte er hinauf zum Himmel – »den Donner und den Blitz. Wann werden wir je solch eine Gelegenheit wieder haben? Laßt uns kämpfen und entweder sterben oder für immer ein sicheres und ruhiges Leben führen. Wie anders könnten wir wohl zurückkehren, ohne uns vor unseren Frauen zu schämen?«

Die kleinen, roten Krieger hingen an den Lippen des Sprechers, und als er seine Rede beendete, erhoben sie, ihre kunstlosen Waffen schwingend, ein lautes Beifallsgeschrei. Der alte Häuptling schritt zu uns hinüber und fragte uns etwas, wobei er zu den Wäldern hinüberwies. Lord John bedeutete ihm durch ein Zeichen, daß er auf unsere Antwort warten möchte, und wandte sich dann an uns.

»Nun, es ist Ihre Sache, sich zu entschließen, was Sie tun wollen. Ich für meinen Teil habe mit dem Affenvolk noch eine Rechnung zu begleichen, und wenn es gelingen könnte, sie von der Oberfläche der Erde verschwinden zu machen, so glaube ich, wird sich niemand Kummer darüber zu machen brauchen. Ich werde mit unseren kleinen roten Gefährten gehen und bin entschlossen, ihnen bei der Durchführung ihres Rachefeldzuges zu helfen. Was sagen Sie denn, mein Junge?«

»Natürlich gehe ich mit.«

»Und Sie, Challenger?«

»Ich werde bestimmt mitmachen.«

»Und Sie, Summerlee?«

»Es scheint mir, als ob wir allzuweit von der Aufgabe unserer Expedition abkommen, Lord John. Ich gebe Ihnen die Versicherung, daß ich, als ich meinen Lehrstuhl in London verließ, nicht gedacht habe, daß es sich um die Führung bei einem Überfall von Wilden auf eine Kolonie von Menschenaffen handeln sollte.«

»Zu solch niedrigen Dingen sind wir herabgesunken«, sagte Lord John lächelnd. »Aber wir sind nun mal mitten drin, was ist da zu machen?«

»Es scheint mir ein höchst fragwürdiger Schritt zu sein«, sagte Summerlee, der immer wieder in Erörterungen stecken blieb. »Aber wenn Sie alle mitgehen, so sehe ich kaum eine Möglichkeit für mich, zurückzubleiben.«

»Es ist also beschlossene Sache«, sagte Lord John, wandte sich zum Häuptling und nickte zustimmend, mit der Hand an sein Gewehr schlagend.

Der alte Mann schüttelte jedem von uns die Hand, während die versammelten Krieger in Beifallsrufe ausbrachen. Da es an diesem Abend bereits zu spät war, richteten die Indianer ein anspruchsloses Biwak her, und bald sah man überall die Feuer glimmen. Einige von ihnen, die im Dschungel verschwunden waren, kamen zurück und trieben ein junges Iguanodon vor sich her. Auch dieses hatte, wie die früheren Tiere, einen Asphaltfleck auf den Schultern, und als einer der Eingeborenen, dem wir ansahen, daß ihm das Tier gehörte, die Erlaubnis zum Schlachten desselben gab, begriffen wir, daß diese großen Geschöpfe genau so gut Eigentum eines einzelnen waren wie bei uns eine Viehherde und daß die schwarzen Flecke, die uns so sehr in Erstaunen gesetzt hatten, nichts anderes als ein Eigentumszeichen waren. Diese hilflosen, trägen, pflanzenfressenden Tiere mit ihren großen Gliedmaßen, aber kleinem Gehirn konnten gemästet und von einem Kind gehütet werden. In wenigen Minuten war die riesige Bestie zerteilt, und zahlreiche Fleischstreifen hingen über einem Dutzend von Lagerfeuern zusammen mit großen schuppigen Fischen, die man mit Speeren im Wasser erlegt hatte.

Summerlee hatte sich auf dem Ufersand zum Schlafen hingelegt. Wir anderen aber streiften am Rande des Sees umher und versuchten, noch etwas mehr über dieses seltsame Land zu erfahren. Zweimal fanden wir Erdtrichter mit blauem Ton, wie wir sie bereits im Pterodactylus-Sumpf gesehen hatten. Es waren das alte vulkanische Öffnungen, die aus gewissen Gründen Lord Johns starkes Interesse erregten. Challenger wurde besonders angezogen von einem kochenden, brodelnden Schlammgeiser, in dem ein merkwürdiges Gas in großen, an der Oberfläche platzenden Blasen aufstieg. Er steckte ein hohles Schilfrohr hinein und stieß einen Schrei des Entzückens aus wie ein Schuljunge, als es ihm gelang, mit Hilfe eines angezündeten Streichholzes, am Ende des Rohres eine heftige Explosion und eine blaue Flamme zu erzeugen. Noch entzückter war er, als er es zuwege brachte, einen ledernen Beutel, den er über das Ende des Schilfrohres stülpte und mit Gas füllte, in die Luft aufsteigen zu lassen.

»Ein brennbares Gas, und zwar eines, das erheblich leichter ist als die atmosphärische Luft. Es dürfte keinem Zweifel begegnen, daß es eine beträchtliche Menge von freiem Wasserstoff enthält. Die Hilfsmittel G. E. C.'s sind noch nicht erschöpft, mein junger Freund. Dies Beispiel mag Ihnen zeigen, wie ein großer Geist sich alle Kräfte der Natur unterwirft.« Er spielte wichtigtuerisch auf einen geheimen Plan an, wollte aber nichts weiter darüber verraten.

Von allem, was wir vom Ufer aus sehen konnten, erschien mir nichts, was so wundervoll war, wie die große Wasserfläche vor uns. Unsere Zahl und das von uns verursachte Geräusch hatten alle lebenden Geschöpfe vertrieben, und mit Ausnahme einiger Pterodactylen, die hoch über uns in der Luft schwebten, von wo sie nach Aas ausspähten, war alles in der Nähe des Lagers ruhig. Anders jedoch war es auf dem von rosigem Abendglanz übergossenen Gewässer des Sees, dessen Fläche von seltsamen Lebewesen wimmelte.

Große schieferfarbige Tierrücken mit hohen, sägeartig ausgezackten Rückenflossen tauchten inmitten eines silbernen Wellenglanzes auf, um dann wieder in der Tiefe zu verschwinden. Die in der Ferne sichtbaren Sandbänke waren bedeckt mit unheimlichen kriechenden Lebewesen, riesenhaften Schildkröten, merkwürdigen Sauriern und einem großen, flachen Geschöpf, das einem sich windenden, zuckenden Geflecht von schwarzem, fettigen Leder glich und sich mit klatschenden Schlägen langsam ins Wasser schob. Hier und da erhoben sich die Köpfe von Schlangen hoch über das Wasser, das sie eilig, einen Schaumbug vor sich aufwerfend und eine quirlende Kiellinie hinter sich lassend, durchfurchten.

Als eines von diesen Geschöpfen bei einer Sandbank einige hundert Meter vor uns landete und einen tonnenförmigen Körper mit riesigen Flossen an einem langen Schlangennacken erkennen ließ, brachen Challenger und Summerlee, die zu uns gestoßen waren, in ein Duett von Staunen und Bewunderung aus.

»Ein Plesiosaurus! Ein Süßwasser-Plesiosaurus,« schrie Summerlee, »welches Glück, daß ich so etwas in meinem Leben zu sehen bekommen habe! Wir sind, mein lieber Challenger, mehr vom Glück begünstigt als alle Zoologen, solange die Welt besteht.«

Erst als die Nacht hereingebrochen war und die Feuer unserer wilden Verbündeten im Dunkel aufflammten, konnten wir unsere beiden gelehrten Männer von dem fesselnden Bilde dieses urzeitlichen Sees wegreißen. Noch während der Dunkelheit, als wir am Ufer lagen, hörten wir von Zeit zu Zeit die Stimmen und das Eintauchen der gewaltigen Geschöpfe, die ihn bevölkerten.

Früh am Morgen war unser Lager schon wieder in Bewegung, und eine Stunde später brachen wir auf zu unserer denkwürdigen Expedition. Ich hatte oft davon geträumt, Kriegsberichterstatter zu sein. Auch in der wildesten Schlacht hätte ich kaum einen so deutlichen Begriff von einem Feldzuge bekommen können, wie in der, über die ich jetzt erzählen muß! Möge also hier mein erster Bericht von einem Schlachtfelde folgen:

Unsere Zahl war während der Nacht durch einen neuen Trupp von Eingeborenen aus den Höhlenwohnungen verstärkt worden, und wir waren wohl vier- oder fünfhundert Mann stark, als wir abmarschierten. Eine Kette von Spähern wurde vorausgeschickt, und hinter ihr folgte die gesamte Streitmacht in geschlossener Marschordnung. Sie bewegte sich den langen, buschbedeckten Abhang hinauf, bis sie in der Nähe des Waldes haltmachte. Hier wurde sie in eine lange Linie von Speerträgern und Bogenschützen auseinandergezogen. Roxton und Challenger nahmen an der rechten Flanke Aufstellung, während Summerlee und ich auf der linken standen. Es war eine Kriegerschar des Steinzeitalters, die wir in die Schlacht geleiteten – die primitiven Waffen der Vorzeit neben den Gewehren modernster Konstruktion.

Wir brauchten nicht lange auf unsere Feinde zu warten. Ein wildes, gellendes Geschrei ertönte am Rande des Waldes, aus dem plötzlich eine Gruppe von Affenmenschen mit Keulen und Steinen herausstürzte und sich auf die Mitte der indianischen Kampflinie warf. Es war ein mutiger, aber törichter Ausfall, denn die großen, krummbeinigen Geschöpfe waren schlecht zu Fuß, während ihre Gegner die Behendigkeit von Katzen besaßen. Es war schrecklich anzusehen, wie diese wilden Bestien mit schäumendem Munde und wutblitzenden Augen vorstürzten und immer vergeblich nach ihren gewandt ausweichenden Feinden griffen, während Pfeil auf Pfeil sich in ihrem Fell vergrub. Ein großer Bursche, dem ein Dutzend Pfeile von der Brust herabhingen, stürzte brüllend vor Schmerz auf mich zu, und ich schoß ihm eine barmherzige Kugel in den Schädel, so daß er zusammenbrach. Dies war der einzige Schuß, der abgegeben wurde, denn der gegen das Zentrum gerichtete Angriff konnte von den Indianern bereits ohne unsere Hilfe zurückgewiesen werden. Ich glaube, daß von allen Affenmenschen, die sich herausgewagt hatten, niemand in den Wald zurückgekehrt ist.

Schlimmer wurde die Sache jedoch, als wir in den Wald eindrangen. Über eine Stunde währte der erbitterte Kampf, in dem wir unseren Gegnern kaum gewachsen waren. Diese stürzten aus dem Gestrüpp heraus und schlugen mit riesigen Keulen auf die Indianer ein, und es gelang ihnen, oft drei oder vier von ihnen niederzumachen, ehe sie von einem Speer durchbohrt wurden. Ihre furchtbaren Schläge zerschmetterten alles, was sie trafen. Einer von ihnen zertrümmerte Summerlees Gewehr, und der nächste hätte ihm den Schädel eingeschlagen, wenn ihm ein Indianer nicht rechtzeitig das Herz durchbohrt hätte. Andere Affenmenschen warfen aus den Bäumen Steine und Holzblöcke auf uns hernieder, ließen sich auch wohl selbst in unsere Reihen hinunterfallen und kämpften wie rasend, bis sie niedergemacht wurden. Einmal wichen unsere Verbündeten unter ihrem Druck zurück, und hätten wir nicht mit unseren Gewehren eingegriffen, so würden sie sicherlich die Flucht ergriffen haben. Von ihrem alten Häuptling angefeuert, drangen sie von neuem mit solcher Wucht vor, daß die Affenmenschen anfingen, sich zurückzuziehen. Summerlee war ohne Waffe. Aber ich feuerte, so schnell ich konnte, und von der anderen Flanke her vernahmen wir das dauernde Krachen der Gewehre unserer Gefährten. Jetzt verbreitete sich eine Panik und lähmendes Entsetzen unter den Affenmenschen. Schreiend und heulend stürzten die großen Burschen in allen Richtungen durch das Unterholz, während unsere Verbündeten in wildes Triumphgeschrei ausbrachen und die Verfolgung der fliehenden Gegner aufnahmen. All die Fehden zahlloser Generationen, aller Haß und alle grausamen Erlebnisse der letzten Zeit, alle Erinnerungen an Überfälle und Verfolgung wurden an diesem einen Tage gerächt. Der Mensch erwies sich zuletzt als der Überlegene, und den Tiermenschen traf das für immer entscheidende Schicksal. Die Flüchtlinge waren nicht in der Lage, ihren gewandten Verfolgern zu entgehen, und von allen Seiten in dem dichten Unterholz hörten wir das Freudengeschrei, das Schwirren der Bogensehnen, Krachen und dumpfes Aufschlagen von Körpern der Menschenaffen, die aus ihrem Versteck aus den Bäumen heruntergeholt wurden.

Ich folgte den übrigen, als ich auf Lord John und Challenger stieß, die zu uns herübergekommen waren.

»Es ist vorbei«, sagte Lord John. »Ich denke, wir überlassen ihnen das Fesseln der Gefangenen. Wir werden um so besser schlafen, je weniger wir davon sehen.«

Challengers Augen glänzten vor Mordlust. »Wir haben den Vorzug gehabt,« rief er, wie ein Kampfhahn einherstolzierend, »einer der typischen, entscheidenden Schlachten der Geschichte beizuwohnen – einer jener Schlachten, die das Schicksal der Welt entschieden haben. Was bedeutet die Unterwerfung einer Nation durch eine andere, meine Freunde? Sie ist belanglos. Jede dieser Eroberungen führt zum selben Resultat. Aber jene wilden Kämpfe der Vorzeit, in denen die Höhlenbewohner ihre Existenz gegen das Tigervolk verteidigen oder die Elefanten zum erstenmal auf einen überlegenen Gegner stoßen, das sind die wahren Unterwerfungen, das sind die Siege, auf die es ankommt. Diese seltsame Wendung des Schicksals hat uns Gelegenheit gegeben, einen solchen Gegensatz zu beobachten und sogar mitzuentscheiden. Die Zukunft auf diesem Plateau gehört jetzt dem Menschen.«

Es gehört ein robuster Glaube dazu, solche tragischen Mittel zu rechtfertigen. Als wir zusammen durch den Wald schritten, fanden wir überall Haufen von Affenmenschen, die von Speeren oder Pfeilen durchbohrt waren. Hier und da erblickten wir kleine Gruppen von Indianern, die einen sich heftig wehrenden Affenmenschen niederzumachen versuchten. Überall vor uns ertönte Geschrei und Gebrüll, das den Verlauf der Verfolgungskämpfe anzeigte. Die Affenmenschen versuchten bei ihrer Stadt, bis zu der sie zurückgetrieben waren, noch einmal Widerstand zu leisten. Doch brach dieser bald zusammen, und wir kamen gerade rechtzeitig, um der letzten furchtbarsten Szene beizuwohnen. Man hatte einige achtzig bis hundert männliche Bestien, die letzten Überlebenden, über dieselbe kleine Lichtung, die zum Rande der Felsenwand führte, getrieben. Es war der Schauplatz unserer eigenen Tat vor zwei Tagen. Als wir dort ankamen, hatten die Indianer einen Halbkreis von Speerträgern um die Gefangenen gebildet, und in einer Minute war alles vorüber. Dreißig oder vierzig der Affenmenschen wurden auf der Stelle getötet. Die anderen wurden trotz ihres Schreiens und Umsichschlagens in den Abgrund gestürzt und fielen, wie früher ihre eigenen Gefangenen, auf die scharfen Spitzen der sechshundert Fuß tiefer stehenden Bambusstangen. Es war, wie Challenger gesagt hatte: Die Herrschaft des Menschen im Maple-White-Land war für immer gesichert. Die männlichen Affenmenschen waren ausgerottet, die Affenstadt war zerstört, die Weiber und Kinder wurden als Sklaven weggetrieben, und die lange Feindschaft ungezählter Jahrhunderte hatte ihr blutiges Ende gefunden.

Uns brachte dieser Sieg viele Vorteile. Es war uns wieder möglich, unser Lager aufzusuchen und zu unseren Vorräten zu gelangen. Ebenso konnten wir jetzt wieder mit Zambo, der durch das in der Ferne sich abspielende Schauspiel einer vom Rande der Felswand herabstürzenden Lawine von Affen erschreckt worden war, in Verbindung treten.

»Massas müssen herunterkommen«, schrie er mit angstvoll aufgerissenen Augen. »Teufel wird alle holen, wenn noch länger oben bleiben.«

»Das ist die Stimme der Vernunft«, sagte Summerlee mit Überzeugung. »Wir haben Abenteuer genug erlebt, und sie passen weder zu unserem Charakter noch zu unserer Stellung. Ich nehme Sie beim Wort, Challenger, von jetzt an werden Sie Ihre Energie auf das Problem richten, uns aus diesem furchtbaren Lande hinaus- und wieder zur Zivilisation zurückzubringen.«

Fünfzehntes Kapitel

Unsere Augen haben große Wunder gesehen

Ich schreibe dies von Tag zu Tag nieder, aber ich hoffe, daß ich noch vor dem letzten Bericht sagen kann, daß auch unsere Zukunft sich wieder aufhellt. Wir sind hier gefangen, ohne bis jetzt ein Mittel, das uns die Flucht ermöglichen könnte, zu sehen, obgleich wir uns mit allen Kräften darum bemühen. Und doch kann ich mir sehr wohl den Tag vorstellen, an dem wir uns freuen, daß wir hier gegen unseren Willen gefangen waren und etwas mehr von den Merkwürdigkeiten dieses seltsamen Plateaus und den Geschöpfen, die es bewohnen, gesehen haben.

Der Sieg der Indianer und die Vernichtung der Affenmenschen bezeichneten den Wendepunkt in unserem Schicksal. Von jetzt an waren wir in Wahrheit die Herren des Plateaus. Denn die Eingeborenen blickten mit einer Mischung von Furcht und Dankbarkeit auf uns, seit wir ihnen mit unseren seltsamen Kräften geholfen hatten, ihren Erzfeind zu vernichten. In ihrem eigenen Interesse würden sie vielleicht froh sein, wenn so furchtbare und unberechenbare Leute wie wir wieder verschwänden. Doch haben sie uns selbst niemals irgendwie angedeutet, auf welche Weise wir von der Hochfläche heruntergelangen könnten. Es hatte ehemals, so viel wir aus ihren Gesten entnehmen konnten, einen Tunnel gegeben, durch den man das Plateau von unten her erreichen konnte und dessen unteren Ausgang wir von der Schlucht her gesehen hatten. Durch diesen sind zweifellos die Affenmenschen und die Indianer zu verschiedenen Zeiten nach oben gelangt. Und auch Maple White mit seinem Gefährten hat den gleichen Weg benutzt. Vor einem Jahr jedoch ist das obere Ende des Tunnels bei einem furchtbaren Erdbeben eingestürzt und infolgedessen nicht mehr zugänglich. Die Indianer konnten daher nur die Köpfe schütteln und die Achsel zucken, wenn wir ihnen durch Zeichen unseren Wunsch, nach unten zu gelangen, ausdrückten. Möglicherweise waren sie gar nicht in der Lage, uns zu helfen, vielleicht wollten sie es aber auch nicht.

Am Schluß des siegreichen Feldzuges wurde das überlebende Affenvolk über das Plateau getrieben – ihr Wehklagen war schrecklich – und in der Nachbarschaft der Indianerhöhlen angesiedelt. Hier sollten sie für alle Zukunft unter den Augen ihrer Herren als Sklavenrasse verbleiben. Es war eine rohe, vorgeschichtliche Parallele zum Schicksal der Juden in Babylon oder in Ägypten. Während der Nacht ertönte aus dem Walde langgezogenes Wehgeschrei, als ob ein urzeitlicher Hesekiel über die gefallene Größe und den entschwundenen Ruhm der Affenstadt trauerte, zu uns herüber. Holz- und Wasserträger zu sein, war ihr künftiges Schicksal.

Wir waren zwei Tage nach der Schlacht mit unseren Verbündeten herübergekommen und schlugen unser Lager am Fuße ihrer Felsenwände auf. Sie boten uns an, ihre Höhlen mit ihnen zu teilen, aber Lord John wollte hierzu unter keinen Umständen seine Einwilligung geben, da er befürchtete, daß wir uns allzusehr in ihre Hände geben würden, falls sie verräterisch veranlagt sein sollten. Wir bewahrten uns also unsere Unabhängigkeit und hielten, trotz aller freundschaftlichen Beziehungen, unsere Waffen auf jeden Fall in Bereitschaft. Wir besuchten auch ihre höchst merkwürdigen Höhlen öfters, waren jedoch nicht imstande festzustellen, ob sie von Menschenhänden gemacht oder natürlich entstanden waren. Sie lagen alle in ein und derselben weichen geologischen Schicht, die zwischen der basaltischen Formation der roten Felswände und dem unterwärts befindlichen harten Granit gelegen war.

Die Eingänge befanden sich achtzig Fuß über dem Erdboden. Zu ihnen hinauf führten lange Steintreppen, die aber so schmal und steil waren, daß große Tiere nicht hinaufklettern konnten. Das Innere war warm und trocken und lief in gerader Richtung, wenn auch verschieden tief, in den Felsen hinein. Die glatten, grauen Wände waren mit vielen ausgezeichneten Kohlezeichnungen, die die verschiedenen Tiere des Plateaus darstellten, geschmückt. Wenn jedes Lebewesen in diesem Lande ausgestorben wäre, würde der zukünftige Forscher auf den Wänden der Höhlen einen glänzenden Nachweis der eigenartigen Fauna (Dinosaurier, Iguanodons und Fischeidechsen), die noch vor kurzem auf der Erde lebte, finden.

Seit wir erfahren hatten, daß die riesigen Iguanodons von ihren Eigentümern als zahme Tiere gehalten wurden und nur lebende Fleischspeicher darstellten, begriffen wir, daß der Mensch sogar mit seinen primitiven Waffen seine Überlegenheit auf dem Plateau begründet hatte. Wir sollten bald entdecken, daß dem nicht so war und daß er nur geduldet wurde. Es war am dritten Tage, nachdem wir unser Lager in der Nähe der Indianerhöhlen aufgeschlagen hatten, als sich eine Tragödie vor uns abspielte. Challenger und Summerlee waren an diesem Tage zum See hinuntergegangen, wo einige Eingeborene unter ihrer Leitung damit beschäftigt waren, einige Arten von großen Eidechsen mit der Harpune zu fangen. Lord John und ich waren in unserem Lager geblieben, während eine Reihe von Indianern an verschiedenen Stellen des grasbewachsenen Abhanges vor den Höhleneingängen mit allerlei Arbeiten beschäftigt waren. Plötzlich gab es einen gellenden Alarmschrei, und Hunderte von Stimmen schrien das Wort: »Stoa, Stoa«. Von allen Seiten stürzten Männer, Frauen und Kinder in wilder Flucht die Treppen hinauf, um in ihren Höhlen Schutz zu suchen. Von oben her sahen wir sie mit den Armen winken und uns auffordern, zu ihnen hinaufzukommen. Wir hatten unsere Gewehre ergriffen und rannten ins Freie, um zu sehen, um was es sich handelte. Plötzlich stürzte aus dem nahen Waldrande eine Gruppe von 12-15 Indianern in rasendem Lauf hervor, und scharf hinter ihnen erblickte man zwei jener furchtbaren Ungetüme, von denen eins unser Lager besucht und mich auf meiner nächtlichen Expedition verfolgt hatte. Sie hatten die Form entsetzlicher Kröten und bewegten sich springend vorwärts, waren aber von einer unglaublichen Größe, die die eines Elefanten übertraf. Wir hatten sie bisher nur nachts gesehen, und tatsächlich waren es nächtliche Tiere, die sich am Tage nur zeigten, wenn sie aufgestört wurden. Wir standen bei ihrem Anblick wie gelähmt da, denn ihre fleckige und warzige Haut schillerte wie Fischschuppen, und das Sonnenlicht übergoß sie mit ständig wechselnden Regenbogenfarben.

Wir hatten indessen wenig Zeit, sie zu beobachten, denn schon hatten sie die Fliehenden eingeholt und richteten ein gräßliches Blutbad unter ihnen an. Ihre Angriffsmethode bestand darin, sich im Sprung auf ihr Opfer zu werfen und dieses dann mit zerbrochenen und zerfetzten Gliedern liegen zu lassen, um hinter dem nächsten her zu setzen. Die unglücklichen Indianer schrien vor Entsetzen, waren aber hilflos und versuchten, sich durch Laufen den riesenhaften Bestien zu entziehen. Aber einer nach dem anderen stürzte zu Boden; und es war nur noch ein halbes Dutzend von ihnen am Leben, als mein Gefährte und ich ihnen zu Hilfe eilten. Unsere Unterstützung war nur von geringem Nutzen und brachte uns höchstens mit in Gefahr. In der Entfernung von einigen hundert Metern verschossen wir sämtliche Patronen unseres Magazins, ohne jedoch mehr zu erreichen, als wenn wir die Tiere mit Papierkugeln beworfen hätten. Die reptilienhafte Natur ihres Körpers machte sich nichts aus Verwundungen, und ihre in Ermangelung eines einheitlichen Gehirns auf das ganze Rückenmark verteilten Nervenzentren entzogen sich der Einwirkung moderner Waffen. Das einzige, was wir tun konnten, war, ihr Vordringen aufzuhalten, indem wir ihre Aufmerksamkeit durch das Aufblitzen und Krachen unserer Gewehre ablenkten, damit die Eingeborenen und wir selbst die zur sicheren Höhe hinaufführende Treppe erreichen konnten. Aber wo die konischen Explosivgeschosse des 20. Jahrhunderts nutzlos waren, erwiesen sich die vergifteten Pfeile der Eingeborenen, die man erst in Strophantussaft und danach in verwesendes Aas getaucht hatte, als erfolgreich. Den Jägern, die die Tiere angriffen, halfen sie freilich nichts, da die Wirkung des Giftes durch die träge Blutzirkulation der Tiere verlangsamt wurde. Aber als die beiden Ungeheuer uns gerade bis zum Fuß der Treppe getrieben hatten, schwirrte eine Unzahl von Pfeilen aus den Höhleneingängen auf sie herunter. In einer Minute wurden sie völlig gespickt mit ihnen, und doch versuchten sie, ohne ein Zeichen von Schmerz von sich zu geben, in rasender Wut die Stufen, die zu ihren Opfern hinaufführten, unter wildem Kratzen und Begeifern zu erklimmen, stürzten aber jedesmal nach wenigen Metern schwerfällig wieder auf den Boden zurück. Zuletzt fing das Gift an zu wirken. Eines von beiden stieß ein dröhnendes Grunzen aus und ließ seinen riesigen, flachen Kopf auf den Boden sinken. Dann sprang das andere mit gellendem Wehgeschrei wild im Kreise umher, wand sich einige Minuten im Todeskampf und lag dann ebenfalls steif und still da. Mit lautem Triumphgeschrei stürzten die Indianer aus ihren Höhlen und die Treppen hinunter und führten einen rasenden Siegestanz um die toten Körper aus, voll Freude darüber, daß wieder zwei ihrer gefährlichsten Feinde erschlagen waren. In der Nacht zerschnitten sie die Kadaver und beseitigten die Stücke, nicht um sie zu essen – denn das Gift war noch wirksam –, sondern um die Entstehung einer Pestilenz zu verhüten. Die großen Reptilienherzen jedoch, von denen jedes so groß war wie ein Kissen, blieben liegen und schlugen mit unheimlich selbständigem Leben, sanft an- und abschwellend, leise und ständig weiter. Erst am dritten Tage hörte das Leben in ihnen auf, und die furchtbaren Organe standen still.

Wenn ich eines Tages einen besseren Tisch als eine Fleischbüchse und ein besseres Schreibzeug als einen Bleistiftstummel und ein zerrissenes Notizbuch haben werde, will ich einen etwas genaueren Bericht über die Accala-Indianer, über unser Leben unter ihnen und von den Beobachtungen, die wir unter den seltsamen Verhältnissen des wunderbaren Maple-White-Landes machten, geben. Niemals werde ich diese Dinge vergessen; denn solange noch eine Spur von Leben in mir ist, wird jede Stunde und all unser Tun in diesem Zeitabschnitt deutlich und klar vor mir stehen, wie die ersten Erlebnisse unserer Kindheit. Keine neuen Eindrücke können auslöschen, was sich dem Gedächtnis so tief eingeprägt hat. Ich werde dann Gelegenheit nehmen, die zauberhafte Mondnacht auf dem großen See zu beschreiben, als ein junger Ichthyosaurus – ein seltsames Wesen, halb Seehund, halb Fisch, mit je einem knochenbedeckten Auge auf jeder Seite der Schnauze und einem dritten oben auf dem Kopf – sich in einem Indianernetz verfangen hatte und fast unser Kanu zum Kentern brachte, bevor wir es ans Ufer ziehen konnten; diese Nacht, in der eine grüne Wasserschlange aus dem Schilf hervorschoß und in den Windungen ihres Körpers den Steuermann von Challengers Kanu hinwegführte. Ich werde auch erzählen von dem großen, nächtlichen, weißen Wesen – bis heute wissen wir noch nicht, ob es ein Säugetier oder ein Reptil war –, das in einem häßlichen, im Osten des Sees gelegenen Sumpf lebte, in dem es mit einem schwachen phosphoreszierenden Glanz umherhuschte. Die Indianer erfüllte eine derartige Angst vor dem Tier, daß sie nicht nahe an den Sumpf herangehen wollten. Obwohl wir zwei Vorstöße bis zu dem Sumpf machten und es auch jedesmal gesehen haben, war es uns doch nicht möglich, durch den Morast zu ihm hinzugelangen. Ich kann nur sagen, daß es größer als eine Kuh zu sein schien und einen eigenartigen Moschusgeruch verbreitete. Weiter werde ich von dem riesenhaften Vogel berichten, der Challenger eines Tages in die Höhlenwohnungen hinaufjagte, ein großer Laufvogel, weit stärker als ein Strauß, mit einem geierartigen Hals und einem Kopf, der an einen Totenschädel erinnerte. Als Challenger die Treppen hinaufeilte, wurde ihm durch einen Schlag des gebogenen Schnabels der Absatz seines Stiefels wie von einem Meißel glatt abgeschnitten. In diesem Falle waren die modernen Waffen wenigstens erfolgreich, und das große Geschöpf, das zwölf Fuß Länge hatte – Phororachus ist sein Name, den uns der keuchende, aber entzückte Professor nannte –, stürzte auf einen Gewehrschuß Lord Roxtons in einem Gewirr von flatternden Federn und zappelnden Gliedern, aus deren Mitte zwei kalte und grausame gelbe Augen uns anstarrten, zu Boden. Hoffentlich erlebe ich den Tag, wo ich diesen flachen, bösartigen Schädel in der ihm zugewiesenen Nische zwischen den Trophäen im Albanygebäude wiedersehen werde. Schließlich werde ich auch nicht unterlassen, von dem Toxodon, dem riesigen, zehn Fuß hohen Guineaschwein mit seinen vorstehenden Meißelzähnen, das wir im Morgengrauen am Seeufer töteten, als es zum Trinken herabgekommen war, zu berichten.

All dies werde ich eines Tages ausführlich beschreiben, und inmitten der Schilderungen dieser aufregenden Tage sollen auch die lieblichen Sommerabende ihren Platz finden, an denen wir unter tiefblauem Himmel in guter Kameradschaft im weichen Grase lagen, um unsere staunenden Augen auf den seltsamen Vögeln, die über uns schwebten, und die merkwürdigen Geschöpfe, die aus ihren Verstecken hervorkamen, um uns zu beobachten, ruhen zu lassen, während über uns die Zweige mit köstlichen Früchten herabhingen und neben uns seltsame und liebliche Blumen im Grase aufleuchteten. Oder jene langen, mondbeglänzten Nächte, die wir auf der schimmernden Fläche des großen Sees zubrachten und mit staunender Ehrfurcht die riesigen Wellenkreise beobachteten, die vom plötzlichen Auftauchen eines phantastischen Ungeheuers erzeugt wurden, oder den grünlichen Glanz tief unten im Wasser, der von einem fremdartigen Wesen an den Grenzen der Dunkelheit herrührte. Das sind die Bilder, die mein Geist und meine Feder eines Tages auf das genaueste darstellen werden.

Aber Sie werden fragen: wozu diese Erlebnisse und wozu dies Verweilen, während Sie und Ihre Gefährten doch die Pflicht hatten, Tag und Nacht sich mit den Mitteln zu beschäftigen, die Ihnen eine Rückkehr in die Welt ermöglichen sollten? Darauf muß ich antworten, daß wir alle dauernd auf dieses Ziel hinarbeiteten, daß unsere Bemühung aber vergeblich war.

Eins war uns sehr bald klar geworden: Die Indianer hatten nicht die Absicht, uns irgendwie zu helfen. In jeder anderen Beziehung waren sie unsere Freunde oder, man könnte fast sagen, unsere ergebenen Sklaven. Aber wenn wir von ihnen verlangten, daß sie uns beim Bau einer Brücke, die zu der Felsspitze hinübergeführt hätte, helfen sollten, oder wenn wir von ihnen Lederriemen oder Schlingpflanzen haben wollten, aus denen wir Tauwerk hätten flechten können, so stießen wir auf eine freundliche, aber unbesiegbare Ablehnung. Dann lächelten sie nur, zwinkerten mit den Augen und schüttelten mit den Köpfen. Selbst bei dem alten Häuptling begegneten wir dieser hartnäckigen Ablehnung, und nur Maretas, der Jüngste, den wir gerettet hatten, blickte uns verständnisvoll an und gab uns durch Gesten zu verstehen, daß es ihn bekümmere, wenn man unsere Wünsche durchkreuzte. Seitdem sie über die Affenmenschen triumphiert hatten, blickten sie auf uns wie auf Übermenschen, die in ihren seltsamen Waffen den Sieg trugen, und sie glaubten, daß das Glück so lange mit ihnen sein würde, als wir bei ihnen blieben. Ein kleines, rothäutiges Weib und eine eigene Höhle wurde jedem von uns freigebig angeboten, wenn wir nur unsere Heimat vergessen und für immer auf dem Plateau bei ihnen leben wollten. So weit wäre alles ganz schön gewesen, wenn wir nur nicht unsere besonderen Wünsche gehabt hätten. Wir fühlten aber deutlich, daß unsere Pläne, die auf einen Abstieg zielten, geheimgehalten werden mußten, denn wir hatten Grund zu der Befürchtung, daß sie es schließlich versuchen würden, uns mit Gewalt zurückzuhalten.

Trotz der von den Dinosauriern drohenden Gefahr (die mit Ausnahme des Nachts nicht sehr groß war, denn sie sind, wie ich schon gesagt habe, nächtliche Tiere) war ich in der letzten Woche zweimal in unserem alten Lager, um nachzusehen, ob unser Neger am Fuße der Felswand noch unser wartete. Meine Augen schweiften sehnsuchtsvoll über die große Ebene in der Hoffnung, das Herannahen der Hilfe, um die wir gebeten hatten, zu sehen. Aber auf der kaktusbestreuten Fläche war bis zu jenem dichten Bambusgürtel hin kein Lebewesen zu bemerken.

»Werden bald kommen, Massa Malone. Bevor Woche zu Ende, Indianer kommen zurück, bringen Taue und holen euch herunter«, klang der fröhliche Ruf des prächtigen Negers zu mir herauf.

Gelegentlich meines zweiten Besuches im Lager, der einen Tag und eine Nacht in Anspruch nahm, hatte ich auf meinem nächtlichen Rückwege ein merkwürdiges Erlebnis. Ich schritt auf dem mir wohlbekannten Weg dahin und war an einer Stelle, die etwa einen Kilometer vom Pterodactylus-Sumpf entfernt war, angelangt, als ich eine merkwürdige Erscheinung auf mich zukommen sah. Es war ein Mann, der innerhalb eines Bambusgestelles, das ihn wie ein riesiger Käfig umgab, einherschritt. Mein Erstaunen wuchs, als ich beim Näherkommen erkannte, daß es Lord John Roxton war. Als er mich bemerkte, schlüpfte er aus seinem seltsamen Käfig heraus, kam lachend und doch nicht ohne eine gewisse Verlegenheit auf mich zu.

»Hallo, mein Junge, wer hätte wohl gedacht, Sie hier zu treffen.«

»Aber was in aller Welt machen Sie denn hier?« fragte ich.

»Ich besuche meine Freunde, die Pterodactylen!«

»Aber warum denn?«

»Interessantes Viehzeug, was denn? Aber etwas ungesellig. Haben ein ekelhaft grobes Benehmen Fremden gegenüber, wie Sie sich erinnern werden. Ich habe mir diesen Käfig übergehängt, um gegen ihre zudringlichen Aufmerksamkeiten geschützt zu sein.«

»Aber was wollen Sie denn nur in diesem Sumpf?«

Er blickte mich mit etwas mißtrauischen Augen an, und ich las ein zurückhaltendes Zögern in seinem Gesicht.

»Glauben Sie, daß nicht auch andere Leute als Professoren wißbegierig sind?« sagte er zuletzt. »Ich studiere diese netten Tierchen, das muß Ihnen genügen.«

»Nichts für ungut«, sagte ich.

Er gewann seine gute Laune wieder und lachte.

»Nichts für ungut, mein Junge. Ich bin auf dem Wege, ein junges Teufelshuhn für Challenger zu holen. Das ist so etwas für mich. Nein, danke, ich brauche Ihre Gesellschaft nicht. Ich bin sicher in diesem Käfig, und Sie sind es nicht. Also auf Wiedersehen. Ich werde heute abend wieder im Lager zurück sein.«

Er entfernte sich, und ich sah ihn durch den Wald im Schutze seines Käfigs dahinwandern.

Wenn Lord Johns Benehmen bei dieser Gelegenheit seltsam war, so war es das von Challenger noch mehr. Ich kann wohl sagen, daß ich den Eindruck hatte, als ob er außerordentlich faszinierend auf die kleinen Indianerweiber wirkte. Dauernd trug er einen großen Palmzweig in der Hand, mit dem er sie wie Fliegen von sich abwehrte, wenn sie allzu zudringlich wurden. Es ist eines der groteskesten Bilder, die mein Gedächtnis aufbewahrt hat, wie er mit seinem schwarzen, starrenden Bart, die Füße bei jedem Schritt elegant aufsetzend, wie ein Sultan aus der Komischen Oper mit dem Zeichen der Autorität in der Hand dahinschritt, während eine Schar von Indianermädchen mit erstaunt aufgerissenen Augen und sehr sparsamer Bekleidung aus Baumrinde hinter ihm hertrollte. Summerlee hatte sich ganz dem Studium des Insekten- und Vogellebens hingegeben und verbrachte seine Tage (mit Ausnahme der beträchtlichen Zeit, die er mit Vorwürfen gegen Challenger, daß wir noch immer auf dem Plateau wären, ausfüllte) mit dem Präparieren der erbeuteten Exemplare.

Challenger hatte die Gewohnheit, jeden Morgen zu verschwinden und hin und wieder mit dem Ausdruck gewichtiger Feierlichkeit wieder aufzutauchen, wie jemand, der die volle Schwere einer großen Unternehmung auf seinen Schultern trägt. Eines Tages führte er uns, mit dem Palmzweig in der Hand und gefolgt von einer Schar Anbeterinnen, hinunter zu seiner versteckten Werkstatt und weihte uns in das Geheimnis seiner Pläne ein.

Es war eine kleine Lichtung in der Mitte eines Palmenwäldchens. Hier befand sich einer jener kochenden Schlammgeiser, die ich bereits beschrieben habe. Am Rande desselben lagen eine Anzahl aus einer Iguanodonhaut geschnittener Lederstreifen und ebenso eine zusammengesunkene Haut, die sich als der getrocknete und gesäuberte Magen einer der großen Fischeidechsen aus dem See erwies. Der riesige Sack war an einem Ende zugenäht und zeigte auf dem anderen nur eine kleine Öffnung. In dieser steckten mehrere Bambusrohre, deren freie Enden mit konischen Tontrichtern, die das in Blasen aufsteigende Gas auffingen, verbunden waren. Das häutige Organ begann sich langsam auszudehnen und entwickelte eine so starke Neigung, sich in die Luft zu erheben, daß Challenger das Tau, mit dem es an den umstehenden Bäumen befestigt war, stärker anzog. In einer halben Stunde hatte der Gasballon eine stattliche Größe angenommen, und der Zug an den Lederriemen bewies, daß er über einen kräftigen Auftrieb verfügte. Challengers Antlitz glänzte wie das eines Vaters angesichts seines Erstgeborenen, und er blickte, mit lächelnder Selbstzufriedenheit seinen Bart streichend, wortlos auf dies neue Produkt seines Geistes. Summerlee brach als erster das Schweigen.

»Sie glauben doch nicht etwa, daß wir mit dem Ding da in die Höhe steigen sollen, Challenger?« fragte er mit schneidender Stimme.

»Ich werde Ihnen, mein lieber Summerlee, einen solchen Beweis von der Stärke dieses Ballons geben, daß Sie keine Bedenken mehr tragen werden, sich ihm ruhig anzuvertrauen.«

»Sie können sich das Ding ruhig auf den Kopf binden«, sagte Summerlee mit Entschiedenheit. »Nichts in der Welt wird mich veranlassen, eine solche Tollheit zu begehen. Lord John, ich hoffe, daß Sie diesen Wahnsinn nicht unterstützen werden.«

»Ich finde, die Sache ist verteufelt fein ausgedacht«, sagte unser Lord. »Ich würde gern sehen, ob der Ballon funktioniert.«

»Sie werden es sehen«, sagte Challenger. »Seit einigen Tagen habe ich meine ganzen Geisteskräfte auf die Lösung des Problems gerichtet, wie wir von diesem Plateau herunterkommen sollen. Wir haben uns überzeugt, daß wir nicht hinunterklettern können und daß es auch keinen Tunnel gibt. Wir sind auch nicht in der Lage, eine Art von Brücke zu der Felsensäule hinüberzuschlagen. Es mußte also ein anderes Mittel, hinunterzugelangen, gefunden werden. Ich bemerkte bereits vor einiger Zeit unserem jungen Freunde gegenüber, daß die Gasblasen dieser Geiser freien Wasserstoff enthalten. Daraus erwuchs logischerweise der Gedanke eines Ballons. Ich will zugeben, daß ich zunächst einigen Schwierigkeiten begegnete, eine Hülle, die das Gas aufnehmen konnte, herzustellen. Aber die Untersuchung der ungeheuren Eingeweide dieses Reptils brachte mir die Lösung des Problems. Sie sehen das Resultat!«

Dabei steckte er eine Hand vorn in sein zerrissenes Jackett und zeigte mit der anderen stolz auf den Gasballon, der prall und rund vor uns stand und an seinen Fesseln zerrte.

»Jahrmarktsrummel«, knurrte Summerlee.

Lord John war von der ganzen Idee entzückt. »Famoser alter Knabe, nicht wahr?« flüsterte er mir zu und fragte dann laut Challenger: »Wie wird es denn mit dem Korb?«

»Der Korb wird meine nächste Sorge sein. Ich habe bereits einen Plan, wie man ihn anfertigen und befestigen kann. Inzwischen werde ich Ihnen aber einen Beweis geben, daß mein Apparat imstande ist, das Gewicht eines jeden von uns zu tragen.«

»Das Gewicht von uns allen doch wohl, nehme ich an.«

»Nein, es gehört zu meinem Plan, daß jeder von uns einzeln, wie mit einem Fallschirm, den Abstieg bewerkstelligen soll. Der Ballon wird jedesmal auf eine Weise wieder nach oben gezogen, die mir nicht schwer fallen wird, auszudenken. Wenn er das Gewicht von einem von uns trägt und ihn sanft hinuntersinken läßt, so leistet er alles, was man von ihm verlangen kann. Ich werde Ihnen das jetzt vorführen.«

Er befestigte das Tau darauf um einen Basaltblock, dessen Mitte etwas eingeschnürt war. Es war das eine, das wir zum Besteigen der Felsen benutzt und nachher aufs Plateau gebracht hatten. Er hatte eine Art von Netz aus Lederriemen angefertigt, von dem eine Reihe von Streifen herniederhingen. Dieses Netz wurde über den Ballon gelegt und die herunterhängenden Streifen unten zusammengebunden,

so daß der Druck auf die ganze Oberfläche des Ballons verteilt wurde. An den freien Enden der Lederstreifen wurde nunmehr der Basaltblock festgebunden, und der Professor schlang sich das von ihm herabhängende Tau mehrere Male um den Arm.

»Ich werde jetzt,« sagte Challenger mit dem stolzen Vorgefühl des geglückten Versuches, »die Tragkraft meines Apparates demonstrieren«, und mit diesen Worten durchschnitt er die Fesseln des aufwärts strebenden Ballons.

Niemals war unsere Expedition in einer drohenderen Gefahr völliger Vernichtung. Die aufgeblasene Membrane stieg mit erschreckender Geschwindigkeit in die Luft. Einen Augenblick später wurde Challenger vom Boden aufgerissen und weggeschleppt. Ich hatte gerade noch Zeit, meine Arme um seinen aufsteigenden Körper zu schlingen, und wurde gleichfalls hochgehoben. Lord John packte mich wie eine Rattenfalle an den Beinen, aber ich fühlte, daß auch er sich über den Boden erhob. Für einen Augenblick schwebte mir das Bild von vier Abenteurern vor, die wie eine Kette von Würsten über das Land, das sie erforscht hatten, hinschwebten. Aber glücklicherweise hatte zwar nicht die Tragfähigkeit unserer Teufelsmaschine, wohl aber die des Taues seine Grenzen. Es gab einen scharfen Ruck, und wir lagen alle miteinander auf dem Erdboden, bedeckt von den Windungen des herabfallenden Strickes. Als wir alle wieder auf den Füßen waren, erblickten wir weit weg am Himmel als dunklen Punkt den mit beschleunigter Geschwindigkeit herabstürzenden Basaltblock.

»Glänzend!« schrie der uneingeschüchterte Challenger, sich seinen schmerzenden Arm reibend. »Ein ausgezeichneter und völlig befriedigender Versuch! Einen derartigen Erfolg hätte ich nicht vorhersehen können. Ich verspreche Ihnen, meine Herren, daß ich innerhalb einer Woche einen zweiten Ballon fertig haben werde und daß Sie darauf rechnen können, die erste Etappe Ihrer Heimfahrt sicher und bequem zu erreichen.« – –

Bis hierher habe ich alle Ereignisse, so wie sie aufeinander folgten, beschrieben. Ich fasse die letzten Vorgänge nunmehr vom alten Lager aus, wo Zambo so lange gewartet hatte, zusammen. Alle Schwierigkeiten und Gefahren liegen nunmehr wie ein Traum hinter uns auf der Höhe jener rötlichen

Felsenwände, die sich über uns auftürmen. Wir sind sicher heruntergestiegen, wenn auch in einer gänzlich unerwarteten Weise, und es geht uns allen ausgezeichnet. In sechs Wochen oder zwei Monaten werden wir wieder in London sein, und möglicherweise kommt dieser Brief nicht früher an als wir selbst. Wir empfinden bereits starke Sehnsucht nach Hause, und unsere Geister fliegen heimwärts zu unserer großen, lieben Stadt, die so vieles enthält, was uns teuer ist.

Es war am Abend unseres gefährlichen Abenteuers mit Challengers selbstfabriziertem Ballon, als eine Wendung in unserem Schicksal eintrat. Ich erwähnte bereits, daß der einzige Indianer, der unsere Bemühungen, wegzukommen, mit Zeichen der Sympathie begleitet hatte, der junge Häuptling war, den wir befreit hatten. Er allein hatte nicht den Wunsch, uns gegen unseren Willen in diesem seltsamen Land zurückzuhalten. Er hatte uns durch seine Zeichensprache schon allerlei Mitteilungen gemacht. An diesem Abend kam er nach Dunkelwerden in unser kleines Lager hinunter, händigte mir (aus irgendwelchen Gründen hatte er mir immer besondere Aufmerksamkeit erwiesen, vielleicht, weil ich ihm im Alter am nächsten stand) eine Rolle von Baumrinde aus, wobei er ernst zu der Reihe von Höhlen über uns hinwies und seinen Finger, um Schweigen anzudeuten, auf die Lippen legte, und schlich sich dann wieder vorsichtig zu seinen Leuten zurück.

Ich hielt das Rindenstück ans Feuer, und wir unterzogen es einer gemeinsamen Prüfung. Es war etwa einen Quadratfuß groß, und auf der inneren Seite befand sich eine eigenartige Reihe von Linien, die ich hier wiedergebe:

ᛏᚦᛁᛌᛁᚲᛁᚾᛏᛁᚱᛌᚦᛁᚾᚲᛁᛁᚲᛁᛁ

Diese waren sauber mit einem Stück Kohle auf der weißen Oberfläche gezeichnet und machten im ersten Augenblick den Eindruck von rohen musikalischen Zeichen.

»Was es auch immer sein möge, ich kann beschwören, daß es von Wichtigkeit für uns ist«, sagte ich. »Das habe ich auf seinem Gesicht gelesen, als er es mir übergab.«

»Wenn wir es nicht mit einem primitiven, geschickten Spaßvogel zu tun haben,« bemerkte Summerlee, »deren es meiner Meinung nach bereits in frühester Vorzeit gegeben hat.«

»Es ist ganz klar, daß es sich hier um eine Art von Schrift handelt«, sagte Challenger.

»Sieht aus wie ein schwindelhaftes Preisrätsel«, bemerkte Lord John, indem er den Hals ausreckte, um einen Blick darauf zu werfen. Aber plötzlich streckte er die Hand aus und ergriff das Preisrätsel. »Beim Himmel!« schrie er, »ich glaube, ich habe es. Unser junger Freund hatte gleich die richtige Ahnung. Sehen Sie hier. Wieviel Striche stehen auf dem Rindenstück? Achtzehn. Gut. Und wie Sie sich erinnern, sind da achtzehn Höhleneingänge an der Felsenwand über uns.«

»Er zeigte zu den Höhlen hinauf, als er mir das gab«, sagte ich.

»Schön. Jetzt ist die Sache klar. Dies ist ein Plan der Höhlenreihe. Natürlich! Achtzehn in einer Reihe, einige kurz, einige lang, einige, die sich verzweigen, genau wie wir das alles gesehen haben. Es ist eine Karte, und hier ist noch ein Kreuz. Was mag das bedeuten? Es steht bei einer Höhle, die viel weiter in den Berg hineinführt als die anderen.«

»Eine, die durch die Felsenwand hindurchgeht!« rief ich aus.

»Ich glaube, unser junger Freund hat das Rätsel gelöst. Wenn die Höhle nicht durchführt, verstehe ich nicht, warum dieser Mensch, der allen Grund hat, uns dankbar zu sein, unsere Aufmerksamkeit auf sie gelenkt hat. Wenn sie aber hindurchgeht und an der anderen Seite der Felsenwand einen Ausgang hat, so würden wir von dort aus nicht mehr als hundert Fuß herunterzusteigen brauchen.«

»Hundert Fuß!« brummte Summerlee.

»Ausgezeichnet, unser Tau ist etwas länger als hundert Fuß«, rief ich aus. »Wir werden also sicher nach unten kommen können.«

»Und die Indianer in der Höhle?« warf Summerlee ein.

»In diesen Höhlen hier über uns sind keine Indianer«, sagte ich. »Diese dienen lediglich als Speicher und Vorratsräume. Warum sollten wir nicht gleich hinaufgehen und die Möglichkeiten auskundschaften?«

Es gibt auf dem Plateau ein trocknes und harziges Holz – eine Art von Araucarie nach unserem Botaniker –, das von den Indianern als Fackel benutzt wird. Jeder von uns nahm ein Bündelchen davon mit, und wir schritten die unkrautbedeckten Stufen zu jener Höhle hinauf, die in der Zeichnung besonders markiert war. Sie war, wie ich bereits bemerkt hatte, leer mit Ausnahme einer großen Zahl von Fledermäusen, die um uns herumflatterten, als wir die Höhle betraten. Da wir die Aufmerksamkeit der Indianer nicht auf unser Vorhaben zu ziehen wünschten, stolperten wir im Dunkeln weiter, bis wir einige Windungen hinter uns hatten und ziemlich tief in die Höhle eingedrungen waren. Dann erst zündeten wir unsere Fackeln an. Es war ein schöner, trockener Tunnel mit glatten, grauen, von Zeichnungen der Eingeborenen bedeckten Wänden mit einer gewölbten Decke und weißem glitzernden Sand unter unseren Füßen. Wir schritten eiligst vorwärts, bis wir mit dem Gefühl tiefster Enttäuschung feststellen mußten, daß es nicht weiter ging. Eine glatte Felswand, ohne jede Spalte, durch die auch nur eine Maus hätte schlüpfen können, bildete das Ende der Höhle. Hier also war nicht hindurchzukommen.

Niedergeschlagen standen wir vor unserem Hindernis. Es handelte sich hier nicht um das Ergebnis einer Erschütterung, wie in dem früher von uns erstiegenen Tunnel, die Quermauer war genau so gebaut wie die Seitenwände. Die Höhle bildete also eine richtige Sackgasse.

»Machen Sie sich keine Sorgen, meine Freunde«, sagte der unbezwingbare Challenger. »Es bleibt Ihnen immer noch die Möglichkeit des Abstieges mit meinem Ballon.«

Summerlee stöhnte.

»Sollten wir in der falschen Höhle sein?« bemerkte ich.

»Unmöglich, junger Freund«, sagte Lord John, den Finger auf die Karte setzend, die siebzehnte von rechts und die zweite von links. »Es ist kein Zweifel, daß wir in der richtigen Höhle sind.«

Ich warf einen Blick auf die Stelle, die er mit dem Finger bezeichnete, und stieß einen plötzlichen Freudenschrei aus. »Ich glaube, ich habe es! Folgen Sie mir! Folgen Sie mir!« Ich stürzte den Weg, den wir gekommen waren, zurück, die Fackel in der Hand. »Hier,« sagte ich, auf einige Streichhölzer auf dem Boden hinweisend, »hier haben wir unsere Fackeln angezündet.«

»Richtig.«

»Nun, die Höhle hat, wie wir aus der Zeichnung ersehen, noch einen Nebenast, und wir sind in der Dunkelheit, bevor wir unsere Fackeln entzündeten, an diesem Seiteneingang vorbeigegangen, ohne ihn zu bemerken. Wenn wir zurückgehen, werden wir auf der rechten Seite auf den längeren Höhlenarm stoßen.«

Es war so, wie ich gesagt hatte. Wir waren noch nicht dreißig Meter zurückgeschritten, als eine große, schwarze Öffnung in der Seitenwand erschien. Wir gingen hinein und stellten fest, daß wir uns in einem viel längeren Gang befanden als vorher. In atemloser Ungeduld eilten wir einige hundert Meter darin entlang, und dann tauchte plötzlich im tiefen Dunkel vor uns der Glanz eines Lichtes auf, das uns in größtes Erstaunen versetzte. Eine leuchtende Fläche schien die Höhle zu kreuzen und uns den Weg zu verlegen. Wir stürzten vorwärts, kein Klang, keine Hitze, keine Bewegung ging von der Erscheinung aus, aber immer noch hing der große, leuchtende Vorhang vor uns, füllte die Höhle mit silbernem Glanz und verwandelte den Sand unter unseren Füßen in glitzernden Juwelenstaub, bis wir, fortschreitend, den Rand einer kreisförmigen Fläche erkannten.

»Himmel, das ist ja der Mond!« schrie Lord John. »Wir sind durch, Kinder, wir sind durch!« Es war in der Tat der Vollmond, der gerade in die jenseitige Öffnung der Höhle hineinschien. Diese war schmal, nicht größer als ein Fenster, aber sie genügte völlig für unsere Zwecke. Als wir den Kopf hinausstreckten, konnten wir feststellen, daß der Abstieg nicht allzu schwierig war und daß der Erdboden nicht sehr tief unter uns lag. Es war kein Wunder, daß wir diese Öffnung von unten nicht bemerkt hatten, denn die Felswände bogen sich unterhalb derselben nach außen, und ein Aufstieg an dieser Stelle wäre so unmöglich erschienen, daß sich eine nähere Untersuchung erübrigt hätte. Wir überzeugten uns, daß wir mit Hilfe unseres Taues abwärts gelangen konnten, und kehrten dann voll Freude in unser Lager zurück, um unsere Vorbereitungen für den nächsten Abend zu treffen.

Alles, was wir zu tun hatten, mußte schnell und heimlich geschehen, da uns die Indianer noch in letzter Stunde zurückhalten konnten. Unsere Vorräte mußten zurückbleiben mit Ausnahme unserer Gewehre und Patronen. Nur Challenger hatte irgend etwas Schweres, das er dringend mitzunehmen wünschte. Und ein besonders gepackter Ballen, über dessen Inhalt ich nicht sprechen möchte, verursachte uns mehr Arbeit als alles andere. Langsam verstrich der Tag, aber als die Dunkelheit hereinbrach, waren wir zum Abmarsch bereit. Mit vieler Anstrengung schleppten wir unser Gepäck die Treppen hinauf und warfen von oben, stehenbleibend, noch einen langen Blick auf das seltsame Land, das bald, wie ich fürchte, die Beute von Jägern und Goldsuchern sein wird, das aber für jeden von uns ein Traumland voll von Zauber und Romantik geworden war. Ein Land, in dem wir vieles gewagt, vieles gelitten und vieles verloren hatten – unser Land, wie wir es für immer liebevoll nennen sollten. Aus den Nachbarhöhlen zu unserer Linken erglänzte wieder freundlicher Lichtschein inmitten des allgemeinen Dunkels. Von den Abhängen unter uns tönte Lachen und Singen der Indianer herauf. Weit jenseits erblickten wir den dunklen Kranz der Wälder, und in der Mitte, matt durch die Dunkelheit schimmernd, lag der große See, die Mutter seltsamer Ungeheuer, und gerade in diesem Augenblicke löste sich aus dem Schatten der Nacht ein hoher, gellender Schrei, der Ruf irgendeines unheimlichen Tieres. Es war die Stimme vom Maple-White-Land selbst, die uns ein Lebewohl zurief. Wir wandten uns und tauchten unter in der Höhle, die uns heimwärts führte. Zwei Stunden später waren wir mit allem, was wir besaßen, am Fuß der jenseitigen Felsenwand angelangt. Nur Challengers Gepäck hatte uns einige Schwierigkeiten bereitet. Wir ließen alles an Ort und Stelle liegen und eilten zu Zambos Lager hinüber. Am frühen Morgen erreichten wir es, fanden jedoch zu unserem Erstaunen nicht ein Feuer, sondern ein Dutzend auf der Ebene: die Hilfsexpedition war angelangt. Zwanzig Indianer vom Amazonenstrom mit Pfählen, Tauen und allem, was zum Schlagen einer Brücke nötig ist. Wir werden nun wenigstens kein« Schwierigkeiten mehr beim Transport unseres Ge-

päckes haben, wenn wir morgen unseren Rückmarsch zum Amazonenstrom antreten.

Und so schließe ich diesen Bericht in demütiger und dankbarer Stimmung. Wir haben große Wunder gesehen, und unsere Seelen sind durch alles, was wir gelitten haben, geläutert. Jeder von uns ist in seiner Weise ein besserer und tieferer Mensch geworden. Wahrscheinlich werden wir, sobald wir nach Para kommen, einen Aufenthalt nehmen, um uns neu auszurüsten. In diesem Falle wird mein Brief eine Post früher ankommen als wir. Wenn nicht, bringe ich ihn selber mit. Auf jeden Fall, mein lieber Herr McArdle, hoffe ich, Ihnen bald die Hand schütteln zu können.

Sechszehntes Kapitel

Ein Umzug! Ein Umzug!

Ich möchte an dieser Stelle allen unsern Freunden am Amazonenstrom unsern Dank aussprechen für die große Liebenswürdigkeit und Gastlichkeit, die sie uns anläßlich unserer Rückreise erwiesen haben. Ganz besonders muß ich Signor Penalosas und anderer Beamten der brasilianischen Regierung gedenken für ihre Bemühungen, uns unsere Abreise zu erleichtern, und Signor Pereiras in Para, dessen Vorsorge wir das Bereitliegen einer vollständigen neuen Ausrüstung, die uns ein anständiges Wiedererscheinen in der zivilisierten Welt ermöglichte, verdankten. Alle diese Freundlichkeiten scheinen allerdings schlecht vergolten, wenn wir unsere Gastgeber und Wohltäter täuschen. Aber unter den gegebenen Umständen haben wir tatsächlich keine andere Wahl. Und ich muß ihnen bei dieser Gelegenheit sagen, daß es Zeit und Geldverschwendung bedeuten würde, wenn sie unseren Spuren folgen würden. Sogar die Namen sind in unseren Berichten geändert, und ich bin sicher, daß niemand sogar nach dem sorgfältigsten Studium in der Lage ist, auch nur auf tausend Kilometer an unser unbekanntes Land heranzukommen.

Wir waren der Meinung, daß die Aufregung, der wir auf unserer Rückreise begegneten, auf die Gebiete, die unsere Route berührte, beschränkt sei, und ich kann unseren Freunden in England nur die Versicherung geben, daß wir keine Ahnung von dem allgemeinen Interesse, das schon durch unsere Erlebnisse in ganz Europa erweckt war, hatten. Erst die vielen drahtlosen Telegramme von allen möglichen Zeitungen und Agenturen, die uns, als wir noch fünfhundert Meilen von Southampton entfernt waren, große Honorare für eine kurze Rückantwort über unsere Forschungsergebnisse anboten, zeigten uns die hochgespannte Erwartung der wissenschaftlichen Welt und der Öffentlichkeit. Wir waren indessen übereingekommen, der Presse keinerlei Mitteilung zu machen, bevor wir den Mitgliedern des Zoologischen Instituts gegenüberstanden; denn es war unsere Pflicht, zuerst ihnen, die uns den Auftrag zu unserer Reise gegeben hatten, Bericht zu erstatten. Wir lehnten daher kategorisch ab, obwohl Southampton voll von Pressevertretern war, irgendwelche Informationen zu geben. Die natürliche Folge davon war, daß die allgemeine Aufmerksamkeit auf die für den Abend des 7. Novembers angezeigte Versammlung gelenkt wurde. Für diese Zusammenkunft erwies sich der Saal des Zoologischen Instituts, von dem unser Unternehmen ausgegangen war, als zu klein, und man hatte infolgedessen die Queens Hall in der Regent Street gewählt. Heute wissen wir, daß die Veranstalter ruhig die Albert-Halle hätten wählen können, und auch dort hätte der Platz kaum ausgereicht. Die Versammlung sollte am zweiten Abend nach unserer Ankunft stattfinden. Zunächst hatte jeder von uns eigene dringende Angelegenheiten zu erledigen. Von der meinigen kann ich noch nicht sprechen. Vielleicht bin ich nach einiger Zeit imstande, mit einer weniger starken Bewegung daran zu denken und davon zu reden. Ich habe dem Leser am Anfang dieser Erzählung gezeigt, wo der Ursprung meines Unternehmens lag. Es ist daher vielleicht richtig, daß ich die Erzählung bis zu Ende führe und ihren Ausgang mitteile. Und doch könnte der Tag kommen, an dem ich sogar wünschen werde, daß es so und nicht anders gekommen ist. Schließlich habe ich den Antrieb zu einem wunderbaren Erlebnis erhalten, und ich kann jener Kraft, von der er ausgegangen ist, nur dankbar sein.

Und nun wende ich mich dem letzten erhabenen und ereignisreichen Moment unseres Abenteuers zu. Während ich noch mein Gehirn zermürbte, um die beste Form für die Darstellung zu finden, fielen meine Augen auf einen Artikel der Morgenausgabe des 8. Novembers meiner eigenen Zeitung, der einen vollständigen und ausgezeichneten Bericht meines Freundes und Kollegen Mac Dona enthielt. Was könnte ich wohl Besseres tun, als seine Erzählung abzuschreiben, den Artikel mitsamt den Überschriften? Ich muß zugeben, daß die Zeitung eine etwas überschwengliche Darstellung brachte, was zum Teil der Tatsache verdankt wurde, daß sie einen eigenen Berichterstatter zu dieser Unternehmung entsandt hatte. Aber die anderen großen Tageszeitungen waren kaum weniger vollständig in ihren Berichten. Freund Mac schrieb also folgendermaßen:

> *Die neue Welt*
> *Große Versammlung in der*
> *Queen's Hall*
> *Aufregende Szenen*
> *Außerordentlicher Vorfall*
> *Was war es?*
> *Nächtlicher Tumult in der Regent Street.*
> *(Spezialbericht.)*

»Die vielerörterte Versammlung des Zoologischen Instituts, die den Zweck hatte, den Bericht des Untersuchungsausschusses entgegenzunehmen, der im letzten Jahre nach Südamerika geschickt wurde, um die Behauptungen des Professors Challenger nachzuprüfen, daß es auf diesem Kontinent noch heute prähistorische Lebensformen gäbe, fand gestern abend im großen Saal der Queens Hall statt, und man ist berechtigt zu sagen, daß dieser Tag in der Geschichte der Wissenschaften rot angestrichen zu werden verdient, denn die Mitteilungen dieser Versammlung hatten einen so bemerkenswerten und sensationellen Charakter, daß keiner der Anwesenden sie jemals vergessen wird. (Oh, Kollege Mac Dona! Was für ein monströser Einleitungssatz!) Die Einlaßkarten sollten theoretisch nur in die Hände von Mitgliedern und Freunden derselben gelangen. Da aber das Wort »Freunde« ein dehnbarer Begriff ist, war der riesige Saal bereits lange vor acht Uhr, vor Anfang der Versammlung, dicht gefüllt. Das Publikum, das unverständigerweise darüber verärgert war, daß man es von der Versammlung ausschloß, nahm ein Viertel nach sieben Uhr die Eingänge mit Sturm, nachdem schon vorher eine allgemeine Keilerei, bei der verschiedene Leute verletzt und einem Institutsinspektor sogar ein Bein gebrochen wurde, stattgefunden hatte. Nach diesem unerwarteten Ansturm, der nicht nur alle Eingänge, sondern auch die für die Presse reservierten Plätze füllte, waren es schätzungsweise etwa fünftausend Leute, die die Ankunft der Forschungsreisenden erwarteten. Diese nahmen, nachdem sie eingetreten waren, ihre Plätze vorn auf der Rednerbühne ein, auf der bereits alle führenden Wissenschaftler, nicht nur aus England, sondern auch aus Frankreich und Deutschland, erschienen waren. Auch Schweden war in der Person des Professors Sergius, des berühmten Zoologen von der Universität Upsala, vertreten. Der Eintritt der vier Forschungsreisenden bildete das Signal für eine bemerkenswerte Begrüßungsdemonstration, bei der sich die gesamte Zuhörerschaft erhob und in minutenlange Beifallsrufe ausbrach. Ein aufmerksamer Beobachter hätte indessen feststellen können, daß sich der Beifall auch mit einigen abfälligen Rufen mischte, woraus man den Schluß ziehen durfte, daß die Versammlung einen mehr lebhaften als harmonischen Verlauf nehmen würde. Niemand hätte aber die außerordentliche Wendung, die dann eintrat, vorhersehen können.

Über das Aussehen der vier Forschungsreisenden braucht nichts gesagt zu werden, denn ihre Photographien sind bereits in allen Zeitungen erschienen. Man sieht ihnen kaum Spuren der beschwerlichen Reise, die sie hinter sich haben, an. Professor Challengers Bart scheint vielleicht zottiger geworden zu sein, Professor Summerlees Züge etwas strenger, Lord John Roxtons Figur etwas magerer, und alle drei erscheinen etwas gebräunter als bei ihrer Abreise. Aber alle sind offenbar bei ausgezeichneter Gesundheit. Was unseren eigenen Vertreter angeht, den wohlbekannten Sportsmann und Rugbyfußballspieler E. D. Malone, so machte er einen wohltrainierten Eindruck, und als er seine Augen über die versammelte Menge schweifen ließ, glitt ein zufriedenes, freundliches Lächeln über sein biederes, derbes Gesicht. (Allright, Mac, na warte nur, bis ich dich unter vier Augen treffe!)

Nachdem die Ruhe wiederhergestellt war und die Zuhörerschaft ihre Plätze wieder eingenommen hatte, ergriff der Vorsitzende, der Herzog von Durham, das Wort. Er wolle sich nicht lange, so sagte er, zwischen diese große Versammlung und die hochwichtigen Mitteilungen, die ihrer warteten, stellen. Es wäre nicht seine Aufgabe, vorwegzunehmen, was

Professor Summerlee, der Sprecher des Untersuchungsausschusses, ihnen zu berichten hätte. Es wäre aber bereits bekannt, daß die Arbeiten der Expedition von außerordentlichem Erfolg gekrönt worden seien. Es habe den Anschein, als ob das Zeitalter der Romantik noch nicht vorüber sei, und es gäbe noch einen Boden, auf dem sich die wildeste Phantasie der Romanschreiber mit den wissenschaftlichen Untersuchungen ernster Forscher begegnen könnte. Er wolle nur noch hinzufügen, daß er glücklich sei, und die ganze Versammlung würde dasselbe empfinden, daß diese Herren heil und gesund von ihrer schwierigen und gefährlichen Unternehmung zurückgekehrt seien, denn es könne nicht in Abrede gestellt werden, daß ein einer solchen Expedition zugestoßenes Unglück für die Sache der zoologischen Wissenschaft einen unersetzlichen Verlust bedeutet hätte. (Großer Beifall, an dem man Professor Challenger sich beteiligen sah.)

Als sich darauf Summerlee erhob, brach ein neuer Begeisterungssturm aus, der sich mehrfach während seiner Rede wiederholte. Diese Rede soll hier nicht in extenso gegeben werden, da ein vollständiger Bericht über die Erlebnisse der Expedition aus der Feder unseres eigenen Berichterstatters in Vorbereitung ist. Nachdem er die Veranlassung der Reise geschildert und seinem Freunde, Professor Challenger, freigebig Anerkennung gezollt und auch die Ungläubigkeit, die man seinen jetzt völlig bewiesenen Behauptungen entgegengebracht hatte, entschuldigt hatte, schilderte er den tatsächlichen Verlauf der Reise, wobei er nur sorgfältig alle Informationen zurückhielt, die dem Publikum ermöglicht hätten, die Lage des merkwürdigen Plateaus festzustellen. Nach einer allgemeinen Beschreibung der Route auf dem Hauptstrom bis zu jener hohen Felsenmauer fesselte er seine Zuhörer durch den Bericht über die Schwierigkeiten, die die Expedition bei den Versuchen, sie zu besteigen, gefunden hatte, und schilderte zum Schluß das erfolgreiche Gelingen ihrer verzweifelten Anstrengungen, die ihnen das Leben ihrer beiden ergebenen Mischlinge gekostet hätten. (Diese befremdliche Mitteilung über die Mischlingsaffäre machte Summerlee in dem Bemühen, irgendwelche Anfragen aus dem Publikum in der Sache zu vermeiden.) Nachdem er seine Zuhörerschaft im Geiste auf die Höhe des Plateaus geführt und sie die Wirkung des Brückeneinsturzes hatte erleben lassen, fuhr er in der Beschreibung der Schrecken und der Reize des merkwürdigen Landes fort. Von persönlichen Erlebnissen sprach er wenig, um so mehr von den reichen Ergebnissen für die Wissenschaft, von den Beobachtungen des wunderbaren Tier-, Vogel-, Insekten- und Pflanzenlebens auf dem Plateau. Insbesondere hob er den Reichtum an Käfern, von denen 46 neue Arten, und Schmetterlingen, von denen 94 Arten im Laufe einiger Wochen hätten festgestellt werden können, hervor. Es waren jedoch die größeren Tiere und insbesondere diejenigen, die man für längst ausgestorben gehalten hatte, die das Interesse des Publikums am lebhaftesten in Anspruch nahmen. Hiervon konnte er eine ganze Reihe aufzählen, aber er zweifelte nicht daran, daß sie noch erweitert werden könne, wenn das Land erst gründlicher durchforscht wäre. Er und seine Gefährten hätten mindestens, wenn auch meistens allerdings in der Entfernung, ein Dutzend von Geschöpfen gesehen, die keinerlei Übereinstimmung mit den bis heute der Wissenschaft bekannten Tieren zeigten. Die Zeit würde kommen, in der man diese näher untersuchen und wissenschaftlich einreihen würde. Er führte als Beispiel eine Schlange an, deren abgeworfene, tief purpurrot gefärbte Haut einundfünfzig Fuß lang war, und erwähnte weiter ein weißes Geschöpf, vermutlich ein Säugetier, das während der Dunkelheit ein deutlich phosphoreszierendes Licht ausstrahlte, ferner einen großen, schwarzen Nachtfalter, dessen Biß von den Indianern für höchst giftig gehalten würde. Neben diesen völlig neuen Lebensformen sei das Plateau sehr reich an bekannten prähistorischen Tieren, von denen einzelne auf die Juraperiode zurückreichten. Er erwähnte darunter den gigantischen und grotesken Stegosaurus, der nur einmal von Herrn Malone an seinem Trinkplatz am Seeufer gesehen wurde und von dem sich eine Zeichnung in dem Skizzenbuch des abenteuerlichen Amerikaners, der dieses unbekannte Land zuerst besucht hatte, vorfände. Er beschrieb ebenso das Iguanodon und den Pterodactylus, zwei der ersten Naturwunder, die ihnen begegnet seien. Darauf ließ er die Versammlung erbeben durch eine Schilderung des schreckliches fleischfressenden Dinosaurus, der mehr als einmal Mitglieder der Expedition verfolgt hatte und der das furchtbarste Geschöpf sei, das sie angetroffen hätten. Dann ging er über zu dem riesenhaften und wilden Vogel, dem Phororachus, und dem großen Elch, der noch auf dem Hochland umherstreife. Aber erst bei der Schilderung der geheimnisvollen Vorgänge im Zentralsee stieg das Interesse und die Begeisterung der Versammlung auf ihren Höhepunkt. Man mußte sich selbst fragen, ob man wache oder träume, wenn man diesen nüchternen und auf das rein Tatsächliche gerichteten Gelehrten in kühlem, gemessenem Ton die ungeheueren dreiäugigen Fischeidechsen und die riesenhaften Wasserschlangen, die dieses zauberhafte Gewässer bewohnten, beschreiben hörte. Er kam dann auf die Indianer und auf die merkwürdige Kolonie der anthropoiden Affen zu sprechen, die man als eine höhere Stufe des Pithecanthropus auf Java ansehen könne und die infolgedessen sich mehr als jedes andere Wesen jenem hypothetischen Geschöpf, das man als das »fehlende Zwischenglied« zwischen Menschen und Menschenaffen bezeichne, nähern. Endlich beschrieb er unter allgemeiner Heiterkeit die geistvolle, aber höchst gefährliche aeronautische Erfindung Professor Challengers und schloß seinen bedeutsamen Vortrag durch einen Bericht über die Methoden, deren sich der Untersuchungsausschuß bediente, um wieder in die Welt der Zivilisation zurückzukehren.

Man hätte glauben sollen, daß das wissenschaftliche Programm des Abends hiermit erschöpft sei und daß nunmehr der Dank und die Glückwünsche der Versammlung durch Professor Sergius von der Universität Upsala folgen würden. Aber es wurde bald klar, daß der weitere Verlauf der Versammlung kein so glattes Ende nehmen sollte. Schon während der Rede hatten sich von Zeit zu Zeit Anzeichen von Opposition bemerkbar gemacht, und nun erhob sich Dr. James Illingworth aus Edinburgh in der Mitte der Versammlung. Dr. Illingworth warf die Frage auf, ob nicht ein Amendement möglich sei, bevor man den Entschluß fasse, dem Ausschuß den Dank der Versammlung auszusprechen.

Der Vorsitzende: »Ja, wenn Sie ein Amendement für nötig halten?«

Dr. Illingworth: »Mit Ihrer freundlichen Erlaubnis, das Amendement ist nötig!«

Der Vorsitzende: »Dann bitte ich darum.«

Professor Summerlee (aufspringend): »Ich möchte erklären, Ew. Gnaden, daß dieser Mann von jeher mein persönlicher Gegner war seit unserer Kontroverse in der wissenschaftlichen Vierteljahrsschrift über die wahre Natur des Bathybius.«

Der Vorsitzende: »Ich werde auf diese persönlichen Dinge nicht eingehen können. Bitte fortfahren.«

Man konnte Dr. Illingworths Bemerkungen wegen der andauernden Opposition der Freunde unserer vier Forschungsreisenden nur teilweise verstehen. Man versuchte auch mehrfach, ihn auf seinen Stuhl niederzuziehen. Da er aber ein Mann von enormen Körperkräften war und eine mächtige Stimme besaß, gelang es ihm, des Tumults Herr zu werden und seine Rede zu Ende zu führen. Von dem Augenblick an, als er sich erhob, war es klar, daß er eine Anzahl von Freunden und Anhängern in der Halle hatte, obgleich sie die Minorität bildeten. Die Haltung des größeren Teils der Versammlung könnte man als die einer aufmerksamen Neutralität bezeichnen.

Dr. Illingworth begann seine Ausführungen mit dem Ausdruck seiner hohen Wertschätzung für die wissenschaftliche Arbeit sowohl Professor Challengers als auch Professor Summerlees. Er bedaure sehr, daß man aus seinen Bemerkungen, die ihre Quelle einzig und allein in seinem Streben nach wissenschaftlicher Wahrheit hätten, den Unterton von irgend etwas Persönlichem gehört habe. Seine Lage sei aber tatsächlich und wesentlich die gleiche, in der sich Professor Summerlee in der letzten Versammlung befunden habe. In dieser Versammlung habe Professor Challenger gewisse Behauptungen aufgestellt, die von seinen Kollegen bezweifelt wurden. Jetzt trete dieser Kollege selbst auf mit den gleichen Behauptungen und verlange, daß man sie ungeprüft hinnehme. Ob das berechtigt sei? (»Ja!« »Nein!« – Längere Unterbrechung, während welcher man vom Pressetisch aus hörte, wie Professor Challenger den Vorsitzenden um die Erlaubnis bat, Dr. Illingworth hinauszuwerfen.) Vor einem Jahre behauptete ein Mann gewisse Dinge. Jetzt behaupten vier Männer etwas anderes und noch Erstaunlicheres. Sollte dies etwa ein endgültiger Beweis sein, wo doch die in Rede stehenden Dinge von so höchst revolutionärem und unglaublichem Charakter wären? Es habe neuerdings Beispiele von Forschungsreisenden gegeben, die aus unbekannten Ländern mit allerhand merkwürdigen Berichten zu-

rückgekommen seien, denen man allzu eilig geglaubt habe. Solle das Londoner Zoologische Institut etwa in die gleiche Lage kommen? Er gebe zu, daß die Mitglieder des Ausschusses Männer von Charakter wären, aber die menschliche Natur sei sehr kompliziert, sogar Professoren könnten aus Ruhmsucht auf falsche Wege geraten. Wir alle liebten es, wie der Nachtfalter, zum Licht zu fliegen. Großwildjäger seien gern in der Lage, die Erzählungen ihrer Rivalen zu übertreffen, und Journalisten seien einer sensationellen Aufmachung nicht abgeneigt und scheuten sich nicht, den Tatsachen durch ihre Phantasie etwas aufzuhelfen. Jedes Mitglied des Ausschusses habe seine eigenen Gründe, die Resultate größer erscheinen zu lassen. (Pfui! Pfui!) Er habe nicht die Absicht, beleidigend zu sein. (»Sie sind es aber!« – Unterbrechung.) Die Beweismittel dieser seltsamen Geschichten wären tatsächlich recht bescheidener Art. Was hätte man hier vorgebracht? Einige Photographien. Könne man in unserem Zeitalter geschickter Technik Photographien noch als Beweisstücke ansehen? Was sonst? Wir hätten einige Geschichten von der Flucht und dem Abstieg mit Hilfe von Tauen gehört, die ein Mitbringen von größeren Probestücken ausschlösse. Das sei wohl zu verstehen, aber nicht überzeugend. Man habe gehört, daß Lord John Roxton behaupte, den Schädel eines Phororachus zu haben. Er könne nur sagen, daß er diesen Schädel gern einmal gesehen hätte.

Lord John Roxton: »Will dieser Mensch mich hier als Lügner bezeichnen?« (Lärm.)

Der Vorsitzende: »Ruhe! Ruhe! Dr. Illingworth, ich muß Sie ersuchen, mit Ihren Ausführungen zu Ende zu kommen und Ihr Amendement vorzubringen.«

Dr. Illingworth: »Ich habe noch mehr zu sagen, Ew. Gnaden, aber ich füge mich Ihrer Anordnung. Ich stelle also den Ergänzungsantrag, Professor Summerlee den Dank der Versammlung für seinen interessanten Vortrag aussprechen zu lassen, die ganze Angelegenheit aber als ungewiß anzusehen und noch einmal an einen größeren und möglichst noch verantwortlicheren Untersuchungsausschuß zu verweisen.«

Die von diesem Amendement hervorgerufene Verwirrung ist schwer zu beschreiben. Ein großer

Teil der Zuhörerschaft äußerte seinen Unwillen über eine derartige Beschimpfung der Forschungsreisenden durch laute Zurufe der Mißbilligung: »Ablehnen!« »Zurückziehen!« »Schmeißt ihn raus!« Die Unzufriedenen auf der anderen Seite – und es kann nicht in Abrede gestellt werden, daß sie ziemlich zahlreich waren – begrüßten das Amendement beifällig und riefen: »Ruhe!« »Ruhe!« »Ehrliches Spiel!« Auf den hinteren Bänken kam es zu einer Rauferei, und unter den Medizinstudenten, die diesen Teil des Saales besetzt hatten, war man mit Schlägen ziemlich freigebig. Es war lediglich dem mäßigenden Einfluß der Gegenwart einer größeren Anzahl von Damen zuzuschreiben, daß es nicht zu einem allgemeinen Tumult kam. Plötzlich indessen gab es eine Pause, der Lärm legte sich, und dann trat völliges Schweigen ein. Professor Challenger stand auf der Rednerbühne. Seine Erscheinung und sein Auftreten hatten etwas eigenartig Fesselndes, und als er die Hand aufhob und um Ruhe bat, nahm die ganze Zuhörerschaft wieder Platz und lauschte gespannt seinen Worten.

»Es wird manchem der Anwesenden noch erinnerlich sein,« sagte Professor Challenger, »daß sich bei der letzten Versammlung, in der ich Gelegenheit hatte, zu Ihnen zu sprechen, ähnliche alberne und unfeine Szenen ereignet haben. Bei dieser Gelegenheit war Professor Summerlee der Hauptschuldige, und obwohl er heute bereut und eine geläuterte Auffassung hat, kann die Sache nicht völlig vergeben werden. Ich habe heute abend ähnliche und sogar noch beleidigendere Bemerkungen von der Persönlichkeit, die soeben Platz genommen hat, gehört, und, obgleich es eine bewußte Selbsterniedrigung bedeutet, auf das geistige Niveau dieser Persönlichkeit hinabzusteigen, will ich doch versuchen, es zu tun, um irgendwelche verständlichen Zweifel, die möglicherweise in den Köpfen der Zuhörerschaft noch vorhanden sein könnten, zu beheben. (Lachen und Lärmen.) Ich brauche die Zuhörerschaft nicht daran zu erinnern, daß, obwohl Professor Summerlee als der Vorsitzende des Untersuchungsausschusses hier heute abend aufgefordert worden ist zu sprechen, ich es noch immer bin, der den tatsächlichen Anlaß zu diesen ganzen Vorgängen gegeben hat, und daß mir in erster Linie ihre Erfolge zugeschrieben werden müssen. Ich habe diese drei Herren an die von mir bezeichnete Stelle geführt und

sie, wie Sie gehört haben, von der Richtigkeit meiner früheren Darlegungen überzeugt. Wir hatten gehofft, daß wir nach unserer Rückkehr keinen so beschränkten Menschen mehr finden würden, der unsere gemeinsamen Behauptungen zu bestreiten wagte. Ich bin allerdings, gewarnt durch meine früheren Erfahrungen, nicht ohne solche Beweisstücke, die vernünftige Leute überzeugen können, zurückgekehrt. Wie Ihnen Professor Summerlee bereits erklärt hat, sind unsere photographischen Apparate von den Affenmenschen, als sie unser Lager plünderten, zerschlagen worden. Auch die meisten Negative sind ruiniert. (Beifall, Lachen und »Erzählen Sie uns was anderes!« aus dem Hintergrund.) Ich habe die Affenmenschen erwähnt und kann nicht umhin, zu sagen, daß einige der Töne, die jetzt an mein Ohr dringen, mich sehr lebhaft an meine Erfahrungen mit diesen interessanten Geschöpfen erinnern. (Lachen.) Trotz der Zerstörung so vieler unschätzbarer Negative sind in unserer Sammlung noch eine Anzahl von beweiskräftigen Photographien erhalten geblieben, die die Lebensbedingungen auf dem Plateau veranschaulichen. Wollen Sie uns vorwerfen, daß diese Photographien gefälscht seien?(Eine Stimme: »Ja!« und beträchtlicher Lärm, der damit endet, daß verschiedene Leute hinausgeworfen werden.) Die Negative ständen Fachleuten zur Überprüfung zur Verfügung. Welche weiteren Beweismittel sie hätten? Die Umstände ihrer Flucht hätten es ihnen natürlich unmöglich gemacht, viel Gepäck mit sich zu nehmen, aber sie hätten Professor Summerlees Sammlung von Schmetterlingen und Käfern, die viele neue Arten enthielte, retten können. Ob das etwa kein Beweis sei? (Mehrere Stimmen: »Nein!«) Wer sagte ›Nein?‹«

Dr. Illingworth, sich erhebend: »Wir behaupten, daß eine solche Sammlung auch an anderen Stellen zustande kommen kann als auf einem prähistorischen Plateau.« (Beifall.)

Professor Challenger: »Kein Zweifel, Herr, wir haben uns Ihrer wissenschaftlichen Autorität zu unterwerfen, obwohl ich gestehen muß, daß Ihr Name nicht gerade sehr bekannt ist. Lassen wir also die Photographien und die entomologische Sammlung. Ich werde jetzt sprechen über die von uns mitgebrachten verschiedenartigen und genauen Informationen über gewisse Punkte, die bisher niemals aufgeklärt worden sind. So zum Beispiel über die Lebensgewohnheiten des Pterodactylus. (Eine Stimme: »Blödsinn!« und Lärm.) Ich sage, daß wir über die Lebensgewohnheiten des Pterodactylus eine Fülle von Mitteilungen zu machen haben. Ich kann Ihnen hier aus meiner Mappe ein Bild eines Tieres zeigen, das nach dem Leben aufgenommen ist und Sie überzeugen wird.«

Dr. Illingworth: »Abbildungen können uns in keiner Weise überzeugen.«

Professor Challenger: »Sie wünschen also das Objekt selbst zu sehen?«

Dr. Illingworth: »Zweifellos.«

Professor Challenger: »Und das würde Ihnen als Beweis genügen?«

Dr. Illingworth (lachend): »Selbstverständlich.«

In diesem Augenblick war eine Höhe der Sensation erreicht, eine so dramatische Höhe, daß sich in der Geschichte der wissenschaftlichen Versammlungen keine Parallele dazu findet. Professor Challenger gab mit der Hand ein Zeichen, und dann sah man unseren Kollegen, Herrn E. D. Malone, sich erheben und in den Hintergrund der Rednerbühne gehen. Einen Augenblick später erschien er wieder in Begleitung eines riesenhaften Negers. Beide schleppten eine große quadratische Kiste nach vorn. Sie war offenbar sehr schwer und wurde langsam vorwärts bewegt und vor dem Stuhl des Professors niedergesetzt. Tiefes Schweigen legte sich auf die Zuhörerschaft, und aller Augen hingen wie gebannt an dem sich entwickelnden Schauspiel. Professor Challenger zog den in den oberen Teil der Kiste eingelassenen Deckel zurück. Dann blickte er in die Kiste hinein, schnippte mehrmals mit den Fingern, und vom Pressetisch aus hörte man ihn mit schmeichelnder Stimme sagen: »Komm doch, komm doch heraus, mein Liebling!« Einen Augenblick später erhob sich mit einem kratzenden, rasselnden Geräusch ein höchst schreckliches und ekelhaftes Geschöpf aus der Kiste und setzte sich auf den Rand derselben. Sogar der unerwartete Sturz des Herzogs von Durham in den Orchesterraum, der in diesem Augenblicke vor sich ging, konnte die starre Aufmerksamkeit der großen Zuhörerschaft nicht ablenken. Das Gesicht dieses Geschöpfes glich dem der wildesten Dachrinnenfigur, die je aus der Phantasie eines tollen mittelalterlichen Bildhauers hervorgegangen ist. Es war bösartig, abstoßend und zeigte zwei kleine, rote Augen, die wie glühende Kohlen funkelten. Sein langer, gebogener Schnabel war geöffnet und enthielt eine doppelte Reihe scharfer Zähne. Die Schultern trugen Höcker, und diese waren wie mit einem zusammengefalteten, grauen Schal bedeckt. Es war der Teufel aus unseren Kindertagen in eigener Person. Und nun erhob sich in der Zuhörerschaft ein gewaltiger Aufruhr – irgendeiner schrie, zwei Damen in der ersten Reihe fielen in Ohnmacht, und auf der Rednerbühne wichen alle zurück, als ob sie ihrem Vorsitzenden in den Orchesterraum folgen wollten. Einen Augenblick bestand die Gefahr einer allgemeinen Panik. Professor Challenger hob die Hände auf, um die Erregung zu dämpfen, aber diese Bewegung regte das neben ihm sitzende Tier auf. Sein seltsames Umschlagetuch entfaltete sich plötzlich, breitete sich aus und bewegte sich ein paarmal wie lederne Flügel auf und ab. Der Professor griff nach den Beinen des Tieres, aber es war bereits zu spät. Es hatte sich vom Rand der Kiste erhoben und flog langsam mit einem trockenen, lederartigen Klatschen seiner zehn Fuß weiten Schwingen rund um den Saal, einen faulen und infernalischen Geruch im ganzen Raum verbreitend. Das Geschrei der Leute auf den Galerien, die durch die glühenden Augen und den mörderischen Schnabel des heranfliegenden Geschöpfes erschreckt wurden, erregte das Tier bis zum Wahnsinn. Immer schneller flog es im Kreise herum, mit den Flügeln gegen Mauer und Kronleuchter schlagend, während die Aufregung der Zuhörerschaft bis zur Tollheit stieg. »Das Fenster! Um Gottes willen, schließen Sie das Fenster!« brüllte der Professor, auf der Rednerbühne hin und her springend und in angstvoller Verzweiflung die Hände ringend. Aber ach, seine Warnung kam zu spät. Das fliegende Ungeheuer, das wie eine Motte im Lampenschirm gegen die Wände stieß, kam in diesem Augenblick an das offene Fenster, zwängte seinen häßlichen, großen Körper hindurch und war verschwunden. Professor Challenger sank in seinen Stuhl und begrub das Gesicht in seinen Händen, während die Zuhörerschaft einen langen, tiefen Seufzer der Erleichterung ausstieß, als ihr klar wurde, daß der Vorfall vorüber sei.

Dann, oh, wie soll man die folgenden Ereignisse beschreiben – als der überschwengliche Beifall der Mehrheit sich mit der umschlagenden Stimmung der Minderheit zu einer immer höher ansteigenden

Woge der Begeisterung vereinigte, die über den Orchesterraum und die Rednerbühne hinwegbrauste und unsere vier Helden hoch emportrug! (Das ist dein Glück, Mac!) Was die Zuhörerschaft vorher an Gerechtigkeit hatte fehlen lassen, das machte sie nunmehr reichlich wieder gut. Die ganze Versammlung war aufgesprungen. Alles schrie und gestikulierte durcheinander. Eine dichte Menge von beifallrufenden Leuten umgab die vier Forschungsreisenden. »Auf die Schultern mit ihnen, auf die Schultern!« schrieen Hunderte von Stimmen. Im selben Augenblick sah man die vier Gestalten über der Menge aufsteigen. Sie kämpften vergeblich, um sich zu befreien. Hoch über den Köpfen schwebten sie auf ihrem luftigen Ehrenplatz. Selbst wenn man es gewollt hätte, wäre es unmöglich gewesen, sie auf den Boden niederzulassen, eine so dichte Menge umgab sie. »Regent Street! Regent Street!« tönte es von allen Seiten. Dann setzte sich die Menge quirlend in Bewegung und strömte langsam, die vier auf ihren Schultern tragend, dem Ausgang zu. Auf der Straße gab es eine außerordentliche Szene. Eine nach Hunderttausenden zählende Menschenmenge hatte sich angesammelt. Dicht gedrängt standen sie vom Langham-Hotel bis zum Oxford-Zirkus hinunter. Tosender Beifall begrüßte die vier Abenteurer, als sie über den Häuptern der Menge im hellen Lichte der elektrischen Lampen sichtbar wurden. »Umzug! Umzug!« wurde gerufen, und in einer dichten, die ganze Straßenbreite ausfüllenden Phalanx setzte sich die Menge in Bewegung und wogte die Regent Street, Pall Mall, St. James' Street und Piccadilly hinunter. Der ganze Verkehr im Zentrum Londons stockte, und es gab eine Reihe von Zusammenstößen zwischen den Demonstranten auf der einen und den Schutzleuten und Droschkenkutschern auf der anderen Seite. Erst gegen Mitternacht gab man die vier Reisenden am Eingang zu Lord John Roxtons Wohnräumen im Albanygebäude frei. Die begeisterte Menge sang im Chor »Hoch soll'n sie leben« und schloß ihr Programm mit dem Liede ›Gott schütze den König‹.

So endete eine der bemerkenswertesten Abendveranstaltungen, die London seit langer Zeit gesehen hat.«

So weit mein Freund Mac Dona, und sein Bericht kann als einigermaßen richtig, wenn auch etwas ausgeschmückt, gelten. Der Hauptvorfall des Abends hatte auf uns, wie kaum gesagt zu werden braucht, nicht so aufregend und überraschend gewirkt wie auf das Publikum. Der Leser wird sich erinnern, daß ich eines Abends auf dem Plateau Lord John Roxton getroffen hatte, als er in seiner schützenden Krinoline auf dem Wege war, für Professor Challenger ein »Teufelshuhn«, wie er sagte, zu fangen. Ich habe ebenfalls bereits eine Andeutung gemacht von den Umständen, die uns das Gepäck des Professors beim Abstieg vom Plateau gemacht hatte. Und wenn ich unsere Rückreise beschrieben hätte, so hätte viel die Rede sein müssen von der Mühe, die es uns bereitete, den Appetit unseres schmutzigen Reisegefährten mit faulen Fischen zu befriedigen. Wenn ich davon vorher nicht allzuviel gesprochen habe, so lag die Ursache in dem natürlichen und ernsten Wunsch des Professors, daß möglich nichts über dieses von uns mitgebrachte unbezweifelbare Beweisstück durchsickern sollte, bis der Augenblick gekommen war, in dem er seine Feinde zu widerlegen hoffte.

Noch ein Wort über das Schicksal des Londoner Pterodactylus: Etwas Sicheres kann darüber nicht gesagt werden. Man hat die Mitteilung von zwei erschrockenen Frauen, daß es auf dem Dach der Queen's Hall gesehen wurde und dort einige Stunden lang wie eine teuflische Statue gehockt habe. Am nächsten Tag erschien in den Zeitungen eine Notiz, daß der Gemeine Miles vom Coldstream-Garderegiment, der am Marlbourough-House Wache stand, seinen Posten ohne Urlaub verlassen hatte und infolgedessen vor das Kriegsgericht gekommen sei. Des Gemeinen Miles Bericht, daß er sein Gewehr weggeworfen und die Flucht ergriffen habe, weil der Teufel plötzlich zwischen ihm und dem Monde erschienen wäre, wurde vom Gericht nicht geglaubt. Sicherlich besteht aber zwischen ihm und unserem in Frage kommenden Vorgang ein Zusammenhang. Der einzige weitere Nachweis, den ich anführen kann, stammt aus dem Logbuch des Dampfers »Friesland« von der Holland-Amerika-Linie, nach dem das Schiff am nächsten Morgen um neun Uhr, zehn Meilen vom querab Steuerbord liegenden Kap Start Point entfernt, einem fliegenden Wesen begegnet sei, das halb einer Ziege, halb einer riesigen Fledermaus geglichen habe und mit großer Geschwindigkeit nach Südwesten geflogen sei. Wenn das Tier, seinem Instinkte folgend, die

Richtung in sein Heimatland genommen hat, kann es keinem Zweifel unterliegen, daß der letzte europäische Pterodactylus irgendwo auf der unendlich weiten Fläche des Atlantischen Ozeans sein Ende gefunden hat.

Und Gladys – o meine Gladys! nach der ich den See, der jetzt wieder Zentralsee heißt, genannt hatte. Sie wird niemals durch mich unsterblich werden. Hatte ich nicht schon immer in ihrem Wesen einen harten Zug entdeckt? Fühlte ich nicht sogar schon zu der Zeit, als ich stolz war, ihren Befehlen gehorchen zu können, daß es sicherlich eine armselige Liebe sei, die imstande war, den Geliebten in Tod und Gefahren zu schicken? Ließen mich nicht Gedanken, die immer wieder auftauchten und immer wieder zurückgedrängt wurden, hinter die Schönheit ihres Antlitzes blicken, und erkannte ich nicht, in ihre Seele eindringend, in deren Tiefen den doppelten Fehler der Selbstsucht und des Wankelmuts? Liebte sie das Heroische und das Schauspielerische um seines edlen Zweckes willen? Oder war es des Ruhmes wegen, der ohne eigene Mühe oder Opfer auf sie selbst zurückstrahlte? Oder ist es bei mir eitle Weisheit, die hinterher kommt? Das wäre der härteste Schlag meines Lebens. Einen Augenblick lang fühlte ich eine kalte Verachtung in mir aufsteigen. Aber in diesem Augenblicke, in dem ich schreibe, ist bereits eine Woche vergangen, und wir haben eine folgenschwere Unterhaltung mit Lord John Roxton gehabt, und – es hätte vielleicht noch schlimmer kommen können.

Ich will es mit wenig Worten erzählen. Kein Brief und kein Telegramm empfing mich in Southampton, und ich war an jenem Abend um zehn Uhr abends in fliegender Aufregung bei der kleinen Villa in Streatham angelangt. War sie tot oder lebendig? Wo waren alle meine nächtlichen Träume von den offenen Armen, dem lächelnden Antlitz, den Lobeserhebungen für den Mann, der sein Leben gewagt hatte, um ihre Launen zu befriedigen? Ich war bereits aus den Himmelshöhen herabgestiegen und stand mit beiden Füßen fest auf der Erde. Und doch hätte mich eine plausible Begründung wieder zu den Wolken emporbringen können. Ich stürzte den Gartenpfad hinunter, klopfte an die Tür, hörte von drinnen Gladys' Stimme, stieß das mich anstarrende Hausmädchen beiseite und eilte in das Wohnzimmer. Sie saß auf einem niedrigen Sessel unter der abgeblendeten Stehlampe neben dem Klavier. In drei Schritten durchmaß ich das Zimmer und hielt ihre beiden Hände in den meinigen.

»Gladys!« schrie ich, »Gladys!«

Sie blickte mir erstaunt ins Gesicht. Ihr Antlitz hatte einen leicht veränderten Zug. Der Ausdruck ihrer Augen, die starr nach oben blickten, die Form ihrer Lippen enthielten etwas Fremdes. Sie zog ihre Hand zurück.

»Was meinen Sie, bitte?« sagte sie.

»Gladys!« schrie ich, »was ist denn nur? Sind Sie denn meine Gladys, oder etwa nicht? Meine kleine Gladys Hungerton.«

»Nein,« sagte sie, »ich bin Gladys Potts. Gestatten Sie, daß ich Sie mit meinem Gatten bekannt mache.«

Wie lächerlich ist doch das Leben! Ich verneigte mich mechanisch und reichte einem kleinen Mann mit ingwerfarbenen Haaren die Hand, der tief in dem Armstuhl saß, der einst nur zu meinem Gebrauch bestimmt war. Wir verbeugten uns hastig mehrfach und grinsten einander an.

»Vater läßt uns hier wohnen, bis unser eigenes Haus fertig ist«, sagte Gladys.

»Oh ja«, sagte ich.

»Haben Sie meinen Brief in Para denn nicht erhalten?«

»Nein, ich habe keinen Brief bekommen.«

»Oh, wie schade, der würde alles aufgeklärt haben.«

»Es ist ganz klar«, sagte ich.

»Ich habe William alles von Ihnen erzählt«, sagte sie. »Wir haben keine Geheimnisse voreinander. Ich bin so traurig über das Ganze. Aber es konnte doch nicht so ganz ernst von Ihnen gemeint sein, wenn Sie bis zum anderen Ende der Welt gehen und mich hier allein lassen konnten. Sie sind doch nicht sehr betrübt, nein?«

»Nein, nein, durchaus nicht! Nun, es wird wohl am besten sein, ich gehe jetzt.«

»Wollen Sie nicht eine kleine Erfrischung zu sich nehmen?« sagte der kleine Mann und fügte in einem vertraulichen Ton hinzu: »So geht es immer, nicht wahr? Und es wird auch so bleiben, wenn Sie nicht zur Polygamie übergehen, aber dazu müssen Sie sich schon eine andere Gegend aussuchen.« Er lachte dabei wie ein Idiot, während ich zur Tür ging. Ich stand bereits draußen, als mich plötzlich ein phantastischer Gedanke durchfuhr, und ich kam wieder zurück zu meinem siegreichen Rivalen, der nervös auf den elektrischen Knopf starrte.

»Wollen Sie mir eine Frage beantworten?«

»Gewiß, wenn es mir möglich ist«, sagte er.

»Wie haben Sie das erreicht? Haben Sie nach verlorenen Schätzen gegraben oder einen Pol entdeckt oder einen Seeräuber erledigt oder den Kanal übersprungen oder was sonst? Wo ist der Glanz der Romantik? Wie ist Ihnen das gelungen?«

Er starrte mich mit einem hoffnungslosen Ausdruck auf seinem gutmütigen, aber unbedeutenden, kleinen Gesicht an.

»Glauben Sie nicht, daß das etwas zu persönlich ist?« sagte er.

»Schön. Noch eine Frage, bitte«, schrie ich. »Was sind Sie von Beruf?«

»Ich bin Schreiber bei einem Rechtsanwalt«, sagte er. »Bei Johnson and Merivale's, Chancery Lane, 41.«

»Gute Nacht«, sagte ich und verschwand wie alle verzweifelten und unglücklichen Helden in der Dunkelheit, während Kummer und Wut und Lachen in mir durcheinanderwirbelten wie in einem Kochtopf.

Noch eine kleine Szene. Und dann bin ich am Ende. Gestern abend haben wir alle bei Lord John Roxton zu Abend gegessen und hinterher in guter Kameradschaft rauchend zusammengesessen und uns über unsere Abenteuer unterhalten. Es war eigenartig, die alten, wohlbekannten Gesichter und Gestalten unter so ganz veränderten Umständen zu sehen. Da war Challenger mit seinem herablassenden Lächeln und den halbgesenkten Augenlidern über den herrschsüchtigen Augen, mit seinem vorstehenden Bart und dem riesigen Brustkasten, der während seiner selbstbewußten Unterhaltung mit Summerlee gewaltige Atemzüge ausstieß. Summerlee saß da mit seiner kurzen Rosenholzpfeife und seinem grauen Ziegenbart, das eingefallene Gesicht im Eifer der Debatte vorschiebend, wenn er die Behauptungen Challengers anzweifelte. Und schließlich ist unser Gastgeber zu nennen mit seinem scharfen Adlergesicht und seinen kalten, blauen Gletscheraugen, in deren Tiefe immer ein Schimmer von Teufelei und Humor sichtbar ist. Das ist das letzte Bild, das ich von ihnen allen mit mir trage.

Es war nach dem Abendbrot in seinem Allerheiligsten – dem Zimmer mit dem gedämpften, farbigen Licht und den zahllosen Trophäen, als Lord John Roxton uns etwas mitzuteilen hatte. Er ergriff eine auf dem Büfett stehende Zigarrenkiste und setzte sie vor uns auf den Tisch.

»Es ist da eine Sache,« sagte er, »von der ich Ihnen wohl schon früher gesprochen haben sollte. Aber ich wollte selbst erst etwas Genaueres darüber wissen. Es hat keinen Zweck, Hoffnungen zu erwecken, um sie später nicht zu erfüllen. Jetzt aber kann ich Ihnen von Tatsachen und nicht nur von Hoffnungen sprechen. Sie werden sich des Tages erinnern, als wir den Pterodactylushorst in dem Sumpf entdeckten, nicht wahr? Nun, ich habe dort etwas gefunden, was meine Aufmerksamkeit erregte. Vielleicht ist es Ihnen entgangen. Ich werde es Ihnen daher erzählen. Es war ein vulkanischer Erdtrichter, der mit blauem Ton angefüllt war.«

Die Professoren nickten.

»Nun, in der ganzen Welt habe ich einmal mit einem solchen Vulkantrichter mit blauem Ton zu tun gehabt. Es war die große Diamantenmine von de Beer in Kimberley. Sie werden also verstehen, daß ich seit dieser Zeit Diamanten im Kopfe habe. Ich takelte mir daher das Bambusgestell auf, um mir das stinkende Viehzeug vom Leibe zu halten, und verbrachte in dem Sumpf einen erfolgreichen Tag mit dem Spaten. Und dies hier habe ich gefunden.«

Er öffnete den Zigarrenkasten, stürzte seinen Inhalt auf den Tisch, und es zeigten sich etwa zwanzig bis dreißig rohe Steine von der Größe einer Bohne bis zu einer Walnuß.

»Vielleicht sind Sie der Meinung, ich hätte es Ihnen damals erzählen sollen. Ich weiß aber, daß es für den Unerfahrenen in diesen Dingen leicht Enttäuschungen gibt und daß Steine eine gewisse Größe und doch nur einen geringen Wert haben können, wenn sie in Farbe und Zusammensetzung Mängel zeigen. Ich habe sie daher einstweilen mitgebracht und am ersten Tage nach unserer Rückkehr hier drüben von einem mir bekannten Juwelier einen davon schleifen und schätzen lassen.«

Er zog eine Pillenschachtel aus der Tasche und entnahm ihr einen herrlich glänzenden Diamanten, einen der schönsten Steine, die ich je gesehen habe.

»Dies ist das Resultat«, sagte er. »Er schätzt den Haufen hier auf mindestens zweihunderttausend Pfund. Wir teilen diese Summe natürlich unter uns. Von jedem anderen Vorschlag möchte ich nichts hören. Nun, Challenger, was werden Sie mit ihren fünfzigtausend anfangen?«

»Wenn Sie tatsächlich auf Ihrer freigebigen Absicht bestehen,« sagte der Professor, »so würde ich ein Privatmuseum, das längst zu meinen Träumen gehört hat, begründen.«

»Und Sie, Summerlee?«

»Ich würde mich von meinem Lehramt zurückziehen, um Zeit für die abschließende Klassifikation der Fossilien der Kreidezeit zu haben.«

»Ich will meinen Anteil dazu verwenden,« sagte Lord John Roxton, »eine Expedition auszurüsten, um unser gutes, altes Plateau noch einmal aufzusuchen.«

»Und Sie, mein Junge, Sie werden natürlich heiraten.«

»Noch nicht,« sagte ich mit einem reuigen Lächeln, »aber wenn Sie mich mitnehmen möchten, so würde ich lieber mit Ihnen gehen.«

Lord Roxton sagte nichts, aber eine braune Hand streckte sich mir über den Tisch hinüber entgegen.

- Ende -

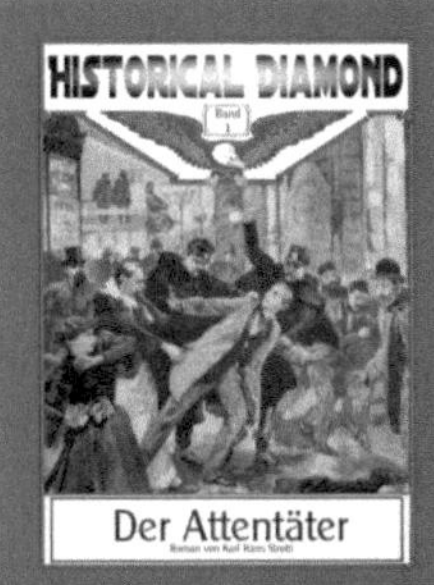

Der Attentäter
Roman von Kurt Kers Vorth

Die Seelenverkäufer
Abenteuerroman von Kurt Faber

Jenseits des Äquators
Abenteuerroman von Ferdinand Emmerich

Der Feind aus dem Dunkel
Kriminalroman von Annie Hruschka

Der Tag der Vergeltung
Kriminalroman von Anna Katharine Green

Die Yacht der sieben Sünden
Kriminalroman von Paul Rosenhayn

Das Rätsel von Ravensbrok
Kriminalroman von Hans Hyan

Spreemann und Co
Historischer Berlin-Roman von Alice Berend

Die verlorene Welt
Abenteuerroman von Conan Doyle

Allan Quatermain und der Zauberer im Zululand
Abenteuerroman von Henry Rider Haggard

Attila - König der Hunnen
Historischer Roman von Felix Dahn

Lizzie Holmes und die Kristiana-Affäre
Kriminalroman von Sven Elvestad

Der Chinese
Ein Wachtmeister Studer - Krimi von Friedrich Glauser

Allan Quatermain und die heilige Blume
Abenteuerroman von Henry Rider Haggard

Bomben auf Monte Carlo
Roman von Fritz Reck-Mallaczewen

Das Elfenbeinkind
Ein Allan Quatermain Abenteuerroman von Henry Rider Haggard

NATURWISSENSCHAFT, PHYSIK UND ASTRONOMIE

- **Äquivalenz von Information und Energie.** Von: K.-D. Sedlacek
- **Das Gesetz im Zufall:** Wie sich verborgene Gesetzlichkeit manifestiert. Von: Moritz Cantor u. K.-D. Sedlacek (Hrsg.)
- **Der Widerhall des Urknalls:** Spuren einer allumfassenden transzendenten Realität jenseits von Raum und Zeit. Von: K.-D. Sedlacek
- **Einsteins Relativitätstheorie ganz ohne Mathematik.** Spezielle und allgemeine Relativitätstheorie. Von: Prof. Dr. Paul Kirchberger u. K.-D. Sedlacek (Hrsg.)
- **Freizeitvergnügen Sternenhimmel mit bloßem Auge:** Wie man Sternbilder auffindet ohne Instrumente. Von: Prof. Dr. Paul Kirchberger u. K.-D. Sedlacek (Hrsg.)
- **Phänomen Naturgesetze:** Das Geheimnis hinter den Erscheinungen der Welt. Von: K.-D. Sedlacek
- **Supervereinigung:** Wie aus nichts alles entsteht. Von: K.-D. Sedlacek
- **Die Natur psycho-physikalischer Phänomene.** Erforschung telekinetischer Vorgänge. Von: Schrenck-Notzing, A. u. Klaus D Sedlacek (Hrsg.)
- **Giganten der Physik.** Die Top10-Physiker der Menschheitsgeschichte. Von: Klaus-Dieter Sedlacek (Hrsg.)
- **Der allmächtige Informatiker:** Das Mysterium des Universums. Von Sir James Jeans u. K.-D. Sedlacek (Hrsg.)
- **Der verborgene Mechanismus des Weltgeschehens:** Neue Erkenntnisse über die Gestalten biotechnischer Systeme der Welt. Von: Dr. h. c. Raoul Francé u. K.-D. Sedlacek
- **Der erdgeschichtliche Klimawandel:** Den wahren Ursachen von Klimaschwankungen auf der Spur. Von Wilhelm Bölsche u. K.-D. Sedlacek (Hrsg.)
- **Wege zur physikalischen Erkenntnis.** Meine wissenschaftlichen Selbstbiographie, Reden und Vorträge. Von **Max Planck** u. K.-D. Sedlacek (Hrsg.)

CHEMIE

- **Der Stein der Weisen:** Wie die Alchemie zur Chemie wurde. Von: Wilhelm Ostwald et. al. u. K.-D. Sedlacek (Hrsg.)
- **Durchblick Chemie:** Praktische Grundlagen und Einführung in die anorganische, organische und Biochemie. Von: Prof. Dr. Lassar-Cohn, Prof. Dr. W. Löb, K.-D. Sedlacek

NATUR- UND PHILOSOPHIE

- **Die letzten Ursachen.** Das Buch der Naturerkenntnis. Von: K.-D. Sedlacek
- **Gebundener Wille:** Wie frei ist menschlicher Wille tatsächlich? Von: K.-D. Sedlacek, G.F. Lipps et. al.

- **Jenseits der Erscheinungen:** Erkennbarkeit und Realität der Quantennatur. Von: Prof. Dr. M. Schlick u. K.-D. Sedlacek (Hrsg.)
- **Kleines Wörterbuch der Natur-Philosophie:** 1200 Begriffe, die man kennen sollte, kurz und prägnant. Von: K.-D. Sedlacek
- **Naturphilosophie:** Das Wesen von Naturgesetzen und die Erklärung des Lebens. Von: Prof. Dr. M. Schlick u. K.-D. Sedlacek (Hrsg.)
- **Vereinbarkeit von Religion und Naturwissenschaft.** Von: Kurd Laßwitz u. K.-D. Sedlacek (Hrsg.)
- **Das Konzept des Guten.** Sinnliches Empfinden – Der Ursprung unserer Wertvorstellungen. Von: Klaus-Dieter Sedlacek (Hrsg.)
- **Ist echte Erkenntnis möglich?** Einführung in die Erkenntnistheorie. Von: Prof. Dr. Erich Becher u. K.-D. Sedlacek (Hrsg.)
- **Das individuelle Ich:** Was ist der Kern des Selbstbewusstseins? Von: Th. Lipps u. K.-D. Sedlacek (Hrsg.).
- **Persönlichkeit und Unsterblichkeit:** In welcher Form existiert ein Weiterleben nach dem zeitlichen Ende? Von: Wilhelm Ostwald u. K.-D. Sedlacek (Hrsg.)
- **Die idealistischen Grundwerte unserer Kultur.** Von Johannes M. Verweyen u. K.-D. Sedlacek (Hrsg.)

BEWUSSTSEIN

- **Leben nach dem Leben:** Befreiung des Bewusstseins von den Fesseln der Zeit. Von: K.-D. Sedlacek
- **Quantenbewusstsein.** Von: N. Wrobel u. K.-D. Sedlacek
- **Synthetisches Bewusstsein.** Von: K.-D. Sedlacek
- **Unsterbliches Bewusstsein:** Raumzeit-Phänomene, Beweise und Visionen. Von: K.-D. Sedlacek

LEBEN UND MEDIZIN

- **Leben aus Quantenstaub.** Von: N. Wrobel u. K.-D. Sedlacek,
- **Was ist Krankheit?** Von: N. Wrobel u. K.-D. Sedlacek
- **Bewusstsein und Unsterblichkeit.** Von: C. L. Schleich u. K.-D. Sedlacek (Hrsg.)
- **Die Lebenskraft:** Wie Enzyme, Bewusstsein und quantenbiologische Effekte das Leben regulieren. Von: K.-D. Sedlacek u. N. Wrobel,
- **Die verborgene Ordnung des Weltsystems.** Neue Erkenntnisse über die schöpferischen Kräfte der Natur. Von: Dr. h. c. Raoul Francé u. K.-D. Sedlacek (Hrsg.)

- **Homöopathie und Praxis:** Naturheilkundliche alternative Medizin für den mündigen Patienten. Von: Dr. med. J. Voorhoeve u. K.-D. Sedlacek (Hrsg.)

**– Eine andere Sicht auf die Entstehung der sporadi-
schen Form der Alzheimerkrankheit.** Von Norbert Wrobel
u. K.-D. Sedlacek (Hrsg.)

PSYCHOLOGIE

– Gestalt-Psychologie: Einführung in die neue Psychologie
vom Begründer der Gestaltpsychologie. Von: Prof. Dr. Kurt
Koffka u. K.-D. Sedlacek (Hrsg.)
– Die ersten Spuren psychischer Erscheinungen: Das
psychische Leben von Mikroorganismen – Eine Studie in ex-
perimenteller Psychologie. Von Alfred Binet u. K.-D. Sedlacek (Übers.)
– Allgemeine moderne Psychologie: Systematische Einführung in die Wissenschaft psychischer Prozesse. Von August Messer u. K.-D. Sedlacek (Hrsg.).
– Strahlende Kräfte durch positives Denken: Die Wurzeln
des Erfolgs und Wege zum Glück. Von Emil Peters u. K.-D.
Sedlacek (Hrsg.)

BIOLOGIE

– Wie intelligent sind Pflanzen? Sensationelle Einblicke in
die geheime Seite des pflanzlichen Wesens. Von Prof. Dr.
phil. Adolf Wagner u. K.-D. Sedlacek

– Über Menschenaffen, Tierseele und Menschenseele:
Intelligenzprüfungen an Hominiden. Von Wilhelm Bölsche et.
al. und K.-D. Sedlacek (Hrsg.)

GESCHICHTE, VOR- U.
FRÜHGESCHICHTE

– Die geheimnisvolle Kultur der alten Kelten. Von Drui-
den, Fürstensitzen und der Lebensart unserer frühgeschicht-
lichen Vorfahren. Von Georg Grupp u. K.-D. Sedlacek (Hrsg.)
– Der Alchemist Leonhard Thurneysser: Die Lebensge-
schichte des Goldmachers von Berlin. Von Klaus-Dieter Sedlacek (Hrsg.)
– Es begann mit Feuerskraft. Das Werden des Menschen
und seiner Kultur. Von Carl W. Neumann u. K.-D. Sedlacek
(Hrsg.)
– Gefangen zwischen Eisschollen: Die dramatische Ent-
deckungsgeschichte der Antarktis. Von Klaus-Dieter Sedlacek (Hrsg.)

RATGEBER FREIZEIT U. REISE

– Kultur erleben mit den Wohnmobil in Frankreich: Vierzig kulturelle Highlights, Park- und Übernachtungspätze so-
wie Navigationskoordinaten. Von Klaus-Dieter Sedlacek
– Kochbuch für ganze Kerle: Kräftige und Feinschmecker-
gerichte für Freizeit und Camping. Von K.-D. Sedlacek
(Hrsg.)

FORSCHUNGSREISEN U. ABENTEUER

– Meine erste Weltumseglung: Tagebuch einer epochalen
Expedition. Von James Cook u. K.-D. Sedlacek (Hrsg.)
– Exotische Reise durch Persien: Abenteuerlicher Bericht
aus einer fremdartigen Welt des 19ten Jahrhunderts. Von Pi-
erre Loti u. K.-D. Sedlacek (Hrsg.)
– Mit der Beagle um die Welt: Bericht meiner Forschungs-
reise zum Galapagos-Archipel. Von Charles Darwin u. K.-D.
Sedlacek (Hrsg.)
– Peking-Paris im Automobil: Die legendäre 16.000 km –
Rallye 1907. Von Luigi Barzini u. K.-D. Sedlacek (Hrsg.)
– Mein Leben im Tropenparadies: Fünfundzwanzig Jahre
in Ceylon – Erlebnisse und Abenteuer. Von John Hagenbeck
u. K.-D. Sedlacek (Hrsg.)